KB166426

나는 걷는다

나는 걷는다

이스탄불에서 시안까지 느림, 비움, 침묵의 1099일

02

머나먼 사마르칸트

베르나르 올리비에

고정아 옮김

효형출판

감사의 글

『나는 걷는다』를 출간한 후 공감과 뜨거운 격려를 표하며 도움과 지원을 아끼지 않겠노라 편지를 보내주신 독자 여러분께 감사드린다. 충실한 독자들과 유쾌한 만남을 여러 차례 마련해준 출판사에도 감사한다.

또한 내가 만났던 아이들이 그렇게도 탐을 낸 배지를 넉넉히 보내준 클로디아 브라운과 그 친구들, 테헤란의 카라반 사흐라 여행사의 시루스 에테마디, 파르니안과 파리나즈, 최악의 고객이었을 내게 친구처럼 대해준 '실크로드의 오리엔트' 여행사 직원들, 파리의 엑스플로라토르 여행사의 시빌 드비두르에게 감사드린다.

마지막으로 이 책이 출판되기까지 애를 써준 소피 레데에게 감사의 인사를 전한다. 소피의 웃음을 잃지 않는 낙천성과 능통한 페르시아어와 중국어, 잘 아는 여행지에 대한 조언, 아낄 줄 모르는 격려는 내가 이 힘든 여정을 성공적으로 마치는 데 많은 힘이 되었다.

베르나르 올리비에

인생의 대상隊商이 지나가는 모습을 보라,

매순간 환희를 맛보라!

오, 사키[1]여, 내일의 양식을 걱정하지 마라,

잔을 돌려 포도주를 붓고, 내 말을 들어라, 밤이 가고 있다.

─오마르 하이얌[2]

1 saki, 술좌석에서 시중을 드는 미소년
2 Omar Khayyam, 11세기 페르시아의 학자로, 그의 4행 시집 『루바이야트(Rubái-
   yát)』는 영국의 작가 에드워드 피츠제럴드의 번역으로 전 세계에 알려졌다.

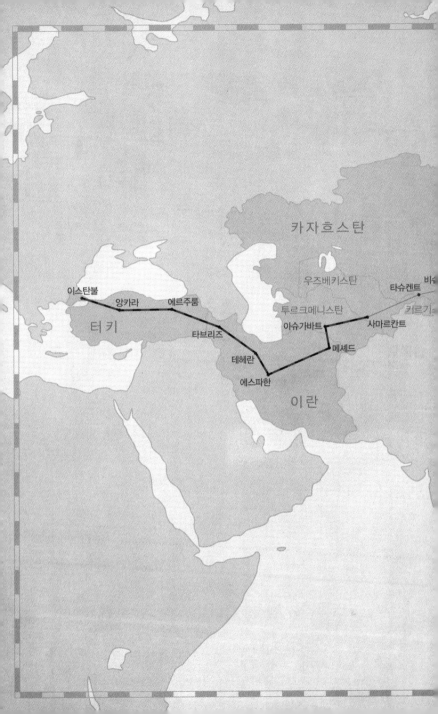

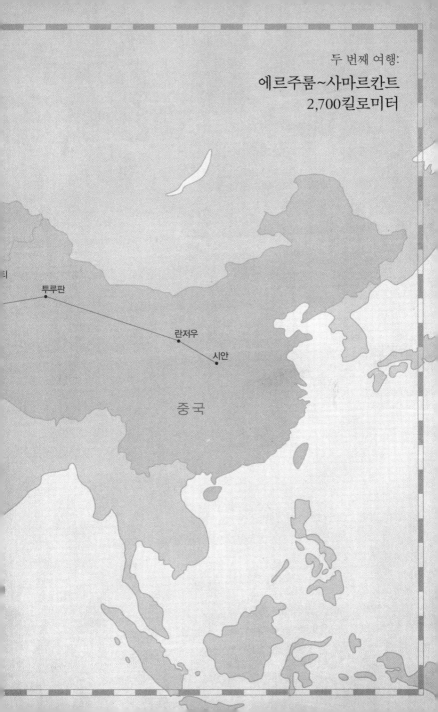

두 번째 여행:
에르주룸~사마르칸트
2,700킬로미터

투루판

란저우

시안

중 국

실크로드 정보

카라쿰 사막

두 번째 여행

2000년 봄~가을

일러두기

1. 본문에 등장하는 ( ) 안의 내용은 지은이가, 〔 〕 안의 내용은 옮긴이가 단 주석이다.

2. 『나는 걷는다』 2권의 배경인 이란, 투르크메니스탄, 우즈베키스탄의 언어가 한국의 독자에게 익숙하지 않기 때문에, 대부분의 지명은 현지어 발음을 따라 표기하되, 라틴 알파벳 표기를 괄호 안에 달아 읽는 이의 이해를 돕고자 했다.

3. 『나는 걷는다』 2권의 주 여행지인 이란의 리알(Iranian rial, 약호 Rls)을 저자가 사용한 유로(Euro)로 환산하면, 1유로는 3,000리알이다. 당시 환율에 따르면 우리 돈으로는 약 1,200원에 해당한다.

1. 폭풍우

2000년 5월 14일, 에르주룸과 도우바야지트, 0킬로미터

버스 운전사는 영문을 모르겠다는 표정이었다.

"여기서 내린다고요? 여긴 풀밖에 없어요. 십오 분이면
도우바야지트(Doğubayazit)인데……."

"아니오. 여기서 내리겠습니다. 걸어서 갈 겁니다."

시간도 없는 데다 터키 말도 잘 몰라서, 여기서 3킬로
미터 거리를 꼭 걸어서 여행하고 싶다는 걸 설명할 수가 없
었다……. 내 행동이 놀랍긴 할 것이다……. 운전사는 믿기
힘들다는 듯 몸을 돌려 뒤에 있는 차장과 몇 마디를 나누었
다. 이런 말을 하는 것 같았다. '허허벌판에 이 사람을 두고
가도 되는 거야? 이 백인 남자 정신 나간 거 아냐?'

나는 새벽에 에르주룸(Erzurum)을 떠났다. 이 버스에
올라타기 전, 파리에서 출발해 세 번이나 비행기를 갈아타
야 했다. 파리에서 이스탄불, 이스탄불에서 앙카라, 앙카라
에서 에르주룸. 나는 편안하게 안전벨트를 매고 앉아서 작

년에 횡단했던 도시와 마을의 풍경이 펼쳐지는 것을 바라
보았다.

7월의 햇볕으로 달궈진 황량한 이곳에서 난 이질에 걸
려 풀밭에 코를 박고 쓰러지고 말았다. 이제 같은 장소에 다
시 와서, 이란의 테헤란에서 끝내야 했던 첫 단계의 여정을
마무리할 준비를 하고 있다. 그곳에서 시작해 터키옥색의
둥근 지붕이 즐비한 도시 사마르칸트(Samarkand)로 가는 길
을 따라가게 될 것이다.

사마르칸트는 어릴 때부터 여행을 꿈꾸던 곳이었다.
사마르칸트까지 가면 4년 동안 혼자 걸어서 여행할 계획을
세웠던 실크로드의 중간에 닿게 된다. 이제 질병 때문에 여
행을 중단해야 했던 바로 그 장소에서 다시 여행을 시작하
려 한다. 좀스럽다고 할 수도 있겠지만, 내게는 이 여행을
완벽하게 주파하기 위한 중요한 문제다. 하나하나 꼼꼼하
게 세운 계획을 사소한 잘못으로 흠을 내거나 첫 단계부터
얼렁뚱땅 넘기고 싶지 않다. 중국의 시안西安까지 가는 길에
서 손톱만큼의 길도 그냥 넘기지 않을 것이다. 날 완벽주의
자나 편집증 환자로 본다고 해도 말이다. 이 때문에 버스 운
전사에게 바로 여기에서 내려달라고 고집을 피우는 것이다.
운전사는 뭔가 알겠다는 듯이 말한다.

"화장실에 가려는 거죠?"

"아니오. 여기부터는 걸어가고 싶어요."

운전사가 뒤에 있는 사람에게 보내는 몸짓과 시선에서

그가 뭘 말하려는 것인지 분명히 알 수 있었다.

'완전히 맛이 갔군.' 운전사는 버스를 세웠고, 난 15킬로그램이 넘는 가방과 신발을 가지고 얼른 차에서 내렸다. 운전사는 도저히 정상이라고 할 수 없는 내 행동을 보고 놀라더니 어쩔 수 없다는 듯 다시 시동을 걸었다.

열 달 전 이곳에서 일어났던 일을 생각하며 향수에 젖을 여유가 없었다. 버스가 미처 시야를 벗어나기도 전에 우박과 거센 바람을 동반한 소나기로 평원이 어둑해졌다. 가방에서 우비를 꺼낼 시간도 없었다. 정말 다시 시작이다. 목동들이 몸을 피하려고 플라스틱 덮개 밑으로 기어들어가는 모습이 보였다. 바람과 추위를 피하려고 서로 몸을 꼭 붙인 검은 양들 위로 눈이 녹지 않고 차곡차곡 쌓여서, 양들은 흰 와이셔츠를 입은 흑인처럼 보이기도 하고, 어렸을 때 좋아했던 케이크처럼 보이기도 했다. 우비를 꺼내 입는 동안에 이미 완전히 젖어 물에 적신 솜처럼 돼버렸다. 무시무시한 캉갈들도 땅바닥에 엎드려 폭풍이 지나가기만을 기다렸다. 폭풍의 위력을 알 만했다. 한편으로는 다행스러웠다. 닥치는 대로 달려드는 캉갈을 물리칠 유일한 무기는 나무 막대기인데, 그걸 찾을 시간이 없었던 것이다. 사실상 이런 허허벌판에서 나무를 찾기란 거의 불가능했다.

바람과 눈비 때문에 발이 묶였다. 동쪽에서 불어닥친 돌풍은 우비 속을 헤집고 들어와 몸을 가누기조차 힘들었다. 얼굴에 퍼붓는 비 때문에 앞이 잘 안 보였고, 돌풍에 넘어지지 않으려고 안간힘을 써보았지만 사납게 몰아치는 소나기에 이리저리 몸이 흔들렸다. 나는 조심조심 목동들이 하는 대로 따라해보려고 했다. 신이 버린 이 스텝 지역에 숨을 곳이라고는 없어서, 미친듯이 달리는 트럭을 피해 도로에서 멀리 떨어진 곳에 웅크리고 앉아 비옷을 입은 채 바람과 눈보라에 맞서 버텼다. 손은 추위로 꽁꽁 얼어붙었다. 도시의 피난처를 향해 달리는 버스 운전사는 날 생각하며 거드름을 피울 것이다. '그렇게 고집을 피우더니 고소하군. 꼴좋다!'

파리를 떠날 때부터 떠올랐던 불길한 생각이 다시 떠오른 건 바로 그 순간이었다. 다시 한 번 대답 없는 질문이 날 괴롭혔다. 난 어디로, 또 왜 가는가? 무엇보다 난 왜 다시 출발했을까? 나를 사랑하는 사람들과 힘들게 이별하면서까지. 작년에 그 힘든 일을 겪었는데도 말이다.

1999년 4월 대장정의 첫 단계를 밟기 위해 이스탄불을 떠났을 때 이런 질문에 대한 대답은 쉽게 얻을 수 있었다. 그저 걷고 싶었고, 그 나라를 방문해 사람을 만나고, 신비로운 실크로드를 차근차근 알고 싶었다. 그런 열망 때문에 나는 길을 나섰다. 혼자서 보람찬 여행을 마친다는 기쁨에 겨워 나는 계속 전진했고, 무거운 짐을 지고 온갖 자잘한 고난을 견뎌내면서 날개라도 달린 듯 걸었다.

하지만 낙천주의자라는 소리를 듣는 내게도 아나톨리아 횡단은 씁쓸한 기분을 안겨주었고, 결국 내 결심도 어느 정도 누그러졌다. 상처와 캉갈의 공격—그건 그래도 나은 편이다—혹은 사람의 공격, 날 자기들 멋대로 첩자로 취급하는 쿠르드인과 터키인의 내전……. 또 질병과 건강 때문에 파리로 돌아오기까지 두려움과 고통 속에 내가 계획한 네 단계의 여행 중 첫 단계에서 그 대가를 톡톡히 치렀다.

올해 해야 할 여행을 검토해보면, 나아지기는커녕 더 힘들어질 듯했다. 비가 사정없이 스며 들어오는 우비만으로 간신히 지탱하던 몸은 극지의 홍수 속에서 굳어버렸다. 소용돌이 아래 사라져버린 길 위에서 한치 앞도 내다볼 수가 없었다. 인정할 수밖에 없었다. 솔직히 두려움을 넘어 공포를 느꼈다. 창자가 뒤틀렸다. 순전히 폭풍우 때문이었다.

올해 끝내야 하는 여정은 특히나 긴데, 그건 처음에 예상했던 테헤란과 사마르칸트 사이의 2,100킬로미터에다가 작년에 제대로 끝내지 못한 약 900킬로미터까지 덧붙여야 하기 때문이다. 게다가 앞으로 내가 통과해야 할 세 나라는 국제적으로 악명을 떨치는 곳이었다.

이란은 이슬람 혁명 이후 20년 동안 끔찍한 폭력과 잔인한 반反개혁주의를 세계만방에 보여준 후 수년간 고립돼 있었다. 그 후 이라크와 냉혹한 전쟁을 치르고 얼마 되지 않아서 문호를 조금 열었을 뿐이다. 구소련에 속했던 투르크메니스탄(Turkmenistan)은 이란 다음에 거쳐야 할 곳으로, 공산주의 체제였다가 최근에 자유주의 체제로 전환한 나라다. 우즈베키스탄(Uzbekistan) 역시 과거 '당'에 속했던 구공산주의 정권이 철권통치를 하는 나라다. 책에서 읽거나 들은 바에 따르면, 투르크메니스탄과 우즈베키스탄은 베를린 장벽과 함께 무너진 체제의 약점 위에 가장 타락한 마피아 자본주의가 결합된 나라들이다. 세 나라의 무수한 경찰들이 쥐꼬리만 한 봉급을 받는데, 이들은 개별 여행을 하는 사람들에게 잔인한 강도로 돌변하는 것으로 악명이 높다. 두려운 일이다.

앞으로 부딪치게 될 위험은 정치적인 것만이 아니었다. 5월에 출발했으니 많이 걷게 될 여름에는 중앙아시아에서 가장 무더운 세 사막을 통과하거나 머물러야 한다. 그런데 그곳엔 코브라, 전갈, 타란툴라(독거미) 같은 만만찮은 동물들이 득시글거린다. 그런데 난 사람과 관련된 위험에는 그다지 겁을 내지 않는 반면, 기어오르거나 쏘아대는 것이라면 모두 소름이 끼쳐서 조그만 모기 한 마리라도 나올라치면 엄청난 혐오감이 불끈 솟아오른다. 여기에 첫 여행을 하면서 맞닥뜨렸던 건강 문제가 아직 제대로 회복되지 못한 터여서—병원에서도 뾰족한 수가 없었다—약국에서 작년보다 네 배나 많은 약을 처방받았는데도 안심할 수가 없었다.

빗속에 고개를 숙이고 코에서 무릎으로 마치 홈통에 떨어지는 것 같은 빗방울을 세면서, 자의로 시작한 것이기는 하지만 왜 내가 여행을 해야 하는지 그럴듯한 이유를 찾으려고 애를 썼다. 파리에 있던 일주일 전만 해도 그 이유는 명확했다. 하지만 출발일이 다가올수록 점점 의심스러워진 것이 사실이다. 자, 이제 분발해서 이 비상식적인 도보여행이 내게 가져다 줄 행복만을 맛볼 수 있도록, 현재 나를 짓누르는 이 어려움쯤 가볍게 넘길 수 있는 여유를 되찾아야 한다. 작년에 터키에서는 마법 같은 순간을 보냈다.

이 부서지기 쉬운 순간은 나와 세상 사이에 화합이 자리 잡는 시간으로, 사람들은 그 시간을 연장할 수 없는 걸 아쉬워한다. 슬픔이 다시 찾아오는 때에 떠올리게 되는 기분 좋은 순간들은 찌르레기의 비행처럼 덧없고 강렬한 순간이며, 우리 인간의 부조리한 삶에서 훔쳐낸 순간이기도 하다. 바로 이 행복을 찾아서 나는 떠난 것이고, 2000년 이상 우리를 새로운 세계로 이끈 실크로드는 그러한 기쁨을 불러일으키는 데 적합한 곳으로 보였다. 어떤 일이 닥치더라도 실크로드를 끝까지 횡단하거나, 적어도 갈 수 있는 곳까지는 가고 싶다. 난 지금 예순둘인 데다 계속 나이를 먹어가기 때문에 여행을 마칠 때까지 건강이 허락할지도 확신할 수 없다.

하지만 나는 타고난 낙천주의자다. 이는 내가 기자 생활을 하는 기반이 됐고, 어떤 희생을 치르더라도 내가 입수한 정보는 직접 확인해야 직성이 풀렸다. 오랫동안 고립상태에 있다가 세계에 문호를 개방하기 시작한 이 세 나라는 매력 있는 곳인 동시에 두려운 곳이기도 했다. 나는 알고 싶었다. 그러면서도 예정보다 늦어진 시작 단계의 여정을 마칠 때까지 나를 끝까지 이끌고 가야 할 욕망과 고독에 대한 두려움을 함께 느끼고 있었다.

소나기가 그칠 무렵, 몸도 따뜻하게 할 겸 최대한 빨리 도착하기 위해 물로 가득 찬 신발을 신은 채 곧게 뻗은 평평한 길을 전속력으로 걸어갔다. 도시에는 버스 운전사가 이미 소식을 전해 놓았을 것이다. 버스에서 내려 기어이 걸어서 가겠다는 정신 나간 외국 사람을 만났노라고 말이다.

세 시간 동안 18킬로미터를 걸은 끝에 10개월 전 무시무시한 시간을 보냈던 도우바야지트에 진입했다. 전에 머물렀던 호텔엔 주인이 바뀌어서 아는 사람이 하나도 없었다. 날씨가 흐려져서 조금 쌀쌀하기까지 했고, 하얀 빙하로 덮인 아라라트 산의 멋진 정상은 구름 속에 가려져 보이지 않았다. 일주일 전에 여기에서 산악인 하나가 죽었다고 한다. 나는 작은 식당에 들어가 양꼬치와 밥을 먹었다. 식욕도 없이 멍하니 음식을 꾹꾹 씹어먹으며, 파리에서 출발할 때부터 좀처럼 머리에서 떠나지 않는 불길한 생각을 몰아내려고 했다. 솔직히 이 호텔로 돌아오면서 목적지에 닿을 수 있는 가능성이 거의 없다고 생각했다. 그래서 잠자리에 들기 전 다시 한 번 다짐을 하며 마음을 달랬다. 4년 안에 실크로드 여행을 못하면 5년 안에 하면 된다고 말이다.

그래, 진지하게 생각해보자. 내가 발견할 세계가 내가 떠나온 세계보다 못한 곳인가? 도시를 뒤흔드는 불안한 광기, 일상의 스트레스, 발동기와 같은 욕망, 모든 책략의 최종목표와 같은 권력, 미덕으로 격상된 공격성…… 이런 것들이 내가 방문하게 될 마을보다 안전한 것인가? 나는 인간의 눈높이에서 만들어진 세계로 되돌아가려는 것이다. 걸음으로써 시선을 올바른 차원으로 되돌리고 시간을 다스리는 법을 익힐 수 있다. 걷는 사람은 왕이다. 시대의 흐름을 거스르는 데는 고통을 당하지만, 좀 더 잘 살기 위해서 조립식 소파보다 넓은 공간을 선택한 왕……. 나는 내 안에 차곡차곡 쌓였던 제약과 두려움에서 내 머리와 몸을 해방시키고 싶었다.

잠을 제대로 자지 못했다. 최근 단련하지 못한 탓에 근육이 조금 뻐근했고, 거리에서 미친듯이 짖어대며 싸우는 개들 때문에 작년에 그랬던 것처럼 계속 잠이 깼다. 아침에도 여전히 날은 흐렸다. 도우바야지트에 머물 이유가 없었다. 서둘러 이곳을 떠났다. 한 노점 앞에서 키가 큰 노인이 지팡이를 다발로 팔고 있었다. "한 다발에 얼마죠?" 노인은 2만 5천 리라라고 했다. 꼼꼼하게 살핀 뒤 지팡이 하나를 고르고 10만 리라를 내밀었다. 노인은 횡재할 것이라고 생각했는지 계속해서 흥정하면서 내 손에서 큰 지폐가 나오게 하려고 했다. 그때 경찰이 다가와 자기가 아는 영어 단어를 동원해 무슨 일이냐고 물었다. 노인은 가증스럽게 이야기를 늘어놓았다. 경찰이 통역을 해주었다.

"노인이 지팡이를 선물로 주고 싶으니 돈은 한 푼도 내지 말라고 하네요."

조금 전만 해도 돈을 뜯어내려고 했던 노인은 내가 건네준 돈을 격식을 차리며 돌려주었다. 난 웃음을 터뜨리고 으스대며 고맙다고 말했다. 노인이나 나나 호락호락하지 않았다.

길에서 맛본 즐거움도 잠시뿐이었다. 첫 주는 몸이 적응하는 기간으로 삼자고, 노르망디에 있을 때부터 생각해두었다. 둘째 날 걸은 짧은 거리는 몸을 회복하는 데 적당했다. 하지만 21킬로미터를 걷고 난 뒤 쉬어가려고 멈추었던 텔세케르(Telçeker)에는 집이 몇 채 없었다. 식당이나 있을지……. 내게 접근한 유일한 쿠르드인은 눈으로 뒤덮인 아라라트 산을 안내하겠다며 엄청난 달러를 요구했다. 차도 없이 다니는 유럽인이 그들 눈에 바보로 보였던 것일까? 내가 항의했더니 말투를 바꾸고 합창을 해댔다. 팁, 팁, 팁…….

좀 더 움직이기로 마음을 먹고 국경지역의 귀르불라크(Gürbulak) 마을까지 갔다. 여기서 방을 잡고 내일은 좀 쉬면서 구경을 하기로 했다. 20세기 초에 거대한 운석이 마을에서 4킬로미터 떨어진 곳에 떨어져 커다란 구멍을 만들어놓았다. 여기를 지나면 이란으로 들어가게 된다.

병영兵營 앞에서 잡종 개 두 마리가 달려드는데도 날 도와주러 나오는 군인은 한 명도 없었다. 막대기로 두 녀석을 교대로 쫓으려 했지만 한 녀석한테 등을 보이면 다른 녀석이 쏜살같이 달려들었다. 잇단 공격으로 비틀거리고 있을 때 마침내 동정심을 가진 보초병 하나가 나타났다. 그가 몸을 낮춰 조약돌을 모으자 개들은 별안간 겁에 질려 잠잠해지더니 멀리 사라졌다. 나도 앞으로 저 방법을 써먹어야겠다.

정오 무렵 길가에 앉아 빵과 말린 무화과로 점심을 먹었다. 할 일도 없고, 뭘 해야 할지도 모르겠고, 또 내가 어디에 있는지도 알 수 없었다. 기진맥진했다. 가늘고 차가운 이슬비가 스텝 지역에 내렸다. 삼십 대 남자 하나가 어깨에 긴 가래를 얹은 채 말을 타고 밭에서 오더니, 이가 빠진 입을 활짝 벌리고 미소를 보내며 다정한 표정을 지었다. 하지만 그 뒤에 온 두 무뢰한은 트럭을 멈추더니 거칠게 돈을 달라고 했다. 35킬로미터를 걸어 녹초상태로 도착한 귀르불라크에서도 실망스러운 일이 기다리고 있었다. 호텔이라곤 보이지 않았고, 음산한 흙집 몇 채와 세관원이 묵는 서민 아파트 같은 건물이 흩어져 있었다. 트럭들이 비와 차에서 흘러내린 기름과 디젤로 범벅이 되어 수렁처럼 변한 거대한 풀밭 위에 어지럽게 세워져 있었다. 황량한 폐허의 모습이었다. 게다가 기회를 놓치지 않으려는 환전상 무리가 지폐 뭉치를 흔들면서 다가왔다. 달러가 그들의 주머니 속 깊은 곳에 박혀 있을 것이다.

"달러나 마르크 있소?"

제일 잽싸게 달려온 사람이 물었다.

이런 데서 환전할 생각은 별로 없었다. 하지만 그는 날 놓아주지 않고 끈질기게 물었다.

"1달러에 7천 리알 줄게요."

도우바야지트에서는 5천 리알을 주겠다고 했다. 하지만 아까도 말했듯이 별로 유쾌하지 않은 이런 데서 돈을 바꾸고 싶지 않았다. 다음 남자가 달려왔다.

"7,200, 7,500, 7,800, 8,000!"

나는 꿋꿋하게 버티며, 귀찮은 자들에게서 벗어나려고 했다.

"8,200!"

돈을 바꾸지 않으면 벗어날 수 없을 것 같았다. 그래서 몇 달러와 남아 있던 터키 리라를 환전했다. 국경을 넘어 이란에 들어와서야 1달러가 9,500리알이라는 것을 알게 됐다.

남자는 건너편에 있는 바자르간(Bazargan)에 호텔이 몇 개 있다고 알려주었다. 다리는 천근같이 무겁고 배낭은 어깨를 갈기갈기 찢을 듯이 짓눌렀지만, 오늘 밤을 보낼 호텔을 찾아보기로 마음먹었다. 운석의 구멍이여, 안녕.

나는 트럭의 정글 속에서 마침내 길을 발견한 후 커다란 터키 국경사무소로 들어갔다. 거기에는 족히 100명은 될 듯한 사람들이 모여 있었는데, 대부분 난간 뒤에 몰려 있었다. 구석에는 한 무리의 남자들이 작은 창구에 매달려 있었다. 통관절차를 설명하는 문구는 어느 나라 말로도 써 있지 않았다. 담배 냄새가 코를 찔렀고, 사람들은 난장판 속에서 갈피를 못 잡고 있었다. 상냥해보이는 청년이 다가오더니 서툰 영어로 끝도 없이 계속 이어질 듯한 방황 속에서 날

이끌어주었다.

"난간 뒤에서 줄을 서야 돼요. 인내심이 필요하지요. 친구랑 저는 네 시간째 기다리는데 아직 더 기다려야 해요. 자리를 지키려고 교대하고 있어요."

끔찍한 피로가 몰려왔다. 소란스럽기 그지없는 이런 곳에서 꼼짝없이 서 있어야 한다는 생각에 정신을 잃을 지경이었다. 하지만 변변한 의자 하나 없는 데다가 교대해서 줄 서줄 사람도 없었기 때문에 앉는다는 것은 상상할 수도 없었다. 가방 위에 엉덩이를 대고 웅크리고 앉아보려 했지만, 사람들이 밀려들어 누르는 힘이 엄청났고, 발 디딜 틈 없이 모여 있어서 숨이 막힐 지경이었다.

기다림은 끝이 없었다. 아래쪽 창구 옆에는 피로한 데다 불친절—이런 말로는 부족하다—에 지친 거구 세 명이 말다툼에 주먹다짐까지 벌였다. 난간 뒤에 줄을 선 이들은 금방 화해를 했지만, 조금씩 창구에 다가가면서 얌체들이 새치기를 하려고 했다. 여기 모인 사람들은 대부분 이란이나 터키의 운전사들이었다. 내 옆에 있던 사람은 색다른 이유로 여기에 왔다면서, 이스탄불에서 여권과 돈을 도둑맞았다고 했다. 터키 경찰이 발급한 통행증을 얻었지만 그걸로 집까지 갈 수 있을지는 확신하지 못했다.

나와 함께 들어온 한 남자는 옷차림만으로도 한눈에 사업가라는 것을 알 수 있었는데, 주저 없이 유리문 쪽으로 걸어갔다. 그 안에는 세관원이 산더미처럼 쌓인 여권을 앞에 두고 차를 마시고 있었다. 그 특권층 남자가 조금 후에 나왔다. 세관원과 잘 아는 사이일까, 뇌물을 준 것일까? 알 수는 없지만 어쨌든 효과가 있었다. 그는 연신 굽실거리며 절을 하는 배불뚝이 보초가 서 있는 '열려라 참깨' 문을 지나갔는데, 들어서자마자 그가 심술궂은 인간이란 걸 알 수 있었다. 커다란 문은 거대한 구리자물쇠로 잠겼고, 보초는 사람이 지나갈 때마다 자물쇠를 열었다 다시 잠갔다. 사람들은 먼저 '암호'를 말해야 했다.

터키 세관원은 거만하고 건방졌다. 다음 사람이 사무실로 가기 위해 무리를 헤치면서 갑자기 소리를 지르기 시작했다. 세관원은 무지막지하게 사람들을 잡아끌더니 군대식으로 일렬로 세웠다. 한 사람이 명령대로 빨리 움직이지 않자 거칠게 벽으로 밀쳐버렸다. 그가 이렇게 권력을 남용하는데도 아무도 저항하지 않았다. 분한 마음을 간신히 억누르는 사람들은 세관을 통과하는 것이 엄청나게 힘들 것이라는 걸 잘 알고 있었다.

나는 운이 좋았다. 세 시간 만에 문제의 창구에 도착한 것이다. 서양인이라는 신분이 나를 보호하는 방패였는지, 아무도 내 앞에서는 새치기를 하지 않았다. 여권에 도장을 찍던 세관원은 사과하는 게 좋을 것 같다고 판단을 했나 보다.

"오래 기다리시게 해서 죄송하지만, 저도 어쩔 수가 없습니다. 600개나 되는 여권을 심사하는데, 여권 600개는 문제가 600가지나 있다는 뜻이거든요."

정식으로 도장을 받은 나는 '열려라 참깨' 문을 통과하라는 허락을 받았다. 구리자물쇠가 다시 잠겼다. 그리고 아까와 비슷한 방에 이르렀다.

입구 위에는 아타튀르크의 초상화가 있었다. 이란 영토로 이어지는 문 위에는 호메이니(Khomeini, 1900?~1989)와 하메네이(Khamenei, 1939~)의 초상화가 있었다. 이란의 두 이슬람 지도자가 이 방의 유일한 장식이었다. 하지만 이곳의 분위기는 터키 국경사무소와 사뭇 달랐다. 창문도 없고 천장이 높은 이 방의 사방에 시멘트 의자가 놓여 있었다. 사람들은 거기에 앉아 수다를 떨었는데, 조금 전에 보았던 아수라장과는 상당히 다른 풍경이었다. 운전사들은 모두 자신의 여권을 세관원에게 내밀었다. 내가 다가가자 사람들이 길을 비켜주었다. 조금 후에 문이 열리더니 이란 세관원이 여권더미를 움켜잡았고, 온화한 미소를 띤 베테랑이 내 여권을 그 위에 올려놓았다. 영어를 하는 이란 사람이 대화에 끼어들었다. 사람들은 내 국적과 여행 얘기를 자세히 듣고 싶어했다. 사람들이 나를 에워쌌고, 자기네들끼리 터키어나 페르시아어로 통역을 했다.

문이 다시 열리자 세관원이 나에게 지나가라고 했다. 나는 그럴 수 없다고 했다. 다른 사람이 앞에 있는데 왜……. 하지만 호의에 찬 운전사들은 나를 앞으로 떠밀더니, 여행 잘하라고 기원해주었다.

다음 절차를 기다리는 동안 상냥한 두 사람이 창구 뒤에서 나와 마주하고 있었다. 그들 중 한 사람이 여권을 내밀며 인사를 했고, 다음 방에서는 세관원이 가방을 열 필요 없으니 그냥 가라는 손짓을 했다. 파리에서 귀가 따갑도록 들었던 끔찍한 인간을 지금까지는 한 사람도 못 만났다. 안뜰로 향한 거대한 문이 햇빛을 받고 있었다. 난 그 문을 통과했다. 이제 이란 땅이다. 문을 통과하자마자 달라진 장식에 놀랐다. 바자르간은 국경사무소가 있는 언덕의 발치에 있었다. 산봉우리에는 가시철조망이 둘러쳐진 콘크리트 초소가 보였다. 다른 언덕 위에는 아스팔트로 포장된 긴 내리막길이 있었고, 길가에는 끝도 없이 이어진 트럭이 얌전하게 세워져 있었다. 맨 아래쪽 두 개의 주차장에는 대형 화물 트럭이 정차해 있고, 그 옆에는 빈민가가 있었다. 모든 것이 질서정연했다.

300미터 정도 갔을까, 병사복 차림의 젊은이가 다가왔다.

"난 세관원인데 지금 근무가 끝났어요. 도울 일이 있으면 말씀하세요."

우리는 함께 마을 쪽으로 내려갔다. 그는 국경사무소에서 군복무를 하고 있지만 회계학을 공부했다고 했다. 환전을 해야 할지 묻자 그가 아니라고 하며 우리 쪽으로 몰려드는 환전상들을 정중하게 거둬냈다. 호텔을 찾을 수 있을지 물었더니 길가에 있는 여러 건물 중 하나로 날 데려가더니 떠나기 전에 주인과 흥정을 했다. 내가 묵게 될 이란의 첫 호텔은 예전에 묵었던 터키의 호텔과 별로 다를 게 없었다. 그래도 잘 생각해보면 차이점은 있었다. 여기에서는 욕실에서 새는 물의 양이 전보다 적어 참을 만했다.

이튿날 아침 떠나기 직전에 약간의 문제가 생겼다. 배가 뒤틀려 설사를 한 것이다. 22킬로미터에 이르는 바자르간과 마쿠(Maku) 사이의 첫 번째 이란 여행 구간을 절대 끝내지 못할 듯했다. 호텔을 찾자마자 피로가 몰려서 침대 위에 고꾸라져 두 시간 동안 곤하게 잤다.

도보여행자에게 이곳 생활은 순탄했다. 이란 사람들은 이슬람 근본주의 때문에 외국인에게 적대적일 것이라고 생각했지만, 내가 만난 사람들이 보여주는 친절함과 따뜻한 관심에는 놀라지 않을 수 없었다. 언어가 달랐기 때문에, 마을 사람들은 지나가면서 간단한 인사를 하거나 가슴에 손을 얹으며 미소를 보냈다. 악수를 하려고 온 사람들은 두 손에 애정을 담아 내 손을 꼭 쥐었다. 아이들이 날 둘러쌌지만 돈이나 선물을 구걸하려는 것이 아니었다.

열 살 정도 된 말괄량이 마흐마드는 나를 따라가다가 남동생을 만났다. 그 아이들에게 내가 프랑스 사람이며 이름은 베르나르라고 말해주었다. 곧 다른 아이들이 날 둘러싸며 발을 굴렀다. 덥수룩한 검은 머리와 맑은 눈을 가진 케벤이라는 꼬마는 내가 알아듣든지 말든지 상관도 않고 쉴 새 없이 종알거렸다. 내가 왔다는 소문이 금방 퍼져서 골목마다 꼬마들이 몰려들었다. 마을 끝까지 왔을 때는 내 뒤를 따르는 아이들이 족히 서른 명은 되었다.

다시 혼자가 된 나는 새로운 풍경에 호기심을 가지고 속도를 조절하며 걸었다. 평원은 경작돼 있었고, 연한 녹색의 자작나무가 줄지어 서 있었다. 지금이 5월이니 앞으로 본격적인 더위가 시작될 것이다. 나는 멋진 광경 앞에서 걸음을 멈추었다. 저기 고원 위로 아라라트 산봉우리가 햇빛을 잔뜩 받은 채 선명하게 드러났기 때문이다. 하늘의 선물도 잠시, 십 분쯤 지나자 구름 차도르가 다시 봉우리를 감쌌다.

나는 눈을 크게 뜨고 이곳의 관습과 금기사항을 살피고 싶었다. 의심을 받지 않기 위해서 도보여행자의 차림으로는 흔하지 않은, 주머니가 여러 개 달린 바지와 흰색의 긴소매 셔츠를 입었다. 몸을 덮는 옷차림에 익숙하지 않아 엄청나게 땀을 흘렸지만, 며칠 동안 참으면 이런 더위에도 익숙해질 것을 잘 알고 있었다.

이곳 사람들의 복장은 몸을 감추기 위한 것이다. 하지만 남성은 마음대로 편안한 옷을 입을 수 있다. 여성의 복장에는 세 가지가 있다. 나 같은 서양 사람의 눈에 제일 낯설고 충격적인 것은 차도르인데, 이 검은 천은 머리에서 발끝까지 여성의 몸을 완전히 덮는다. 차도르가 흘러내리지 않게 하려면 한 손으로 턱 밑의 천을 잡아야 한다. 그래야만 얼굴이나 이마가 보이지 않는다. 다른 손은 가슴이나 배 부분의 천을 잡는다. 엄마가 아이를 데리고 갈 때는 완전히 가려진 채 아래 팔만 차도르 밖으로 나온다. 아이의 손을 잡은 엄마들은 어떻게 해서든 얼굴을 가리기 위해서 이빨로 천을 꽉 물어야 한다.

여성의 외투는 색깔이 주로 검정색이고, 여성들은 외투를 입을 때 마그나에(maghna'é)라는 두건을 함께 쓴다. 여성 공무원들은 이 두 가지 복장을 반드시 갖추어야 한다.

그리고 조금 자유로운 형태의 복장이 있는데, 이 복장은 중류 계층이나 부르주아의 표시가 되기도 한다. 주로 밝은 색의 외투는 발끝까지 닿지 않을 때가 많고, 트임 사이로 가끔 청바지가 보이기도 한다. 어두운 색의 스카프는 머리를 완전히 가리게 덮어 묶는다. 하지만 용감하게 밝은 색 스카프를 쓰고 여봐란듯이 머리카락을 내비치는 여성도 있다. 신발은 어떤 종류든 발이 양말 속에 감춰져야 한다.

남성은 반소매 셔츠를 입지 않고, 넥타이를 착용해서도 안 된다. 일부 반항적인 남자들은 티셔츠를 입기도 한다. 신심이 깊은 남자는 작은 털모자로 머리를 가린다.

국가는 무시무시한 코미테(komite, 호메이니의 전위조직으로 이란의 비밀경찰)를 동원해 사람들이 복장 규정을 잘 따르고 있는지 감시한다. 그런데 코미테는 여성의 복장만 유심히 살핀다. 노골적으로 넥타이를 매는 늙은 아제르바이잔 사람들이 있지만, 그들은 사람들의 시선을 모으고 비난의 대상이 될 뿐 별다른 처벌은 받지 않는다. 하지만 여성이 조금이라도 관습을 어겼을 때는 민간복 차림으로 거리와 공원을 돌아다니는 코미테의 제재를 받게 된다.

당연히 내 배낭과 커다란 신발에 사람들의 눈길이 쏠렸다. 군복무를 마치고 자동차 수리공이 된 남자가 다가와 차를 권하며 자신의 호기심을 채우려 했다. 그는 정비소 앞에서 하나뿐인 의자를 내게 권했는데, 그 위에는 이미 찻주전자와 겨자 단지가 놓여 있었다. 옆에 있던 대여섯 명의 상인들이 내 주변에 쪼그리고 앉아서 질문을 퍼부어댔다.

난 소피의 도움을 받아 파리에서 코팅까지 해가며 준비해온 작은 종이를 뚫어져라 보며, 발음을 흉내 내어 몇 가지 페르시아어 단어를 더듬더듬 읽었다. 내가 '나는 과부'라고 말하자 성별을 혼동하는 것이 상상도 못할 일이었는지, 모두 박장대소를 터뜨렸다. 나는 입에 설탕 조각을 넣고 뜨거운 차를 한 모금씩 마시며 녹이는 방법을 배웠다. 하지만 마을에 스무 대 가량의 독일 캠핑차가 도착하자 사람들의 관심은 그쪽으로 쏠렸다. 자동차 수리공이 어찌나 흉내를 잘 내는지 나도 한번 따라하고 싶어졌다. 그래서 내가 그와 똑같은 손짓으로 대답했다. '직접 만날 수 있는 관광객이 좋으냐, 아니면 그냥 멀리서 구경만 할 수 있는 관광객이 좋으냐?' 이 질문으로 우리의 우정이 확인되자, 그는 기름때가 묻은 커다란 발로 내 발을 슬쩍 건드렸다.

나는 휴식을 취하는 중에도 교차로에서 몸에 꼭 끼는

초록색 제복을 입은 경찰이 지휘자처럼 교통을 통제하는 모습을 계속 관찰했다. 놀랍도록 질서정연한 이런 발레 같은 동작은 늘 날 매료시켰는데, 어디를 가나 똑같은 모습을 볼 수 있었다. 동료 경찰이 교대하러 오자, 그는 군대식으로 자기가 끼었던 선글라스를 건네주었다. 아마 선글라스도 제복의 일부인가 보다. 선글라스는 끼는 사람에게 권위를 부여하는 것 같았다…….

마쿠에서 하루를 쉬기로 했다. 그다지 피로하지는 않았지만 도우바야지트-바자르간 구간이 아직도 많이 남아 있어서 힘을 아껴야 했다. 무엇보다 작년에 확실히 알게 된 건 몸 상태에 늘 신경을 써야 한다는 것이다. 도보여행의 매력은 좀 더 깊은 곳을 향해 빠져드는 도취감과 비슷하다. 그런데 걷는 데서 오는 행복감에 도취해 신체의 경고를 무시하기가 쉽다. 과한 피로는 몸을 허약하게 만들고, 불결한 환경에서 생활하니 사소한 미생물에도 쉽게 감염된다. 그래서 82킬로미터라는 형편없는 거리를 걸었지만, 이쯤에서 휴식을 갖기로 한 것이다.

하루 쉬는 동안 마쿠에서 20여 킬로미터 거리에 있는 가라 켈리사(Ghara Kelisa, 검은 성당이라는 뜻)를 구경할 것이다. 매년 6월 19일이 되면 아르메니아 사도교회 신도들이 연례 미사에 참석하기 위해 성 타대우스(Saint Thaddeus, 성 바르나베Saint Barnabé라고 하는 사람도 있다) 성당이라고도 불리는 이곳으로 모여든다. 마을에 마땅한 숙소가 없기 때문에 신자들은 성당 주변에 텐트를 친다. 거대하고 특이한 광경이다. 하지만 아르메니아 교인이라고 해도 여기에서 보름 동안 야영을 할 것 같지는 않았다.

나는 운전사 알리, 가이드인 메흐디와 함께 택시를 빌렸는데, 메흐디가 제대로 안내할 수 있는 곳이 아무 데도 없다는 걸 금방 알게 됐다. 그의 영어 실력은 내 페르시아어 정도였기에 성당이 있는 높은 언덕 쪽으로 이어지는 가파른 길 주변에 있는 바위에 새겨진 문구는 영원히 수수께끼로 남을 것이다. 어쩌면 메흐디는 그걸 통역하지 못하는 게 아니라 통역해주고 싶지 않은 것일지도 몰랐다. 우리가 도착하기 직전, 그에게 거짓말을 하는 게 아닌지 슬쩍 찔러보자 그가 흠칫 놀랐다. 나는 감옥이라고밖에는 생각할 수 없는 건물(감시탑 가까이 있는 창문도 없는 높다란 벽) 앞에서 메흐디에게 물어보았다. "새 감옥이오?" 그는 잠시 생각하더니 대답했다. "아니오. 경기장이에요."

난 '피노체트식이요?'라고 덧붙이고 싶었지만 참았다. 그가 가라 켈리사에 대해서도 아는 게 없다면 곤란할 텐데……

성당은 황량한 언덕에 있었다. 나무 한 그루 없었고, 풀은 벌써 햇살에 누렇게 변해 있었다. 멀리에서 보면 제일 먼저 하얀 돌로 된 원뿔 모양이 눈에 들어오는데, 그것은 뒤쪽의 잿빛 산 때문에 더 두드러져 보였다. 땅의 기복을 따라 아름다운 성당의 모습이 조금씩 드러났다. 커다란 구름이 끼어 있는 왼쪽 계곡으로 시선이 갔다. '검은' 성당은 모 랫빛이었다. 10세기에 현무암으로 지어진 이 성당은 그런 이름을 가질 만했다. 하지만 가라 켈리사는 13세기에 이어 17세기에 일어난 지진으로 무너졌다. 현무암은 성벽과 탑을 재건하는 데 다시 사용됐는데, 탑은 어두운 테와 밝은 테가 교대로 얹혀 지어졌다. 작은 건물의 비율은 완벽했다. 가이 드는 우려했던 대로 성당에 대해서 세 마디 이상을 설명하 지 못했고, 자기네들이 아무리 경멸하는 종교라지만 최소한 의 예의도 없이 소리 지르며 농담을 주고받는 모습은 보기 에 좋지 않았다.

　가라 켈리사 근처에 있는 아르메니아인들이 사는 마을 로 갔다. 눈에 띄는 색깔 옷을 입은 여자들은 쉬고 있고, 남 자들은 앞으로 다가올 여름에 대비해 관개시설을 수리하 고 있었다. 색이 바랜 파란색 긴 치마를 입은 여자아이가 다 가오더니 사진을 찍어달라며 버티고 섰다. 광채가 나는 자 줏빛 조끼와 까르르 웃는 모습 때문에 마음이 흔들렸는데 ……. 내가 카메라 초점을 맞추자 아이는 심각한 표정을 짓 더니 거의 울상이 됐다. 아이를 달래려고 사탕을 몇 개 주어 도, 배지를 내 셔츠에 달면서 어떻게 다는 건지 설명을 해줘 도 소용이 없었다. 아이들은 이 작고 가벼운 장난감을 탐낸 다. 파리에 있을 때 친구들과 독자들은 수집품을 처분하면 서까지 배지를 몇백 개씩 보내주었다. 배지는 고루 나누어 줄 것이니 안심하시길. 이라크와 전쟁을 하면서 많은 이란 젊은이들이 사망했지만, 이란 인구는 1956년에 1,900만 명에서 1996년 7천만 명으로 늘어났다.

어디에나 전쟁의 흔적이 있었다. 어느 도시나 마을에 가도 전쟁 당시 목숨을 바쳐 싸운 '순교자'들의 커다란 초상화가 있었고 묘지에는 수많은 순교자의 무덤이 있었다. 이 모습을 보니 제 1차 세계대전의 영광을 기리기 위해 우리 시골에 세웠던 건축물이 생각났다.

다시 마을로 돌아오면서 어떤 남자에게 길을 물었다. 그 남자는 여기에 무슨 일로 왔는지를 물었고, 잠시 후 마을에선 낯선 외국 사람을 두고 집회가 벌어졌다. 여기선 드물게도 방금 면도한 모습에 다른 사람보다 공들인 옷차림을 한 남자가 통역을 했다. 영어를 꽤 잘해서 내가 칭찬을 했다.

"5년 동안 이라크에서 전쟁포로로 있으면서 적십자 사람들과 지내며 영어를 배웠어요."

"5년씩이나! 빌어먹을……."

그는 좌우를 살피면서 혹시 알아듣는 사람이 있는지 본 다음, 자신이 발음하는 단어가 잘 전달될 수 있게 하려는 듯 내 팔을 꼭 쥐면서 말을 했다.

"20년 전에 여기엔 빌어먹을 문제들이 있었죠, 친구여."

그는 자기가 너무 많이 말했다는 듯 종종걸음으로 뒤도 돌아보지 않고 가버렸다.

나는 그 자리에 남아 생각에 잠겼다. 이슬람 법전의 세례를 받은 호전적인 사람을 만나리라 생각했는데, 물라〔Mullah, 이란과 중앙아시아에서 일반적으로 '군주'를 의미하는 칭호. 이슬람 종교학자나 성직자에게도 붙인다〕 지배체제에 반대하는 사람을 만났다. 스무 살이면, 알라의 이름으로 이맘〔Imām, 이슬람의 종교지도자〕 호메이니가 권력을 쥐었던 '혁명' 세대인데 말이다.

나는 호텔 계단에 앉아서 지나가는 사람들을 보며 안온한 저녁나절을 즐겼다. 하얀 피부에 짙은 검정색의 둥근 눈썹을 한 젊은 여자가 지나가고 있었는데, 차도르가 머리 뒤쪽으로 미끄러지자 삼단 같은 검은 머리카락이 보였다. 여자는 한 손으로 배 높이에서 천을 잡고 있어서 검은 천 위로 가슴의 굴곡이 드러났고, 청바지를 입은 긴 다리가 살짝 보였다. 차도르를 쓰고—아니면 차도르 때문에!—있어도 관능은 숨길 수가 없었다. 눈으로 여자를 좇는 동안 성큼성큼 걸어가는 여자는 패션 모델처럼 긴 몸을 흔들며 멀어져 갔다.

마쿠에서 하루를 쉬었더니 몸이 가뿐해졌고, 다리의 피로도 풀려서 다시 길을 나섰다. 한 시간을 걷자 도시를 감싼 험준하고 비좁은 계곡을 벗어날 수 있었다. 가파른 절벽 위에 세워진 동굴 같은 집에서 새들이 날개를 치며 날아올랐다. 계곡엔 호두나무가 촘촘히 서 있고, 푸른 물결이 치듯 풍요로운 고원 위로 밀밭이 펼쳐져 있었다.

정오가 되자 어디에서나 맛볼 수 있는 되네르 케밥을 파는 작은 식당에서 남자아이가 허물없이 다가와 내 여행서를 독점해버렸다. 아이는 자기가 알고 있는 이슬람 공화국의 인물들이 보이자 이름을 읊어댔다. 이맘 호메이니, 그후계자 하메네이, 얼마 전 대선에서 승리를 거둔 하타미 대통령. 갑자기 아이가 어떤 인물 앞에서 멈추었다.

"누구예요?"

"샤(Shah, 왕 또는 지배자를 의미하는 페르시아어), 모하메드 레자."

아이는 매료됐다. 처음으로 왕위를 박탈당한 왕의 초상화를 본 것이다. 순식간에 여행서가 식당을 한 바퀴 돌았다. 다시 길을 나서는데 여관 앞 공터에서 트럭의 앞 유리창을 열심히 닦던 남자가 공모자 같은 표정을 지으며 다가왔다.

"난 40년 전에 태어났어요. 우리 부모님은 왕의 이름을 따서 내 이름을 모하메드 레자라고 지었죠. 이름 때문에 문제가 많았어요. 혁명이 일어난 뒤에는 대학을 그만두어야 했고, 그래서 트럭 운전사가 됐어요."

프랑스에서는 1940년대에 필리프(Philippe, 세계대전 중 친독일 괴뢰정부를 세운 페탱 장군)란 이름을 가졌다고 해서 고초를 겪는 일은 없었다. 이란에서는 20년 전부터 아야톨라(Ayatollah, 이슬람 시아파 지도자)가 사람들이 지난 역사에 대해 향수를 가지고 있지 않는지 감시하고 있다…….

평원에 도착해보니, 여자들만 밭에서 일을 하던 터키와 달리 남자들이 가래질과 쟁기질을 하고 있었다. 태양은 아직 높이 떠 있었다. 전속력으로 내 앞을 지나가던 자동차가 멈춰서 유턴을 하더니 되돌아왔다. 운전자가 말했다.

"I go Tabriz(타브리즈에 가는데요)."

그래요, 그래, 나도 거기에 가지만 걸어서 가겠어요. 그는 엄청나게 흥분해서 정신없이 원을 그리며 돌았다. 차에 깔릴지도 모른다는 걸 보여주려는 듯했다. 내가 걸어가겠다고 말했을 때 터키 사람들이 보였던, 이해할 수 없다는 반응을 이란 사람들도 똑같이 보였다. 걸어서 세계를 돌아다니고 싶다는 단순한 욕망이 그렇게도 엉뚱하고 괴상하고 받아들일 수 없는 일일까? 지극히 평범한 일인 것 같은데 사람들이 하도 미친 짓인 것처럼 얘기해서, 혹시 정말 그런 게 아닐까 의심이 들 지경이었다.

마쿠를 벗어나 오른쪽으로 방향을 꺾어 남쪽으로 난 작은 내리막길을 걸었다. 차도 별로 없고, 사람 그림자도 없어서 고독을 음미하며 걸었다. 조금씩 걷는 속도가 빨라졌고, 근육도 도보여행에 익숙해지고 있었다. 하지만 인내력은 거기까지였다. 25킬로미터를 걷자 고통스러워지기 시작했다. 아직도 5킬로미터는 더 가야 쇼트(Shot)에 도착하는데 말이다. 쇼트는 두 개의 언어로 표시된 지도에는 쉬트(Shut)로 표기돼 있었고, 이 지방 사람들은 슈트(Shout)라고 발음

했다. 나는 우박 세례를 받으며 그곳에 도착했다. 마흐마드(정치적인 문제를 고려해서, 물라나 이슬람 법을 수호하는 책임을 진 코미테에게 처벌 받을 수 있는 말이나 행동을 한 사람의 경우 이름을 바꾸기로 한다)의 집에서 방을 구했는데, 그의 선술집에 모여 있던 짙은 수염을 기른 대여섯 명의 친구가 내게 질문을 해댔다. 오늘 정오에 식당에서 있었던 왕에 관한 에피소드를 들려주자 누군가 "좋은 분이었지."라고 말했고, 그 뒤를 이어 "종교인들만 빼고 이란 사람들은 모두 훌륭해."라고 거들었다.

물라 체제는 잼을 핥아먹다가 검은 빵을 먹는 것으로 막을 내릴 것인가? 하지만 폭동이 일어날 기미가 없다는 걸 금방 알 수 있었다. 방금 전에 불만을 토로했던 사람들도, 경찰이 차를 마시러 들어오자 무척이나 공손하게 인사를 했다…….

조금 후에 으스대면서 들어온 남자는 두려움을 불러일으켰다. 그는 나에 대해 알고 싶어했다. 다음 마을에 호텔이 있는지 물었더니, 그는 페르시아어로 된 명함을 내밀었다.

"이걸 보이고 내가 보냈다고 말해요."

어떤 대꾸나 반발이나 감사의 말도 허락하지 않는 듯한 말투였다. 그 자체만으로 위풍당당했다. 남자는 그렇게 말하고 가버렸다. 그가 나가자 모두들 그가 대단한 부자라고 입을 모아 말했다……. 어쨌든 여기에서도 부와 권력이 모든 걸 지배하고 있었다.

내가 가진 형편없는 지도에는 남쪽으로 길이 있다고 표시돼 있었다. 하지만 사람들은 종이 위에만 존재하는 길이라고 했다. 할 수 없지, 나는 10킬로미터를 돌아가야 나오는 도로를 찾는 대신 밭을 질러가기로 했다. 사람들이 소리를 질렀다. 길을 잃을 게 뻔하고, 나쁜 사람을 만날지도 모른다고 말이다. 마흐마드는 내일 아침 타브리즈로 연결되는 길까지 차로 바래다 주겠다고 했다. 모두 그렇게 하라고 붙잡아서 결국 그의 제안을 받아들이기로 했다.

내가 머물 방은 엄청나게 지저분했다. 두 개의 침대 중 하나는 혁명 이후 한 번도 시트를 갈지 않은 것이었지만, 주인은 외국인 손님을 위해 조금 덜 더러운 시트로 갈아주었다. 화장실에서는 엄지만 한 바퀴벌레 가족을 쫓아냈다. 창문에 커튼도 없었다. 절약정신을 존중하기 위해 나도 불을 꺼야 했다. 밤에는 순찰을 도는 두 병사가 내가 머무는 방 아래 멈춰서서 불을 지폈다. 다른 병사 네 명이 그들과 합류해 즉석에서 마련된 난로에 차를 데워서 마셨다.

밤은 짧았다. 새벽에 데리러 오겠다는 자동차가 보이지 않길래 밭을 질러서 가기로 결정했다. 지금까지 사람들에게 환영받았던 걸 생각해보면 아무 위험도 없을 것이라는 확신이 들었다. 게다가 여행을 떠나기 전 파리에서 산 GPS가 있기 때문에 길을 잃을 염려가 없다고 생각했다. GPS는 휴대전화만 한 전자기기로, 위성과 연결해 자기가 있는 곳의 근접 위치를 알려준다. 또한 프로그램만 정확하게 짜면 가고자 하는 곳의 방향과 거리, 속도 등을 알려준다. 우리가 모르는 욕망도 해독해줄 수 있을까……. 위험 없는 세계를 돌아다니는데 다른 것(쓸모가 많은 주머니칼은 제외하고)을 바랄 게 있겠는가? 나는 어린아이처럼 이 놀라운 기계가 약속을 지키는 걸 확인하고 싶어서 안달이 났다. 그리고 내가 이 기계를 제대로 사용할 수 있는지도 확인하고 싶었는데, 그건 지금까지 전자장치가 너무나 복잡해서 문제가 생기는 경우가 많았기 때문이다.

세계는 내 것이라고 안도하며 마을을 떠났다. 하지만 내가 지나쳐간 마을 한가운데에 우뚝 서 있는 유격대원 복장의 군인 동상이 내 확신을 흔들었다. 그 동상은 한 손에는 카라슈니코프 자동소총을, 다른 손에는 이란 국기를 흔들면서, 세계를 정복하기 위해 출발했던 이슬람 혁명시절을 증언하듯 서 있었다. 하지만 지금은 내가 세계를 정복하러 떠나는 것이다.

몇 킬로미터 떨어진 곳에 흙벽돌로 지어진 대상 숙소가 있었다. 이미 폐허로 변해 일부분만 남은 채 나를 비웃는 듯했다. 내가 실크로드에서 대상 숙소로는 처음 확인한 건물이었다. 뒤로는 숲이 톱니바퀴 모양으로 지평선을 이루고, 그 위로는 하얀 점 같은 아라라트 산이 터키의 하늘을 찌를 듯 보였다. 가방을 내려놓고 경치와 쥐 죽은 듯한 적막을 음미했는데…… 오토바이의 굉음으로 고요함이 깨져버려 다시 걸음을 내딛었다. 내 귀를 먹먹하게 만든 것만으로는 성이 차지 않았는지 오토바이를 탄 젊은 남자는 끊임없이 질문(국적과 더불어 어디에서 왔고, 어디로 가는지, 나이는 어떻게 되는지 등) 세례를 퍼붓더니 주머니에서 볼펜을 내밀었다. 예상하지 못한 그의 행동에 놀라 나도 내 볼펜을 그에게 건넸다. 배지를 줄 나이는 넘었기 때문이었다. 그는 만족스러워하며 내 곁을 떠났다. 이튿날 보니 그가 준 볼펜은 사용할 수가 없는 것이었다. 짧은 만남에 짧은 사기행각⋯⋯. 나는 국경을 넘은 이래 조금씩 이 나라에 쓴맛을 느끼게 됐다.

하지만 한 노인이 날 감동시켰다. 인사를 건네자 그가 물었다. 늘 같은 질문. 노인은 내가 가는 여정을 잘 알아듣더니 자동차를 세우려고 도로 한중간에 자리를 잡고 섰다. 나는 노인을 도로에서 끌고 나오는 데 엄청난 고생을 했다. 그는 축축한 천으로 덮인 사발 하나를 손에 들고 있었다. 이게 뭘까? 그는 궁금하지 않느냐는 표정을 지으며 천을 걷었다. 그 안에는 멜론 씨들이 있었는데, 반투명한 작은 씨들이 햇살에 반짝이고 있었다. 그는 손가락으로 씨 하나를 집더니 자식을 돌보는 아버지처럼 조심스럽게 그걸 땅에 구멍을 파고 놓았다. 그리고 과육이 통통한 멜론의 약속을 담은 작은 씨가 다치지 않게 살살 흙을 덮어 묻었다.

나는 GPS가 가리키는 화살표를 따라서 밭을 가로질렀다. 마지막 빗줄기가 땅을 흠뻑 적셨고, 배낭 무게로 더 무거워진 내 발은 젖은 땅에 푹푹 빠졌다. 아직도 여기저기에 하얀 점들이 남아 있었다. 봄 햇살에도 아직 녹지 않고 남아 있는 눈이었다. 겨울에는 상당한 눈이 내렸을 것이다. 하지만 더위가 시작되자 개양귀비가 피어났고, 평원은 산들바람에 몸을 떠는 주홍빛 꽃으로 뒤덮였다. 공기가 신선했다. 살짝 맺힌 땀으로 옷이 젖었고, 기분이 상쾌했다. 세 시간 후 작은 개울을 건넌 뒤 포장도로에 이르렀는데 경찰차가 멈춰섰다. 헌병 둘이 목적지를 물었다. 그중 하나가 볼펜으로 손바닥 위에 목적지까지 거리를 적었다. 그들은 내 신분증을 확인하지도 않고 떠났다. 경찰 기강이 해이해지기라도 한 것일까? 위험을 걱정하지 않아도 될 세계에 첫발을 디뎠다는 사실에 이상하게도 황홀한 기분이 들었다. 출발할 때부터 나를 옥죄던 막연한 두려움의 빗장이 풀어진 것 같았다.

이제 저 작은 오르막길을 따라가면 높은 고개에 닿게 된다. 골짜기는 서로 맞닿아 둥근 언덕의 무리를 이루었다. 로마네스크 양식으로 지은 성당의 건축기법을 생각나게 했다. 고개에 도착하자, 개구리처럼 툴툴거리는 초록색 시트로앵 2CV〔시트로앵사의 2실린더 자동차 모델로 20세기 후반 프랑스의 국민차로 사랑받음〕가 내 옆으로 지나가더니 몇 미터 앞에서 급브레이크를 밟아 방향을 틀었다. 머리가 많이 빠진 남자가 통기듯 자동차에서 나와 의자 위에 흐트러진 물건을 뒤지더니, 손에 큰 종이가방을 들고 다가왔다. 초콜릿 사탕이 가득 담겨 있었다. 그는 사탕을 한 움큼 쥐어 내 주머니에 쑤셔넣으면서 이름과 국적을 묻고는 나타날 때와 마찬가지로 갑자기 사라져버렸다. 이란 사람들은 금방 우정을 쌓는다. 저녁에 다시 그를 만났을 때 남자는 왜 그렇게 서둘렀는지 설명했다. 그는 의사이고 난산으로 고생하는 임신부를 돌보러 가고 있었다고 한다. 그런데 날 어리둥절하게 만든 것은, 그렇게 바쁜 와중에 어떻게 잠시라도 차를 멈출 수 있었느냐는 것이다. 그것도 외국인한테 오기 위해서! 나는 그에게 그렇게 바쁜 와중에 어떻게 누군지도 모르는 사람한테 사탕을 주려는 생각이 들었는지 물었다. 그는 날 안심시키는 한마디로 모든 의구심을 날려버렸다.

"산모랑 아이는 건강해요."

나는 다시 길을 나섰다. 햇볕이 따갑게 내리쬐었다. 동쪽에는 이란과 아제르바이잔을 가르는 높은 산 위에 남아 있는 눈이 무도장 천장에서 빙글빙글 도는 조명처럼 햇빛에 반짝거렸다.

2. 천년의 시장, 바자르

5월 20일, 샤 볼라기, 151킬로미터

알라 사디는 따분한 표정이 역력했다. 지금은 저녁 일곱 시 반인데 아직도 날이 저물지 않았다. 나른한 모습의 그는 위용을 자랑하는 의자에 앉아 커다란 책상 아래 편안하게 발을 내려놓고 졸고 있었다. '조금 전에 내 식당에 빨간 배낭을 메고 들어온 저 백인이 내 졸음을 방해하려는 건 아니겠지. 그래 좋았어, 이 외국인은 아무것도 요구하질 않는군.' 그는 내 배낭을 받아서 귀찮은 짐을 버리듯이 의자 위에 내던졌다.

내가 어리석었다. 40킬로미터를 오는 게 아니었는데. 하지만 길이 너무나 아름다운 데다 마을이 거의 없어서 선택의 여지가 없었다. '샤(Shah)'라는 이름을 가진 대부분의 마을은 이슬람 혁명 이후 개칭됐지만, 개칭작업이 끝남에 따라 샤 볼라기(Shah Bolaghi)는 의연하게 그 이름을 간직할 수 있었다. 알라 사디와 나는 족히 십 분은 그렇게 있었다.

난 조금 기운을 차리고 나서 감히 차 한 잔을 주문했다. 그는 내게 눈길도 주지 않았다. 난 거기 없는 사람이었다. 나도 차를 달라고 고집하지 않았다.

그때 식당 문이 힘차게 열렸다. 오늘 오후에 만났던 의사 자페르였는데, 그는 여전히 바쁘고 흥분한 모습이었다. 자페르는 내 테이블에 배를 구겨 집어넣고 앉아 주머니에서 캐러멜을 한 움큼 꺼내더니 주문을 했다.

"내 친구한테 차 한 잔 줘요."

이번에는 주문 소리가 들렸는지, 알라 사디가 주방 쪽으로 절도 있게 걸어갔다. 그는 크지 않은 키에, 배 둘레가 엄청나서 몸이 공처럼 보였고, 나이는 스물다섯에서 마흔 사이로 짐작하기가 힘들었다. 검은 털이 팔과 셔츠 밖으로 덥수룩하게 나왔지만, 머리에는 한 오라기도 남아 있지 않았다. 그는 먹이를 잔뜩 먹은 거위처럼 몸을 뒤뚱거리며 무거운 발걸음을 옮겼고, 샌들은 타일 위에서 '터덜터덜' 소리를 냈다. 그가 다시 왔을 때 나는 묵을 방이 있는지 물었다.

그는 갑작스런 내 질문에 대한 증인으로 또 다른 '알라'를 찾듯이 눈을 들어 하늘을 쳐다보았다.

"어디에 있죠?"

그는 턱을 모호하게 움직여 허공을 가리켰다.

난 어제 저녁에 카페에서 만난 남자가 거만하게 건네준 명함을 꺼냈다. 그는 명함을 받았지만 아무리 뚫어져라 쳐다봐도 페르시아어는 그에게 수수께끼였다. 의사가 그에게 다가가 이름을 읽었다. '굴리 아사디'. 이 이름에 알라 사디는 햇살 같은 미소를 머금었다. 물론 그에게 방은 있었다. 그리고 내게 맛있는 식사를 대접하려고 서둘러 주방으로 갔다. 무엇이 '열려라, 참깨'를 만들었는지는 모르지만 명함 덕분에 이란 땅에 들어온 후 최고로 맛있는 저녁식사를 할 수 있었다. "빵은 신이 내린 은총이다"라는 페르시아 격언대로, 이 땅딸보가 가져다 준 음식은 환호성을 올릴 정도로 맛있었다.

의사는 환자들을 돌보러 다시 뛰어나갔고, 나는 오래도록 혼자 남아 있었다. 새로 들어온 친절한 남자는 자기의 담배 건조장을 보여주겠다며 강제로 끌다시피 날 데리고 갔다. 그리고 두 아들을 소개했는데, 그 중 한 아이가 더듬더듬 몇 마디 영어를 했다. 두 형제는 하나도 닮은 데가 없었다.

"당연하죠, 엄마가 다르거든요."

이렇게 말하여 옆집 문지방에서 날 기다리는 두 여자를 가리켰는데, 한 명은 부은 듯한 얼굴로 미소를 짓고 있었고, 좀 더 젊은 여자는 이가 빠져서 쪼글쪼글한 입을 앙다물며 미소를 지었다. 별로 유쾌하지 않았기 때문에 아까 그 식당으로 되돌아가고 싶었다. 하지만 식당에 돌아가자 내가 식사하는 동안 주인이 보여주었던 친절함은 온데간데없이 사라졌다.

알라 사디가 뒹굴고 있었던 의자에는 고약해보이는 노

인이 앉아서 날 죽일 듯이 쳐다보았다. 알라의 아버지이자 식당 주인이었다. 그는 굴리 아사디를 몰랐고 상관도 하지 않았다. 내 방이여, 안녕. 알라는 미끄러지듯이 부엌으로 들어가 숨어버렸다. 그때 쾌활하고 정력이 넘치는 다른 노인이 들어와서 고약한 노인에게 인사를 했다. 털실로 짠 모자를 쓰고, 검은 콧수염에다 부채처럼 둥글게 펼쳐진 흰 수염을 기른 노인은 위풍당당했다. 아브둘라 아브둘라이는 미소가 특히 눈부셨다. 유난히 하얀 이와 금으로 해넣은 송곳니 둘에 잘생긴 얼굴. 나는 방 걱정을 잊은 채 그가 인사를 건네자 사진을 찍어도 되겠느냐고 물었다. 그는 관대하게 승낙했다. 카메라를 꺼내자 무뚝뚝하던 식당 노인네가 말랑말랑해져서 다시 방을 얻을 수 있게 됐다. 그런데 나는 밖에 나갈 수가 없었다. 빈둥거리던 청년들이 서로 숙소를 제공하겠다고 난리였고, 담배 건조장 남자도 숙소를 주겠다고 나섰기 때문이다. 하지만 무엇보다도 나는 담배 건조장 남자가 날 초대해서 자기 부인을 함께 나누자고 할까봐 겁이 나서 서둘러 그의 제안을 거절했다.

한참 후에 다시 나타난 땅딸보가 나를 데리고 간 '방'은 부엌 옆에 있었는데, 땅바닥에서 자야 했다. 나는 땅딸보에게 그의 이름이 이슬람 신의 이름과 같은 철자인지 물어보았다. 그는 문맹이어서 뭐가 뭔지 전혀 몰랐다. 매일 알라의 집에서 잘 수 있는 기회를 갖지 못하는 것이 유감스러웠다.

막 시작되는 더위 속에서 한 시간 반을 걸었는데, 왠지 모르게 뒤돌아봐야 할 것 같은 기분이 들었다. 오, 기적이여, 위엄 있는 대大아라라트 산과 거만한 소小아라라트 산이 맑은 하늘을 배경으로 웅대하게 펼쳐져 있었다. 넋이 나간 채 경치에 빠져 있는 바람에 목동이 다가오는 소리도 듣지 못했는데, 어느덧 옆에 앉아 있는 그를 발견하고 깜짝 놀랐다. 다른 사람들처럼 목동 역시 내게 질문을 하고 호기심을 충족시킨 다음 천천히 언덕을 올라갔고, 쿠르드어로 양손을 확성기처럼 입에 대고 언덕을 내려가는 사람들에게 방금 전에 들은 얘기를 전했다. 목소리가 메아리처럼 울려 퍼지는 것이 들렸고, 좀 더 먼 곳으로 같은 내용의 말이 계속해서 계곡을 넘어 퍼져나갔다. 눈에 안 띄게 지나가려던 계획이 수포로 돌아갔다. 내 존재가 적어도 타브리즈까지는 전해졌을 테니까!

그래도 카라지야에딘(Qarah ziya eddin)에서는 다행스럽게도 예상과 달리 시끄러운 환영을 받는 일은 없었다…… . 그래서 곧바로 안락한 침대가 있고 따뜻한 샤워를 할 수 있는 방을 찾을 수 있었다. 물론 행복은 오래가지 않았다. 동이 트기도 전에 벽을 시끄럽게 두드려대는 소리에 잠이 깼다. 내가 머문 방의 벽이 동네 악동들이 호텔 복도에 즉석으로 만든 축구장 골대로 사용되고 있었다…… . 이곳 아이들은 대체 몇 시에 잠을 자는 것일까?

일찍 출발해 폭염 속에서 도로와 강이 번갈아 나란히 나타나는 협로를 힘겹게 행군하던 중, 모퉁이에 '마흐마드 식당'이라는 간판이 보였다. 식당이라는 이름을 붙일 수 있을까 싶을 정도로 허름하고 작았다. 땅에 장대 네 개를 박고 그 위에 나뭇가지와 풀로 지붕을 얹은 뒤, 그 지붕이 드리우는 그림자 아래 두 개의 테이블을 놓은 게 전부였다. 나는 자리를 잡고, 땀에 젖은 신발을 아무렇게나 벗어서 햇볕이 드는 곳에 널었다. 어디를 가나 피할 수 없는 생양파와 토마토가 곁들여진 꼬치가 나와 막 먹기 시작하는데, 라줄이 트럭을 세우고 다가와 자기가 겪은 불행한 일을 얘기했다. 이슬람 혁명 전에 그는 여행 가이드였는데(그래서 영어를 능숙하게 구사했다) 지금은 사업이 망해서 기름을 운반한다고 했다. 20년 전에 배운, 자기가 존경해 마지않는 영국의 말을 잊지 않기 위해서 외국 사람을 만나면 영어로 말할 기회를 놓치지 않는다고 했다. 그가 쉴 새 없이 멋지게 기른 수염을 가다듬는 걸 보고, 왜 이란 남자들은 한결같이 수염을 기르는지 물어보았다. 그는 웃지도 않고 대답했다.

"여자들한테 없는 거니까요."

부정할 수 없는 대답이었다. 두고두고 생각해볼 얘기다.

라줄의 수입은 형편없었다. 하지만 10년 후면 자기가 모는 트럭을 주인이 줄 것이라고 했다. 차 주인은 정말 머리가 좋은 사람이다. 라줄은 트럭이 벌써 자기 것인 양 엔진을 정성껏 손질하고 있으니 말이다. 그가 간 뒤 막 베어놓은 풀더미 위에서 잠깐 낮잠을 잤다. 계산을 하려 하자, 주인은 "아뇨, 계산할 게 없어요."라고 했다. 여기 사람들은 선물을 받기 전 적어도 두 번은 거절하는 것이 예의라는 걸 어제 배웠기 때문에 나는 돈을 내겠다고 고집을 부렸다. 그지께는 작은 코팅 종이에 써두었던 표현을 복습한 다음 우편엽서를 파는 상인에게 얼마냐고 물어보았다. 주인은 가슴에 손을 대고 대답을 하지 않았다. 선물인가요? 난 놀라서 고맙다고 인사하고 엽서를 받았다. 그런 걸 두고 서툰 행동이라고 한다. 이곳의 예절을 배운 이상, 무례한 행동 같은 건 다시 하지 않을 것이다. 그래서 나는 고집을 부렸다, 한 번, 두 번……. 하지만 오늘은 예절규범이 통하지 않았다. 주인은 라줄이 자기 밥값을 계산하면서 내 것까지 냈다고 말해주었다. 신중한 동양식 인심 앞에서 나는 또다시 놀랐다. 서양 사람이라면 그 보답이 감사 인사 정도라고 해도, 아무런 기대도 하지 않고 선물을 주는 걸 상상할 수 있을까?

오후 다섯 시다. 더위는 한풀 꺾였다. 하지만 언덕이 가팔랐다. 숨을 돌리려고 배낭을 내려놓고, 계곡을 걷느라 땀으로 젖은 등을 말렸다. 돌무더기 위로 반가운 초록색 점을 이루는 아래쪽의 에보글리(Evogli) 오아시스가 가까워보였다. 표지판에는 5킬로미터라고 돼 있었다. 사실 실수가 없는 GPS의 정보로는 이런 데가 열 군데나 되었다. 5킬로미터를 가면 똑같은 킬로미터를 가리키는 똑같은 표지판을 만나게 될 것이다.

　평원의 경관은 웅장했다. 도로에는 자동차 유리창 위로 태양이 짧은 불꽃을 던지고 있었다. 북쪽으로는 흙길 위를 돌진하는 차가 일으킨 먼지구름이 혜성 꼬리처럼 가늘고 긴 띠처럼 보였다. 멀리로는 다양한 푸른빛을 띠는 산맥이 더운 공기 속에서 아른거렸다. 이제 지나가게 될 마지막 계곡에는 헌병대 막사 위로 호메이니와 하메네이의 거대한 초상화가 여봐란듯이 있었는데, 혁명시대의 두 지도자는 내게 아무런 지시도 하지 않았고, 이곳의 조화로운 전원 풍경만 망치고 있었다. 헌병 부대가 나타날 것을 기대했지만, 한 무리의 백로가 날아와 세 가지 톤의 화음으로 합창을 했고, 하늘을 빙빙 도는 독수리 두 마리가 동행해주었다.

　오늘은 운이 좋은 날이었는지 밤에 에보글리에 도착했는데도 사람들이 알려준 대로 호텔을 찾을 수 있었다. 이란에서 '호텔'은 식당을 가리키는 것이란 걸 며칠이 지나서 알게 됐다. 숙식을 제공하는 곳은 모사페르하네(mossafer-khâné)나 '대상 숙소'라는 뜻의 케르반세라이라고 부른다. 하지만 외국 여행객들을 끌어들이기 위해 식당 주인들은 자기 식당에 '호텔'이라는 간판을 내걸었다. 그래서 여행 도중 과거의 대상 숙소를 찾으려 했을 때, 사람들이 알려준 숙소가 현대식인지 옛날식인지 알 수가 없었다. 작은 식당과 다음에 들렀던 두 곳에서는 방이 있냐고 묻자 없다며 거절했다. 이미 어두워졌기 때문에 야영할 각오를 했다. 네 번째로 발견한 식당은 온통 검은 옷을 입은 두 남자가 운영하는 곳이었다. 내가 도착한 때는 '타지야(애도의 달)'이었는데, 이 기간에는 680년에 암살된 시아파의 세 번째 이맘인 후사인의 죽음을 애도한다. 주인으로 보이는 엄청난 거구의 형은 경찰이 허락하면 재워주겠다고 했다. 내가 묵을 곳은 메시트(meçit)라는 곳인데, 이 방은 운전사들이 기도를 드리는 장소라고 한다. 기도용 양탄자만 있는 좁은 방에서 밤을 보낼 준비를 마쳤을 때 동생이 찾아왔다. 내 배낭은 종업원의 방에 갖다 두었는데, 종업원이 오늘 밤 메시트에서 잔다는 것이다. 가톨릭교도가 이슬람 의식을 위해 마련된 이곳을 엉망으로 만들지도 모른다고 생각했나 보다.

정오 무렵 카풀리크(Qapulik)에 도착했다. 이곳은 황새들이 봄에 둥지를 트는 지붕이 납작한 토담집이 즐비한 가난한 쿠르드 마을이었다. 커다란 길은 텅 비어 있었는데, 흙과 물을 한데 손으로 이겨서 벽을 올리느라 분주한 건장한 남자들만 보일 뿐이었다. 구멍가게도 없고 식당도 없었다. 걸어서 두 시간 거리에 있는 다음 마을 역시 아무리 찾아봐도 가게라곤 없었다. 한 끼는 걸러야 할 것 같았다. 누군가 차 한 잔을 주었다. 차를 홀짝거리고 있는데, 자그마한 여자가 쟁반에 빵과 치즈, 요구르트를 담아가지고 왔다. 소말리아라는 이름의 여자는 그늘에서 식사를 함께하자고 했다. 이미 점심시간이 지난 때였다. 사람들은 식사를 하는 외국인을 보러 여자의 집으로 몰려왔다. 사람들이 지켜보는 조용한 안뜰에서, 나는 여주인이 가져온 음식을 모조리 먹어치웠다. 남은 거라곤 요구르트 대접 구석에 슬쩍 치워둔 커다란 파리가 전부였다. 소말리아는 뾰족뒤쥐 같은 얼굴에 바짝 마른 바이란의 두 번째 아내였다. 바이란의 아내들은 각각 다른 집에 살았고, 그는 기분에 따라 골라가며 잠을 잤다. 소말리아는 쾌활한 여자였다. 아들 셋을 두었는데, 막내가 두 살이었다. 소말리아는 턱 밑에 느슨하게 묶은 스카프에, 프린트 무늬가 있는 긴 면치마, 소매를 걷어올린 환한 자주색 스웨터를 입었다. 그녀가 생활하는 한 칸짜리 방에는 못 세 개가 박혀 있었고, 그것은 가족의 옷, 즉 원피스 하나와 조끼 두 개를 거는 데 이용했다. 가스레인지의 받침대로 사용되는, 니스 칠을 한 작은 찬장은 이 집의 유일한 가구였다. 그 안에는 잔 몇 개와 양철 접시 네 개가 가지런히 정돈돼 있었다. 이 집의 사치품이라고 해봐야 벽에 걸린 커다란 양탄자가 전부였다. 양탄자를 직접 짰는지 물었더니, 여자는 자랑스럽게 날 헛간으로 데리고 갔다. 창문도 없는 그곳에 대패질을 해서 만든 베틀이 있고, 그 위에 짜다 만 직물이 놓여 있었다. 소말리아가 어떻게 일을 하는지 보여주고 싶어해서 나는 관심을 보여야만 했다. 그녀와 여자 아이 하나가 베틀에 앉아서 날렵한 손놀림으로 직물을 짰다. 두 살배기 막내는 엄마의 무릎 위로 기어올라가 스웨터를 들어올리고 젖을 빨았는데, 소말리아는 미동도 하지 않왔다. 그러다 소말리아가 내 걱정을 했다. 떠나기 전에 낮잠을 자야 하지 않을까 하고! 내가 편안히 쉴 수 있도록 사람들이 모두 다른 곳으로 사라졌다. 초라한 집의 양탄자 위에 누워 한 시간 동안 모든 걸 잊고 잠을 잤다.

다시 길을 나설 때까지도 더위는 한창이었다. 하늘에 뜬 구름은 우편엽서의 사진처럼 제자리에 있었고, 공기도 멈췄고, 스텝 지역의 모든 것이 움직임을 멈추었다. 나비 한 마리만 가끔씩 돌처럼 굳어버린 이곳에 생명의 기운을 불어넣었다. 오후 네 시경, 야생 당나귀 몇 마리가 내 곁으로 다가와 자동차를 타지 않고 걸어다니는 신기한 두 발 달린 동물을 구경했다. 어제 내게 다가왔던 경찰이 옆을 지나면서 경적을 울리며 우정의 신호를 보내왔다. 모란드(Morand)에 도착한 나는 관광객을 위한 '궁전'을 찾기 위해서 뱅뱅 돌았다. 50킬로미터를 걷고 나니 너무나 지쳐버려 할 수 없이 승합 택시에 올라탔다. 다른 승객들이 열렬히 반기며 자기네들이 내리기 전에 내 요금을 내주겠다고 했다. 하지만 교활해보이는 적갈색 머리의 운전사는 호텔에 도착하자 1만 리알(10프랑)을 달라고 했다. 그가 요구한 요금은 처음 말한 액수보다 열 배는 비쌌지만, 값을 따지기에는 내가 너무 지쳐 있었다. 페르시아 제국 시절 이곳을 찾아온 관광객을 맞이하기 위해 당시 건축된 '궁전'은 혁명 이후 4분의 1로 손님이 줄었다. 지붕의 철판은 녹슬었고, 수도관에서는 물이 샜다. 처음에 30달러를 요구했다가 반으로 깎아준 지배인은 자기 누이가 마르세유 남자랑 결혼했는데, 아무리 전화로 얘기를 해도 이란에 와서 살려 하지 않는다고 말했다. 아마 차도르를 하지 않고도 살 수 있는 나라가 좋아서 그럴지 모른다고 내가 대답하자, 그가 느닷없이 계산대의 서랍을 뒤적거리더니 책자 하나를 읽느라 정신이 없어보였다. 무엇 때문에 겁이 났던 것일까? 그렇게 경계할 거라면 왜 자기 이야기를 털어놓았을까? 하지만 너무나 지친 나는 마르세유에 사는 이란 여자와 심술이 가득한 오빠의 처지에 관심을 가질 여력이 없었다. 난 침대 위에 쓰러져 이튿날 아침까지 곤히 잤다.

도시의 출구에 표지판이 있었다. 타브리즈 135킬로미터, 테헤란 755킬로미터. 이 숫자들에 겁을 내지도 흥분을 하지도 않았다. 더 이상 정열을 불사르지 않게 된 것처럼. 아니 내가 왜, 왜 고되고 진절머리 나는 시험 같은 이런 모험에 뛰어들었을까? 왜? 그저께는 내 속도를 되찾았다고 믿었는데 이제 인정할 수밖에 없었다. 내가 온전치 않은 상태에서 출발을 했고, 앞으로 제대로 대응하지 않으면 아무 일도 일어나지 않는 이 바보 같은 스텝, 위풍당당한 아라라트산, 이란, 이란인, 도보여행, 세계 전체에 결국 혐오감을 갖게 될 것임을 말이다. 그때 캠핑 차 한 대가 폭음을 내며 날 추월해갔는데 뒤를 보니 자동차 번호판의 발급지역이⋯⋯ 루아르아틀랑티크(Loire-Atlantique, 프랑스 서북부지방)였다.

하지만 이미 차는 사라져버렸다. 잠깐 동안 프랑스어로 얘기를 나눌 수도 있었는데 안타까웠다. 향수병 때문이 아니었다. 도보여행을 하면서 제일 힘든 일은 고독을 느끼는 것이다. 별로 재미도 없는 관광객들한테 방해받지 않았으니 다행이라고 스스로를 위로할 무렵, 놀랍게도 캠핑 차가 수평선에 나타나 갓길에 멈춰섰다.

"유럽 사람이라고 생각했어요."

이렇게 말한 가에탕은 낭트 근처의 택배회사에서 일하는 젊은 남자였다.

그는 부인과 여행만 생각한다고 했다. 가에탕은 휴가도 가지 않고 일 년 내내 일하며 돈을 아꼈다. 그리고 정식 휴가 한 달 반에다가 한 달 반의 무급 휴가를 내서 여행을 떠났다. 그들은 두 달 동안 자유롭게 이란을 여행하고 페르세폴리스(Persepolis, 이란 남서부에 있는 고대 페르시아의 수도)로 가는 중이었다. 통통한 볼의 남자아이 가엘과 창 뒤에서 다리를 떨고 있는 여자 아기는 외국여행을 좋아하는 것처럼 보였다. 가에탕이 말했다.

"알뜰한 휴가요. 지금 6프랑에 경유 65리터를 차에 가득 채웠어요."

그것도 사물을 보는 한 방식이긴 하다……. 하지만 거대한 세계의 신비에는 별 관심이 없는 그의 관점에 반감을 느꼈고, 그들이 다시 유턴을 하고 작별의 인사를 하면서 멀어져갔을 때 이상하게도 자유로운 느낌이 들었다. 프랑스에서 경유값과 휘발유값이 엄청나게 올라서 거의 경제공황에 직면했다는 사실을 몇 주 후에 알게 됐다.

이 만남으로 내가 느낀 것을 메모하려고 수첩을 꺼냈을 때 경찰차가 조용히 다가와 섰다.

"페이퍼(papers)."

대장인 듯 보이는 경찰이 영어로 말했다.

여권을 꺼냈지만 그는 눈길도 주지 않았다〔영어로 paper 는 서류라는 뜻이 있다〕.

"당신이 메모한 종이를 달란 거요."

그가 명확하게 말했다.

여행수첩을 꺼내면서 나는 웃어보였다. 알아보기 힘든 글씨, 전보 문구 같은 메모, 그에게 분명 낯선 언어일 프랑스어 때문에 그 경찰은 아무것도 해독할 수가 없었다. 하지만 그걸 만회하기 위해 내가 위험한 테러 분자라는 증거를 찾아내서 유치장에라도 가두려는 듯, 일일이 페이지를 넘겨가며 수첩을 뒤졌다. 그는 조서를 작성할 만한 것을 찾지 못하자 화를 삭이며 수첩을 마지못해 돌려주고 운전석에 무표정하게 앉아 있던 동료에게 몇 마디 하더니 아무 말도 하지 않고 떠나버렸다. 그제야 그가 내 신분증을 비롯한 '서류'를 확인하지 않았다는 걸 깨달았다…….

잠시 후 내가 차를 세우려고 하는 게 아니라는 신호를 보냈는데도 노란 형광색으로 요란하게 칠한 트럭 한 대가 멈춰섰다. 운전사는 운전석 쪽 문을 열고 가스 버너와 주전자를 가지고 내렸다.

"차이."

그가 권했다.

나는 거절하지 않았다. 운전사는 자기가 며칠 전에 마쿠에서 타브리즈까지 벽돌을 나르러 가는 길에 날 보았다고 말했다. 그는 묻고 싶은 걸 참고 있을 수 없어 이번에야말로 질문을 쏟아내기로 결심을 한 모양이었다. 찻물이 끓는 동안 즐거워진 나는 여행 이야기를 했다. 역시나 요란한 색의 대형 트럭이 한 대, 두 대 그리고 석 대가 그의 차 뒤에 멈춰 섰다. 모두 호기심이 가득한 그의 동료 운전사들이었다. 우리는 모두 트럭 그늘에 앉아서 차를 마셨다.

나이가 가장 많은 운전사는 궁금증을 유발하는 이 백인과 얘기를 하고 싶었는지, 갑자기 검지 두 개를 구부려 단단히 모으더니 말했다.

"France and Iran, good(프랑스와 이란, 좋아)."

축약된 영어지만 얼마나 생생한가. 조금 후에는 이마 위에 두 검지로 뿔 모양을 하더니 "America, no good, satan. Israel no good(미국, 나빠, 악마야. 이스라엘 나빠)."이라고 하더니, 손을 왼쪽에서 오른쪽으로 움직이며 "Alman little good(독일 조금 좋아)."이라고 했다.

나도 똑같이 응답을 하려고 두 검지를 모아서 이렇게 말했다.

"France-Iran friends, France-America friends, France-Israel friends(프랑스-이란 친구, 프랑스-미국 친구, 프랑스-이스라엘 친구)."

그러더니 이 이슬람교도는 이슬람교도를 어떻게 생각하는지 물었다.

"프랑스에 이슬람교도가 400만 명이라오."

상대편을 놀라게 하는 이런 대답의 효과는 기대한 대로였다. 우리는 마치 형제라도 된 것처럼 어깨를 툭툭 쳤다.

낮에는 도로에서 떨어진 곳에 있는 식당의 큰 나무 아래에서 점심을 먹었는데, 기대하기로는 매력 있는 전원 풍경을 맛보기를 바랐다. 하지만 작업장의 기계가 조금 떨어진 곳에 세워져 있었다. 두 달 후면 고속도로가 식당의 출입문에서 3미터 떨어진 곳을 지날 것이라는 얘기를 들었다. 그 얘기를 식당 주인에게 했더니 주인은 기뻐했다. 그는 고속도로가 개통되면 소음만큼이나 많은 손님들이 몰려올 것이라고 기대했다.

수피얀(Sufiyan)에 이르자, 우려한 대로 숙소를 찾기가 너무나 힘들었다. 식료품가게 문턱에서 바깥바람을 쐬던 뚱뚱하고 쾌활한 하산이 내게 콜라를 주기는 했지만 묵을 곳을 찾을 수 있을지는 모르겠다고 했다. 남자아이 하나가 이슬람 사원까지 안내해주었는데 그 앞에는 이란 동쪽의 성지 메셰드(Meşhed, 마슈하드(Mashhad)라고도 씀)로 가는 순례자의 버스 행렬이 주차해 있었다. 주로 여자와 노인의 무리가 사원을 점령했다. 지하에는 엄청난 규모의 숙소가 마련돼 있었다. 하지만 가톨릭교도가 거기에 묵는 건 생각할 수도 없는 일이었다. 처음에 들어간 식당에서도 딱 잘라 잠자리를 줄 수 없다고 거절당했다. 두 번째로 들어간 식당은 경찰이 허락하면 잠자리를 주겠다고 했다. 이유는 알 수 없었지만 경찰의 허락은 저녁 여덟 시나 돼야 떨어졌다. 짜증 나게 하는 이런 쓸데없는 기다림 때문에 기분을 망치지 않기 위해서 난 사람들이 먼 곳에 가서 떠온 양철통에 담긴 물로 내 물통을 채웠다. 수피얀의 수돗물은 짜기 때문이었다.

샌드위치를 파는 자비트와 은행에서 일하는 그의 친구 모하마드와 함께 이야기를 나누었다. 모하마드는 프랑스 축구에 대해 얼마나 많이 알고 있는지 깜짝 놀랄 정도였다. 그는 1부 리그의 축구팀과 감독, 주전 선수의 이름을 줄줄 읊었다. 생테티엔(Saint-Etienne)팀의 전적에 대한 얘기도 끝이 없었다. 내가 프랑스 사람이라고 하자, 그는 이곳 사람들이 '지네딘 제이단'이라고 발음하는 지네딘 지단에게 남녀노소가 왜 열광하는지 현학적으로 설명을 했다.

"이유는 아주 간단해요. 지네딘이 인기 있는 건 세계 챔피언 팀의 주전 선수이기 때문이기도 하지만, 무엇보다 이슬람교도기 때문이에요. 여기 사람들 모두는 그의 영광을 자신의 것처럼 생각하거든요."

조금 후에 자비트의 가게에 샌드위치를 먹으러 들어온 세 남자가 내게 질문을 했는데, 그들 중 하나는 길 건너편 층계참에 있는 물라를 흘끗 보더니 내게 의미심장한 제스처를 했다. 머리 위에서 검지를 돌리더니(터번) 두 손으로 수염을 그린 다음 반감을 나타내는 인상을 쓰면서 손가락 끝으로 거절의 제스처를 보였다. 같이 왔던 사람들이 웃으면서 동조했다. 그들 중 하나는 내 책에서 샤(왕)의 초상화를 발견하더니 그림 위에 입을 맞췄다.

이상하게도 나와 얘기를 나눈 사람 중에는 작년에 군대에게 무자비한 진압을 당한 학생폭동에 대해 말하는 사람이 없었다. 정치에 덜 민감한 거리의 사람들은 학생들의 소란 정도로만 생각했지 별 관심을 보이지 않았다. 아야톨라 하메네이 정권에 반대하는 움직임은 뿌리가 깊었다. 일시적인 것이 아니었다. 종교와 정부가 분리돼야 한다는 얘기는 많이 들었는데, '이슬람 공화국'은 그 둘의 혼재를 전제로 하고 있다. 많은 지식인과 소수의 물라가 원한 '사회계약'의 기준은 계속 진척되고 있었다. 분명 이는 수많은 사제(18만 명)와 극보수주의에 맞서는 긴 여정이 될 것이다. 상상을 해보라. 프랑스가 이란(두 나라의 인구수는 거의 비슷하다)과 같은 수의 사제를 가진다면, 평균 한 마을에 사제가 다섯 명 있는 꼴이 된다.

자비트는 경찰에게 묻지도 않고 가게 위에 있는 작은 방에 날 묵게 해주겠다며, 거기에 침대 틀이 있지만 편안하게 잘 수 있게 돗자리를 가져다 주겠다고 했다. 오늘 밤도 밖에서 자지 않게 됐다. 그런데 십 분 간격으로 작동되는 냉장 진열장의 모터 소리 때문에 뜬눈으로 밤을 샜다. 자비트가 문을 잠그고 갔기 때문에 아침에 그가 방문을 열어줄 때까지 오랫동안 기다려야 했다.

다시 길을 떠났는데 여전히 기분이 우울했다. 누군가를 만나서 지금까지 극히 제한된 범위 내에서 손짓 몸짓으로 나누었던 것 이상의 대화를 하고 싶었다……. 모든 것이 공중에 매달린 것 같은 느낌이 들었다. 무대장치가 있고 인물이 대기 중이고 이제 연극이 시작될 준비가 돼 있는데, 생명을 불어넣을 조명만 없었다. 어쩌면 내가 세상을 대낮같이 밝게 비추는 방법을 모르는 게 아닐까. 그런 생각을 하고 있을 때 늙은 농부가 다가왔다. 우린 얘기를 나누었다.

"여기를 지나 실크로드로 간 사람이 있어."

나는 갑자기 도보여행의 동지를 찾을 수 있다는 희망을 품게 되었다.

"오래됐어요?"

모르겠다는 표정.

"이탈리아 사람이었어."

"젊었어요, 늙었어요?"

또 모르겠다는 표정.

"이름이 마르코……."

"마르코 폴로?"

"그래, 그래……."

혼자 가는 수밖에 없었다……. 마르코 폴로를 생각하

며. 하지만 베네치아 출신의 마르코 폴로가 다녀간 이후 풍경은 무척이나 많이 바뀌었다. 날 반기는 신호로 경적을 울리면서 지나가는 형광 색깔의 트럭 행렬을 빼고는 이곳의 풍경을 생각하기가 힘이 들었다.

19세기에 샤 나스레딘(Nasr ed-Din)은 양고기와 자고새 고기를 잘 굽는 요리사를 총애한 나머지 그를 국무장관과 토목사업책임자 자리에 앉혔다. 그의 케밥이 왕 한 사람의 입을 즐겁게 했을지는 모르지만, 여러 사람이 이용하는 도로는…… 끔찍했다.

이제 사정이 달라졌다. 이란엔 석유와 타르가 있고 도로는 유럽이 부러워할 만한 안락함의 전형이 되었다. 터키의 움푹 팬 도로와는 전혀 달랐다……. 하지만 도로가 좋아봤자 사실 나 같은 도보여행자한테는 별 의미가 없다.

1941년에서 1945년까지 이 지방을 점령했던 구소련이 철수하면서 철도를 몇 개 남기고 갔다. 마침 엄청나게 긴 탱크 차량을 몰던 운전사가 동료 트럭 운전사들을 흉내 내서 내게 큰 제스처로 인사를 했다. 타브리즈로 연결되는 계곡에 긴 경적을 울려퍼지게 하는 트럭 운전사를 따라가면서, 나는 마치 서아시아를 여행하는 사람들이 꿈꾸던 도시에 입성한 것을 환영받는 것 같았다.

20세기 초만 해도 이란에서 가장 규모가 컸던 이 도시를 볼 수 있다는 생각에 무척이나 흥분이 됐다. 어쨌든 볼셰비키 혁명 때문에 부르주아 상인들이 이스탄불과 다른 곳으로 옮겨가기 전까지 이 도시의 시장과 상인은 큰 명성을 떨쳤다.

지금은 오후 두 시여서 한참 더웠지만 개의치 않았다 ……. 세상에나! 타브리즈는 지평선을 가리는 매연 속에서 모습을 드러냈다. 오늘날은 어느 나라든지 도시의 중심을 보고 판단해야 한다. 하지만 이렇게 삭막하고 우울한 외곽을 지나가야 한다니 정말 실망스러운 일이었다. 나도 서양 대도시의 외곽에서 왔지만 거긴 그런대로 멋이 있다. 하지만 타브리즈의 외곽은 매연을 내뿜는 공장들이 즐비할 뿐이었다.

파리에 있는 친구의 부모님인 마시드와 아흐마드가 사는 부촌의 저택에서 이틀 동안 문명의 환희를 맛보게 될 것이다. 노우루즈〔Nowruz, '새로운 날'이라는 뜻이다. 이란의 히즈라력으로 볼 때 새해 첫날, 양력으로는 3월 21일 춘분이다. 이란 최대의 명절이자 공휴일이다〕 축제의 흔적인 금붕어〔노우루즈 축제에 집집마다 상 중앙에 살아 있는 금붕어를 어항에 담아 올려놓는다〕가 어항 속을 열심히 돌아다니며 입구에서 날 반겼다. 사람들 말로는 이란에서 정월 첫날이 되면 봄이 오는 것을 축하하고, 가족들이 모여서 일곱 가지 선물을 바쳐서 악귀를 쫓는다고 한다. 13일 후, 시즈다베다르 축제 날에는 사람들이 집을 떠난다. 모든 사람들이 소풍을 가는 것이 의무인데…… 이 행렬과 상관없는 물라는 이슬람교나 그 교파보다 훨씬 앞서 기원이 3000년 이상 되는 이 이교도의 축제를 몰아내려고 한다.

마시드는 화가다. 그의 그림이 넓은 집안 곳곳을 장식하고 있다. 밤에는 늦은 시간에 뿌린 물로 한결 상쾌해진 정원에서 가족과 외국어를 구사하는 친구 부부와 함께 첼로 케밥과 과즙이 많은 신선한 멜론을 먹으면서 즐겁게 대화를 나누었다. 모두 마늘을 많이 먹었는데, 지금이 목요일 저녁이고 내일이 휴일이라 다른 사람에게 불쾌한 냄새를 풍길 염려가 없어서였다.

나는 수첩을 꺼내보며 내가 이란에 들어온 이후 궁금했던 질문을 쏟아냈다. 하지만 얼마 가지 않아 대화는 나라 전체에 긴장감을 감돌게 한 주요 사건으로 되돌아왔다. 내일은 국회 회기가 시작되는 날이다. 석 달 전 하타미 대통령은 대선에서 보수파를 누르고 압승을 거두었다. 유권자의 70퍼센트 정도가 정권을 쥐고 있던 극보수주의 물라에 반대표를 던졌다. 또한 이란 전역에서는 석 달 전에 개혁주의자들의 조롱과 분노를 일으킨 사건에 대해 말들이 많았다. 1989년부터 1997년까지 이란을 통치했던 라프산자니 전 대통령은 다른 보수주의 종교인들과 마찬가지로 이번 선거에서 신랄한 비판을 받았다. 라프산자니의 선거구에서는 전 대통령이 그렇게 축출된다는 것은 생각할 수도 없었기에 표를 다시 세고 또다시 셌다. 엄청난 표 차로 선거에서 참패한 라프산자니는 다시 한 번 검표하는 게 좋겠다고 생각을 했다. 뭐라 설명할 수 없는 사건이 일어나 (여러 번의 조작 끝에) 그는 평균 득표를 기록하며 결국 당당하게 당선됐다. 그런데 의석은 얻었지만 체면은 구겨졌다. 그 때문인지 그는 국회 회기가 시작되기 전 마즐리스(의회)에 등원하는 것을 포기하겠다고 발표했다. 텔레비전에 비친 그의 의기소침한 표정은, 그의 선거 참패로 국민들이 선거에서 거둔 '승리'에 대한 실망을 보상받는 것과 같아서 시청자들을 즐겁게 했다. 선거는 승리했지만, 실망을 안겨주기도 했다. 개혁주의자가 승리를 거두었지만 하타미 대통령이 권력을 갖지 못하기 때문이다. 보수주의자는 물라와 그 지도자 하메네이로 구성된 혁명위원회의 중개로 항상 경찰과 군대 그리고 사법부 같은 노른자위를 통제하고 있다.

따뜻한 공기를 마시며 석류나무 밑에서 대화를 나눈 저녁시간 덕에, 내가 세계를 맛보는 데 장애가 됐던 신랄함이 어느 정도 누그러졌다. 이제 모든 걸 보고, 거대한 바자르(재래시장)에 가서 길을 잃고 싶은 욕망이 생겼다……. 하지만 우선은 잠을 자야 했다.

아침이 되자 이름마다 특별한 의미가 있는 네 명의 매력적인 여성과 함께 푸른 타일로 장식된 블루 모스크(카부드 사원)에 갔다. 마시드(페르시아어로 '달의 얼굴'이라는 뜻)와 그의 딸 바하르(봄), 바하르의 친구 파리바(선함)와 피루제(터키옥)가 나와 동행했다. 아자데(자유)도 합류할 것이다.

이란에서 가장 아름답고 오래된 건축물 중 하나로, 모자이크 타일로 유명한 이 사원에 안타깝게도 들어갈 수가 없었다. 주변에 비즈니스 센터를 만드느라 기중기가 움직이고 울타리가 세워져 방문할 수가 없었던 것이다. 멀리서 볼 수밖에 없었는데, 세 번의 강력한 지진으로 심하게 손상된 모습이었다. 최근 한 사건이 있었다. 이슬람 사원 주변의 땅을 파던 중 수많은 보물단지가 발굴됐는데, 그것이 그만 사라져버린 것이다. 그 보물단지는 철천지 원수 이스라엘의 박물관에서 다시 모습을 보였다. 아직도 범인이 누구인지 수사하는 중이라고 한다.

실패로 끝난 이번 방문 때문에 낙심하자 뮤즈들은 나를 위로하기 위해 엘골리(Elgoli) 공원으로 데리고 갔다. 그곳은 왕족이 살던 곳으로 이슬람 혁명 이후 일반에 공개됐다. 이 도시에는 위락시설이 거의 없기 때문에 사람들은 대개 금요일마다 이곳에 온다. 이 공원은 모든 사람에게 공개되고 입장도 무료지만, 도심에서 좀 떨어져 있어서 차를 타고 와야 하기 때문에 부자들만 올 수 있다. 여기에는 19세기 말에 경치를 즐기고 자신을 뽐내기 위해 사륜마차를 타고 '숲으로' 갔던 우아한 파리 사람들이 느꼈을 분위기가 있었다. 사람들은 산책을 하며 아는 사람들에게 인사를 했다. 하지만 여자들은 스카프가 흘러내려서 머리카락이 보이지 않는지, 발목까지 내려오는 옷의 단추를 잠그지 않아서 맨다리나 바지가 보이지 않는지 늘 조심했다……. 왜냐하면 사복을 입은 경찰들이 많이 다니기 때문이었다. 젊은이들은 산책길을 성큼성큼 걸었다. 남녀 청소년들이 서로 만날 수는 있지만 멀리에서 아주 조심스럽게 행동을 한다. 손을 잡는 것 같은 단순한 접촉이나 소박한 만남만으로도 징계를 당하거나 체포될 수 있었다. 우리는 신나게 수다를 떠는 다섯 소녀 옆에서 음료를 마셨다. 조금 떨어진 곳에 있는 소년 넷이 얌전히 여자아이들을 곁눈질하다가 우리가 일어나자 얼른 우리가 앉았던 테이블을 노리고 왔다. 서로 눈길이 오갔지만 코미테를 두려워하는지 무척이나 조심스러워했다. 감시자들이 탄압하는 이런 엄격한 사회에서 청소년들은 조심스럽게 전화번호를 교환할 수 있을 뿐이며, 이마저도 부유한 계층에 국한된 특권이었다. 가족들이 뱃놀이를 하는 호수 옆에서 젊은이들이 끈을 맨 양 한 마리를 끌고 가며 소란을 피웠다.

"경찰을 겨냥한 작은 도전이에요."

내가 놀라는 표정을 짓자 요정들이 설명을 해주었다. 코란에는 개 목을 끈으로 매는 것을 금지하고 있는데 이를 어길 경우 체포된다. 하지만 양 목에 끈에 매서 산책하는 건 금지하고 있지 않다.

물라의 위선에는 똑같이 위선된 행위로 응수하는 수밖에 방법이 없는 것이다.

페르시아 사람들이 시를 사랑한다는 사실은 잘 알려져 있다. 407편의 시가 타브리즈의 작은 묘지에 새겨져 있었는데, 지진으로 많이 훼손되면서 몇몇 무덤의 시만 확인이 가능했다. 타브리즈 사람들은 그들과 페르시아 시의 영광을 기리는 호화롭고 장대한 능을 건설했다. 소녀들은 날 그곳으로 안내했다. 거기에서 멀지 않은 곳에 있는, 1988년에 사망한 마지막 위대한 시인 샤흐르야르(Shahryar, 1905~1988)의 집—지금은 박물관이 되었다—에도 데려갔다.

이튿날 내 숙소의 주인들을 마즐리스 개회식을 중계하는 텔레비전 앞에 남겨두고, 나는 택시를 불러 미리암 수녀를 만나러 갔다. 택시는 도시를 떠나 고속도로에 접어들었는데 잔디로 덮인 길 옆에서 가족들이 소음과 기름 냄새에도 아랑곳하지 않고 소풍을 즐기고 있었다. 북쪽으로 난 작은 도로는 악취를 풍기는 황량한 오물처리장을 따라 이어졌다. 그곳에 사는 사람들은 쓰레기더미에서 종이나 고철을 수거해서 생활을 꾸려갔다. 오물처리장을 지나 사막지대로 들어섰다. 제대로 보수되지 않은 도로는 돌산과 붉고 헐벗은 땅 사이로 이어져 있었는데, 눈이 녹아 생긴 물이 움푹 팬 도로의 구멍에 고여 있었다. 따가운 햇살이 작은 굴뚝의 운모판 위에서 반짝거렸다.

눈을 들어 언덕 꼭대기를 보니 진한 초록빛의 작은 계곡이 보였다. 대도시에서 30킬로미터 떨어진 그곳에는 나병 환자들이 살고 있다. 사회에서 추방되고 가족들에게 버림받아 산으로 내몰린 이들은 관광객을 공격해 그들이 타고 온 말을 먹고 살았다고 한다. 타브리즈의 왕자가 나병 환자들에게 마련해준 이 계곡에는 현재 600명이 살고 있다. 사회와 모든 관계가 끊어진 몇몇은 이곳에서 몇 대째 터를 잡아

살았다.

경찰이 나타나 내가 타고 가던 택시를 세운 뒤 금지된 구역에 들어가지 못하게 했는데, 택시 운전사도 잠자코 있었다. 나병은 아직도 무서운 병이었다. 택시에서 내려 걸었다. 연회실 용도로 보이는 건물이 있었는데, 강렬한 색깔의 기하학 문양으로 장식돼 있었다. 그늘진 좁은 도로에서 몇 사람이 내 옆을 지나갔는데 그중 한 여자는 손가락 관절과 코가 없었다.

세 명의 수녀가 날 환영하며 반겼다. 여길 찾아오는 사람이 거의 없는 게 분명했다. 오스트리아 수녀, 이탈리아의 주세피나 수녀, 프랑스의 미리암 수녀가 헌신적으로 환자들을 돌보고 있었다. 몽토방 출신의 미리암 수녀는 일흔 살이 넘었는데, 25년 전부터 이곳에서 봉사하고 있었다. 세 수녀는 빈켄티우스 자선수녀회 소속으로, 모두 프랑스어와 페르시아어를 사용했다. 완치된 환자들은 대부분 가족에게 돌려보낸다고 한다. 수녀들 말로는 이란의 나병 환자 수는 줄고 있지만 아직도 환자들이 계속 오고 있는데, 지금 내게 소개한 여자아이는 늦게야 진단을 받아 증상이 심한 상태였다. 여기에 사는 나병 환자들은 자기들끼리 결혼하는데, 적절한 간호를 받아서 건강한 아이들을 낳는다고 한다. 수녀들은 몇몇 젊은 환자들이 공부를 잘해서 어려운 대입시험을 통과했다며 자랑스러워했다.

과거 타브리즈, 테헤란, 이스파한이나 오루미예(Orumiyeh)에 있던 여러 종교학교는 프랑스어, 영어, 스페인어로 가르쳤는데 이슬람 혁명 후 문을 닫았고, 교수들은 고국으로 추방됐다. 하지만 메셰드와 바바 바글리(Baba Baghli)에서 나병 환자를 돌보는 수녀는 추방되지 않았다. 수녀들은 참새처럼 수다를 떨더니, 이곳 생활과 이란 내의 소수 종교에 대해 얘기해주었다. 가톨릭교, 아르메니아 사도교회, 아시리아 네스토리우스교나 아시리아 가톨릭교, 아직도 이스파한과 케르만(Kerman)에 많이 남아 있는 조로아스터교와 처음으로 들은 바하이교 등 다양한 종교 사이에서 나는 제대로 갈피를 잡지 못했다. 바하이교도는 혁명 후 박해의 표적이 되었다. 이슬람을 따르는 이들이 예수와 성모 마리아를 숭배했기 때문이기도 하지만, 그보다는 이란에서 용서받을 수 없는 죄, 즉 이들 교파의 본원이 이스라엘의 하이파(Haifa)에 있기 때문이었다. 상냥한 세 수녀는 겨울에는 추위로 꽁꽁 얼고 여름에는 더위로 녹아내리는, 추방되어 잊혀진 이 세계에서 헌신하며 낙천적으로 살고 있다.

외침, 탄식, 눈물. 내가 꿈을 꾼 것일까? 타브리즈의 혼잡한 바자르에서 통곡 소리가 벽과 벽돌로 된 천장의 첨두아치 위로 솟아올랐다. 타브리즈 시장은 이란에서 테헤란 다음으로 큰 곳이다. 예전에는 이란 최대의 시장이었다. 4세기 전에는 세계 구석구석에서 대상과 부유한 상인이 값비싼 양탄자와 천을 사고팔거나 교환하려고 몰려들어 동양의 모든 부가 전시되던 곳이었다. 혁명 전과 러시아 국경이 폐쇄되기 전만 해도 이곳은 부유함이 넘치는 곳이었다. 넓이가 100만 평이 넘으며 도시 속의 도시를 이루는 시장에서 사람들은 향신료와 황홀한 향수, 옥과 보석, 광택이 나는 강철 단검, 보석이 박힌 칼, 베네치아산 유리제품과 중국 도자기, 아라비아의 향을 볼 수 있었다. 어떻게 들어왔는지 알수 없는 타조도 있었는데, 이것은 '마조馬鳥'라는 이름으로 중국 시장에 엄청난 가격에 팔렸다. 또한 최고의 사냥매도 살 수 있었다. 당연히 비단도 있었다. 금실, 은실로 수놓은 비단 두루마리가 산더미처럼 쌓여 넘쳐났다.

나는 미로 같은 시장 골목에서 길을 잃었다. 사방에 모두 비슷비슷한 구멍가게뿐이어서 어디가 어디인지 분간할수가 없었다. 하지만 기와와 벽돌의 배치나 형태, 색깔에서 나오는 윤곽이 전혀 달라서 타브리즈 사람들은 길을 잃는 법이 없다. 고기 굽는 냄새, 사람들 얘깃소리, 북적거리는 소리, 짐을 잔뜩 실은 수레를 밀며 고함치는 소리, 진열된 천의 다양하고 화려한 색깔, 소음, 냄새 등에 취해 혼란스러워졌다. 난 꿈 같은 상태에서 깨면서 신음을 냈다. 소리가 들리는 곳으로 방향을 잡으려고 잠깐잠깐 걸음을 멈추었다. 금과 반짝이는 보석으로 넘쳐나는 보석상가 사거리에서 마침내 그들을 찾았다. 스무 명가량의 노인들이 하얀 수염에 검은 옷을 입고, 머리에는 털로 짠 진한 색의 모자를 쓰고 찢어질 듯한 울음을 터뜨리며 기도용 양탄자 위에 앉아 있었다. 한 노인은 다른 사람보다 더 큰 소리로 곡을 하기 위해 확성기를 사용했다. 길 위에는 이맘 호메이니의 초상화와 검은 깃발이 걸려 있었다. 나는 들어갈 수가 없어서 그 자리에 서 있었다. 커다란 흰 손수건을 든 남자가 주름진 얼굴 위로 흘러내리는 눈물을 닦았다. 모두 눈물에 젖은 손수건을 들고 있었고, 지나가는 사람들에게는 신경을 쓰지 않았다. 지나가는 사람들이 그들의 고통에 신경 쓰지 않는 것처럼. 내가 무슨 일인지 모르고 서 있는 게 분명해보였는지 청년 하나가 다가왔다. 할릴은 영어에 능통했다.

"놀라셨어요? 지금은 통곡의 달이에요. 이번 주에 시아파 교도들이 후사인의 죽음을 애도합니다."

갑자기 기억이 되살아났다. 후사인, 세 번째 이맘, 알리〔Ali, 이슬람교의 창시자 마호메트의 사위로 제4대 칼리프〕와 예언자의 딸 파티마 사이에서 난 아들, 680년 가족과 함께 암살됐다. 후사인이 죽은 날을 아슈라(Asūrā) 축제일로 기리며 매년 추모예식을 거행한다. 한 달 전부터 사람들은 집 입구에 검은 기를 걸고, 남자들은 상복을 입는다. 이란 사람 대부분은 시아파 교도고, 쿠르드 사람들은 순나〔Sunnah, 예언자의 언행을 적은 것으로, 코란을 보완하는 중요한 자료〕를 따르는 정통 이슬람교도다. 서양의 가톨릭교도인 나로서는 두 종파의 구분이 분명하지 않았다. 알리가 시아파 교도들이 인정하는 유일한 칼리프〔Caliph, 이슬람 국가의 통치자〕라는 걸 잘 알고 있다. 하지만 내게 강한 인상을 남긴 것은 1300여 년 전에 일어난 암살사건에 대한 광신적인 분노였다……

할릴은 금방 내 곁을 떠날 것 같지 않았다. 그의 짧은 수염으로 먹성 좋은 입이 두드러져 보였고, 강렬한 눈과 조금 흐트러진 자세로 보아 아주 현대적인 대학생임을 알 수 있었다. 그는 컴퓨터 분야에서 일하려고 준비하고 있었고, 다른 젊은이들처럼 외국으로 가기를 꿈꾸었다. 시장에서 물건을 몇 개 사온 그는 대부분의 이란 사람이 그렇듯 서양 사람들이 모두 영어를 말한다고 생각했기 때문에 영어를 쓰면서 좋아했다. 할릴은 날 안내해주겠다며 양탄자 시장으로 끌고 갔다. 그 덕분에 호객꾼들의 표적이 되어 공격당하는 걸 피할 수 있어서 다행스러웠다. 양탄자 상인은 항상 사지 않아도 상관없다고 하면서 '전시회'를 마련한다. 그는 '그냥 보기만 해도 되니까' 들어오라고 손님에게 사정한다. 일단 가게에 들어가면 심미가였던 상인은 악질 상인으로 둔갑한다. 할릴은 단호한 페르시아어 한마디로 성가신 자들을 물리쳤다. 우리는 화려한 양탄자가 전시된 상점가에서 나와 완벽한 균형을 이룬 거대한 공간을 향해 갔다. 19세기에 타브리즈에 살았던 무자파라딘 샤의 후계자였던 왕자는 시장 안에 궁전을 짓도록 했다. 그래서 지금 양탄자 상인들에게 점령된 이곳은 무자파리드라는 그의 이름을 간직하고 있다.

시장 한구석 사거리에 서 있는 물라가 누군가를 기다리는 것 같았다. 할릴이 내 시선을 좇더니 묻기도 전에 대답했다.

"중매쟁이에요."

할릴이 웃는 걸 보니, 내가 그를 만난 뒤 두 번째로 파리에 온 페르시아인〔18세기 프랑스 사상가 몽테스키외의 서간체 소설『페르시아인의 편지』에 등장하는 두 페르시아인은 이국인의 눈으로 프랑스 사회와 풍속을 비판했다〕같은 표정을 지었나 보다. 그가 설명하기를, 여기서는 일하는 여자가 거의 없기 때문에 남편을 잃은 과부는 수입원을 잃게 된다. 여자한테 돈을 벌어올 아이가 없으면 그걸로 삶은 끝이다. 그래서 여자는 빨리 남편을 구해야 한다. 아직도 상복을 입고 눈물로 지새우는 여자는 물라를 찾아가 상담을 한다. 시장의 이 구역에는 돈 많은 남자가 많은데, 대부분 양탄자 상인들이다. 이들은 죄를 짓지 않고 좀 더 다양하게 성생활을 즐기려고 한다. 그래서 '따로 떼어놓은' 여자를 제공하는 물라를 찾아간다. 일이 성사되면, 물라는 시게(sighé), 즉 '일시적인 결혼'을 대가로 금액의 10분의 1을 받는데, 이는 이슬람 법에 합당한 것이라고 한다.

이 때문에 정력가들은 소개로 만난 '부인'과 밤을 보낸 뒤 새벽이 되자마자 이혼을 할 수 있고, 이혼을 할 때도 물라의 주머니로 들어가는 '중개료'를 지불해야 한다. 나는 할릴을 따라다니며 여러 가지 생각을 했다. 결혼상담소 혹은 합법적인 포주, 허가된 매춘…… 이는 성스러운 가난을 설교하는 이 종교집단의 실질적인 만나(manna)인 것이다.

할릴은 또 하네 예 마슈루티야트(Khâné ye Machroutiyat) 라는 헌법의 집으로 안내했다. 이곳은 박물관으로 20세기 초 '헌법운동'에 앞장선 진보 인사들이 모였던 곳이다. 아타튀르크가 권력을 잡은 것에 영감을 받아 시민과 군인, 심지어 몇몇 성직자까지 1905년에서 1908년 사이 이란에 민주주의를 정착시키려 했다. 이는 대대적인 교수형으로 막을 내렸고, 마침내 투표에 부쳐진 헌법은 레자 샤(Reza Shah)가 1920년대에 팔라비 왕조를 세운 뒤 붕괴되고 말았다. 다시 지금부터 20년 전에는 이 제국 또한 새로운 유혈사태로 종지부를 찍게 된다. 물라는 늘 어디에나 존재했다. 이란에서 일어나는 사건은 19세기에 잔 디윌라푸아(Jane Dieulafoy, 1851~1916, 14개월간의 페르시아 여행기를 쓴 19세기의 작가)가 이미 간파했듯 정치적인 것이 아니라 종교적인 것이기 때문이다. 잔은 "물라의 광신주의와 비길 만한 것은 그들의 무지와 탐욕뿐이다"라고 말하고, 이란이 그들의 교활한 신정 정치神政政治에서 벗어나지 못하는 이상 가난에 허덕일 수밖에 없다고 예언했다.

길에서 어떤 통에 우편엽서를 넣으려고 하자 할릴이 내 팔을 막았다.

"뭐하는 거예요?"

"자네가 본 대로 우편물을 부치려고 한 거네."

"우체통은 노란색이고, 여기 이 회색 통에는 경찰한테 보내는 우편물을 넣어요."

"……?"

"이슬람 혁명정신에 어긋나는 행동을 하는 사람을 고발하기 위해서요."

경찰은 원대한 계획을 가지고 있었다. 통의 크기는 어마어마했다. 이 통에 고발장을 슬쩍 밀어넣는 익명의 손을 상상해보았다……. 공포를 느꼈다. 터키 국경을 넘은 이래 내가 만난 개방적이고 외국인에게 친절한 사람들이 어떻게 밀고를 제도화하는 정권을 허용할 수 있었을까?

우리는 우체국으로 갔다. 할릴은 거리낌 없이 창구 앞에 길게 늘어선 줄 맨 앞으로 끼어들더니 나더러 따라오라고 했다. 난 그러고 싶지 않았다. 시간도 많았고 다른 사람들의 차례를 존중하고 싶었다. 할릴이 큰 소리로 계속해서 오라고 하니까, 누군가 격렬하게 화를 내기 시작했다. 난 할릴에게 말했다.

"그것 봐, 소란을 피웠잖아."

"당신 때문에 그런 게 아니라 오히려 그 반대예요. 저 사람은 여행객을 몰아낸 정부를 비판한 거예요. 예전에는 여행객도 많고 모든 게 좋았다고 하면서요."

나는 돌아보았다. 그 남자는 내게 온화하고 형제 같은 미소를 보내고 있었다.

3. 대상 숙소

마시드와 아흐마드는 대도시 경계까지 차로 날 배웅해주었다. 아흐마드는 나와 헤어지는 게 슬픈 듯 울먹이며 "우린 당신을 영원히 잊지 않을 거예요."라고 말했다. 코미테가 나타나 문제가 생길 수도 있었지만, 난 아흐마드를 껴안았다. 그들은 아주 관대했다. 그들 덕분에 나는 대선에서 하타미의 자유주의가 승리를 거둔 정치적인 맥락을 좀 더 잘 이해할 수 있었다. 정권에 반대표를 던진 사람들은 새로운 대립을 원하는 게 아니라, 그들의 자유가 승리하기만을 바란다는 사실을 알게 됐다.

오후에는 하타미 대통령이 수염을 덥수룩하게 기른 보수주의 진영의 대표적인 두 인물 앞에서 개회 연설을 하는 모습을 텔레비전으로 지켜보았다. 그 두 인물이란 대선에서 하타미와 대결을 벌인 나테크누리(Nateq-Nouri)와 대선에 이어 악착같이 투표용지를 조작하는 데 열을 올려 자신의 정치 동지들에게조차 비웃음을 산 전 대통령 라프산자니(Rafsanjani)였다. 국회의 개회와 새로운 의회가 투표한 법률은 결정적인 것이 될 것이다.

중요한 사실 하나는 진정 제대로 된 이란의 음식을 맛보았다는 것이다. 어제 저녁 작별 만찬을 위해, 마시드는 달걀과 다진 양고기를 익혀 렌즈콩과 감자를 곁들인 쿠프테 타브리지를 준비했는데, 그건 궁중음식이나 다름이 없었다.

나는 눈부신 햇빛을 받으며 길을 나섰다. 길 왼쪽을 따라 걸었는데, 머리 위로 쏟아지는 기운을 막을 뿐만 아니라, 수많은 자동차와 트럭 운전사들이 내 뜻과 달리 내가 걷는 거리를 기어이 단축시키려는 것을 막기 위해서였다. 다 좋은 것이 아니냐고 할지도 모르겠다.

그런데 왠지 모르게 씁쓸한 기분이 들었다. 보름간 열한 구간을 통과했는데, 엄청난 공허감과 침통한 기분이 들었다. 사람들은 적대적이지 않았지만, 지금까지 마시드와 아흐마드를 제외하고 어느 누구도 자기 집 문을 열어 잠자리를 제공하지 않았다. 아직까지 진짜 대상 숙소도 보지 못했고, 『천일야화』에 나올 법한 사람을 만난 적도 없고, 이슬람교 사제와 마주치거나 기적을 목격한 적도 없고, 공기의 정령이나 공주, 요정, 술탄, 마녀와도 만난 일이 없었다. 도보여행자의 한정된 생활…… 내 다리는 이란 땅에 있지만 머리는 아직도 프랑스에 있었다. 열정이 아니면 이런 여행을 생각하지도 못했겠지만, 그 열정은 아직 노르망디의 집에 남아 있었다. 노르망디 집에서 지도와 책을 들고 여행을 계획할 때가 이란에 와 있는 지금보다 나았다. 메셰드는 아직도 멀었고, 사마르칸트는 세상의 끝이었다. 나를 짓누르는 위협이 온몸에 퍼지는 걸 느꼈다. 질병과 작년에 쿠르디스탄에서 습격당했던 기억이 계속 날 따라오는 것일까? 나는 힘없이 기계적으로 걸었다.

타브리즈의 도서관에서 찾아낸 책에는 이 근처의 마을 샤블리(Shabli)에 대상 숙소가 남아 있다고 적혀 있었다. 시장에서 산 지도엔 프랑스에서 샀던 것보다 조금 더 상세하게 지명이 나와 있었는데, 그 지도에 시블리라는 마을이 있었다. 바로 여기일 것이다. 10킬로미터는 돌아가야 하지만 그래도 시도해볼 만하다. 아스팔트를 깐 지 한참 된 작은 도로의 움푹 팬 구멍은 욕조처럼 깊었다. 그 길을 따라 한 시간 반쯤 걷자 완전무장한 대여섯 명의 군인이 보초를 서는 군사훈련장 입구가 나왔다. 등에 배낭을 메고 땀을 흘리는 파란기(farangui, 프랑스인)가 오는 걸 보자 재미있어 하는 표정이었다. 그들은 대상 숙소 얘기는 처음 들어본다고 했다. 난 현대식 여관이 아니라 가디미(ghadimi, 구식)라야 한다고 고집을 부렸다. "아뇨, 아뇨, 없어요." 그들이 말했다.

아스팔트 도로를 지나니 흙길이 이어졌다. GPS가 있어서 길을 잃을 걱정은 그다지 없었다. 3킬로미터만 더 가면, 저기 왼쪽에 대상 숙소가…… 군사훈련장 안에 있었다. 이중으로 된 철책 위 가시철사가 입구를 차단했다. 장애물 통과 훈련장이 있는 걸로 봐서는 군인들이 여기에서 하루 종일 훈련을 받는 것 같았다. 이것은 사파위(Safavid) 왕조, 즉 17세기나 18세기의 건물이다. 흙벽은 돌받침 위에 세워져 있었다. 빗물에 침식된 건물은 그 긴 세월과 지진을 겪고도 여전히 굳건히 버티고 있었다. 관개시설이 갖춰진 비옥한 평원이 내려다보이는 산을 등지고 선 건물은 사한드 산 쪽으로 향했는데, 산에서 3,500미터나 떨어진 이곳에서 아직도 녹지 않은 눈이 반짝거리는 모습이 보였다.

시블리 마을은 지도 제작자의 상상 속에만 존재하는 곳이었다. 되돌아가기엔 너무 늦은 시간이었고, 숙소를 제공하겠다는 병사를 만나게 되기를 기대할 수도 없었다. 그래서 계속 길을 걸었다. 우울한 기분이 머리에서 사라질 줄을 몰랐다. 그런데 불쑥 공공 토목공사장이 나왔다. 막사의 입구에서 웃음기라고는 없는 덥수룩한 수염의 남자 셋이 으르렁거리며 나타났다. 작달막한 남자 둘은 곤봉으로 무장을 했다. 세 번째 거구는 음흉한 표정에 의심에 찬 눈으로 내 쪽으로 다가왔다. 그는 자기 손이 무기여서 따로 몽둥이를 들 필요가 없었다. 그는 다리를 절었다.

"어디서 나타났어? 어디 가는 거야?"

그리고 동쪽을 가리키며 한마디를 덧붙였는데 '계속 걸어가라'고 하는 것 같았다. 나는 주머니에서 '열려라, 참깨' 종이를 꺼내 공손한 졸병처럼 읊었다. 그는 내 페르시아어를 하나도 알아듣지 못했다. 할 수 없이 종이를 그에게 건넸다. 그는 손을 하나밖에 쓸 수 없었고, 머리의 절반은 니스를 바른 것처럼 반짝거리는 검붉은 두피 위에 자란 머리털이 덮고 있었다. 전쟁의 흔적일까? 여기서는 흔한 일이다. 그는 종이에 적힌 문장을 해독해보려고 하다가 초록색 눈의 난쟁이에게 도움을 요청했다. 나는 체념하고 판결을 기다렸다. 그들이 내뱉은 감탄의 소리에, 구원받았다는 사실을 알게 됐다. 그들은 내가 터키에서 350킬로미터를 걸어왔다는 얘기를 듣고 깜짝 놀라는 표정이었다. 내가 메셰드에 간다는 걸 알게 되자, 언제 경계를 했냐는 듯 차를 마시러 막사로 가자고 했다. 시블리라는 마을은 없고, 수십 킬로미터 반경 내에 사람이라고는 자기네뿐이라고 했다. 거구의 이름은 에스트라피, 처음의 그 난쟁이는 마흐마드, 맑은 눈을 한 남자는 잠치라고 했다.

이들이 날 재워줄 수 있을까?

아니, 그건 불가능했다. 그들은 이 작업장의 수위일 뿐이었다. 작업반장이 순찰을 돌면, 알라라고 해도 그들을 위해 할 수 있는 일이 아무것도 없었다. 나는 익살을 부리며 화물차 적재기가 떠 있는 모양을 흉내 냈다. 그들이 웃었다. 나는 이 작은 수위실 바닥에서라도 잘 수 있는지 넌지시 물어보았다. 긴 논의 끝에, 나는 다시 한 번 구원을 받았다. 기분이 아주 좋아진 내가 그들에게 사진을 찍어주겠다고 했는데, 이건 그들에게 대수롭지 않은 일이 아니었다. 후손에게 자신의 모습을 남길 수 있다는 걸 그들도 알고 있었다.

거구가 나를 자기 숙소로 데리고 갔다. 자기는 땅에서 잘 테니 내게 침대를 쓰라고 했다. 말도 안 된다고 했지만 그는 들으려고 하지 않았다. 그곳에서 일곱 시에서 아홉 시까지 두 시간만 나오는 차가운 물로 샤워도 할 수 있었다. 나는 에스트라피가 마지막 낮기도를 끝내기도 전에 잠이 들었고, 다섯 시에 깼을 때는 그가 하루의 첫 기도를 올리려고 문 앞에 물양동이를 놓고 몸을 씻고 있었다. 우리는 진심 어린 작별 인사를 하고 헤어졌다.

교통이 대단히 혼잡했다. 트럭, 순례자의 버스, 소형 화물차, 자동차, 대형 트럭이 경쟁을 벌이고 있었다. 앞에서 달리던 차량 세 대가 갑자기 여기 이차선 도로에서 차선을 바꾸려고 했다. 난 도랑으로 펄쩍 뛰어야 했다. 운전자들은 충돌을 피하려고 죽을 힘을 다해 브레이크를 밟았고, 타이어는 굉음을 냈으며, 사람들은 쉴 새 없이 끼어드는 등 터키 도로에서 보았던 혼란이 이곳에도 있었다. 이란의 도로에서 벌어질 대학살을 피하기 위해서는 알라에게 기도를 올리는 수밖에 없었다. 하지만 내 생명을 알라의 손에 맡기지 않은 터였기에, 나는 두 배로 조심하면서 10미터마다 도랑으로 몸을 날렸다.

나는 좀비처럼 작은 농촌마을을 뚫고 지나갔다. 발에 힘이 풀렸다. 사람은 다리로 걷기보다는 머리로 걷는 것이라고 공언해 왔는데, 머리와는 관계가 없다는 것을 인정해야 했다. 다리는 걷고 있었지만, 머리는 계속 자고 또 자고 싶었다.

여관 문지방 앞에 무릎을 꿇고 앉아 있던 키 큰 대머리 남자에게 방이 있느냐고 물어보았는데 그는 일어나질 않았다. 그는 손가락 네 개만 들어올렸는데 4천 리알(40프랑)이라고 하는 것 같았다. 나는 방을 보겠다고 했다. 작은 방은 깨끗하다고 할 만했고, 사치스럽게도 공동 샤워실이 있었다. 내가 다시 내려오자 주인은 생각을 해보더니 손가락을 세 개만 들면서 식사가 포함된 가격이라고 말했다. 방문에는 자물쇠가 따로 없었고, 쇠막대기가 열쇠 구실을 했다. 불을 켜려면 계산대로 가서 작동시켜야 했다. 식사로 나온 누런 소스에 잠긴 닭은 맛도 신통치 않은 데다 배탈만 일으켰다. 새벽 세 시에 옷도 입지 않은 채 화장실까지 전력질주를 해야 했다. 알라가 도우사 코미테가 날 현장에서 잡는 일은 일어나지 않았다.

아침에는 진이 다 빠졌다. 고문당한 배를 잡고서, 그만 힘빼고 한나절 동안 여기서 쉬기로 했다. 이발소에 가서 머리와 수염을 깎고 대대적인 빨래를 끝내서 모든 걸 새것처럼 만들었다. 몸은 양호한 상태였다. 출발할 때 76을 가리키던 심장 박동은 68을 나타냈다. 적어도 이 지역의 우르미아(Urmia) 호수를 보러 갈 수 있다는 사실에 위안을 삼았다. 이 호수 부근에서는 기원전 5000년 전부터 수많은 문명이 꽃을 피웠다. 다양한 종수로 유명한 이곳의 홍학은 보지 않을 생각이다. 다부디(Dabudi) 섬도 마찬가지다. 여기에는 칭기즈 칸의 손자이자 아사신(Assasin, 산의 장로) 집단을 몰살한 홀라구의 묘지가 있는데, 수많은 처녀가 다른 세계로 온 그의 욕망을 만족시키기 위해 희생됐다. 또한 타흐트에솔레이만(Takht-e Soleyman)도 방문하지 않을 것이다. '솔로몬의 왕좌'라는 뜻을 가진 이 요새는 호수의 섬을 차지하고 있는데, 여기에서는 아직도 위압적인 성벽과 서른여덟 개의 방어탑을 볼 수 있다.

여관 주인은 내게 호감이 있는 게 분명했다. 이틀 묵는데 2천 리알만 달라고 한 걸 보면. 나는 그가 붙들기 전에 도망쳤다.

아직 해가 뜨지 않았다. 휴식을 취하고 다시 원기를 찾자 힘차게 걸었고, 가방도 가볍게 느껴졌다. 풍경이 눈앞에 펼쳐졌다. 사볼란(Sabolan) 산맥 뒤에서 나타난 햇살 아래로 곡물과 채소밭이 끝도 없이 이어졌다. 흰색의 좁은 흙길은 멀리에 있을 듯한 산골마을 쪽으로 구불구불 나 있었다. 여기저기에 줄지어 서 있는 포플러나무가 아침의 신선한 산들바람에 작고 하얀 면화 같은 꽃송이를 날렸다. 진동에 놀란 종달새가 현기증이 날 정도로 빠르게 땅으로 내려왔다. 하지만 그것도 잠시, 트럭이 고약한 냄새와 시끄러운 소리를 내며 나타났다. 어떤 트럭은 대담하게 조수석 앞에 멋을 낸 글씨로 'IN GOD WE TRUST(우리는 신을 믿는다)'라고 써붙여두었다……. 어떤 신을 말하는 것일까? 그들의 신일까, 기독교도의 신일까, 아니면 이 나라 어디에나 존재하는 달러($) 신일까?

　햇볕이 강렬했다. 어디에서나 우물에서 물을 끌어올리기 위해 동원된 디젤기관들이 보였다. 길가에는 온화한 인상의 노인이 손님을 기다렸다. 잉걸불 위에서 거무스름한 양철통에 담긴 물이 끓고 있었다. 노인은 풀더미 위 눈에 띄는 곳에 잔을 하나 두었다. 하지만 맹렬한 속도로 달리는 운전사의 눈에 그 잔이 보이겠는가? 노인에게 엄청난 금액으로 보일 2천 리알을 주었더니, 노인은 임시변통으로 사용하는 찻주전자에 담긴 차를 거의 다 따라주려고 했다.

　내가 자리에서 일어나자, 노인은 손에 잔을 들고 따라와 마시라고 애원했다. 내가 준 돈 때문에 그는 모욕당한 기분이었을 것이다. 내가 수락하면 거래가 되고, 내가 거절하고 그가 돈을 가지면 구걸이 되는 것이다. 지저분한 잔에 담긴 지저분한 차를 마시고 토할 것 같았다. 건네받은 설탕 조각을 이 사이에 고정시킨 덕에 노인이 억지로 차를 내 입에 밀어넣는 걸 막을 수 있었다. 이번 일을 계기로 고액 기부자의 임무가 어떤 건지 배울 수 있었다. 하지만 이곳에서는 다른 사람, 즉 가난한 이슬람 사제처럼 보여야 할 필요가 있었다…….

　알리할라즈(Ali Khalaj)에서 도로 아래쪽에 폐허가 된 작은 대상 숙소가 있었다. 아바스(Abbasid) 왕조 때 만들어진 듯한 이곳은 마치 이슬람 사원이 신도를 끌어들이는 것처럼 내 주의를 끌었다. 하지만 조금 떨어진 곳에서 일하던 석공이 막아섰다. 접근 금지 지역이었다. 아마 안전 때문이겠지만, 모든 기대가 무너지는 순간이었다. 여기에서 방문할 수 있는 대상 숙소가 하나도 없다는 말이었으니까.

궁전 같은 대상 숙소를 짓는 전통은 지금부터 2500년 전, 알렉산드로스 대왕에게 정복되기 전에 이곳을 지배했던 아케메네스(Achaemenid) 왕조로 거슬러 올라간다. 헤로도토스는 이렇게 적었다. "그들은 앞으로 실크로드가 될 2,500킬로미터의 길에 111개의 건물을 짓고 있다." 계산은 간단하다. 평균 도보 구간인 20 내지 25킬로미터마다 대상 숙소를 짓는 것이다. 이런 건물들은 주로 우편물을 배달하기 위해 이용됐다. 굽지 않은 흙벽돌로 쌓은 건물에 간단한 울타리를 친 이곳은 우편배달부와 말이 쉴 수 있는 숙소였다. 하지만 얼마 지나지 않아 궂은 날씨나 도둑을 피하려는 상인들에게도 사용됐다. 그러다가 1000년간 불교, 기독교, 마니교, 조로아스터교나 이슬람교까지 다양한 순례자들이 실크로드를 여행하며 이곳에 들러 쉬었다.

이 때문에 대상 숙소는 좀 더 정교한 형태로 발전했다. 숙소의 주인은 온 나라를 약탈하며 다니던 군인을 비롯한 난폭한 도둑들을 막기 위해 외부를 요새처럼 꾸몄고, 내부에서는 여행객들에게 필요한 서비스를 제공했다. 빵을 굽는 화덕, 물 저장실, 마구간, 물건을 쌓아두는 창고가 있었고, 제철공이나 동물 관리인과 같은 전문가들도 상주했다.

페르시아의 건축가들은 사용하기 편리하고 안전하게

건물을 이용할 수 있도록 계속해서 연구했다. 곧 대상 숙소는 단일한 형태로 건설됐다. 외부의 공격을 막기 위해 삼면의 벽에는 창문을 달지 않았고, 나머지 한 벽에만 거대한 문을 냈다. 그리고 그 문에 총안銃眼을 만들었다. 내부에서는, 상인들이 침실과 안뜰이나 내부 통로 쪽으로 난 방이 있는 이루어진 '스위트룸'을 쓰면서, 물건을 전시하고 손님을 맞이할 수 있었다. 도시에서 멀지 않은 곳이나, 때로 벽 내부에 세워진 대상 숙소는 사람이 살지 않는 곳에 활기를 가져다 주기도 했다.

지금은 정오이고 기분이 상쾌하다. 처음엔 여기에서 하루 묵어 갈 생각이었지만 다음 구간까지 걷기로 했다. 힘을 내기 위해서 아브구슈트(âbgousht)로 점심식사를 했다. 이 음식은 타브리즈에서 알게 된 것인데, 아무리 먹어도 질리지 않았다. 도보여행자에게는 완벽한 음식이다. 이 음식은 철이나 흙으로 된 단지에 음식 재료들을 넣어 끓인 뒤, 우묵한 접시에 담아 절굿공이로 찧어가며 먹는 음식이다. 단지에 든 스튜는 접시 안에 가득 담긴 빵이 흠뻑 젖을 때까지 붓는다. 이것을 먹고 난 후, 양고기를 먹고, 절굿공이로 토마토와 감자, 이집트콩 같은 야채를 으깨서 먹는다. 맛도 좋고, 먹고 나면 기운이 난다.

45킬로미터를 걸은 후에—세상에나—저녁 무렵 카라시야샤만(Qara-Siyah Chaman) 입구에 들어섰다. 이 마을은 '검고 검은(카라는 아제르바이잔어, 시야는 페르시아어)'이라는 뜻을 가지고 있다. 음울한 전조를 풍기는 이름이다. 하나밖에 없는 선술집 주인에게 하루 묵을 수 있는지 물어보자 그대로 날 몰아냈다. 몇 집 문을 두드려보았지만 모두 거절당했다. 어떤 사람은 아제르바이잔 사람들이 세상에서 제일 좋은 사람이라고 했다. 하지만 인색하고 호의적이지 않다는 말을 하는 사람도 있었다. 카라시야샤만에서는 손님을 환대하고 자비를 베푸는 일은 미덕이 아닌가 보다. 선술집 옆에 있는 집들 역시 한결같이 나를 거부했다.

아이 하나가 도와주겠다고 나섰다. 아이는 마땅한 곳을 알아보자면서, 그에겐 사랑스러운 이 도시의 모든 차이하네(차와 식사를 함께 먹을 수 있는 작은 식당)로 날 데리고 다녔다. 하지만 그 아이가 원한 건 날 신기한 물건처럼 내보이고 싶어하는 것임을 금방 알아차리게 됐다. 한 시간 반동안 구경꾼들의 호기심을 채워주고 난 뒤에야 이곳엔 숙소가 없음을 인정할 수밖에 없었다. 그래서 경찰서에 가서 구석에서라도 자게 해달라고 사정했다. 나를 맞이한 쾌활한 군인은, 그가 빗자루처럼 다루는 경기관총을 보고 당황한 날 데리고 상관에게 갔다. 상관은 명령을 부하에게, 그 부하는 또 그의 부하에게, 그 부하는 또 그의 부하와 똑같은 말투로 알아서 처리하라고 명령했다. 결국 조금 전에 날 문전박대했던 식당 주인 앞에 서게 됐다. "식사와 잠자리를 이 남자에게 주시오. 대장의 명령이오." 군인이 짧게 말했다. 그렇게 해서 난 푸짐한 필라프와 산더미처럼 쌓인 꼬치,

꿀을 타 먹기도 하는 요구르트 희석 음료 아이란을 곁들여 먹게 되었다. 주인은 세심하게 배려했다. 내가 며칠 전부터 짐작해왔던 것에 확증이 가는 순간이었다. 내게 쌀쌀맞게 대한 건 경찰을 두려워하기 때문이었다. 엄청나게 큰 고발함이 있는 나라와 자연스러운 인간의 감정은 양립할 수 없었던 것이다.

식당 위에 있는 커다란 방에 매트리스가 세 개 놓여 있었다. 나는 이 방에서 진지하게 수행원 임무를 다하고 있는 경찰 부하 직원과 자게 됐다. 혹독하게 추운 밤을 보내기라도 하듯, 그는 속옷을 꽁꽁 입고서 규칙적인 리듬으로 코를 골며 잤는데, 이 단조로운 팡파레를 자장가 삼아 나도 세상 모르고 깊은 잠 속으로 빠져들었다.

계곡은 두 개의 절벽 사이에 있었다. 구석에는 냇물이 얌전히 흐르고 있었는데, 몇 주 전까지만 해도 엄청난 물줄기의 급류가 흐르던 곳이다. 아침 아홉 시가 되자 달아오르는 열기 때문에 짧게 자른 머리 위를 덮어야 했다. 짐을 꼼꼼히 뒤져본 다음 결론을 내렸다. 모자를 잃어버렸다! 이런 일이! 내 모자, 내 여행의 동반자, 내 머리의 친구, 3년 전부터 5천 킬로미터를 함께했던 친구. 그 친구 없이 계속 여행하는 건 있을 수 없는 일이었다. 색이 바래고 형태가 없는, 박물관에나 어울릴 그 진(jean) 모자는 내 보물 1호다. 모자를 안 쓰고 걷는다? 그럼 신발도 안 벗을 이유가 없지. 이제부터 사막을 어떻게 대적한다? 엄청나게 더울 때 모자를 물에 적시면, 두꺼운 천이 오랫동안 신선한 물기를 간직한다. 도로 위에서 모자는 깃발이 되기도 한다. 사람들은 그런 모자를 어디에서도 본 적이 없다고 했다. 어떤 사람은 이렇게 말했다. "일주일 전에 어느 도시에서 당신을 봤는데, 이 모자를 보고 당신을 알아봤어요." 어디에 가든지 내 모자를 빌려 써보는 사람이 있었는데, 아마 잠깐이라도 외국인이 되고 싶어서였던 것 같다. 어떤 사람은 모자를 사겠다고 하거나 다른 물건과 교환하자고 했다. 그때마다 차라리 날 밟고 지나가는 게 낫다고 말하며 모자를 탐내는 사람들을 물리쳤다.

아무리 생각해봐도, 마지막으로 모자를 본 게 언제인지 기억이 나지 않았다. 매일 그랬던 것처럼 가방 위에 얹어둔 모자가 어딘가에 떨어진 것 같았다. 나는 모자를 찾기로 결심했다. 북쪽으로 올라가는 지프를 세워서 문짝에 매달려 길가를 샅샅이 훑어보며 모자가 나타나기를 바랐다. 하지만 결국 카라시야샤만까지 되돌아왔고, 모든 것이 헛수고가 됐다. 누가 모자를 주워갔거나 바람에 날려간 것 같았다. 잔뜩 풀이 죽어서 어제 묵었던 식당으로 발길을 돌렸다. 주인은 뚱한 표정을 짓고 들어온 나를 문지방에서 반갑게 맞이한 뒤, 내가 아침식사를 했던 테이블로 데리고 갔다. 모자가 바로 거기에, 옆에 있는 의자에 의젓하게 놓여 있었다. 난 모든 사람들에게 차를 돌린 뒤 돈을 두고 나왔는데, 그 정도는 아무것도 아니었다.

친절한 운전사 하나가 내가 고생한 것이 측은했는지 물었다.

"모자가 없어진 걸 어디에서 알게 됐어요?"

"10킬로미터 떨어진 데서요."

사실 10킬로미터보다 훨씬 먼 거리였지만, 내가 셀 수 있는 페르시아어는 10까지였다.

그는 내 가방을 낚아채 10톤짜리 새 트럭의 조수석에 놓더니 나더러 올라타라고 했다. 그는 계량기를 보여주며 정확히 10킬로미터 떨어진 곳에 내려주었다. "고마워요, 길을 가다 보면 또 보게 될지도 모르죠."

햇볕을 피해 자두나무 그늘 아래 방금 벤 건초 위에 앉아 있는 노인 넷이 차를 같이 마시자고 손짓을 했다. 그중에는 어제 만났던 틀니를 낀 물라도 있었다. 그의 이름은 세이에트 후세인이다. 그가 자기 친구들을 소개했다. 친구 중 한 사람 앗세팔레는 꼭 전설에나 나오는 인물 같았다. 젓가락처럼 곧게 펴진 숱 많은 백발, 은빛 수염, 거칠고 주름으로 가득한 그을린 얼굴 위에 일주일동안 자란 수염. 정력적인 노인의 완벽한 화신이었다. 친구들이 웃는 가운데 클로즈업으로 그의 얼굴을 사진에 담았다.

날이 갈수록 조금씩 더워졌다. 도로 위에는 프랑스의 고슴도치만큼이나 조심성 없는 뱀들이 차에 치여 반짝이는 표피를 전시하고 있었다. 거대한 계곡이 있는 풍경이 프랑스의 오베르뉴 지방을 연상시켰다. 도로는 급류가 끊임없이 파고드는 좁은 계곡 안으로 구불구불 이어졌다. 위쪽에는 태양 속에서 독수리 한 마리가 줄에 매달린 것처럼 느릿느릿 선회하고 있었다. 잘 정돈된 비탈 위에 햇포도가 있었다. 이 나라에서 포도주 소비는 금지돼 있기 때문에 이 포도로는 건포도를 만들 것이다. '비밀을 지킨다는 조건으로' 사람들이 얘기한 바로는, 경작한 포도 일부는 증류해서 싸구려 독주를 만든다. 사람들은 내게 그 독주를 여전히 '비밀을 지킨다는 조건'으로 맛보게 했다. 이슬람의 '정의'는 범죄행위로 간주되는 이러한 행위에 가차 없이 채찍형을 내린다. 하지만 또 다른 사람이 비밀스럽게 들려준 얘기로는, 적당히 돈뭉치를 쥐어주면 알라도 훨씬 너그러워진다고 한다…….

미야네의 커다란 공원에서 금요 파티가 열렸다.

여러 가족이 소풍을 왔다. 이란 사람들은 밖에서 식사하는 걸 굉장히 좋아한다. 유목민의 유산일까, 아니면 이곳에서 보기 힘든 풀에 대한 사랑, 시원한 그늘, 엄청나게 집이 더워서 떠나려는 욕구, 사람들의 눈에 띄려는 욕망 때문일까? 소풍을 많이 가는 이유로 이런 것들을 모두 꼽을 수 있지만, 사람들 말로는 특히 정원과 관계 있는 모든 장소에 이란인들이 느끼는 아주 오래된 향수가 있기 때문이라고 한다. 페르시아어의 '정원(옛 페르시아어 paridaiza, 현대 페르시아어로 ferdows)'은 '파라다이스'의 어원이다.

이란의 소풍은 불편함과는 별 상관이 없다. 사람들은

필요한 것은 물론이고 불필요한 것까지, 엄청나게 많은 물건을 자동차에 싣는다. 버너와 가스통, 바닥 위에 깔 양탄자, 야만인이 아니니까 냅킨도 챙겨야 하고, 식사를 끝낸 뒤 빼놓을 수 없는 낮잠에 필요한 베개, 남자나 여자나 즐겁게 빨아대는 물담배 그리고 물론 제일 중요한 찻주전자. 차를 몇 리터나 마시게 될 테니까. 하지만 내가 감탄할 수밖에 없었던 것은, 아무도 라디오를 가지고 가지 않는다는 것이다. 가족과 친인척까지 모두 아침 열 시에서 열한 시쯤 모여서 하루 종일 수다를 떨고, 편안하게 세상을 잊고 쉰다. 프랑스 사람들이 휴가를 받은 다음날 마른(Marne) 강가로 달려가 느긋한 시간을 즐기는 것처럼. 지구가 돌기를 멈춘 듯한 시간이다. 사람들은 나른한 행복 속에 하루를 즐기고, 밤이 되어야 텐트를 거둔다.

후샹(Houchang)의 서점에는 내가 찾는 지도와 카드 엽서가 하나도 없었다. 하지만 그는 작은 가게의 문을 닫더니 날 데리고 자기 집에 가서 부인 모니르와 네 아이를 소개했다. 모니르는 내가 오기를 기다리고 있었다는 듯 얼른 요리를 준비했다. 난 빻은 아몬드와 사프란을 넣은, 단맛이 나는 쌀요리 사레 실레(sareh shilé)를 엄청나게 먹은 뒤에도 커다랗게 자른 멜론 조각 하나를 먹었다. 말린 과일이 등장했을 때는 제발 살려달라고 소리를 지를 정도였다. 3주 사이에 난 그렇게 많은 양을 먹는 식사습관을 잃은 것이다.

기운을 차린 후 인터넷이 연결된 컴퓨터를 찾으러 시

내로 나갔다. 금요일이라 문을 닫은 컴퓨터 가게 앞에 있던 대학생 카셰프 아딘이 다가왔다. 그는 영어로 말하고 싶어 했다. 그가 세 시간이 넘게 날 데리고 다닌 끝에 컴퓨터 한 대를 발견했다. 그런데 안타깝게도 모뎀이 없었다. 내가 들어간 호텔에 청년 넷이 기다리고 있었다. 그들은 내 얘기를 듣고 실크로드를 따라가는 괴짜의 사진을 찍고 싶어했다. 잠자리에 들 준비를 한 아홉 시쯤 카셰프 아딘에게서 전화가 걸려왔다. 모뎀을 찾았다고 하면서 자기가 보낸 택시가 안뜰에 있을 거라고 했다. 말 그대로였다.

파리에서 잔뜩 온 소식을 확인한 뒤 안심이 된 나는 돌아오는 길에 기분이 좋아서 콧노래를 불렀다. 호텔 근처의 도로에는 신도들을 가득 채운 버스 10여 대가 주차해 있었다. 확성기를 단 맨 앞 차는 무엇인가 슬로건을 외쳐댔다. 모든 차 위에는 페르시아어로 쓰인 커다란 검정 현수막이 걸려 있었다. 내일은 이맘 호메이니가 사망한 날로, 이란력으로 호르다드월 14일〔양력으로는 6월 14일〕이다. 이란 전역에서 수천 대의 차량이 테헤란 남부 콤(Qom) 근처에 있는 그의 저택으로 몰려들었다. 명상이나 애도와는 거리가 먼 조급하고 폭력적인 분위기가 대기를 떠돌았다. 분명 정치목적을 가진 조직이 유발한 광신주의가 손에 잡힐 듯 거기에 있었다. 속이 뒤틀린 나는 최대한 빨리 호텔로 돌아왔다.

아침에 보니 유럽에서 온 커플이 가방을 싸고 있었다. 프랑스 남자 파트리스와 스위스 여자 마리는 이상하게 생긴 자전거 두 대에 짐을 실었다. 크랭크 장치가 앞바퀴 위로 올라와 있어서 그들은 등을 기댄 채 자전거를 탔다. 중국으로 가는 길이라고 했다. 마리는 차도르를 하지는 않았지만, 스카프로 머리와 귀를 감추고 있는 모습이 꽤 놀라웠다. 파트리스는 짧은 바지에 티셔츠를 입고 있었다.

"우린 스포츠를 하는 거라 아무도 뭐라고 안 해요."

그럼 내 도보여행은 스포츠가 아닌가? 역겹게도 내가 무슨 영웅이 되려 한단 말인가…….

나는 어제 알리를 그의 형이 운영하는 인터넷 카페에서 만났는데, 아침 기도를 마치고 알리가 호텔로 찾아왔다. 알리는 길이 끝나는 데까지 배웅하겠다고 했다. 어제 저녁 우리는 많은 얘기를 나누었고, 이 아이는 날 '현자賢者'라고 불렀다. 현자란 '신에게 미친' 독실한 신자를 말한다. 그는 집단 태형식에 참여하는데, 태형은 머리에서 피가 솟을 때까지 계속된다. "하지만 고통스럽지 않아요."라고 그가 말했다. 신은 항상 알리의 곁에 머물고, 그는 평생 신앙심을 가지고 살 것이다. 그는 현자가 이슬람 신자가 아니라는 데 놀라워했다. 독실한 신앙심을 가진 이 아이를 조금 혼란스럽게 하고 싶었다.

"네가 말하는 신은 너의 신이니, 나의 신이니?"

"나의 신이죠. 전능하신 알라죠."

"하지만 어떻게 그렇게 말할 수 있지? 왜 다른 신은 안 되지? 힌두 신이나 아프리카 구석에 사는 부족의 신이나 보르네오의 신이나 아니면—난 잠시 멈췄다가 말했다—유대인의 신은? 너의 신이라는 증거를 보여봐."

"그냥 알 수 있어요."

"현명한 사람은 의심을 가져야 해. 의심이 없으면 진리에 다가갈 수 없어. 칭기즈 칸의 몽골인은 태양을 숭배했어. 잉카도 그랬고. 그리고 모두 자기들이 옳다고 믿었어."

나는 이야기를 더 멀리 끌고 가 신의 존재 자체를 의심스럽게 하는 것까지는 할 수 없었다. 알리는 3킬로미터까지 따라오더니 씩씩거리며 날 버리고 가버렸다. 이제부터는 종교에 관한 질문은 피해야 할 것 같다. 막 신앙이 싹트려는 사람에겐 마음만 동요시킬 뿐이란 걸 잘 알기 때문이다.

호메이니 탓을 할 수밖에 없는 다른 폐해로는, 휴일로 지정된 이날, 문을 연 식당이 하나도 없어서 신도들이 식사를 제대로 할 수가 없다는 것이었다.

출발지점에서 12킬로미터 떨어진 곳에 아침 열한 시에 도착해 산을 마주보고 섰는데, 웅장한 절벽을 보니 올라갈 일이 아득하게 느껴졌다. 특히 지금처럼 무거운 배낭을 지고는 더욱더. 터널의 시커먼 입은 대형 트럭의 행렬을 먹성 좋게 집어삼킨 뒤, 폭발할 듯한 차량 행렬을 반대쪽으로 토해내는 것처럼 보였다. 왼쪽에는 어디로 이어지는지 알 수 없는 작은 도로가 있었는데 아무도 그 길로는 가지 않았다.

마지못해 터널을 택했다. 배기관에서 나오는 역한 가스 냄새 때문에 목이 따가웠다. 인도도 없는 곳이었기 때문에, 거기에서 모험을 걸고 건너갈 만큼 미친 사람은 없었다. 배기 가스로 검게 변한 터널 벽에 바짝 붙었다. 20미터마다 내벽에 버팀장치로 댄 돌벽이 있어서 트럭이 덤비지는 못했다. 나는 위험을 무릅쓰고 왼쪽으로 걸었기 때문에 돌 버팀벽은 내게 잠깐이나마 피난처를 제공했다. 하지만 버팀벽과 버팀벽 사이를 갈 때는 계속해서 이어지는 차량 행렬에 짓이겨지지 않으려면 죽어라 뛰어야 했다. 컴컴한 곳이라 그런지 나를 향해 덤벼드는 괴물 같은 차량들과 그 소음이 어마어마하게 느껴졌다. 어떤 차도 나를 보고 비켜서지 않았다. 터키와 마찬가지로 이란에서도 운전대를 잡고 있는 사람은 걸어가는 사람이 언제든 알아서 피할 것이라고—아니면 브레이크를 밟을 가치가 없다고—믿어 의심치 않았다. 걷는 사람이 알아서 잘 피하는데 자신들이 피할 필요가 있겠는가? 검은 터널 출구를 비추는 건 차량의 전조등뿐이었다. 벽에서 반사돼 나온 모터의 굉음으로 귀가 찢어질 듯하고, 수천 대의 배기관이 내뿜는 매연에 거의 질식할 정도였다. 목젖을 막는 맵고 더러운 공기를 삼키며 짧은 숨을 쉬었다. 독약이나 마찬가지였다. 소음과 악취로 가득한 이 지옥에서 빨리 벗어나자. 하지만 내 앞에 보이는 건 수백 대의 차량이 긁고 지나간 어둠뿐이었다. 오 분, 십 분, 십오 분. 돌 버팀벽이 나오자, 연이어 달리는 두 대의 대형 트럭 사이에 공간이 있길 바라며 점프를 해서 다음 구간까지 뛰었다. 내가 가는 방향으로 달리는 트럭 행렬이 잠깐 끊어졌지만, 어디가 어딘지 알 수가 없었다. 벽을 더듬으며 전진하면서, 아스팔트 가운데로 가지 않도록 조심해야 했다. 관자놀이가 펄떡거렸다. 기침을 하며 신선한 공기를 마시려 했지만, 배기 가스의 매캐한 냄새만 있을 뿐이었다.

마침내 몇백 미터 앞에 빛이 보이고 출구가 있었다. 지하로 들어오는 희미한 빛은 트럭이 지나갈 때마다 가려졌다. 마치 아마추어가 찍은 영화의 낡은 영사기에서 영화가 나오는 대신 필름이 돌아가는 걸 보는 것 같았다. 난 조심성을 잃고 자유로운 공기가 있는 곳을 향해 마구 달렸다. 100미터만 더, 50미터만 더, 20미터만 더. 이제부터라도 독가스를 마시지 않으려고 숨을 멈추었고, 다리는 두려움과 스트레스로 뻣뻣하게 굳어졌다. 터널에서 나오자, 버려져 있는 커다란 주차장을 향해 질주했다. 그 위에 떠 있는 해는 때마침 산 너머로 지고 있었다. 배낭을 놓는다기보다 내던져버린 뒤 엄청난 양의 산소를 게걸스럽게 들이켜면서 깊은 호흡을 했다. 내 몸은 안팎으로 더러워진 느낌이었다. 터널에서 흘러나오는 모터의 소음은 이제 멀어진 것 같았다. 마침내 차분하게 숨을 가다듬게 되자, 그제야 주위를 둘러보았다. 터널이 있는 협곡의 절벽은 푸른 하늘 쪽으로 곧게 올라가 있었다. 숲 사이로 난 이런 길에 또 다른 주차장이 좀 더 먼 곳에 있었다. 그곳에 주차된 트럭이 보였는데, 차이하네가 있을까? 식당은 있었고, 문이 열려 있었다. 구세주와 같았다. 어쨌든 난 분명 지옥의 대기실에서 방금 빠져나온 것이다.

식당은 터널만큼이나 연기로 가득했다. 쉰 명이 넘는 듯한 운전사들이 투명한—그리고 끈적끈적한—비닐을 씌운 커다란 나무 테이블에 앉아서 뜨거운 차를 마시며 큰 접시에 담긴 국수나 아브구슈트를 게걸스럽게 먹고 있었다. 덥수룩한 수염을 기른 남자(모두 그랬다)가 내 앞에 와서 앉았는데, 문득 그의 몸에 꼭 끼는 티셔츠를 가로지르는 문구의 뜻이 궁금했다. 그는 내 얘길 듣고, 내가 어디로 나왔는지 알고 싶어 했다. 턱으로 밖을 가리키자, 그가 설명하기를 다른 터널이 있는데 훨씬 길고 아주 위험해서 보행자의 출입이 금지됐다고 한다. "그 터널은 절대 가지 마시오. 죽을지도 모르니까."

그가 피부에 새긴 듯이 내세운 문구의 뜻이 무엇인지 묻자 그가 열심히 설명을 해주었다. 하지만 거의 알아들을 수가 없었다. 어쨌든 알아들은 단어를 동원해 추측해보자면 핵심은 알라, 행운, 특별한 영광과 관계된 것인 듯했다.

공포 때문이었을까 아니면 매연을 마셨기 때문이었을까, 급작스런 설사 때문에 화장실로 달려갔다. 잠시 후 차와 아브구슈트를 먹은 뒤 테이블을 돌면서 다음 터널을 지나게 해줄 운전사를 찾았다. 놀랍게도, 터널의 길이는 5미터에서 6미터에 불과했다. "더 먼 곳에 다른 터널은 없나요?" "없어요."라고 한 운전사가 말하며 테헤란까지 기꺼이 태워주겠다고 했다. 그에게 감사 인사를 하고 내려달라고 했다.

조금 전에 덥수룩한 수염의 운전사가 왜 한심스럽다는 표정을 지었는지 이해가 됐다. 그는 내가 타브리즈 방향으로 간다고 믿었다. 목숨을 걸고 건너야 한다던 터널이 바로 내가 건너온 곳이었다. 날 태워준 운전사 레자는 웃으며 말했다. "축제일이라 운이 좋았던 거예요. 보통 때 같으면, 차가 엄청나게 많아서 나오기도 전에 안에서 깔려죽었을 거요." 나도 호메이니 발 앞에 엎드려 절을 할 수밖에 없다는 생각이 들었다. 어떻게 보면, 그가 내 목숨을 살린 것이니까.

부정확한 지도 때문에 건너야만 하는 아스팔트 도로와 터널에 진저리가 났다. 아슬아슬한 흙길도 있었다. 그런데 이 길은 대체 어디로 통하는 것일까? 막다른 골목? 이름 없는 마을이나 아무도 살지 않고 표기도 없는 스텝지역? 가벼운 산행이라면, 행운을 시험해보거나 행운을 부르기 위해 감행할 수도 있다. 하지만 내 앞에는 전설의 사마르칸트까지 걸어야 할 거리가 3천 킬로미터 가까이 남아 있고, 세관원과도 만나야 하고 비자에 명기된 유효 날짜도 지켜야 했다. 그런 제약이 있었기에, 지옥 터널을 나와 녹초가 되어서도 계속 가야 한다는 의무감을 느낄 수밖에 없었다.

일주일 전에 타브리즈의 박물관 도서실에서 찾은 책을 보며 예전의 대상 숙소가 북쪽의 언덕 너머에 있을지도 모른다는 생각이 들었다. 꼭 그곳을 방문하고 싶었다. 아직 터널에서 들이마신 매연 때문에 허파가 완전히 회복되지 않은 듯해 벽돌 다리 옆 그늘에서 휴식을 취했다. 다리의 중앙아치는 마치 도끼질로 끊어놓은 것처럼 강 속으로 무너져 있었는데, 그건 지진 때문이었다. 다리 위에서 아이들은 옷을 입은 채 강물로 뛰어내렸다. 편안하게 담장에 기대, 꽃이 만발한 잔디 위의 서늘한 곳에 엉덩이를 대고 잠이 들었다. 잠이 깨자 무슨 일이 있어도 그 대상 숙소를 봐야겠다고 다짐을 했다.

이제 길이다. 형편없는 지도에는 길이 점선으로 표시돼 있었다. 어림잡아서 국도 북쪽에 한 점을 찍었다. 자말아바드(Jamal Abad), 자말의 마을. 도로라기보다는 작은 언덕의 등성이에 난 구불구불한 길이었다. 트럭 한 대가 내려가며 일으킨 흙먼지구름이 유성의 꼬리처럼 다시 그 위로 떨어졌다. 언덕은 완만해 보였지만 태양의 열기와 점심식사 전인 걸 감안하면, 언덕을 넘는 데 엄청난 힘을 들여야 할 것 같았다.

햇볕에 목덜미가 뜨거웠다. 금방 땀이 목에서 흘러 배낭과 목 사이로 미끄러져, 엉덩이 사이에서 다리로 흘러내리다가 웅덩이를 만들며 신발에서 멈췄다. 언덕에 듬성듬성 심긴 가늘고 키가 작은 밀은 바람이 스쳐 지나갈 때마다 흔들렸다. 집도 나무도 없었지만, 공장 하나가 최근 언덕 중간에 들어선 듯했다. 거기에 가려면 한 시간쯤 걸어야 할 것이다. 석고를 실은 트럭이 지나가는 것만 보던 수위들은 말 그대로 내게 질문 세례를 퍼부었다.

"얼마 전 국경을 넘었어요. 보름 전에 터키의 도우바야지트를 출발해서 사마르칸트로 가는 중입니다."

그들은 믿지 못하겠다는 듯 날 쳐다보았다. 그래서 정확히 다시 말했다.

"사마르칸트. 우즈베키스탄이요."

그래도 모르겠다는 표정이다. 이란 사람들은 터키 사람보다 더 지리를 몰랐기 때문에 또다시 고쳐서 말했다.

"메셰드보다 조금 더 먼 데예요."

이들도 알고 있는 메셰드는 이란 사람들이 가장 가고 싶어하는 곳 중 하나다.

공장 입구의 그늘진 안식처에서 나와 다시 용광로로 들어갔다. 더위 때문에 숨이 막혔지만, 지금은 겨우 6월 초일 뿐이다. 한창 여름인 7월에 무시무시한 이란의 카비르(Kavir) 사막을 지날 텐데, 그때는 어찌할 것인가? 이런 생각을 할 때마다 올해 안에 여정을 끝내겠다는 실낱 같은 희망을 조금씩 잃어가기 때문에 되도록 생각하지 않으려 했다.

삼십 분째 행군을 하고 있는데 이상한 소리가 나서 뒤를 돌아보았다. 나만큼이나 나이가 든 작은 트럭이 언덕을 오르며 거친 숨을 몰아쉬고 있었다. 가까이 오면서 경적을 두세 번 울린 트럭은 증기가 빠지는 소리를 내며 사라졌다. 길가에는 노인 둘이 틀니를 드러내며 웃고 있었다. 이가 빠진 입을 드러내는 터키인과 달리, 이란 사람들은 틀니를 끼었다. 여러 해 동안 반복된 여름을 겪으며 햇볕에 탄 얼굴을 찡그리고 아무 말 없이 미소만 짓는 노인들은 그 미소만큼이나 멋진 틀니를 하고 있었다. 두 노인의 나이를 합치면 200살은 될 것이다. 내가 자말아바드에 간다는 말에 노인들은 즐거워했다.

그렇게 먼 길을 걸어서 간다는 것이 미친 짓처럼 보이는 모양이었다. 미친 게 아니라면, 어느 누구도 자동차가 발명된 이후 7킬로미터 이상을 걸어서 가지는 않을 테니 말이다. 지나가던 사람이 엄지손가락으로 고철과 농업용 기계가 가득 실린 트럭의 짐칸을 가리켰다.

"타요."

"아뇨, 걷는 게 좋아요."

두 노인은 할 말을 잃은 채 놀란 표정이었다. 나는 실크로드를 따라가고 있으며, 마쿠에서 와서…… 테헤란까지 걸어갈 것이라고 설명했다.

그들 눈에 내 계획이 믿을 만한 것으로 보이도록 목적지를 향해 걸어가는 모습을 보일 필요가 있었다. 노인들은 틀니를 보이며 다시 미소 짓더니 고집을 부렸다. 나는 꼼짝도 하지 않았다. 내 결심이 확고하다는 것을 보여주기 위해서 노인들이 지었던 미소처럼 따뜻한 미소를 지은 후, 뒤를 돌아 언덕을 다시 올라갔다. 뒤에서 힘겨운 시동 소리가 들렸고 조금 뒤 모터가 기침을 하더니 엄청난 회전 소리를 냈다. 틸틸이 짐수레가 '쉬익' 하는 증기 소리와 짐칸을 올리는 고장 난 장치의 덜거덕거리는 소리를 내며 내 앞으로 지나갔다. 거기에 탄 친절한 두 노인이 다정하게 인사를 했다.

노인들을 실망시킨 것이 조금 후회스러웠지만 마음을 굳게 먹어야 했다. 실크로드를 걸어서 가겠다고 자신과 약속했고, 예외는 있을 수 없다. 그렇지 않았다면 벌써 마음이 흔들려서 무너져버렸을 것이다.

언덕 꼭대기에 양떼와 암소떼가 움직이는 모습이 보였다. 계곡에서 계곡으로 울려퍼지는 목동의 절제된 외침이 들려왔다. 전원의 평화가 가득했다. 그런데 미소 짓는 두 노인이 곁에 없는 것이 왠지 섭섭해졌다. 샘물로 가득 찬 돌 저수지 옆에 있는 작은 숲 그늘에서 한 무리의 남자 어른과 아이들이 차를 마시고 있었다. 그들 중에…… 나의 노인 둘이 일어나 손짓을 했다.

"차이, 차이!"

그들은 앉았을 때보다 서 있을 때가 더 노인 같았지만, 그들의 미소와 앞으로 내민 손은 역시나 멋졌다. 나는 배낭을 기꺼이 내려놓았다. 농부와 목동은 내 얘기를 들려달라고 했다. 햇볕이 어느 정도 누그러졌다. 양들은 샘에서 물을 마시고 새끼양들은 어미를 찾으며 '매애' 울었다. 이 그늘은 구석진 곳에서 일하는 사람들에게 만남의 장소로 이용된다고 했다. 힘든 하루를 보낸 후에 맞이하는 이 순간은 그들에게나 내게나 경이로웠다. 차는 계속 보온병에서 흘러나왔다. 우리는 웃었다.

내가 다시 떠날 준비를 하자 얼룩덜룩한 셔츠에 사흘 동안 면도를 하지 않아 무성한 수염으로 뒤덮인 이십 대 남자 베냠이 다가왔다.

"난 자말아바드에 사는데 우리 집에서 자도 돼요. 우리 집은 대상 숙소 근처에 있어요."

그 소리를 들은 백 살의 두 노인은 그때를 이용해 다시 내게 트럭에 타라고 했고, 난 두 번이나 거절할 수가 없었다. 그래서 트럭 뒤에 배낭을 던져놓았고, 우리 셋은 의자 위에 좁혀 앉았다. 그들은 매우 기뻐했다. 두 노인 천사는 멋진 이를 드러내며 연신 미소를 지었다. 고물차의 모터가 멈칫하다가 윙윙거리더니 휘파람 같은 소리를 내며 힘겹게 언덕 위를 올라갔다. 엄청난 소리가 나는데도 그들은 덜덜 떨리는 목소리로 얘기를 나누었고, 일상에서 행복을 느끼는 이들의 건강한 표정에 나까지 기분이 좋아졌다.

운전사와 나 사이에 앉았던 노인이 갑자기 목청이 터져라 노래를 불렀다. 다른 노인도 가만 있지 않고 후렴구에서 친구와 합창을 했다. 그들의 활력이 내게도 전달돼 마침내 긴장이 풀렸고, 걱정도 훌훌 날아가버리고, 터널의 공포도 사라졌다. 해가 뉘엿뉘엿 저물어가는 지금 이 시간, 인생은 아름답기만 했고, 두 노인의 낙천주의가 내게 생기를 되찾아주었다. 운전사는 고물차를 운전하는 것보다 노인 친구의 노래에 더 주의를 기울이긴 했지만, 도로에는 우리밖에 없었다. 나는 먼지가 뿌옇게 쌓인 계기판을 두드리며 장단을 맞추었고, 노래가 끝나자 박수를 보냈다. 그들은 내게 얼굴을 돌렸고 이제 내가 노래를 부를 차례였다.

이른 아침 일어났지. 일요일이었어.

수레에 하얀 암말을 매달았어.

시장에 가려고,

읍내에 가려고,

매수할 장교가 있는 듯했어……

나는 당연히 갈채를 받았고, 운전사도 핸들을 놓았다. 다행히 차가 길을 알아서 가고 있었다.

갑자기 길모퉁이에 '그것'이 보였다. 언덕 꼭대기에 당당하게 자리 잡은, 석양에 위엄 있는 자태를 뽐내는 붉은 벽돌로 지어진 대상 숙소였다. 네 귀퉁이를 이루는 탑들 사이를 문도 없이 막고 있는 높은 담장이 우리가 차를 타고 가는 길을 내려다보고 있었다. 이 대상 숙소는 작년 이스탄불을 출발한 이후 내가 본 것 중 가장 정통의 것이고 컸다. 얼마나 된 건축물인지 가까이 다가가 살필 필요도 없었다. 아바스 양식은 17세기의 것이다. 이 양식에 따라 만들어진 건축물은 이란의 역사가에 따르면, 아바스 왕조때 시작돼 1200년에서 1800년 사이에 건축된 것이다. 구운 벽돌로 쌓아올린 건물은 굽지 않은 흙벽돌을 쌓아올려서 악천후에 쉽게 허물어지는 이전의 건축물보다 견고하다.

두 노인은 차를 대상 숙소에 세웠고, 그 옆에서 베남이 날 기다렸다. 우리는 흥분해서 서로를 축하했다.

베남의 부모인 테무르와 말라카는 날 환영하며 반겼

다. 차는 이미 준비돼 있었다. 나는 환대를 받았지만, 집안 구석에서 발을 동동 굴렀다. 대상 숙소가 팔만 뻗으면 닿는 곳에 있는데……. 베남은 대상 숙소로 날 데리고 갔고, 그의 친구 후셍이 합류했다. 이 건물 역시 전통 설계에 따라 건축됐다. 가운데에 연못이 있는 네모난 안뜰, 그 둘레에 있는 침실과 마구간과 상점. 이 널찍한 공간을 농부가 겨울에 암양을 둘 목적으로 보수를 한 탓에 많은 벽이 심하게 훼손돼 있었다. "러시아놈들이 재미로 총질을 해댔어요."라고 베남이 말했다. 아마도 러시아군이 제2차 세계대전 종결 무렵 이란 북부를 점령하고는 영국군과 이곳을 나누어 가졌던 것 같다.

지붕에서 내려다보이는 풍경은 동서남북으로 끝없이 펼쳐졌다. 손님을 맞으면서도 방어용 건물을 짓기 위해 택한 이곳의 위치는 완벽했다. 건물 앞에서도 멀리서 다가오는 적이나 대상의 모습을 잘 볼 수 있었다. 길을 잃은 여행객은 아주 멀리에서도 대상 숙소를 지표로 삼을 수 있었다. 아래쪽에는 완만한 경사지에 평평한 지붕의 집들이 흩어져 있었는데, 이 마을의 집은 모두 열다섯 채가 넘지 않았다. 난 그 자리에 계속 서 있었고, 베남은 여러 번 몽상 속에 잠긴 날 깨우러 와야 했다.

베남은 자기 집안의 땅을 보여주고 싶어했다. 나는 거기에서 그동안 그렇게 찾아헤맸던 카나트(Qanat)를 처음 보았다. 이란의 수많은 마을은 이런 관개운하를 통해 물을 공급받는데, 어떤 것은 길이가 40킬로미터나 된다. 정원—파라다이스—을 비롯해 시원함을 제공하는 것과 관련된 이란의 공학기술이 모두 거기에 있었다. 이란의 기술자와 일반 주민들이 항상 시원한 물줄기와 오아시스 같은 신기루에 엄청난 애정을 가지고 있었기에, 이처럼 완벽하게 제어된 운하를 건설할 수 있었던 것이다.

베남은 자랑스럽게 살구나무를 보여주었고, 나는 행복에 겨워 과수원을 볼 때마다 얻는 평화로움을 깊이 들이마셨다. 괜히 노르망디 사람으로 태어난 게 아니다……. 3주 만에 처음으로 이 가족의 따뜻한 인정, 두 노인의 허심탄회한 대화, 드디어 아름다운 대상 숙소를 찾았다는 사실에 도취됐다. 마음을 편안하게 해주는 이 쿠르드 마을의 고요함 —어떤 여자도 차도르를 하지 않았다—은 10세기 전부터 변하지 않은 것으로, 국도에 있는 마을과 비교가 됐다. 유일하게 현대적인 것은 베남의 트럭뿐이었다.

안뜰에는 눈을 즐겁게 하는 접시꽃, 입을 즐겁게 하는 나무딸기와 체리, 더운 시간에 수다떨기에 좋은 세 그루 나무가 드리운 부드러운 그늘이 모두 한곳에 있었고, 상쾌한 저녁시간은 기분을 산뜻하게 했다. 우리는 테라스에서 저녁을 먹었다. 테무르는 아홉 아이를 두었는데, 그중 다섯은 아들이다. 베남이 막내다. 그의 어머니 말라카의 나이는 서른다섯이 못 될 것으로 짐작해보건대 나머지 여덟 아이의 어머니 같지는 않았다.

이 집 주인은 여러 명의 아내를 둔 것일까, 이혼을 했을까, 홀아비일까? 내가 정신없이 질문을 해댔지만 그는 알아듣지 못했다. 어디에 가거나 외국인이 나타나면 보여주는 텔레비전에서는 집단 태형 장면이 나왔다. 테무르는 이슬람 사원에 자주 가지만 이 장면을 별로 탐탁지 않게 생각했다. 손가락을 관자놀이에 대는 모습에서 그의 생각을 알 수 있었다.

저녁을 먹고 나서, 테무르와 그의 아들은 테라스에 커다란 모기장과 매트리스 두 개를 내놓았다. 베남과 나는 여기서 잘 것이고, 대상 숙소의 그늘에서 황홀한 밤을 보내게 될 것이다. 공기는 뜨겁고, 별이 총총한 하늘은 세상과 화해하는 맑은 기운으로 가득했다. 난 크리스마스 이브를 맞은 아이처럼 자꾸 잠에서 깨서, 눈을 뜨고 마법 같은 침대에서 하늘을 바라보았다. 아침이 되자 하늘은 동쪽부터 하얗게 밝았고, 새 한 마리가 모기장을 매단 줄 위에 앉아서 노래를 들려주었다. 테무르는 집에서 나와 계곡과 그의 땅이 내려다보이는 곳으로 가더니 손을 벽에 대고 한참 동안 풍경을 바라보았다. 그는 분명 하루의 일을 준비하고 오늘 할 일을 가늠한 뒤 원했든 그렇지 않았든, 행복을 맛볼 수 있는 이런 곳에 살고 있다는 데 만족해할 것이다. 삼십 분 후 아직도 졸음 때문에 무거운 눈꺼풀을 한 베남이 똑같은 동작을 했다. 집에서 부지런히 움직이는 말라카는 담요를 정리하고 차를 준비했다. 빛이 천천히 계곡 위로 올라오는 동안 우리는 달걀 프라이와 요구르트, 꿀을 탄 달착지근한 우유 한 사발로 아침식사를 했다.

베남은 작별 인사를 하고 일을 하러 떠났다. 나는 배낭을 등에 메고 베남의 아버지 테무르에게 환대에 감사한다는 인사를 했다. 그의 두툼하고 딱딱한 손을 꼭 잡은 다음, 경솔하게도 말라카에게 손을 내밀었다. 그녀는 겁을 내면서 놀라 남편을 바라보았다. 테무르는 미소를 지으며 말했다. "괜찮아." 말라카의 인생에서 이것이 처음으로 한 악수였다는 데 내기라도 할 수 있다.

마을의 마지막 집을 지나가는 동안 태양이 산 뒤에서 나타났고 풍경이 햇빛 속에 잠겼다. 삼십 분째 힘차게 걷고 있는데, 뒤에서 트랙터 소리가 났다. 작별 인사를 하려고 온 후셍이었는데, 내가 떠나는 모습을 못 본 걸 서운해했다. 그는 좋은 여행이 되길 기원해주었다. 그가 되돌아가는 동안 눈으로 그의 모습을 쫓으며, 대상 숙소의 발치에 웅크리고 있는 것처럼 보이는 마을을 계속해서 바라보았다. 트랙터가 오자 배낭을 내려놓았던 나는 다시 배낭을 메고 자말아바드로 향했다. 노래 하나가 입가에 머물렀다.

처음의 불안과 번민은 끝이 나고, 다시 내 길을 찾았다. 실크처럼 부드러운 길을.

4. 목마름

6월 3일, 자말아바드, 510킬로미터

걷고자 하는 열의는 되찾았지만 6월 초순의 기온은 계속해서 올라갔다. 일정뿐만 아니라 고도도 문제였다. 아나톨리아 고원을 출발해 계속해서 평원 쪽으로 내려갔다. 이제 고난의 7월이 되면, 일 년 중 가장 더운 달에 테헤란과 메셰드 사이에 있는 카비르 사막에서 자야 할 것이다. 차츰 익숙해질 것을 알고 있다. 하지만 적응하는 데 한계라는 것도 있으니……. 사막에 우글거리는 벌레를 제외하고 가장 두려운 것은 탈수 현상이다. 그건 치명적이다.

아침 열 시인데, 온도계는 벌써 터질 지경이었다. 땀을 줄이려고 소금을 빨았다. 말랑말랑한 플라스틱으로 된 물통 두 개 중 하나에 빨대를 꽂고, 셔츠 깃에 작은 관을 연결해 걸으면서 마실 수 있도록 했다. 한 물통의 물을 마시는 동안, 다른 통엔 정제를 넣어 소독을 해서, 한 시간 내에 마실 수 있는 물을 만들었다. 타브리즈를 출발한 후 물통 하나에 2리터씩 물을 담았다. 이 때문에 아침에는 배낭 무게가 17킬로그램이나 나갔다. 악순환이었다. 물 비축량을 늘리면서 배낭 무게는 더 무거워졌고, 이 때문에 땀을 더 많이 흘렸고, 그만큼 더 많이 마셨다. 물통 하나에 5리터를 넣을 수 있었지만, 통을 가득 채우지 않도록 조심했다. 어디에 가든 강력한 디젤기관으로 작동되는 펌프 관을 통해 관개용 우물물을 끌어올릴 수도 있고, 식당 앞에 있는 작은 샘물에서 물통을 채울 수도 있었다. 전에도 말했던 것처럼, 이란 사람들은 물 흐르는 소리를 정말 좋아해서 텔레비전에서는 쉴 새 없이 폭포나 물이 솟아오르는 장면을 보여주었다. 갈증을 풀어주는 훌륭한 시구를 읊조렸다.

바다를 모두 마신 우리는 너무나 놀라웠네
우리 입술이 아직도 해변처럼 메마르다니
어디든 입술을 적실 바다를 찾으러 가자
우리 입술이 해변이고 우리가 바다이니[1]

정오가 되자, 그림자 길이가 엄청나게 줄어서 바로 발밑에 있었다. 예전에 샤르샴(Sarcham)에 대상 숙소가 있었지만, 오래전에 부서져서 아무도 기억하는 사람이 없었다. 사르샴은 자말아바드에서 25킬로미터 떨어져 있는데, 이는 예

---

1 페르시아의 신비주의 서사시인 파리드 앗 딘 아타르(Attar)가 지은 시. 나는 질베르 라자르(Lazard)가 프랑스어로 옮긴 것을 외웠다.

전 대상에게는 정상적인 도보 구간으로, 이들은 하루에 6에서 7파르사크(farsakh, 1파르사크는 4.8킬로미터)를 이동한 반면, 왕실의 우편물은 50파르사크나 이동했다. 대상은 하루 평균 여덟 시간에서 열두 시간을 걸었다. 한 노인이 25킬로미터 거리에 있는 니크페이(Nikpei)에 가면 아직도 상태가 양호한 대상 숙소를 볼 수 있을 것이라고 말했다. 그러자 머릿속에 있던 생각의 싹이 튼튼하게 뿌리를 내렸다. 오늘 저녁 니크페이의 대상 숙소에서 자리라. 오늘 50킬로미터를 걸어야 하니, 긴 구간이 될 것이다. 찌는 듯한 더위도 아랑곳하지 않고 씩씩하게 걸었다. 배낭은 엄청나게 무거웠고, 계속해서 빨대를 빨아대도 갈증은 사라질 줄을 몰랐다. 침을 돌게 하려고 살구 씨를 빨았지만 혀는 여전히 바짝 말랐다. 난 카하브(Qahab)의 어느 뷔페(bufe, 길거리에 서서 먹는 음식점)에서 차가운 과일 주스 두 잔을 연거푸 마셨다. 그동안 가게 주인은 아주 만족한 표정으로 30년 동안 이 도로에서 트럭을 몰았다며, 이곳과 이스탄불 사이에 있는 모든 도시와 마을의 이름을 읊어댔다. 그걸 거꾸로 다시 해볼 수 있냐고 하자, 능숙하게 내가 작년부터 지나왔던 모든 지명을 하나씩 댔다.

목은 마른데 갑자기 심한 설사가 났다. 그래서 여러 번 급하게 걸음을 멈춰야 했다. 살구나무와 마르멜로가 있는 과수원 구석에 가서, 눈에 띄지 않는 가시덤불 뒤에 바지를 벗어놓았다. 저 멀리 밭에서 누군가 소리를 지르며 팔을 흔들었다. '아이'라는 소리처럼 들렸다. 어린 시절 생각이 났다. 고향 노르망디에서 친구 '기'와 함께 밤과 사과를 훔치려고 과수원 주위에서 도랑을 따라 어슬렁거리곤 했다. 그러면 과수원 주인이 소리를 지르면서 쫓아왔는데, 빨리 도망가지 않으면 볼기짝을 맞거나 개한테 쫓겨야 했다. 어디든 농부는 똑같았다. 이 과수원 주인은 내가 자기 밭에 머무는 걸 좋아하지 않는 모양이었다. 하지만 사정이 사정인 만큼, 당신은 멀리 있고 난 너무나 급해서 한 발짝도 움직일 수가 없소이다. 그는 계속 소리를 지르면서 내 앞쪽으로 뛰어왔다. 내가 빨리 바지를 올리지 않는다면, 이런 불편한 자세로, 그것도 페르시아어로 장황하게 사정을 설명할 수밖에 없다. 그러나 나는 꼼짝할 수가 없었다. 내 창자는 끝을 볼 줄을 몰랐고, 남자는 다가오면서 '아이, 아이'를 연발했다. 난 고독과 함께하기에 적당한 이 순간에 나타나 큰 소리를 지르는 남자에게 너무 화가 났지만, 한편으로는 곤혹스런 이 상황이 정말 우스웠다. 그러다가 장면이 바뀌었다. 남자는 계속해서 똑같은 소리를 외쳤는데, 이번에 들린 단어는 '차이'였다. 그는 내게 차를 주려고 했던 것이다. 10미터 앞, 내가 여전히 쪼그리고 앉아 일어날 수 없는 상황에 처해 있는 동안, 그는 마르멜로 세 그루 사이에 천 조각을 걸쳐서 텐트처럼 만든 쪽으로 방향을 바꾸어갔다. 그는 찻주전자—라기보다는 숯불에 천 번 쯤은 태웠을 듯한 애매하게 생긴 철제 용기—와 잔과 작은 헝겊을 가져왔는데, 나중에 보니 형겊에 설탕이 담겨 있었다.

사십 대에 접어든 잘란은 덥수룩한 검은 콧수염을 길렀고 머리카락이 빠지기 시작하여 작은 털모자로 머리를 감추고 있었다. 그는 맑은 눈을 찡그리고 이가 빠진—앞니 세 개가 없었다—입을 드러내며 선량한 미소를 지었다. 아침부터 마셔댄 미지근한 물 몇 리터보다 갈증을 풀어주는 데 좋은 차를 여러 잔 홀짝거리면서, 우린 서로 숱이 별로 없는 머리를 보며 놀려댔다. 난 다시 출발하고 싶어져서 눈을 들어 태양과 나무 사이로 보이는 새파란 하늘을 보았다. 아직도 더웠다. 잘란은 내 행동을 오해했다. 그는 즉시 일어나서, 살구나무 가지를 내리더니 아직 익지도 않은 열매를 한 움큼 따서 내 주머니에 가득 넣었다. 설사를 멎게 하는 데는 별 소용이 없겠지만, 아주 맛있고 기운을 돋우는 과일이다. 노르망디 지방의 농부를 잘란의 농장으로 데려와서 손님을 환대하는 방법을 배우도록 해야 할 것 같다.

장딴지 보이는 걸 수치스럽게 생각하는 이란 사람들이, 배변 장면을 보이는 것에는 별로 신경 쓰지 않는다는 걸 다시 한 번 목격했다. 내가 본 이란의 화장실 대부분은 빗장이 없었다. 화장실에서 내밀함을 즐기는 데 익숙한 우리에게는 불편한 일이지만, 나도 이곳 풍습에 따를 것이다. 다리를 보이는 건? 안 된다. 엉덩이를 보이는 건? 된다.

오후 한 시쯤 더위에 지친 나는 나무 그늘에서 잠을 잤다. 하지만 곧 일어나야 했다. 니크페이는 아주 멀기 때문에 시간을 많이 지체할 수 없었다. 뜨거운 햇볕을 막기 위해서 물줄기를 보기만 하면 모자에 흠뻑 적셔서 머리 위에 쏟아부었다. 하지만 행복도 잠시뿐이었다. 십오 분 후면 물기가 다 날아가 버리거나 셔츠가 젖었다, 땀으로……. 보폭은 짧아지고, 가야 할 길은 끝도 없어 보였다. 털이 긴 양탄자 위를 걷는 느낌이었는데, 아스팔트가 녹아서 신발의 아이젠(eisen)이 푹푹 빠졌다. 시간이 흐르면서 그림자가 길어졌다. 물을 10리터 이상은 마신 것 같다. 이젠 완전히 지쳤다. 지금은 저녁 여덟 시 반. 이미 오래전에 해가 진 시각에 드디어 니크페이로 이어지는 사거리에 도착했다. 뷔페에서 샌드위치를 주문했다. 이것이 저녁식사가 될 것이다. 너무 피곤해서 배도 별로 고프지 않았고, 한 가지 생각만 했다. 배낭을 놓고 자자. 수다스럽고 웃기 잘하는 부엉이 얼굴을 한 삼십 대 남자가 다가와 물었다.

"대상 숙소를 찾아요? 우리 집 옆에 있는데 같이 가줄게요."

세야트는 누군가 만날 때마다 그 자리에 서서 내가 누구인지 등등을 설명했다. 난 대화에 끼어들 수 없었기에 마치 외계인처럼 나를 쳐다보는 사람들에게 미소만 지었다. 마을 건너편 끝에 드디어 대상 숙소가 나타났다. 좀 더 정확히 말하면, 그 잔해가 남아 있었다. 성벽은 부서지고, 도로가 안뜰을 가로질렀다. 방 몇 개만 서 있을 뿐이었다. 천장은 둥근 형태였는데, 개중에는 지진을 견디고 남아 있는 것도 있었다. 농부들은 이 방을 헛간이나 마구간으로 이용했고, 여행객들의 방은 자물쇠로 채워져 있었다. 실망한 표정이 내 얼굴에 역력히 나타났던 것 같다. 세야트가 어떻게 생각하느냐고 물었다. 나는 나쁘게 말하고 싶지 않았다.

"대상 숙소의 잔해가 아주 멋지긴 해. 그런데 여기서 잘 수는 없겠는걸."

"우리 집에서 주무세요. 여기예요."

예전에 성벽이 있었다는 걸 짐작하게 하는 유일한 증거인 부서진 벽 끝에 있는 문을 그가 열었다. 안뜰로 들어가자 왕실의 마차처럼 호화로운 트럭 한 대가 당당히 서 있었다. 세야트는 트럭으로 나무 나르는 일을 하는데, 북쪽으로 향한 길에서 자주 나를 보았다고 했다. 그는 자랑스럽게 두 살 된 막내딸 마리암과 아주 젊고 예쁜 부인 페르쿤다를 소개했다. 그녀의 나이는 스물다섯 살이었다. 넉넉한 살림이었다. 응접실에는 텔레비전과 오디오와 접시가 가득 든 가구가 있었다. 저녁식사를 한 뒤 세야트는 자기 아버지 집으로 날 데리고 갔다. 그 집은 아주 길고 좁았는데, 길이가 족히 10미터는 될 듯했다. 문 두 개와 창문 두 개가 안뜰을 향해 나 있었다. 이 집도 다른 집만큼이나 살림이 간소했다. 물주전자와 유리잔과 그 옆에 찻주전자가 있었다. 돗자리 세 개가 양탄자 위에 놓여 있었다. 한쪽에 있는 건 내 침대였고, 다른 쪽의 두 개는 세야트 부모의 침대였다. 세야트의 두 형제는 테라스를 선택했다. 그리고 모두 옷을 입은 채 잠을 잤다. 벗고 자는 걸 좋아하지만, 그들처럼 옷을 입고 잤다. 아침이 되자 현관 지붕 아래에 둥지를 튼 종달새들이 짹짹거렸다. 자명종 같은 새들 소리에 잠이 깬 가장은 안뜰에서 몸을 씻은 뒤 첫 기도를 드리기 위해 되돌아왔다. 난 이번 기회에 노인이 머리에 터번을 마치 꼭 끼는 나이트 캡처럼 쓰고 자는 걸 볼 수 있었다.

다른 경치가 펼쳐졌다. 평원에 과수원과 밭이 있는 비옥한 지방이었다. 정오에는 덩치가 큰 털털한 성격의 식당 주인이 내 모자를 여봐란듯이 들고 흉내를 내며, 내 배낭을 메고 털썩 주저앉으면서 익살을 부렸다. 점심을 먹은 뒤엔 양탄자와 쿠션이 깔린 옆방으로 날 데리고 갔다. 편하게 낮잠을 자라는 뜻이었다. 돈을 지불하려고 하자, 그는 친구에게 돈을 받을 수는 없다며 거절했다. 서구에서는 생각할 수 없는 행동이다. 내 흉내를 내며 놀린 건 나쁜 뜻이 있어서가 아니었다. 그는 그저 내가 되고 싶었던 것이다.

저녁 여덟 시에 잔잔(Zanzan)이라는 대도시에 도착했다. 호텔의 안내원은 믿기지가 않았는지, 다섯 번이나 달러가 아니라 리알화로 지불하겠느냐고 물었다. 이 안내원의 말을 믿는다면, 그는 달러가 없는 여행객을 한 번도 본 적이 없었다. 축하할 일이 생겼다. 안내원은 숙박료를 처음에 달러로 부른 가격보다 반으로 깎아줬는데, 그 가격조차 정해진 이란 숙박료의 두 배였다.

특이하게도 잔잔에서는 칼만 팔았다. 주머니칼에서 검에 이르기까지 수천, 수백만 개의 날들이 진열장을 채우고 있었다. 사람들은 내가 가진 프랑스제 라기올 칼에 관심을 보였다. 병따개가 달린 칼은 여기에서 찾아보기 힘들기 때문이다. 시장을 걸어다니다가 빛과 그림자로 이루어진 미로에서 취한 듯 길을 잃었다. 이곳에는 단순한 벽돌에서 시작해서 백 가지 건축물, 천 가지 아라베스크 장식, 독특한 조각을 탄생시킬 수 있었던 석공의 뛰어난 기술과 건축술이 아직도 남아 있었다. 또 다른 놀라운 기술은 협상술이다. 아버지에서 아들에게, 이들은 대단한 열정으로 치밀한 협상술을 끊임없이 발전시켰다. 이란에서 무역이 시작된 건 2500년 전이다. 협상술은 대상의 시대에 무역을 규제하는 코란의 영향을 받아 만들어졌다. 코란은 모든 불공정행위나 비열한 행위를 금지했다. 상인의 말은 신의信義의 말이었다. 지금도 남아 있는 전통은 접근형태나 교제방식으로서의 흥정이다. 흥정을 할 수 있는 사람은 가게 주인에게 형제처럼 인정을 받았다……. 양탄자를 살피고 있었는데, 눈 깜짝할 사이에 사람들에게 둘러싸였다. 가게 안쪽에서 차를 마시러 오라고 난리였다. 사람들은 내 얘기를 듣고 싶어 했다. 외국인이 나타났다는 소식은 금세 골목에서 골목으로 퍼졌다. 주변 상인들은 호기심에 이끌려, 어쩌면 손님 하나 건지겠다 싶었는지 내가 있는 곳으로 몰려들었다. 그들은 질문을 해대다가 마지막 질문을 던졌다. "이란과 터키 중에서 어디가 더 좋아요?" 나는 머리를 굴려 조심스럽게 뭉뚱그려서 대답했다. "터키, 프랑스, 이란, 중국 등 어디를 가나 좋은 사람들이 있어요. 풍경도 그렇고요." 다시 말해 상대를 정신없게 만든 대답이었다. 그 결과는 좋았다. 만약 "이란이 더 좋아요."라고 말했다면, 하루 종일 몸을 사려야 했을 것이다. 왜냐하면 여기에 온 사람들은 쿠르드인이나 터키인이었고, 모두 물라 체제에 야유를 퍼부었기 때문이다.

젊은 컴퓨터 기술자 스마일 아자디는 친구들이 있는 곳으로 날 초대했다. 그들은 무리를 지어 시내 거리를 산책하며 여자들에게 추파를 던졌다. 약삭빠른 이 처녀들은 반드시 이름과 전화번호를 적은 쪽지를 가지고 외출한다. 혹시라도 운명의 남자를 거리에서 만날 수 있을까 하는 기대에……. 우리는 차이하네로 들어갔다. 원하는 사람은 물담배를 빨았다. 정말 궁금한 것이 있었다. 약혼녀가 아닌 이상…… 여자와 말하는 게 금지돼 있는데 어떻게 마음에 맞는 여자를 만날 수 있는지였다. 확실히 물라가 조장하는 완벽한 악순환은 한 가지 목적만을 가지고 있다. 부모에게 특권을 주어서 주도권을 쥐도록 하는 것이 그것이다. 이성을 만나는 데 굶주린 아이들에게 부모는 어느 날 마음에 맞을 만한 여자를 소개한다.

날씨가 덜 더워진 것일까, 아니면 내 신체기관이 적응

을 한 것일까? 잔잔에서 쉰 덕분에 단단해진 다리로, 솔타니예(Soltanieh)를 향해 걷기 시작했다. 계산상으로 오늘 걸어야 할 전체 거리는 35킬로미터인데, 늦게 출발했는데도 정오까지 걸은 거리가 15킬로미터였다. 나무 밑에서 잠깐 낮잠을 자고 난 뒤 다시 걷기 시작했다. 하지만 국도의 끔찍한 교통상황 때문에 참을 수가 없었다. 어제 바자르에서 50만분의 1 축척 지도를 샀다. 페르시아어로 된 지도는 난공불락이었고, 그저 도면만 바라볼 수밖에 없었다. 남쪽으로 난 작은 길 하나가 솔타니예로 이어져 있었다. 그래서 그 길을 따라 걸었는데, 100미터쯤 내려가자 농부들이 날 불러세웠다. "솔타니예? 그쪽으로 가는 길이 아닌데." 그들에게 지도를 해독해달라고 했지만, 그들은 아무것도 이해하지 못했다. 나는 솔타니예로 갈 거라고만 반복해 말했다. 농부들은 나를 말리다가 자기들끼리 논쟁을 하더니 손짓으로 말을 했는데, 분명 이런 말이었을 것이다. '가려거든 가, 이 똥고집아. 밭 한가운데에서 길을 잃으면 그때 가서 무슨 말인지 알아차릴 게다.'

해발 1,800미터인 이 고원에는 멋진 흙길 말고는 아무것도 없었다. 세 시간을 걸은 후에야 자동차 한 대와 마주쳤는데, 운전사는 날 보더니 놀라서 시동을 꺼뜨렸다. 이곳은 내 무대였다. 무거움에서 해방된 뜨거운 내 몸은 거대한 밀밭과 경작지 위에서 날개를 달았다. 내 영혼은 종달새처럼 날아올랐다. 종달새가 지저귀며 날아다니고 있었다. 나는 종달새가 나는 모습과 곤두박질하는 것을 눈으로 좇았다. 힘이 빠진 종달새들은 날개를 펼치고 땅에 닿기 바로 직전까지 돌이 떨어지듯 떨어졌다. 나는 이런 생각을 자주 한다. 길을 걸을 때, 어떤 순간 나를 휘감는 행복감은 분명 내게 날개를 달아주는 엔도르핀 덕분이라고. 하지만 나는 좀 더 강한 존재감과 내 혈관 속에 흐르는 삶의 기운을 느꼈다. 10여 년 전, 수술을 받기 전에 혈액순환 전문의의 검사를 받은 적이 있다. 조금 누르기만 해도 폭풍 속의 바람 소리처럼 쉭쉭거리며 휘파람 소리를 일으켰다. "이 소리는 뭐죠?" 나는 물었다. "선생 혈관 속에서 피가 흐르는 소리예요." 그 후로는 걸을 때 땅에 발을 딛는 단순한 행동이 좀 더 강하게 내 혈액을 심장으로 보내고, 그것이 좀 더 빨리 내 동맥에서 돌게 한다는 생각을 했다. 한 걸음이 미풍이고, 한 구간이 폭풍이다.

솔잘로(Soljalo) 마을에 들어서면서, 좁은 계곡 구석에 자리잡은 사이드 모하메디 가족을 발견했다. 진흙과 돌로 된 그의 집은 방 하나가 전부였다. 문과 창으로 희미한 빛이 들어와 방을 밝혔다. 납작한 지붕을 지탱하는 커다란 장대는 입구 위로 튀어나왔다. 사이드 모하메디는 이 집에서 아내와 일곱 아이를 데리고 살았다. 눈이 내리면 집 안에만 있어야 할 텐데, 겨울에는 어떻게 지낼까? 지금은 날씨가 좋아서 아이들은 밖에 나가 어디로 이어지는지 알 수 없는 파이프를 가지고 놀고 있다. 한 아이가 환영의 뜻으로 향긋한 장미 한 송이를 내밀었다. 난 배지를 꺼냈다. 방 안쪽에서는 장미 송이를 말리고 있었는데, 말린 장미는 나중에 요리의 향료로 쓰인다. 밖에는 텔레비전 안테나가 있다. 사이드 모하메디는 자기가 텔레비전을 가지고 있다는 사실을 알리고 싶어했다.

작은 마을은 한적했다. 완전히 귀가 먹은 노인 한 사람을 만났을 뿐이다. 그 노인에게 길을 묻다가 기진맥진하고 말았다. 나는 내 행운의 별을 따르기로 마음먹었다. GPS로는 솔타니예 방향으로 난 비슷하게 생긴 두 개의 길 중 어느 것을 택해야 할지 알 수 없었다. 그래서 오른쪽 길에 행운을 걸었다. 나지막한 언덕 꼭대기에 오르자 압도되어 그자리에 멈춰섰다. 솔타니예가 저기, 15킬로미터 앞에, 고원 위에 있었다. 14세기 건축물 중에서 가장 아름다운 것에 속하는 솔타니예 사원의 역사는 몽골의 칸인 올제이투(Oljeitu, 1282~1316)와 관계가 있다. 그는 이 마을에 눈독을 들이고 수도로 정했는데, 이유는 단순했다. 수천 마리에 달하는 기병대의 말이 자연 관개가 되는 이 거대한 평원에서 마음껏 풀을 먹을 수 있기 때문이었다. 그는 이슬람교로 개종해 마호메트의 사위인 알리의 유골을 모실 수 있는 이슬람 사원을 짓기로 결정했다. 시아파 출신으로, 전설적이고 진정 신성하고 거의 신격화된 알리에게 이렇게 아름다운 건물 정도는 아무것도 아니었다. 올제이투는 그 규모와 장식에서 당시로서는 유일한 건축물을 짓도록 했다. 가장 아름다운 모자이크와 벽돌 하나하나는 갖가지 형태로 알리의 이름을 찬양했다. 이 건물의 규모는 어마어마하다. 원형 천장은 지면에서 50미터 높이고, 지름이 25미터로, 그 규모와 건축의 대담성 면에서 이스탄불의 블루 모스크나 런던의 세인트폴 대성당과 비견할 만하다. 기반의 깊이나 벽의 두께가 상당하기 때문에 오랜 세월과 이 지역을 초토화시킨 서른한 번의 지진을 견뎌낼 수 있었다. 그러나 올제이투의 바람과 달리, 알리의 유골은 솔타니예로 오지 않고 이라크로 떠났다. 성대한 이 건물은 결국 올제이투와 그 가족의 묘소로 사용됐다.

내가 보기에 솔타니예 사원은 직선거리로 15킬로미터쯤 떨어져 있다. 하지만 엄청나게 단조로운 이곳에서는 돔이 마치 하늘을 향해 올라간 엄지손가락처럼 보였다. 땅에서 올라오는 열기 때문에 돔은 안간힘을 쓰며 버티고 있지만 쓰러질 듯 흔들리는 것 같았다. 내가 선택한 길은 좋지 않았다. 조금 전에 만난 농부들이 지도를 보고 잘못됐다고 한 말이 틀리지 않았던 것 같다. 도로는 길이 되었다가, 오솔길이 되었다가, 갑자기 밀밭 입구에서 사라졌다. 밀밭을 피해 걸어갔다. 농촌 출신인 나는 농부들이 가꾼 밭을 짓밟고 지나갈 수가 없었다. 하지만 그 대신 비싼 대가를 치러야 했다. 왜냐하면 그때부터 뜨거운 공기 속에서 흔들리는 건축물에 눈을 고정시킨 채 최소한 5킬로미터는 더 걸어야 했기 때문이다. 씨가 뿌려진 밭이나 갈아놓은 밭을 따라 지그재그로 힘들게 걸은 지 두 시간, 밀이 날 에워쌌다. 나는 조상님께 용서를 빌면서 밀 이삭이 다칠세라 조심하며 밀밭에서 살금살금 발을 디뎠다. 다행히 이삭이 아직 많이 여물지 않아서 그다지 힘들지는 않았다. 한 무리의 농부들이 내쪽으로 왔다. 그래, 사과를 해야겠다. 하지만 입을 채 떼기도 전에 그들은 질문 세례를 퍼부으며, 내가 그렇게 먼 길을 걸어왔다는 걸 믿으려 하지 않았다. 다른 농부들만큼이나 진흙을 잔뜩 묻힌 채, 머리에 헐렁한 밀짚모자를 끈으로 조여매고 나타난 젊은이가 완벽한 영어를 구사하며 내 대답을 통역했다. 그는 테헤란 대학의 교수였는데, 추수를 도우러 왔다고 한다. 사회적으로 꽤 높은 지위에 있는 그였지만, 자기 고향을 잊지 않고 있었다.

여기에서 보니까 돔은 머리처럼 보였다. 파란색 기와로 지붕을 개축하기 위해서 관 모양의 더미가 돔을 덮고 있었다. 몇 년 전부터 계속된 보수작업은 아직도 끝날 기미가 보이지 않았다. 해가 진 뒤에야 거대한 건축물의 발치에 도착했다. 너무나 지친 나는 작고 낮은 담장 위에 앉았는데, 거기에서 대여섯 명의 남자들이 얘기를 나누고 있었다. 그중 한 사람이 일어나자 그의 뒤를 이어 모두 일어나더니 날에워쌌다. 그들은 내가 어디에서 왔는지를 듣고는 박수를 쳤다. 그들은 샌드위치 장사를 찾아가서 다시 가게 문을 열게 했고, 기다리는 동안 한 남자가 집으로 달려가 뜨거운 차가 담긴 주전자와 찻잔을 가지고 돌아왔다. 잠시 후 내가 식사를 하고 있을 때 솔타니예 중학교의 아랍어 교사 레자가 오늘 밤 자기 집에서 자라고 했다. 그는 키가 작았고, 요란한 셔츠와 돌돌 말린 커다란 푸른색 바지를 입고 있었다. 그는 잠자리에 들기 전에 학생들의 숙제를 채점했고, 나는 내가 적어놓은 메모를 살펴보았다.

아침에는 그가 가이드 노릇을 했다. 솔타니예 사원은 두 가지 모자이크 기법으로 장식돼 있었다. 첫 번째 기법은 스테인드글라스와 흡사한데, 여러 가지 색깔의 조각을 잘라서 시멘트로 붙여 화려한 아라베스크 문양을 만드는 것이다. 좀 더 속도가 빠른 두 번째 기법은, 직접 사각형 흙 위에 무늬를 그린 다음 신속하게 굽는 것이다. 세 번째는 석고 위에 직접 그리는 기법으로, 실망스럽기 짝이 없었는데, 다행히 솔타니예 사원에는 많이 사용되지 않았다. 세 번째 기법은 형편없었고 색깔이 칙칙했다. 입구에 있는 작은 전시실에는 프랑스 화가 루이 드보와 장 샤르댕의 그림이 있었다. 19세기에 이곳에 왔던 이들은 당시에도 여전히 광채를 발했던 이 건물을 보고 경이로움을 느꼈던 것이다. 사원이 건축된 지 6세기 만에 솔타니예는 인구 몇천 명에다, 몇백 채의 흙집이 있는 작은 마을로 되돌아가, 거대한 건축물에 압도된 듯 보였다. 이슬람 사원 위에서 집들을 내려다보면서, 나는 알리의 유골이 나스다프(Nasdaf)가 아니라 이곳에 안치됐다면 이 건물이 수백만 명이 사는 대도시의 중앙에 있게 되지 않았을까 상상해보았다. 마을의 운명은 어디에 달려 있는 것일까!

그다음에 접어든 길은 타는 듯했다. 길을 잃은 바람에 두 시간을 돌아갔다. 햇볕에 피부가 타고, 땀에 흠뻑 젖어 쉴 새 없이 물을 마셔대며, 이런 기온에 과연 사마르칸트까지 갈 수 있을지 의심스러웠다. 물을 10리터는 마셨을 텐데, 한 번도 요의가 느껴지지 않을 정도였다. 오후 세 시쯤 마침내 식당을 발견했다. 아브구슈트를 허겁지겁 먹은 뒤 기진맥진한 나는 접시 옆에 머리를 대고 잠이 들었다. 운전사들이 시끌벅적 들어와 내 잠을 깨웠다. 알리는 아브하르(Abhar)에 오면 자기 집에서 묵으라고 했다. 난 호텔을 찾길 바라며 주위를 잘 살폈다.

40킬로미터를 걸은 끝에 사인칼레(Sa'in Qal'eh)에 도착했다. 걸어서 쌓인 피로보다는 더위 때문에 녹초가 됐다. 도시에 들어섰는데, 공원 그늘 아래에 의자가 있었다. 그 의자에 털썩 주저앉았다. 수첩에 작은 짐수레를 스케치했다. 등에 배낭만 대도 감당할 수 없을 정도로 땀이 흘러내렸기 때문에 배낭을 메는 대신 수레를 이용하는 게 나을 것 같았다. 그것은 테헤란을 지난 후 더위와 싸우기 위해 유일하게 이용할 운송수단이 될 것이다. 그런 생각을 하고 있을 때 키작은 남자가 다가와 미소를 지으며 장미 한 송이를 내밀었다. 아스카르는 검은 피부와 검은 머리털, 짧은 머리에 얼굴을 거의 뒤덮을 듯한 두꺼운 눈썹을 하고 있었다. 희한한 미소. 그가 근엄한 표정을 짓고 있을 때는 피부가 아주 미끈하지만, '얼굴을 구기며 웃을' 때는 자글자글한 주름이 생겼다. 그의 작은 눈은 아주 파랬다. 수줍어하는 이 오십 대 남자는 시청 소속 공무원으로 공원을 관리했다. 그는 아무 말도 하지 않고 자리를 떠나 화단에 물을 주고는 십 분 후에 다시 돌아왔다. 손짓 발짓으로 몇 마디 말을 나눴다. 내게 잠자리를 제공하고 싶다는 것 같았다. 좋다고 하자 온갖 주름이 접히는 미소를 지으며 기쁜 마음을 드러냈다. 아스카르는 한결같은 질문을 했다. 평상시에 사람들이 묻기도 전에 내가 먼저 대답해버리는, 그런 질문이었다. 잠시 후 베남이라는 이름의 짧은 머리를 한 사내아이가 와서 잡담을 나누었는데, 그 아이도 내게 자기 집에서 잠을 자라고 했다. 나는 말했다. "안 돼. 아스카르 아저씨 집에서 자기로 약속했거든." 베남은 날 설득하려고 하더니 자리를 떠나 키 작은 정원사와 담판을 벌였다. 젊은이 몇 명이 우리와 함께 어울렸는데, 그중 마흐마드는 스무 살이 채 안 된 나이였고, 덥수룩한 머리 때문에 늑대처럼 보였는데, 미소가 매력 있었다. 마흐마드도 날 초대했다. 나는 같은 대답을 했다. 그는 아주 가까이 있는 자기 집을 가리키며 계속 권했다. 내가 말했다.

"안 돼. 아스카르가 날 초대해서 가겠다고 했어."

마흐마드는 아스카르와 베남 곁으로 가서 협상을 시작

했다. 그들은 얘기를 나누면서도 어디서 가져왔는지 경쟁적으로 내게 과일과 차를 날랐다. 하룻밤을 제공하려는 세 사람을 살펴보았다. 목소리가 점점 커졌다. 마흐마드는 아스카르와 한편이 되어서 베남과 대적했는데, 화가 난 베남은 여러 번 날 가리키면서 소리를 질렀다. 마침내 베남은 두 사람 곁을 떠나 내 쪽으로 오더니 자기 집으로 가자고 독촉을 했다. 나는 베남을 진정시켰다. 아스카르와 약속을 했고, 그 생각을 바꿀 수 없다고.

"아스카르는 황소고집이고, 마흐마드도 그래요."

베남은 이렇게 말한 뒤 낄낄거리는 젊은이들 앞에서 침착한 태도를 보이려 애를 쓰면서 가버렸다.

그 사이에 마흐마드와 아스카르 사이에 뒷거래가 다시 시작됐다. 마흐마드는 여러 차례 크게 웃음을 터뜨리더니 키 작고 피부가 검은 정원사를 툭툭 쳤고, 그는 얼굴에 주름을 만들며 미소를 지었다. 드디어 두 사람이 내게 왔다.

"우리 집에 오겠다고 한 거 맞죠?"

아스카르가 물었다.

머리가 헝클어진 착한 경쟁자가 통역을 했다. 나는 그렇다고 했다. 또한 나 때문에 사람들이 싸우는 게 싫으니까, 이렇게 싸운다면 정원에서 야영을 하겠다는 말을 덧붙였다.

"하지만 아스카르는 영어를 못하고 당신은 페르시아어를 못하잖아요……."

"합의를 해요!"

두 사람은 멀리 가서 협상을 재개했지만, 젊은이 여럿이 마흐마드에게 합세했고 그의 편을 드는 것 같았다. 마침내 두 라이벌이 미소를 가득 담고 다시 왔다. 마흐마드가 말했다.

"우리 집에 와서 식사하고 주무세요. 아스카르도 우리 집에 저녁식사와 아침식사를 하러 오기로 했어요. 그렇게 하면 자기가 하고 싶은 질문을 마음껏 할 수 있을 것이고, 난 통역을 하면 되고요. 그러니까 우리 두 사람이 함께 당신을 초대하는 거죠."

마흐마드는 이렇게 말하고는 내 어깨를 짓누르던 배낭을 받아들었다. 우리는 사람들의 호위를 받으며 높은 담으로 둘러싸인 정원의 커다란 철문을 향해 갔다. 그곳은 꽃과 과일이 가득한 과수원으로, 크고 아름다운 곳이었다. 그 안에는 정말 많은 사람들이 부지런히 일하고 있었다. 마흐마드는 자기 아버지 제흘라에게 날 소개했다. 올해 예순일곱 살로 은퇴한 그의 아버지는 날 자기 가족에게 소개했다. 시간이 좀 걸렸다. 그는 딸 여섯과 아들 다섯을 두었고, 손자 손녀가 아주 많았다. 근처 대학의 교수인 장남 아사드('첫째'라는 뜻)와 마흐마드, 마흐마드의 친구로 그와 함께 나를 발견했던 더벅머리 마흐디가 사람들이 물어보는 엄청나게 많은 질문에 대한 내 대답을 통역했다. 나는 이 화목한 사람들의 사진을 찍으려고 일렬로 줄을 세웠는데, 쉴 새 없이 정원에서 팔짝팔짝 뛰어다니는 꼬마들 때문에 만만한 일이 아니었다. 제홀라는 몹시 기뻐했다. 그가 말했다. "여기서 일주일 동안 있어요. 사람들과 사귀려면 적어도 그 정도는 있어야 돼요."

아스카르는 내 곁에서 한 발자국도 떨어지지 않았다. 나는 그의 손님이기도 했다. 하지만 그는 너무 수줍음을 타서 질문을 거의 하지 못했다. 그래서 내가 물어보았다. 그는 어린애 같은 어른이었고 마을의 공원에서 30년째 일을 한다고 했다. 옆방에서는 여자아이의 웃는 소리와 질서를 잡으려고 애쓰는 엄마의 목소리가 들렸다. 잠잘 시간이 되자 여자아이들은 자기들 거처에서 잠을 잤고, 제홀라와 나는 저녁을 먹었던 식당 겸 침실에서, 결혼하지 않은 남자아이 셋은 테라스에서 잤다. 다른 사람들은 자기들 가족과 함께 집으로 돌아갔다.

우리는 새벽에 일어났지만 아스카르는 벌써 정원 문 앞에 와서 기다리고 있었다. 제홀라는 며칠 더 있으라고 잡았지만, 나는 초대를 사양했다. 아스카르는 공원 끝까지 날 바래다주었다. 그는 공원에서 하루 일과를 보낸다. 그의 눈에 눈물이 어렸다. 그는 자기 집에서 외국인을 독차지할 수 있는 유일한 기회를 놓친 것이다. 이란 사람들보다 더 손님을 환대하는 사람이 있을까?

프레이툰은 내가 메셰드에 간다는 걸 알고 자기 집으로 끌고 가서 배낭을 내리게 하더니 등이 땀으로 흠뻑 젖은 걸 알고는 샤워실로 밀어넣었다. 그 사이 그의 부인과 여동생이 식사를 준비했다. 영어를 조금 하는 여동생은 예외적으로 남자들끼리 식사하는 자리에 초대되어 합석했지만 함께 음식을 먹지는 않았다. 아브구슈트를 다 먹자, 이 집 주인은 이슬람의 상징 색깔인 초록색으로 된 작은 사각형 실크를 내게 주었다. 그가 오해했다는 걸 깨달았다. 그는 내가 메셰드에 있는 이맘 레자의 무덤에 가는 이슬람 순례자라고 생각한 것이다. 그의 실망은 대단했고, 그의 아버지 역시 그랬다. 갑자기 그가 가톨릭 신자냐고 물었다. 나는 그에게 늘 가방에 넣어다니는 성경책을 보여주었다. 두 번째 실망. 그러자 프레이툰이 이맘 호메이니의 사진을 가져와서 지나치게 격식을 차리며 내게 내밀었다. 난 기꺼이 받았다. 우리가 어정쩡한 상황에 있다는 걸 느낄 수 있었기 때문이다. 다행히 매트리스를 만들어 파는 이웃집 청년이 방문하는 바람에 분위기가 바뀌었다. 그는 번역일도 하면서 간호사로 일하는 주인집 처녀를 너무나 사랑하고 있다고 말했다. 결혼하고 싶지만 여자의 아버지가 지참금 500만 리알(5천 프랑)을 가져오라고 요구했다 한다. 딸을 시집보낸 다음에 버림받게 될지도 모른다는 생각에 노후를 생각해서 그런다는 것이었다. 매트리스 만드는 청년에겐 500만 리알이 없었다. 따로 떼어놓았던 200만 리알로 중고 오토바이를 사버려서 저축 계획을 새로 세워야 했다.

다시 길을 떠났다. 어느 버스 정류장에서 젊은 여자가 나무랄 데 없는 영어를 구사하며 내 걸음을 멈추게 했다. 관능미가 흐르는 여인이었다. 엄격한 종교 규율에 따라 옷을 갖춰 입었지만 사라질 줄 모르는 욕망이 감춰지는 동시에 배가되는 듯 보였다. 아주 느슨하게 묶은 스카프 사이로 칠흑처럼 검고 탐스러운 머리가 보였다. 지나치게 커보이는 망토 사이로는 매끄럽고 윤이 나는 하얀 목덜미가 보였다. 여인이 탐스러운 미소를 지으며 내게 말했다. 그리고 짧지만 감동적인 작별 인사를 하고 떠났는데, 잔잔의 계단에서 만난 다른 여자를 생각나게 했다. 그 여자는 차도르를 하고 있었다. 가슴 높이에서 한 손으로 베일을 잡고, 머리 위에 쓴 베일의 위치를 바로잡았는데, 그때 헤나로 염색한 머리의 절반이 보였다. 걸음을 옮길 때마다 꼭 맞는 바지를 입은 다리가 서글픈 검정 차도르 밖으로 나왔다. 그녀의 몸 전체와 얼굴은 이런 말을 하는 것 같았다. "내가 얼마나 아름답고 탐스러운지 보세요. 코미테는 무시해버려요." 어렸을 때 날 사로잡았던 소설이 생각났다. 거기엔 마차에 오르는 귀부인의 발목을 보고 넋을 잃은 기사의 이야기가 나온다. 내가 말하고 싶은 것은, 사랑이나 관능을 향한 갈증은 베일 속에 묻힐 수 없다는 것이다. 여인의 시선은 그걸 말하고 있었다.

오후의 하늘은 푸르렀지만, 이상하게도 바람이 조금씩 세지더니 곧 엄청난 위력을 발휘했다. 바람을 피하려고 몸을 숙였지만, 돌풍 속에서 계속 흔들렸다. 오토바이를 탄 사람들은 넘어지지 않으려고 다리를 양쪽으로 벌려 발로 오토바이 바퀴를 굴리며 갔다. 한 무리의 남자들이 골짜기에서 굴러떨어진 차 안에서 피를 흘리는 남자아이를 꺼내올렸다. 나는 속력을 늦추는 법이 거의 없는 트럭의 바퀴 밑으로 휩쓸려 들어가지 않으려고 좁은 길로 걸었는데, 푹신한 모래땅이어서 발이 푹푹 빠졌다. 철길 위 다리를 지나갈 때는 돌풍이 너무나 무섭게 몰아쳐서 가드레일에 매달리지 않고는 앞으로 나갈 수가 없었다. 타케스탄(Takestan)은 2킬로미터 거리밖에 되지 않았지만, 계속되는 돌풍 속에 투쟁하듯 걸으면서 녹초가 된 몸으로 거기까지 갈 수 있을지 의심스러웠다. 지금까지 이런 악천후를 뚫고 52킬로미터를 걸었으니 가능할 것도 같다. 땀과 먼지로 뒤범벅이 된 나는 아주 더러웠고, 한쪽 다리가 아팠다. 충분히 물을 마시지 못한 데다 귀가 먹먹할 정도로 거센 바람 속을 뚫고 왔기 때문에 힘줄에 염증이 생기는 건염腱炎 초기 증상이 나타난 것이다.

카즈빈(Qazvin)은 쿠르드인이나 북부의 아제르바이잔인, 페르시아어를 사용하는 남부 이란인 사이의 언어 경계를 이루는 도시다. 사파위 왕조는 15세기에 타브리즈에서 적을 방어하기 쉬운 이곳으로 페르시아 제국의 수도를 옮겼다가 17세기에 이스파한으로 다시 수도를 옮겼다. 나는 하루 숙박료가 150프랑이나 되는 멋진 알부르즈 호텔에서 묵었다. 무척 마음에 드는 곳이었다. 아침에 프랑스에서 온 소식을 확인하려고 인터넷 카페를 찾았지만 소용이 없었다.

전화국에서도 컴퓨터를 이용할 수가 없었다. 인터넷에 연결할 수가 없었기 때문이다. 영어를 잘하는 아흐메트—이라크에서 5년간 포로로 있으면서 적십자에서 배운 덕이었다—는 도시의 반대쪽으로 가서 인터넷 서비스가 되는 곳을 찾아보자고 했다. 아흐메트의 사장은 날 돌보라며 그에게 자유시간을 주었다.

프랑스에서 기쁜 소식이 와 있었다. 파리에서부터 날 돌봐준 천사 소피가 테헤란에 있는 카라반 사흐라 여행사의 주소를 보내주었다. 그 여행사는 소피가 일하는 파리의 오리엔트 여행사의 협력사였다. 그곳에 가면 도움을 받을 수 있을 것이다. 소피는 내가 원한 대로 낙타를 빌리려 찾아보고 있었지만, 쉽게 해결될 것 같지가 않았다. 그래도 낙타를 타고 무시무시한 카비르 사막을 건너고 싶었다. 사막을 건너려면, 적어도 낙타 세 마리와 낙타 몰이꾼, 가이드 한 사람이 필요하다.

잠시 후 아흐메트가 미로 같은 시장 골목으로 안내했다. 시장은 실크로드 상인들을 매료시킨 곳이었다. 복잡한 골목길들이 연결돼 있는 곳에 대상 숙소가 있었다. 카즈빈은 중요한 거점이었기 때문에 악질 상인을 비롯해 순례자나 이슬람 사제들 거의가 이곳에서 숙소를 찾았다. 우리가 방문한 사드 올 솔타니에(Sa'd ol soltânié, 술탄의 행운)는 영광의 시절을 보여주는 사파위 왕조 때의 궁전이다. 청동으로 된 무거운 문은 유약을 바른 벽돌로 화려하게 장식된 원형의 입구를 보호하고 있었다. 그곳은 가구 제작소와 연결돼 있었고, 커다란 원형 톱이 돌아가는 소리가 들렸다. 나는 상인들의 전유물이었던 '스위트룸'을 자세히 관찰하며 사진을 찍었다. 첫 번째 방은 전시장이었다. 단두대처럼 위아래로 열리고 닫히는 널빤지 두 장으로 이루어진 문은 열릴 때는 천장 속으로 접혀 들어갔다. 덕분에 자리를 차지하지 않아서, 이 방을 넓은 전시실로 이용할 수 있다. 두 번째 방은 휴식공간이었다. 둥근 천장에 뚫린 구멍을 통해 빛이 들어오고 여름에는 더운 공기가 빠져나갔다. 겨울에는 작은 벽난로가 난방을 책임졌다.

비! 이 계절에? 우리가 막 떠나려 할 때 빗방울이 떨어져 모두 놀라워했다. 가게에 있던 상인과 손님들이 밖으로 나왔다. 아무도 비를 피하려고 하지 않았다. 그런데 '소나기'는 셔츠조차 적시지 않았다.

공원 한가운데에 자리 잡은 위풍당당한 옛 건물은 주로 항아리, 고대의 무기와 몇몇 종교 서적을 전시하는 박물관이었다. 아흐메트는 카즈빈이 '카스피해'라는 말에서 나왔을 것이라고 했다. 예전에는 이 도시가 바닷가에 있었지만, 오늘날은 북동쪽으로 100킬로미터쯤 이동한 곳에 있다. 정기적으로 이 지역을 흔들어놓는 지진으로 지층이 위로 솟았을 것이다. 모든 전시품이 낡아보였다. 한 전시실에 있던 거대한 벽화는 약탈됐다. 일부가 양호한 상태로 남아 있는 유일한 작품에 담긴 전원 풍경 속에는 서구의 후작 부인이 명하게 어깨와 가슴을 드러내고 있었다. 몇몇 엄격주의자들은 이렇게 공공연히 드러낸 가슴을 참을 수 없었는지도 모른다. 다음 방으로 이어지는 통로는 둘로 나뉜 문짝이 달린 무거운 문으로 닫혀 있었다. 문짝 위에는 크기가 다른 망치가 하나씩 걸려 있었다. 아흐메트는 여자들은 최대한 작은 소리로, 남자들은 최대한 큰 소리로 문을 두드려야 한다고 설명해주었다. 그렇게 방문객은 문이 열리기 전부터 자신의 성性을 밝혔다.

그다음엔 안뜰에서 5천 명 이상의 신도를 맞이할 수 있다는 마스지드 에 알 나비(Masdjed e al Nabi, 예언자 사원)와 마스지드 에 조메(Masdjed-e Djomé, 금요일 사원)를 보러 갔다. 이 사원은 637년과 1050년 사이에 재건축되긴 했지만, 벽의 일부는 2500여 년 전에 세워진 것이다. 벽을 덮은 모자이크와 첨탑은 오늘날 어떤 장인도 되살릴 수 없는 섬세함과 광채를 띠고 있었다. 15세기에 조각된 안뜰 구석의 모자이크 판에는 달걀, 우유, 과일의 가격이 적혀 있었는데, 이 가격이 3세기 동안 변하지 않았으니 당시는 인플레이션 같은 게 없는 축복 받은 시기였다.

마지막으로 우리는 아흐메트가 존경하는 친구의 집으로 갔다. 반신불수의 노인인 모다라시는 옛 시가지의 작은 집에 살았는데, 우리를 맞이한 안뜰에는 호두나무 한 그루, 무화과나무 두 그루, 석류나무 한 그루가 자라고 있었다. 그는 양탄자 직조공이었다. 열두 살 나이에 일을 시작했고 열

여덟 살에 열여섯 먹은 여자와 결혼했고, 카자르 왕조의 마지막 술탄, 팔라비 왕조의 통치, 이슬람 혁명을 모두 겪었다. 4년 전 홀아비가 된 그는 교수 아들과 함께 살았다. 우리가 체리를 맛있게 먹는 동안, 그는 내게 여행보다는 가족 상황을 물었다. 나도 홀아비라는 걸 알게 되자, 그는 자기 부인 얘기를 오래 하다가 아흐메트에게 무엇인가 물었는데, 아흐메트가 웃음을 터뜨리며 감히 통역할 수가 없다고 말했다. 나는 통역해보라고 부추겼다. 집주인이 물은 것은 이것이었다.

"당신 이 진짜예요?"

전에도 이런 질문을 한 사람이 있었는데, 재미있다고 생각했다. 난 입을 벌리고 있는 모다라시에게 다가가 검지로 내 이를 힘껏 두드리며 정말 내 이가 맞다는 걸 보여주었다. 그랬더니 그가 말했다.

"당신은 운이 좋네요. 나처럼 집사람도 없고 이도 없으면, 사는 보람이 없어요."

그날 저녁은 이 도시 최고의 식당에서 풍성한 호레슈트(khorecht)를 진짜 이로 꼭꼭 씹으며 식사를 했다. 고기 스튜—여기에서는 양고기에 쌀, 요구르트, 당근, 말린 과일을 곁들여 내온다—에는 장미꽃잎이 뿌려져 있었는데, 나도 모르게 맛좋은 보르도 포도주를 마시고 싶다는 생각이 들었다. 웨이터는 15년 동안 미국 해군에서 잠수함을 탐지하는 수중 음파탐지 전문가로 복무했는데, 이란 혁명이 발발하자 바보처럼 혁명을 위해 일하려고 돌아왔다. 그는 다시 미국으로 돌아가 부인과 아들을 보고 싶었지만 경비를 마련할 수가 없었다고 한다.

카즈빈은 '산의 장로'가 살았던 성城 가까이에 있다. 11세기에 이스마엘파의 수장인 하산 에 사바흐(Hasan-e Sab-bah)는 알라무트(Alamüt)와 샤루드 계곡 구석에 세운 완전한 요새에 청부살인 부대를 두고 있었다. 그들은 이곳에서 가장 진귀한 음식을 먹고, 꽃 같은 처녀들의 시중을 받으며 황홀한 시간을 보냈다. 알라의 진정한 천국이었다. 그렇게, 하산 에 사바흐는 신을 중재해 천국의 문을 열 수 있게 하는 힘이 있다고 자처했다. 그는 자기 마음에 들지 않는 사람을 적당히 없앨 수도 있었다. 적의 거처에 젊은 부하를 보낸 뒤, 해시시(hashishi, 대마초의 어린 잎을 말린 것)를 계속 피우며 차츰 양을 늘리게 해서 결국 치사량을 복용하도록 하는 것이다. 모든 제국에 두려움을 불러일으켰던 하산 에 사바흐와 그 후손은 항상 '산의 장로'라고 불렸고, 마약 때문에 이들 종파는 '해시시를 피우는 자들'이라는 뜻의 '하시시인(hashishins)'이라는 별명을 얻었다. 마르코 폴로에 이어 예루살렘으로 가던 십자군이 전한 '산의 장로' 이야기는 서양의 사고방식에 영향을 미쳐 해시시에 어원을 둔 '어새신(assassin, 암살)'이라는 단어를 탄생시켰다. 하산 에 사바흐와 그 후계자들은 2세기 동안 페르시아 제국을 공포에 빠뜨렸다. 몽골족이 이곳을 점령했을 때, 칭기즈 칸의 손자였던 훌라구 칸이 성에 진지를 마련하고 모든 사람을 칼끝으로 잠재웠다. 산의 장로는 자신보다 더 냉혹한 인간을 만나게 된 것이다.

5. 도둑 경찰

아침식사 시간에 벨기에인 엔지니어와 잡담을 했는데, 그는 근처에서 평판 유리를 제조하는 공장을 짓고 있었다. 젊은 동료 하나는 여기에 일하러 왔다가 환율 때문에 갑자기 리알화로 백만장자가 됐다고 한다. 그래서 그는 호텔 침대 위에 지폐를 깔아놓고 비디오로 열심히 찍어댔다. 그러고 나서 졸부가 그렇듯 자만심에 겨워 멍청하게 호텔 홀로 내려와 거기에 있던 텔레비전에 비디오카메라를 연결해서 조금 전에 찍은 그 테이프를 보여주었다. 오 분 후 경찰이 들이닥쳤고, 그 젊은 남자는 위조된 외국인 여권을 들고 어쩔 줄 모른 채 그 자리에 서 있었다. 여행시에 좀 멍청하게 구는 전형적인 외국인의 행동을, 지방의 관례와 풍습은 비웃게 마련이다. 여행을 할 때는 자기가 살던 사회에 대해 가졌던 비판적인 시각을 잊을 때가 많지만, 한편 거리를 두고 판단할 수 있는 좋은 방법을 얻기도 한다.

오랫동안 도시에서 헤매던 나는 마침내 길을 찾고 엘부르즈 산맥 밑자락에 있는 황갈색 벌거숭이 땅 위로 기어올랐다. 나는 한가롭게 걸으며, 오랫동안 이슬람 장례식을 지켜보았다. 남자와 여자는 묘지에서 떨어져 있었는데, 한 남자가 묘지에서 묘지로 다니며 비석 위에 물을 방울방울 부었다. 오랜 시간이 흘러 묘비에 새긴 문구는 지워졌지만, 물을 뿌리면 움푹 팬 부분으로 물이 흘러들어가 몇 분 혹은 몇 시간 동안 죽은 이의 이름이 되살아난다. 이슬람의 장례는 명확하고 꼼꼼하게 짜인 의식을 따른다. 먼저 시신을 씻기고 즉시 땅에 묻는다. 햇빛과 더위의 나라인 이슬람 국가에서는 이렇게 해야만 한다. 다음에는 가족과 친구들이 모여서 일곱 번째 날, 사십 번째 날, 일 년 되는 날에 여러 의식을 반복해서 올린다. 러시아 정교회에서도 비슷한 모임을 가지고 죽은 이의 부재를 더 잘 받아들일 수 있도록 애도의 식을 치른다.

한편 구멍가게에서 빵 굽는 사람을 지켜보기도 했는데, 그는 1미터 폭의 바닥에서 시작해 위로 갈수록 좁아지는 피라미드 형태의 커다란 흙단지 같은 화덕 앞에서 부지런히 일하고 있었다. 그는 엄청나게 빠른 손놀림으로 반죽을 둥글게 만들어 평평하게 편 다음, 빈대떡 모양이 될 때까지 납작하게 빚었다. 그러고 나서는 두꺼운 천처럼 보이는 것 위에 놓았고, 이걸 이용해 재빨리 단지 입구에 넣어서 뜨거운 화덕 안쪽 벽에 붙였다. 일 분이면 빵이 익는다. 그는 익은 빵을 떼어내 조수에게 건넸고, 조수는 이를 받아 한 줄로 쌓았는데 아주 먹음직스러웠다. 대상 숙소에서 비슷한 도구를 발견했다. 예전의 여행객들은 밀가루를 가지고 다니며 매일 빵을 구워 먹었다. 이란 사람들은 엄청난 양의 빵을 먹는데 버리는 양은 그보다 더 많았다. 아무리 작은 식당이라도 빈대떡 같은 빵이 한두 개는 나오는데, 그중 한 개만 손을 대도 나머지는 모두 쓰레기통으로 들어간다. 식당 뒤뜰에는 버려진 빵이 담긴 쓰레기봉투가 있었다. 그런데 이 빵은 아주 얇아서 하루 사이에 말라버린다.

사람들은 텔레비전에서 독일의 눈 풍경을 보았다고 말하면서, 전 유럽이 추위에 떨고 있다고 했다. 추위? 갑자기 '그게 뭐지?' 하는 생각이 들었다. 지금 이곳은 태양이 하늘 위로 솟아올라 따갑게 내리쬐고 있다. 내가 이렇게 여유 있게 걷고 있는 것은 오늘 25킬로미터만 걸을 계획을 세웠기 때문이다. 하지만 목적지에 와보니 식당을 찾을 수가 없어서 10킬로미터를 더 걷기로 했다. 사람들이 10킬로미터쯤 더 가면 식당을 찾을 수 있을 거라고 했다. 거기에 가서 점심을 먹었는데, 그곳 사람들은 아브예크(Abyek)에 가면 숙소를 찾을 수 있을 거라고 했다. 그래서 또 15킬로미터를 목표로 출발. 결국 하루 동안 53킬로미터를 걸어서 아브예크에 도착했을 때는 길어지던 내 그림자가 아예 사라져버린 뒤였다. 그러나 호텔은 하나도 없었다. 결국 식당 뒷방에서 잠을 잤다. 그날 밤, 눈 위를 걷는 꿈을 꾸었다.

이튿날은 기어가다시피 걸었다. 전날 무리했기 때문에 몸이 녹초가 됐다. 등도 아프고, 발가락도 상했고, 발은 퉁퉁 부었다. 어쩌자고 그렇게 막무가내로 먼 길을 걸었을까 후회스러웠다. 여행을 하며 찾고자 했던 지혜는 어디에 숨은 것일까? 계획을 세울 때는 욕심 내지 않고 한계를 정하려고 했다. 하지만 번번이 이전의 습관으로 돌아갔다. 조금만 더 힘내자, 조금만 더 힘내자…… 내가 휴식을 취한다면 그건 확실히, 죽음을 의미할 것이다. 지금까지 쌓인 피로에서 벗어나려면 엄청난 시간이 걸릴 것이다. 나는 사냥꾼에게 쫓겨서 기진맥진한 토끼 같았다. 하지만 아직도 사냥꾼이 누구인지 모른다. 그런데 한편으로는 고요한 넓은 해변과 평화, 느림, 구원의 멈춤을 꿈꾸었다. 하지만 내 몸속의 엔진은 땅에 발을 내딛는 순간부터 무서운 속도로 작동하기 시작했다. 오늘은, 결정을 내렸다. 10킬로미터만 걸어서 하슈트게르드(Hashtgerd)에서 멈추자. 어제의 피로를 풀기 위해서기도 하지만, 축하할 일도 있었기 때문이다. 오늘은 도보여행을 시작한 지 한 달이 되는 날이다.

에르주룸의 고속버스에서 내려서, 바로 도우바야지트 직전에서 시작해 정확히 859킬로미터를 걸었다. 이것은 30일 동안 걸을 수 있을 거라고 예상했던 708킬로미터보다 훨씬 긴 거리다…… 우울한 기분은 호호백발의 두 노인과 함께 노래를 불렀던 마법 같은 날부터 처음으로 아름다운 대상 숙소를 발견하기 직전에 이상하게도 사라져버린 것 같다. 그리고 이란 땅에 닿으니 기분이 좋았다. 각종 언론 매체, 특히 텔레비전을 통해서 끔찍한 이미지로 알려진 이란은 사실 손님을 잘 접대하는, 특히 외국인에게 친절한 사람들이 사는 곳이었으며, 이는 내가 방문했던 모든 나라를 통틀어보아도 찾아볼 수 없는 것이었다. 또한 여러 차례 목격한 것은, 물라가 뿌리를 내리려고 애를 썼던 반계몽주의가 사람들의 배움에 대한 엄청난 갈증을 제어하지 못했다는 것이다. 영원한 페르시아 문화는 이슬람 혁명의 재 속에서 은근히 타고 있다가, 한 차례의 입김만으로도 다시 타올라 세상으로 나올 것이다. 국민 대다수는 이 체제의 엄청난 잔인성과 20년 전부터 불러일으킨 공포정치를 거부했다. 두 달 전에 있었던 총선에서 70퍼센트의 유권자들이 정권에 대한 염증을 표현했지만, 이러한 거부행위에도 보복성 폭력이 뒤따르지 않았다. 인내심이 많은 이란인은 민주주의로 되돌아가기 위해 반혁명과정을 거치지 않기로 결심한 것 같다. 나 역시 현실주의에서 커다란 가르침을 받았다. 이란의 헌법이 1958년 프랑스 헌법을 본따서 만든 것이란 걸 알게 되자, 이 같은 법이 얼마나 다양한 효력을 발휘할 수 있는지 생각해보았다.

내가 하슈트게르드의 작은 식당에서 메뉴판을 읽느라 정신이 없을 때, 한 남자가 옆에 있는 보석가게에서 나왔다. 할릴은 치장에 무척 신경을 쓰는 남자였다. 키 크고 체격 좋은 그는 천진난만한 웃음 덕에 부드러운 인상을 가졌다. 그는 영어로 맛있는 걸 먹고 싶으면 자기를 따라오라고 했다. 그는 멀지 않은 곳으로 인도하더니 주인에게 귀띔을 했다. 나는 디저트를 먹다가 할릴이 내 밥값을 냈다는 걸 알게 됐다. 그에게 고맙다는 말을 했다. 그는 자기 가게 뒤에 쉴 자리를 마련해주더니, 오늘 집으로 초대하겠다고 말했다. 낮잠을 자고 일어나자—이 나라에서는, 더운 오후 시간에는 가게와 사무실 등 모든 곳이 활동을 멈춘다—할릴은 내게 자기 돗자리와 베개를 줘버렸기 때문에 점심을 먹었던 식당에 가서 낮잠을 잤다고 털어놓았다. 할릴은 내 모험담에 매료되어 저녁에는 큰 소리로 대모험을 하겠다며, 서너 달 동안 모든 걸 포기하고 어딘가로 유랑을 떠나고 싶다고 했다. 그리고 덧붙이기를, 내년에 자기가 나를 따라 실크로드 수백 킬로미터를 걸을 수 있는지 두고 보자고 했다. 많은 손님들이 들어왔기 때문에 나는 그의 곁을 떠났다. 통곡의 기간이 계속되는 두 달 동안 이란에서는 결혼식을 올릴 수 없다. 그 때문에 이 기간이 끝나면 결혼식이 몰린다. 차도르 밑에 입은 아름다운 옷을 과시할 수 없는 우아한 이란 신부들은 사랑의 징표로 받은 금빛이나 다른 빛깔로 반짝이는 증거물, 즉 신랑이나 가족에게 받은 비싼 반지를 손에 끼고 여봐란듯이 내보인다.

오늘 오후에는 할 일이 있다. 나는 며칠 전부터 테헤란을 지난 후 가야 할 여정을 짜느라 무척이나 바빴다. 사막 횡단을 위해 반드시 해결해야 할 방정식을 이제부터 풀어야 한다. 모레 저녁에 수도에 도착하면 결정을 내려야 한다. 세 가지 가정을 세웠다. 첫 번째는 사람들의 충고대로…… 집으로 돌아가는 것이다. 그러면 뜨거운 더위를 피해서 기온이 조금 떨어지는 9월 중순경에 되돌아올 수 있을 것이다. 사람들이 제안한 두 번째 해결책은 동반운송수단을 이용하는 것이다. 이건 어쩌면 실현될 가능성이 있었고, 경비는 후원자가 알아서 할 것이다……. 나는 길을 걷고 친절한 '노예' 차량이 배낭과 비축식량, 캠핑 도구를 나른다. 도착지에 닿으면, 저녁과 숙소 모두가 준비된 상태일 것이다. 이건 산책이 아닌가. 이 계획을 조금 다르게 변경하면, 이것은 내가 지금 수소문하고 있는 것으로, 사막지대를 통과하는 데 쓸 낙타를 빌리는 것이다. 하지만 쉽게 해결될 것 같지 않았다. 소피가 알아본 바로는 7월에서 8월은 너무 더워서 낙타가 카비르 사막을 건널 수 없다. 그렇지만 나는 그 짐승들의 뼈를 묻고 가는 한이 있어도 사막을 건너겠다고 고집을 부렸다! 마지막 해결 방안은 며칠 전부터 머릿속에서 떠나지 않은 것으로, 내가 직접…… 노새 같은 걸 만드는 것이 있다.

난 식당에 자리를 잡고서 차를 홀짝거리면서 하슈트게르드에 쫙 퍼진 소문을 듣고 몰려든 사람들이 계속해서 던지는 질문에 대답을 했다. 처음 두 가지 가정은 접어두고 가능하다면 변종 '낙타'를 선택하기로 했다. 집에 돌아가는 건 마음이 내키지 않으니까, 첫 번째 가정은 해답이 될 수 없다. 9월 중순에 돌아오면, 기후 조건은 아마 지금보다 나을 것이다…… 한 달이나 두 달 동안. 하지만 그렇게 되면 사마르칸트는 12월, 그러니까 겨울에 도착하게 될 것이고, 이건 더 어려운 길로 들어가게 된다는 뜻이다. 두 번째 가정은 혼자 자유롭게 여행하겠다는 처음의 의지를 포기하는 것이다.

노새가 남았다. 내 수공 솜씨와 스무 살 때 기계 제도사로 일했던 짧은 경력이 도움이 될 것이다. 배낭 이외에 엄청난 양의 물과 사람이 살지 않는 곳에서 야영할 것에 대비한 최소한의 야영 도구를 나를 수 있는 운반수단의 투시도를 세 개 그렸다. 전체 무게는 20 내지 25킬로그램이 될 텐데, 이걸 들고 사막을 간다는 건 생각할 수도 없었다.

내가 설계도를 완성했을 때 똘망똘망한 눈망울의 소년 둘이 와서 내 앞에 앉았다. 아이들은 자리에 앉자마자 내 여행에 대해 질문을 했다. 그리곤 음모를 꾸미는 듯하더니, 그중 하나가 공모의 윙크를 보내고 셔츠 자락을 들쳐 맥주병 같아 보이는 작은 병을 보여주었다. 나랑 같이 나누어 마시자는 건가? 이처럼 관대하고 위험을 감수한 제의를 어떻게 거절하겠는가? 아이들은 물잔 세 개, 과일 주스통, 요구르트를 가져왔다. 잔은 하나씩 테이블 밑으로 전달되어 가득 담긴 채 다시 위로 올라왔다. 그건 맥주가 아니라 보드카였다. 나는 술을 마시고 싶은 생각이 없었고, 여행을 시작하면서부터 늘 마시던 물이 좋았다. 포도주나 다른 술을 마실 때 술보다 좋은 것은 정감 있는 분위기다. 하지만 보드카는 다르다. 위험을 무릅쓰고 마셔서 그런지 배가 아팠는데, 약삭빠른 두 녀석은 잔에 입을 대는 것 같지도 않게 재빨리 들이켰다. 나는 차가운 보드카를 좋아하는데, 아이가 품고 온 이 보드카는 뜨거웠다. 첫 모금을 마시자 목이 찢어질 듯했다. 새롭고 동시에 고통스러운 시도를 끝낸 뒤, 내 잔에는 100밀리리터쯤 술이 남았다. 한 녀석의 잔이 비어서 내 잔과 바꿔주었더니 웬 횡재냐 싶은지 좋아하는 기색이 역력했다. 녀석이 너그럽게도 옆에 있던 친구에게 나누어 주려고 할 때 식당 문이 열리더니 체크무늬 셔츠에 신심이 깊은 사람들이 쓰는 털모자를 쓴 노인이 들어왔다. 두 공모자는 파랗게 질렸고, 잔을 건네받은 녀석이 단숨에 잔을 비워버렸다. 그러고는 질식할 듯이 숨이 막혀서, 얼굴이 달아올라 홍당무처럼 빨개졌다. 노인은 우리 쪽으로 다가와 내 앞에 있던 두 아이에게 말을 건넸다. 방금 술을 마신 녀석은 한 마디도 할 수가 없었고, 다른 녀석은 독실한 이슬람교도 앞에서 보드카 냄새를 풍기지 않으려고 눈과 얼굴을 이리저리 돌리며 대답했다. 그때 한 사람이 들어와서 내 옆에 앉아 차를 주문했는데, 나중에 알고 보니 식당 주인이었다. 나는 그의 질문을 못 알아듣겠다는 표정을 지으며 대답했다. 물론 입은 꾹 다문 채였다. 물라의 채찍을 경험할 생각은 추호도 없었다. 더군다나 같이 잡히면, 사람들이 몰려들어 백인이 아이들을 타락시켰다고 욕을 퍼부을 것이 뻔했다. 노인은 정신을 다른 데 팔고 있는 것 같았다. 아이들은 아무 말도 하지 않거나 아니면 몇 마디만 했고, 나는 아예 하지 않았다. 갑자기 침묵이 흘렀는데, 다행히 음료를 배달하는 남자아이가 들어와 정적을 깼다. 보드카 때문에 혀가 얼얼 했던 두 녀석은 차에 혀를 담그고 입을 헹구어 통로에 몰래 뱉었다. 이제 아이들은 독실한 노인 신도와 대화를 나눌 수 있었지만, 그래도 조심스러운지 천장이나 옆으로 눈을 돌렸다. 마침내 노인이 자리에서 일어나자, 우리는 서둘러 과일 주스와 요구르트를 마시며 죄의 흔적을 지워버리려 했다. 추가 예방조치로, 한 아이가 껌을 가져와서 우리는 소처럼 씹고 또 씹었다. 몰래 담배를 피웠던 몇 세기 전의 과거로 거슬러 올라간 느낌이었다…… 모든 사람들이 어린애가 된 것 같았다. 물라의 금주령은 폐해를 보이고 있었다. 사람들이 술 얘기를 하지 않는 날은 하루도 없었다. 내가 가지고 다니는 물통에 연결해둔 빨대를 본 사람들은 하나같이 혹시 위스키가 든 게 아닌지 물었다. 어떤 사람들은 내 대답을 못 믿고 맛을 보기도 했다. 혁명 전에 술을 마신 경험이 있는 사람들은 그 기억을 떠올리며 그리워했다. 내게 술을 가져왔던 아이들 또래는 술을 마시면서 달콤한 범죄의 맛을 보았다. 이곳에서 위스키 한 병 값은 20달러나 한다. 노동자의 한 달 반 급료에 해당한다. 이처럼 어마어마한 금액은 위험을 부담하는 금액이자 침묵을 지켜야 하는 여러 가지 공모에 대한 가격이다. 사람들은 불법 증류기로 증류하는 것보다 값이 싼 질 나쁜 술(이 지역에 포도밭이 많다)을 만든다. 물라는 술이 사회를 썩게 만든다고 생각한다. 하지만 완벽한 술의 결핍은 영혼을 썩게 만든다.

할릴은 하슈트게르드가 아닌 카라즈(Karaj)에 살았는데, 여기에서 35킬로미터 떨어진 그곳은 내일 가야 하는 구간이다. 할릴이 오늘 저녁 자기 집으로 날 데려갔다가 내일 아침에 다시 여기로 데려다 주는 걸로 합의를 보았다. 왜냐하면—아시다시피—신비의 실크로드를 따라가면서 1미터라도 걷지 않고 가는 건 생각할 수 없는 일이기 때문이다. 차에서 할릴이 질문을 퍼부었다. 이란 사람들은 여행, 소풍, 야영, 산에서 보내는 주말을 아주 좋아한다. 한 달 전부터 이미 나는 내 모험처럼 그들 안에 유목정신이 살아 있는 것을 느낄 수 있었다. 모든 이란 사람들의 정신 속에는 이슬람 수도승이 잠자고 있는 것 같다.

할릴은 유복한 남자였다. 집에는 금박을 씌운 나무 가구와 편안한 소파가 여러 개 있었다. 하지만 그처럼 '유복한' 집에도 유목민 정신이 살아 있어서일까. 침대는 없었다. 나는 넓은 방의 돗자리 위에서 아주 편안하게 잠을 잤다. 아침에 그의 아내 자밀레흐가 남아 있던 쿠쿠를 주었다. 이 음식은 채소로 만든 오믈렛으로 집집마다 만드는 방식이 조금씩 다르다.

할릴은 다시 날 하슈트게르드로 데려다 주었고, 헤어지는 게 꽤 서운한 표정이었다. 그는 자기 가게 문지방에 서서 커다란 동작으로 작별 인사를 했고, 내가 길모퉁이를 돌아서 사라질 때까지 서 있었다.

이번에 발견한 대상 숙소 역시 군에 편입돼 가시철망으로 둘러싸여 있었다. 용도가 변경돼 병영으로 사용되는 것 같았다. 문도 하나 있었는데, 그 옆에 튼튼한 문 하나를 덧댔고 창살을 친 창문이 있었다. 아마 감옥인 것 같았다. 군인들은 아바스 양식의 웅장한 벽돌을 회색 시멘트로 덧씌우는 해괴한 취향을 과시했다. 대상 숙소도 감옥에 갇혀 있었다.

테헤란에 가까워질수록 차량이 많아졌는데, 특히 트럭이 많았다. 할릴은 보통 자동차 가격이 1억 5천만 리알이라고 했는데, 이는 노동자의 100년치 월급에 버금가는 금액이다. 그러니 차를 가진 사람들이 애지중지 아끼는 것도 무리는 아니었다. 그리고 카라즈에 가까워질수록, 고장 난 차를 조립하는 작은 정비소들이 왜 수십 킬로미터에 걸쳐 수백 군데나 늘어서 있는지 잘 이해할 수 있었다.

여기서는 걷는 데 힘이 많이 들었다. 건물 사이의 길 위에는 두 줄로 늘어선 수백 대의 차량이 엄청난 소리를 내며 씽씽, 부르릉거리며 악취를 풍겼다. 인도 위에 분해된 차체, 기름을 토해내는 변속기, 고철, 고목더미, 새 냉각기가 쌓여 있었다. 도로와 인도 사이에는 노천 하수구의 물이 괴어 있었는데, 사람들은 온갖 것들을 거기에 내버렸다. 이런 것들이 뒤섞여 부패해 녹색을 띠었고, 공기 중에 토할 것 같은 악취를 풍겼다.

카즈빈에 사는 친구 아흐메트는 카라즈에서 영어 교사로 일하는 그의 형을 꼭 찾아보라고 했고, 나는 그렇게 하겠다고 약속했다. 아흐메트의 형 집에는 전화가 없어서 미리 알릴 방법이 없었다. 그의 형은 은퇴한 아버지가 전화국에서 일하는 동안 전화선을 하나 내주어서 쓰고 있었지만, 돈이 필요해서 전화선을 팔았다고 했다. 새로 전화선을 신청했는데, 정상 절차를 따르고 있기 때문에…… 마흐무드는 자기 동생이 날 보냈다는 말을 듣고 무척 놀라는 표정이었다. 그가 물었다.

"제가 뭘 하면 되죠?"

"아무것도. 동생이 인사를 드리라고 해서요. 이제 인사를 했으니…… 그리고 안부 전하라고 했습니다."

"잠깐만요. 들어오세요."

약해보이는 체구의 마흐무드가 어떤 사람인지 금방 파악할 수 있었다. 그는 대단히 독실한 신도였다. 그 증거로 그의 부인은 집 안에서조차 차도르로 온몸을 감싸고 있었다. 그의 얼굴에 외국인을 맞이하는 것이 달갑지 않은 표정이 역력했다. 그가 갑자기 가톨릭교도인지를 물었다. 그래도 그는 시원한 음료를 대접했고, 대화를 나누었다. 그는 내 계획을 듣고 놀랐다. 오해를 하고 있었던 것이다. 느닷없이 그가 물었다.

"로제 가로디〔Roger Garaudy, 1913~2012〕를 어떻게 생각해요?"

사람들이 그에 대한 말을 한 건 이번이 처음이 아니었다. 타브리즈에 이어 잔잔에서도, 심지어 어제 할릴도 가로디에 대해 물었는데, 내가 어떻게 생각하는지보다 그가 어떤 사람인지를 물었다. 프랑스의 철학자, 공산당의 거두, 나치 독가스실의 존재를 부인하는 인물, 청년 시절 칼뱅파에 심취해 기독교도와 공산주의자 간 논쟁을 이끈 주동자, 후에 이슬람교로 개종……. 어쨌든 터번을 두른 이들의 앞잡이에게 설명하기는 좀 힘들었다……. 그리고 나는 거짓 선서를 하는 데는 전혀 취미가 없었다……. 또한 질문을 상대에게 돌려 가로디의 이란 방문 얘기를 듣는 게 더 좋았다. 그렇게 해서 그가 물라와 고위 공직자의 초대를 받아 이란을 방문해서 하메네이에게 정중한 대접을 받았다는 것과, 그의 인터뷰가 공식 언론을 통해 여러 차례 방송됐다는 사실을 알 수 있었다. 마흐무드에게 말했다. "프랑스에서는 일반 사람들은 잘 모르고 지식인들만 아는데, 그것도 그 사람과 논쟁에서 만나 싸우던 중에 알게 된 겁니다." 분명히 가로디의 반유대주의는 물라를 매우 기쁘게 했다.

마흐무드는 내 말에 귀를 기울였다. 그는 어떻게 생각하고 있을까?

그는 내 질문을 피하더니 저녁을 먹자고 했다. 식사가 끝나자 이 방에서 자라고 했다. 난 대접을 잘 받지 못하는 느낌이었지만, 시내와 호텔은 여기서 멀고 밖은 벌써 깜깜한 밤이었다.

새벽 다섯 시에 집주인의 기도 소리에 잠이 깼다. 함께 아침식사를 하는 동안 그가 거칠게 물었다.

"당신은 왜 로제 가로디를 곡해하는 거죠?"

"내가 아는 바에 따르면, 그는 나치의 독가스실이 없었다는 글을 쓴 혐의로 소송에 걸렸소."

"그건 박해예요."

내가 손님이기는 했지만, 예의범절을 잊게 될 것 같았다. 다시 대꾸했다.

"우리 나라에서는 어떤 사람이 오류가 있는 글을 쓰면 재판을 해요. 그 사람은 변호할 권리가 있소. 소설, 그러니까 허구 때문에 사형을 선고받은 샐먼 루시디(Salman Rushidie, 1947~)와는 다른 거요. 로제 가로디는 역사가로서 책을 썼어요. 그는 진실을 말할 의무가 있소. 법정은 특정 인종에 대한 증오를 선동한 혐의로 유죄를 판결했소. 프랑스에서는 받아들일 수 없는 일이거든요."

하지만 유대인 증오를 선동한 것은 내 앞에 있는 사람에게는 결함이 아니라 미덕일 것이다. 벽에 대고 말하는 기분이었다.

"샐먼 루시디는 벌을 받아 마땅해요. 그는 우리 종교를 공격했어요. 적이라고요. 우리 앞에 적이 있으면, 우린 그와 논쟁을 하지 않고 죽여버려요."

그가 어제 이런 식으로 얘기를 했다면, 나는 그의 집을 나왔을 것이다. 하지만 그가 나에 대해, 어쩌면 자기 생각에 동의하지 않는 모든 사람들에게 반감을 품고 있음에도 날 집에 받아들이는 것이 주인의 의무라고 판단했기 때문에, 나 역시 손님의 의무를 다해 논쟁까지 밀고 가는 일은 피했다. 우린 작별 인사를 했고 섭섭한 마음은 전혀 없었다. 제기랄, 왜 아흐메트는 나더러 자기 형을 만나라고 한 거지?

어쨌든 오늘 아침 마흐무드와 나눈 대화를 떠올리며 자문해보았다. 『천일야화』에 나오는 동양은 어디에 있는 거지? 페르시아의 시인이 노래한 사랑과 포도주의 동양은? 정치는 논쟁이다. 종교는 신념이고 확신이다. 하지만 남성우월주의자에다 여성혐오자인 물라가 제단으로 떠받드는 정치와 종교의 결합은 괴물 같은 기형아를 낳았다.

카라즈를 떠날 무렵 해는 이미 높이 솟아올랐고 찜통더위가 하루 종일 기승을 부릴 것 같았다. 나는 공교롭게도 휴일인 금요일에 테헤란에 도착할 것이다. 모든 가게가 문을 닫을 테고, 만나려 했던 사람과 연락이 닿으려면 어지간히 힘들 것이다. 하지만 장점도 있었다. 어제 그렇게나 북적거리던 차들이 오늘은 듬성듬성할 뿐이었다. 오전 열 시경, 작은 식당에서 식사를 하며 지도를 살폈다. 테헤란에 들어가기 위해서는 두 개의 도로 중 하나를 선택해야 한다. 하나는 동쪽으로, 다른 하나는 남부로 휘어지는데, 둘 다 아자디(자유) 광장으로 연결된다. 어느 쪽을 선택하는 게 좋을지 몰라 고심하고 있는데, 나와 얘기를 나누며 차를 마시던 쾌활한 남자가 하나를 권했다. "남쪽 도로."

남쪽 도로는 을씨년스러웠다. 물론 그 남자는 걷는 사람의 처지를 고려해서 권한 게 아니었다. 나는 고속도로나 마찬가지인 길을 걸었지만 풍경은 다른 대도시 외곽의 모습이나 마찬가지였다. 테헤란 인구가 1,300만이니 놀랄 일도 아니었다. 어쩌다 지나가는 차만 보였다. 회색 벽, 자동차공장, 버스, 알 수 없는 공장과 창고를 따라 걸었다. 오른쪽으로나 왼쪽으로나 벽이 우뚝 서 있었고, 가시철망과 감시탑이 있었다. 그건 수십 킬로미터 길이의 병영이었다.

다리 밑을 지나갈 때 수도를 떠난 자동차가 길가에 멈췄고, 조수석에 앉은 사람이 내게 오라고 손짓을 했다. 나는 이런 호기심에 익숙해 있었고 늘 즐거워했다. 하지만 이 남자는 웃지도 않았고, 오히려 그 반대였다. 그는 내 눈앞으로 코팅된 카드를 내밀며 말했다.

"I am the police, your passport(경찰이다, 여권)."

남자는 민간인 복장에 3일째 면도도 하지 않은 듯한 얼굴이었다. 살진 편이고 머리가 벗겨졌고 키가 작고 단정하지 못했다. 나이는 오십 대쯤 돼보였다. 그는 의자에 앉았다기보다 잠을 잔 듯하고, 입에서는 역겨운 냄새가 났다. 하지만 그가 내 여권을 보고 싶어 했으므로 그에게 여권을 내밀었다. 나는 그의 신분증에 뭐라고 써 있는지 읽을 수가 없었다. 페르시아어를 모르기도 했지만, 주머니에 있는 안경을 애서 꺼내지도 않았다. 그는 여권을 돌려주며 여전히 공격적인 어투로 물었다.

"총이나 아편이나 헤로인 있소?"

난 웃으며 말했다.

"아뇨, 물론 없습니다. 무기도 없고 마약도 없어요."

"어디 봅시다, 어디. 가까이 와서 주머니에 있는 거 다 꺼내시오."

그가 차에서 내리지도 않고 이런 걸 요구하는 게 이상하다고 생각했다. 하지만 어쨌든 이것이 이란 경찰의 관행일지도 몰랐다. 그는 내가 물건을 다 꺼내기도 전에 주머니를 더듬거리며 물었다.

"이건 뭐요? 그리고 이건? 어디 봅시다, 어디……."

"그건 여행지도, 그건 페르시아어를 적은 쪽지, 그건 GPS, 그건 안경, 그건 선글라스요."

그가 공격적으로 나오자 나도 공격적이 되었다. 주머니를 털어보이기는 했지만 그건 마지못해서였다. 감출 건 하나도 없었다. 그렇지만 날 경찰서로 데리고 갈 구실을 줄 필요는 없었다. 경찰서에서 일어나는 일에 대해 귀가 닳도록 들었으니까.

이번에는 배낭을 보자고 했다.

"여기 있으니까 와서 뒤져봐요, 감출 건 하나도 없어요."

"이리 가져오시오."

이번은 좀 심했다. 나는 이곳이 이란을 거쳐가는 마약 루트로, 마약 밀매상이나 마약 상용자들이 자주 이용하는 장소라는 걸 알고 있었다. 그래서 여기 경찰이 다른 데보다 더 까다로운 것이라고 이해를 했다. 그리고 알라의 천국과 경쟁해, 인공적으로 만들 수 있는 천국을 제공할 수 있는 모든 것을 몰아내는 데 물라가 강력한 의지를 가지고 있음을 알고 있었다. 하지만 이 남자의 무례함과 명령조의 말은 참기 힘들었다. 내 정신상태는 멀쩡하고, 비자는 적법하며, 금지 물품을 갖고 있지도 않았다. 배낭은 차에서 2미터 거리에 내려져 있었고, 그가 보고 싶다면 엉덩이만 움직이면 됐다. 그는 한 마디도 하지 않고 나를 쳐다보았다. 그래서 배낭 쪽으로 되돌아간 나는 악의가 없음을 보여주기 위해 가방을 열기 시작했다.

"여기 있으니 마음껏 뒤져봐요."

"이리 가져오시오."

"아뇨, 그게 쉽지가 않아요. 이리로 와요, 가방을 보는 건 좋은데……"

그때 남자가 몸을 앞으로 숙여 휴대품을 넣는 상자에서 권총을 꺼내 손목을 돌리며 천천히 흔들었다. 그는 음절을 똑똑 끊으며 다시 말했다.

"이리로 가져오라니까!"

그는 총으로 차 문 옆의 땅을 가리켰다. 이번에는 겁이 났다. 이 남자는 미쳤다. 눈앞에 갑자기 폭력장면이 펼쳐졌다. '신에 미친 놈들'이라는 말 그대로 미친놈이었다. 이런 놈과 말다툼을 해야 무슨 소용이 있겠는가? 증인도 없고, 지나가는 차는 시속 100킬로미터로 미친듯이 달리고 있으니, 내 운명은 이놈의 손에 달려 있었다. 운전사를 슬쩍 보았는데, 그는 영안실 문처럼 차가운 표정이었다. 괜히 배낭을 안 가져가겠다고 버티다가 이런 짐승 같은 놈의 총에 맞는 일을 초래하고 싶지는 않았다. 하지만 난 화가 나서 배낭을 차 문 옆에 던지다시피 놓았다. 그는 총을 다시 상자에 넣자마자, 배낭 옆 주머니에서 카메라를 꺼내고 지퍼를 열었다 닫았다 했다. 그는 덮개를 열어 그 안에 카메라를 넣고는 다시 닫았다. 나는 여전히 그가 마약을 찾는다고 생각했는데, 더 뒤지지 않는 걸 보고 놀랐다. 그런데 그게 아니었다. 왼손에 카메라를 들더니 오른손으로는 가방을 열기 위해 난폭하게 당기기 시작했다. 지퍼를 다 고장내겠구나, 이 무식한 놈. 그래서 내가 물건을 꺼내려고 했지만, 그가 내 손에서 물건을 낚아채 유심히 살피고는 갓길로 던져버렸다. 난 화가 났다. 이 비열한 뚱땡이의 면상을 날려버리고 싶었다. 하지만 그에겐 총이 있었다……. 내가 말했다.

"행동이 지나치군요."

그는 개의치 않았다. 내 신발, 옷, 구급상자, 샌들이 하나씩 땅으로 떨어졌다. 그는 다시 물었다.

"총이나 아편, 헤로인 없소?"

"아무것도 없어요. 다 봤잖아요."

"달러도 없소?"

나는 대답하지 않았지만, 이번에는 의심이 들었다. 이 작자는 경찰일까, 도둑일까, 아니면 경찰이면서 동시에 도둑일까? 마약이 있는지 의심을 가지는 건, 좋다. 하지만 달러는…….

내가 깨달을 틈도 없이 차가 떠나버렸고, 난 멍한 채 서 있었다. 흩어진 물건을 정리하고, 서둘러 카메라가 있던 주머니를 보았다. 개자식…… 차는 벌써 저 앞으로 달려가고 있었다. "도둑이야!" 난 도둑을 맞았다. 주위를 훑어보았다. 병영의 커다란 벽만이 서 있었고, 저 아래 반대편에는 그놈들이 가던 방향과 정반대로 테헤란을 향해 질주하는 트럭이 보였다. 개자식, 도둑놈, 망할 새끼…… 난 제정신이 아니었다. 그놈이 차 안에서 자기가 훔친 물건을 만족스럽게 쳐다볼 것을 생각하니 더욱 분노가 치밀었다. 아름다운 기계, 나의 신념. 이렇게 하루가 채워졌다. 나 자신에게도 분노가 치밀었다. 어떻게 냉정함을 잃고 그런 일을 당할 수 있을까? 조금 전 일을 다시 생각하며 그의 행동을 분석했다. 그는 오른손으로 내 물건을 마구 다루면서 내가 배낭과 흐트러진 물건에 주의를 기울이는 동안, 왼손으로 카메라를 자기 의자 밑에 감췄던 것이다. 그는 마치 날 어린애처럼 가지고 논 것이다! 잠시 후 더욱 괴로운 생각이 날 짓눌렀다. 카메라를 잃은 건 그런 대로 넘길 수 있어도, 그 안에는 마흔 방 중 한 방만 남은 필름이 들어 있었다. 이 비열한 작자는 내가 지난 2주일 동안 만났던 친구들에게 주기로 약속한 사진을 들고 달아났다. 내 기억이 맞는다면, 첫 사진은 제홀라의 정원에서 열한 명의 자식과 손자 손녀와 함께 찍은 가족사진이었다. 그리고 아흐메트, 할릴에게 약속한 사진도 있고, 아내와 치아를 잃은 작은 노인 모다라시에게 주겠다고 했던 사진도 있었다. 그리고 카즈빈의 멋진 대상 숙소를 찍은 사진도 강탈당하고 말았다. 이건 단순히 물건을 도둑질한 게 아니라, 도보여행을 하며 사람들과 맺었던 관계를 도둑질한 것이다. 이제 친구들에게 사진을 보내주겠다고 했던 약속을 어떻게 지킬 것인가? 나는 물건을 챙기지도 못하고, 먼지 속에 털썩 주저앉고 말았다. 만약 그 작자 옆으로 배낭을 가져가지 않았더라면, 그가 그렇게 카메라를 감쪽같이 가로채지는 못했을 것이다. 내가 알아챘다면 죽도록 얻어맞았겠지만. 몰매를 맞았다면 적어도 후회는 들지 않았을 것이고, 지금 이 순간 목을 죄는 듯한 분노 역시 일지 않았을 것이다.

화를 곱씹느라 더위도 목마름도 느끼지 못했다. 계속 차근차근 문제를 정리하려 애썼다. 어떻게 하지? 신고를 해야 할까? 어디에? 경찰에? 그러자 급료가 형편없어서 달러를 밝히고, 어떤 경우는 혼자 여행하는 사람들을 약탈해도 처벌되지 않는 것이 이곳 경찰이라는 데에 생각이 미쳤다. 그것이 어떻게 현실에서 나타날지 생각해보았다. 그런 종류의 정신 나간 놈들을 또 만나게 될지도 모를 경찰 소굴로 들어가는 건 생각할 수도 없는 일이었다. 하지만 카메라도 없이 어떻게 여행을 계속할 수 있을까? 카메라는 수첩만큼이나 소중한 물건이다. 개자식이 방금 강탈해간 APS 모델로 찍은 사진은 그 위에 날짜와 시간이 기록된다. 무작정 길을 따라가면서 정리하지 못한 여행 기록을 카메라가 대신 해주니 그만큼 더 소중한 물건이었다. 내가 지나온 길에서 만난 사람들을 하나씩 되찾지 않으면, 시간이 흐르면서 잊혀져버릴 것이다. 게다가 손님이 선물을 가져다 줄 거라고 생각하는 나라에서, 사진은 내게 잠자리를 제공해준 사람들에게 감사의 마음을 전하는 방법이다. 그리고 그들이 포즈를 취하면서, 내가 그들의 주소를 적는 걸 보면서 얼마나 기뻐들 했는가? 작년에 아나톨리아 횡단을 마치고 파리로 돌아가서, 나를 환대해준 모든 터키 친구와 쿠르드 친구들에게 120통의 편지와 200장의 사진을 보냈다.

결정을 내렸다. 아이들에게 새 카메라를 빨리 보내달라고 부탁해야지. 테헤란에서 5일간 머무를 예정이니까, 떠나기 전에 소포를 받을 수 있을 것이다. 이란에서는 판매되지 않는 모델이기 때문에 아쉽게도 여기에서 살 수는 없었다.

오호, 이란에서는 팔지 않지? 아까는 이 생각이 떠오르지 않았다. 비행기에서 내린 이후 처음으로 난 고약한 미소를 지었다. 그 고얀 놈이 훔친 카메라로 아무것도 할 수 없을 것이란 생각이 들어서였다. 그의 기쁨은 잠시뿐, 필름을 구할 수도 없고 가지고 있던 필름을 현상할 수도 없다는 걸 알게 될 때면 카메라를 '멋진' 장식물로 선반 위에 놓는 것 외에는 할 일이 없을 것이다. 호텔을 찾으러 가면서, 위로는 되지 않았지만 복수를 한 기분이 들었다.

갑자기 기억이 떠올랐다. 일 년 전 터키에서 6월 16일, 농부 세 명이 문제의 이 카메라를 훔치려고 했다. 그날은 내가 1999년 여정에서 1천 킬로미터를 주파한 날이었다. 운이 좋았는지, 도둑들은 배낭을 낚아채지 못했다. 지금 나는 출발지에서 934킬로미터 정도를 걸었다. 그리고 오늘은 6월 16일이다.

조심해야 할 날짜인 것 같다.

6. 테헤란

테헤란은 계속해서 팽창하는 거대한 도시였다. 25년 만에
세 배나 커졌다. 어디나 공사 중이었다. 이곳은 차를 위한
도시이지 행인을 위한 도시가 아니었다. 아무것도 들어서지
않은 거대한 구역인 매력 없는 무인지대가 도시를 양분했
다. 테헤란은 외양에 신경을 쓰지 않았다. 북쪽은 부르주아,
고급 공무원, 정치인들이 사는 부자 동네. 중앙은 상업지구.
남쪽은 빈민 지역. 예전에 북쪽 지역은 도심과 분리된 구역
으로, 부자들이나 대사들이 여름 별장을 지었던 곳이다. 대
도시가 이 지역을 흡수해버렸다. 산을 등지고 있으면 기후
가 좀 더 온화하다. 6월이 되면 엘부르즈 산맥의 정상이 눈
에 덮인 모습을 즐길 수 있다.

중앙과 남쪽 지역은 불가마다. 북쪽 지역 여자들은 긴
머리가 비치는 스카프를 쓰고 화장을 한다. 남쪽에서는 반드
시 차도르를 써야 한다. 위쪽에서는 서구식으로 사는데, 아래

쪽에서는 물라와 편협한 신앙심을 가진 이들이 지배한다.

아자디 광장 근처의 작은 호텔에 방을 구했다. 사람들은 가족 단위로, 광장 한가운데에 있는 날씬한 건축물을 구경하러 온다. 이 건축물은 페르시아 제국 건설 2500주년을 기념하기 위해 왕정시대에 만들어진 것이다.

이튿날은 카라반 사흐라 여행사를 찾았다. 사장 시루스 에테마디가 친절하게 맞아주었다. 그는 내게 건너편에 있는 호텔에서 머물라고 했다. 그 제안에 마음이 끌렸다. 왜냐하면 여행사에 있는 컴퓨터로 파리에 연락할 수도 있고, 상냥하기 그지없는 두 아가씨 파르니안과 파리나즈가 여행사의 프랑스어권을 담당하고 있어서 다음 여정과 관련된 일을 언제든지 도와줄 수 있었기 때문이다.

세 가지 급한 용무가 있었다. 투르크메니스탄 비자를 받는 것, 사막을 건너기 위해 '노새'를 사는 것, 새 카메라를 구하는 것.

투르크메니스탄 비자를 받는 데는 별다른 문제가 없을 것이다. 출발하기 두 달 전쯤 파리에서 모든 절차를 밟고 왔기 때문이다. 하지만 첫 만남은 실망스러웠다. 영사가 설명하기를, 이란에 들어와서 우즈베키스탄으로 가는 경우는 통과 비자만 받을 수 있는데, 그걸 받으면 이 구소련 땅에서 3일간 머물 수 있다고 한다. 나는 참을성을 가지고 친절하게 투르크메니스탄 영토를 건너려면 약 500킬로미터를 가야 하는데, 그건 경보 선수라 하더라도 3일 안에 도저히 갈 수가 없는 거리라고 대답했다. 끈질긴 협상 끝에 한 달짜리 비자를 받았다. 그러니까 내 서류는 이미 진행이 되어서 테헤란에서 비자를 발급해주도록 결정이 되어 있었던 것이다.

택시가 투르크메니스탄 대사관 건물 앞에 날 내려놓았다. 영사는 거기 없었다. 좀 더 가라고? 좀 더 가니까 척 보기에도 닫혀진, 초인종도 없는 문이 하나 있었다. 난 주위를 돌았다. 여기에 세 번째 왔다는 한 터키인이 '영사'라는 글씨를 가리켰다. 강철 창살이 있는 창문은 무거운 셔터가 내려져 닫혀 있었다. '사무실'은 원칙적으로는 아홉 시에 문을 열게 되어 있지만, 아홉 시 반이 되어도 커튼은 걷히지 않았다. 줄이 늘어섰고, 우리는 무료해서 흘깃거리며 살피기는 했지만 기다리는 게 잘하는 짓인지 확신이 들지 않았다. 드디어 창문이 열렸다. 영사처럼 보이는 남자가 영어로 말했다. 그 사람에게 파리에서 온 내 서류를 받았는지 물었다. 아니, 아무것도 받지 않았다고 한다. 비자 기간은? 한 달. 그리고 난 걸어서 횡단할 계획이라고 말했다.

"우즈베키스탄에 가요? 통행 비자. 3일."

그는 인쇄된 서식을 내밀었다.

"아뇨, 3일짜리 비자를 가지고 우즈베키스탄을 통과해 갈 수는 없으니까……."

그는 인쇄 서식을 다시 집더니 창문을 닫았다. 나는 그 자리에서 여권과 사진을 손에 든 채 꼼짝하지 않았다. 내가 곤혹스럽고 낙담한 표정을 짓고 있었는지, 줄을 서느라 기진맥진해보이는 젊은 남자가 충고를 했다. "3일짜리 비자를 받고, 나중에 연장 신청을 해요. 국경에 가면 말이에요. 여기서 저 사람 잡고 말다툼해봤자 소용없어요. 얻는 게 없다고요."

양식 있어 보이는 영사도 눈앞에 사람을 세워둔 채 창문을 내려버리는데, 국경의 세관원이 연장 신청을 받아들여주리라고 바랄 수는 없었다. 삼십 분을 기다리자 창문이 다시 열렸고, 나는 인쇄 서식을 달라고 했다. 서식은 영어와 키릴 문자로 씌어 있었다. 다시 삼십 분, '창구'의 문이 다시 열리기를 기다렸다가 항목을 채운 서식을 내밀었다. 그는 간단하게 내 여권을 살피더니 거만하게 거부했다. 여권의 첫 네 페이지를 복사해오라고 했다. 여기에 복사기가 있으면 간단한 일일 텐데…… 길고 긴 절차 때문에 기분이 상하기 시작한 내가 맞닥뜨린 건 복사기 앞에 달라붙어 줄을 선 스무 명 남짓한 사람들이었다……. 차례를 기다리다가 가구점 주인을 알게 됐는데, 그는 옆에 있는 가게에서 지루하게 손님을 기다리고 있었다. 그는 차를 마시며, 자기가 근위대 대장이었으며 이슬람 혁명 때문에 실업자가 됐노라고 했다. 그래서 침대와 소파를 파는 가구상이 된 것이다.

"아주 무서운 시기였겠네요."

"무섭다는 말 정도로는 불충분해요. 왕이 아팠으니 어쩌겠어요. 호전성이 부족했어요. 질서를 바로 세우려면 강압적인 사람이 필요했는데 말예요……."

나는 악명을 떨쳤던 비밀경찰 조직 사바크(Savak)가 마음 놓고 휘둘렀던 권력의 남용을 생각하며 치를 떨었다. '강압적인 사람'이 정권을 잡았다면 어땠을까? 이슬람의 경찰은 알라의 보호를 받는다는 이유로 어떤 처벌도 받지 않았기 때문에 대단한 횡포를 부린 것이 사실이다……. 나는 타브리즈에 이어 잔잔과 카즈빈에서 보았던 회색 고발함을 생각했다. 내게 차를 권하는 이 남자는 관록이 있어 보였다. 숨김 없이 솔직한 동시에 약삭빠른 눈은, 그 속에 고문관의 모습이 있음을 보여주었다. 하지만 무엇을 보고 고문관을 구별할 수 있을까?

내가 다시 영사를 만나러 돌아왔을 때, 줄은 훨씬 길어져 있었다. 우연히 맨 꼭대기 창구 위에 걸린 더러운 회색판을 보게 됐다. 거기에는, 다른 사람의 도움으로 알게 된 거지만, '비자과'라는 글씨가 새겨져 있었다. 분명 투르크메니스탄이 독립한 이후 한 번도 닦지 않았을 것이다. 잠깐 무례한 영사 '곰'의 모습이 보였다. 그 곰은 창살 뒤에서 내뱉다시피 말을 하고 있었다. 길에서 꼼짝도 못한 채 비자 신청을 하는 사람들에게 이런 무례한 인간이 보이는 거만함과 경멸감은 다른 데서는 쉽게 볼 수 없는 모습이다. 이 작자가 자기 나라의 권력기관을 대표하는 사람이란 말인가? 투르크메니스탄과 우즈베키스탄의 경찰들이, 구소련의 유산답게 얼마나 끔찍한 일을 일삼았는지 읽은 적이 있다. 관광부—안티 관광부라고 하는 게 더 어울릴 것이다—직원으로 말할 것 같으면, 이들은 여행객들, 특히 혼자서 여행하는 사람들을 거칠게 다루는 것으로 악명이 높다. 국경을 넘으면 매일 이런 곰 같은 놈들과 대면하게 될까? 영사가 달러나 리알화를 받을 때는 주저 없이 낚아채고, 잔돈을 돌려줄 때는 차마 사람들 얼굴에는 던지지 못하고 창구 가장자리에 말 그대로 집어던져버리는 모습을 목격했다. 사람들의 모욕감은 대사관 직원들이 이들에게 보이는 경멸감 속에서 더욱 커졌다. 하지만 비자를 받지 못할 수도 있는데 어떻게 사람들이 반항할 수가 있겠는가? 끝도 없는 기다림 끝에 내 차례가 왔다. 이번에는 필요한 서류가 다 있다는 판결을 받았다. 내 상황을 설명하려 했지만, 곰은 한 마디도 하지 않고 유리창문을 다시 한 번 철컥 닫았다.

그날 저녁, 프랑스 대사관에서 식사를 했다. 대사관이 자리잡은 거리는 노펠로샤토(Nofel Loshato)로, 이것은 노플르샤토(Neauphle-le-Château)의 이란식 표기였다. 파리 서쪽에 있는 작은 마을 노플르샤토는 이맘 호메이니가 망명생활을 했던 곳이다. 많은 이란 사람은 자기들의 지도자를 받아들여준 프랑스에 고마워했고, 내가 받은 따뜻한 환대는 때로 이런 감사함의 표현이었다. 필리프 드 쉬르맹 대사 부부는 어떤 프랑스 남자가 나보다 앞서 실크로드를 지나갔다고 얘기해주었다. 처음 듣는 얘기는 아니었다. 어떤 노인이 얘기했던…… 마르코 폴로를 제외하고. 그의 이름은 필리프 발레리다. 그는 테헤란에서 몇 주 동안 머물러 있어야 했다. 그는 채색된 벽—테헤란에는 이런 벽이 많이 있다—을 사진 찍으려고 했는데, 그곳에 경찰서가 있다는 걸 몰랐던 것이다. 그는 카메라 장비와 여권을 몰수당했고, 되찾을 때까지 대사관 건물에서 생활했다. 하지만 필름은 경찰 수중에 있었다. 그는 계속 걸어서 중국의 카스(카슈가르)까지 여행했다고 한다.

정원에 작은 테이블을 붙여서 만든 저녁식사 자리는 즐거웠다. 프랑스 사람과 프랑스어를 하는 이란 사람이 함께 모여 정겹게 대화를 나누었다. 터번을 두른 사람은 없었지만, 그들은 여전히 이 나라를—지금 이 자리도—'저녁 모임 금지'를 통해서 볼 수 있듯이 엄격하게 통제했다. 이 모임을 주선한 이란 사람 중 하나가 프랑스 친구에게 "경찰이 허가를 내리지 않아서, 예정된 저녁 모임이 취소됐다"는 얘기를 들었다고 했다. 사람들은 "현 체제는 이 세상에서 가장 합법적으로 자기가 원하는 일을 할 수 있는 법적 통제장치를 가지고 있다"고 말했다. 억압의 칼날은 모든 이의 머리 위에 있었다. 하지만 정치체제가 독직瀆職 행위를 하는 조직에게 도움을 주기 때문에 법은 별다른 문제가 되지 않는다. 두툼한 봉투만 마련된다면……. 조금이라도 권력을 가지고 있으면, 그것을 행사하고 현금화시킬 수도 있다. 좀 더 자유주의적인 물라, 하타미의 선거 승리 이후 권력 행사는 권력의 현금화에 자리를 내준 것 같았다. 이 체제는 이웃에게 돈을 뜯는 데 탁월한 능력을 보인다. (앞에서 본 것처럼 '중매쟁이' 물라는, 이런 말을 써도 된다면, 실질적인 매음굴의 주인처럼 행동하면서 자신의 주머니를 채운다.)

하지만 그렇다고 해서 폭력을 단념한 것은 아니다. 만약 물라가 자신의 적을 없애려고 결심만 한다면, 독실한 신앙을 가진 청부살인자를 불러서 적이 저지른 죄를 묵과할 수 없다고 말하기만 하면 된다. 그것이 신이 원하는 것이니까. 알라 앞에서 모든 책임을 지는 것은 물라다. 그렇기 때문에 살인자는 평화로운 마음으로 실행에 옮길 수 있는 것이다. 억압적인 법은, 만약 그런 법이 존재하지 않는다면 그 법을 기꺼이 만들어낸다. 올해 대선 전에 언론법이 표결에 부쳐졌다. 이튿날 그들은 이 법의 이름으로 지나치게 자유롭다고 판단한 열여덟 개 신문사의 발행을 금지하고, 사주와 기자들을 구금했다. 때로는 더 확실하게 암살도 저질렀다. 이렇게 억압이 이루어지고 있으며, 유일한 차이점이 있다면 이러한 권력남용이 여론의 반발을 사고 있다는 것이다. 더 이상 공포가 입을 막지는 못한다.

젊은이들에게 이런 얘기를 들었다. 5년 전, 기습 파티에 60여 명이 모인 적이 있었다. 평균 연령은 열여섯 살이었다. 파티가 시작되자, 경찰이 들이닥쳐 모두 경찰서로 연행해서 밤새도록 조사를 했다. 이튿날 아침, 부모들이 경찰서에 와서 벌금을 지불하고 딸들을 데려갔다. 남자아이들은 30대의 채찍질을 당했다. 채찍으로 행하는 태형 중 경미한 처벌은 타바지리(tabaziri)이고, 가혹한 것은 하드(had)라고 한다. 여기에는 작지만 차이가 존재한다. 채찍으로 때리는 것은 같지만 타바지리 형을 받을 때는, 집행자가 팔꿈치 밑에 코란을 끼운다. 아이들은 말했다. "타바지리 형을 받았어요. 집행인이 내 등을 채찍질하기 시작하더니, 천천히 점점 아래로 내려가며 때렸어요. 다리는 좀 참을 만해서 장딴지에서 끝나길 바라고 있었죠. 그런데 스물세 대까지 다리를 때리더니, 다시 등으로 올라갔어요. 맞은 자국이 일주일 동안 남아 있었어요. 마약을 하다 잡히면 하드 형을 선고받는데 180대를 맞아야 해요. 어떻게 살아남을 수 있는지 모르겠어요. 그렇게 맞고 돌아오면, 그 사람은 한껏 뽐내지요. 그리고 사람들은 박수를 보내요. 우리가 당하고 보니까, 그런 사람들을 보면 영웅 같아요. 5년이나 지났지만, 아직도 어깨뼈에 채찍을 맞는 것 같은 고통이 느껴져요."

대사와 작별을 하면서, 나는 투르크메니스탄 영사와 일이 잘 안 됐다는 얘기를 했다. 대사는 투르크메니스탄의 곰에게 전화를 하겠다는 약속을 했다. 돌다리도 두드려보고 건너라. 나는 파리의 본부에 연락해 파리 주재 투르크메니스탄 영사에게 대사의 약속을 상기시키라고 당부했다. 그리고 이제는, 인샬라!

카메라 배달을 책임진 DHL은 3일 만에야 일에 착수했다. 그동안 나는 짐과 물을 실을 수 있는 작은 수레를 구하려고 여러 수하물 취급소를 뒤지고 다녔다. 하지만 역의 플

랫폼이나 공항의 계류장과 도로 위에서는 멋지게 굴러가겠지만, 사막길에는 그다지 적절하지 않을 작은 바퀴가 달린 여성용밖에 없었다. 찾는 것도 없고, 그것 없이 지낼 생각을 할 수도 없는 경우라면, 스스로 만드는 수밖에 없다. 행동 개시. 바자르에서 어린이 자전거를 한 대 샀는데, 차체는 엉망이었지만 두 바퀴는 쓸 만해보였다. 흔히 선반을 만드는 데 사용하는 구멍이 뚫린 L자형 앵글도 샀다. 거기에 금속용 톱, 줄, 드라이버, 만능 스패너(여기서는 프랑스 스패너라고 한다)와 너트도 샀다. 세 시간 만에 배낭을 실을 수 있는 상자를 만들어서 자전거 바퀴 위에 얹어 볼트로 죄었다. 자전거의 포크 부분은 톱질을 했다. 벨트를 고정시킨 바퀴 축 덕에 빈손으로 걸어다닐 수 있게 될 것이다. 이제 이름을 붙이는 일만 남았다. '미확인 주행 물체 에브니(EVNI, Etrange Véhicule Non Identifié)'…… 그래, 에브니〔미확인 비행물체(UFO)의 프랑스어식 표현 OVNI를 익살스럽게 변형한 것〕라고 부르자.

테헤란의 카라반 사흐라 여행사, 파리의 소피, 통신원에게 미리 연락을 한 엑스플로라토르(Explorator) 여행사의 시빌 드비두르는 최선을 다해 날 도와주었다. 하지만 아무 보람도 없이, 낙타도 낙타 몰이꾼도 구하지 못했다. 내가 만난 모든 사람들이 가슴 위에 손을 얹으며 핑계를 댔다. "신의 어떤 피조물도 이 계절에 사막으로 모험을 떠나지 않을 거예요. 죽으려는 게 아니라면. 이런 욕망은 불경……" 내가 고집을 부리며 "낙타도 안 돼요?"라고 하면, "낙타도 안 되고, 낙타 몰이꾼도 안 돼요. 그 지옥에 들어가려고 하면 미친놈이지!"라고 대답했다. 나는 투르크메니스탄의 카라쿰 (Kara-Kum) 사막에 대한 희망을 뒤로 미루었다. 혹시 비자를 받게 된다면 모를까. 기다리는 동안 친구 아야트가 바자르의 그늘진 곳으로 날 데리고 갔다. 불가마를 앞에 두고 앉아 몸과 영혼이 시원해지기를 바랐다.

시루스 에테마디는 테헤란이 내려다보이는 북쪽의 작은 산 다르반드(Darband)로 등산을 가자고 했다. 우리는 정오쯤에 출발했다. 숨이 막힐 듯한 더위였다. 하지만 산을 오르자 금세 공기는 숨 쉴 만했다. 길은 가파르고, 급류가 계곡 안쪽으로 이어졌다. 겨울에는 추위 때문에, 여름에는 햇볕 때문에 황갈색으로 그을린 풍경이었던 계곡에 호두나무가 환한 초록색을 더해주고 있었다. 해발 2,600미터에 있는 피난처 시르팔라(Shirpala)에서 내려다본 도시의 모습은 웅장했다. 하지만 벌써 저녁 여섯 시여서 다시 내려가야 했다. 시루스는 예순의 나이에 머리도 희끗희끗했지만, 무용수처럼 민첩하고 가볍고 우아한 걸음으로 씩씩하게 걸어 내려갔다. 급류를 따라 형성된, 알록달록한 네온 불빛으로 반짝거리는 수많은 작은 식당에서 사람들이 고기를 구웠다. 우리는 빵집 주인이 준 뜨거운 빵을 허겁지겁 먹으며, 바자르 골목처럼 복잡한 인파를 헤치고 나갔다. 급류의 돌 위에 나무를 놓아 식당으로 이용하는 이곳에 가족들이 자리를 잡고 앉아서, 폭포 소리와 신선한 공기를 만끽하고 있었다.

투르크메니스탄의 곰은 내 지인의 우정 어린 압력에 굴복해서 누그러졌고, 비자가 날 기다리고 있었다. 그가 계속 달라고 요구한 달러를 순순히 내주었다. 하지만 내가 즐거워하는 걸 보면서 심술이 났는지, 그 곰은 비자의 유효 기간이 한 달이라는 걸 강조했다. "정확히 한 달이에요. 하루가 모자라지도, 넘치지도 않는 한달." 그렇게 말하고 나서 그는 창문을 내 앞에서 확 내렸는데, 그래도 난 닫힌 십자형 유리창 너머로 한마디를 날렸다.

"고집불통, 잘 있어라!"

호텔로 날 데려다 준 택시 기사는 캐나다로 망명할 거라고 말했다.

"왜요?"

"한 살짜리 딸이 있어요. 10년 후면 그 아이가 차도르를 해야 해요. 전 이슬람교도고 신앙도 깊지만, 이런 의무에는 화가 치밀어요. 내 딸이 자유롭게 살기를 바라거든요. 딸애가 자유로워진다면 무슨 일이라도 할 거예요."

용감한 남자, 용감한 아버지, 그를 이해하고말고! 세계의 한 귀퉁이에서 늘 성실하게 종교의 이상을 구현했던 수피교에 맞서, 엄격주의에 집착하는 보수주의를 어떻게 참을 수 있겠는가? 비밀을 털어놓은 남자는 이슬람교도고 신앙도 깊지만 자유를 존중한다. 그는 무지와 위선과 권력욕을 보이는 물라의 광신주의를 받아들일 수 없었다. 그러니 그들의 교활한 감시에서 벗어날 수 없다면, 망명을 하는 편이 훨씬 낫다.

엿새가 지났지만, 여전히 파리에서 보낸 소포를 받지 못했다. DHL에 전화했지만 사정을 알고 있는 여직원은 자리에 없었다. 조금 후에도 그녀는 여전히 자리에 없었다. 그리고 다시 조금 후 그녀는 다시 자리를 떴다. 다시 돌아올까요? 한 시간 후에 전화하세요. 한 시간 후, 업무시간이 끝났다. 이튿날은 금요일, 휴일이다. 나는 간신히 화를 참았다. 인내심을 가지자고 스스로를 다독이고, 평온함을 찾기 위해 동양에 온 것임을 되뇌며 분노를 삭였다. 토요일은 전화가 고장이었다……. 날 구해준 건 시장에서 만난 친구 아야트였다. 그가 말했다.

"갑시다."

거기 가서야 알았지만, 카메라는 나흘째 세관에 있었다. 하지만 아무도 그 사실을 내게 알려주지 않았다.

"왜 통관이 안 되는 거지?"

"세관원이 300달러를 내라는데."

"이해가 안 돼. 수입품도 아니고, 배송 물건인데."

DHL도 이해 못하는 상황이었지만, 조금도 신경을 쓰려고 하지 않았다. 내가 알아서 해야지. 아야트는 유익한 충고를 해주었다. 이란에서 전화로 되는 일은 아무것도 없다.

직접 얼굴을 맞대고 말로 해야 한다. 그래.

택시 운전사 모르테자는 우스꽝스런 턱수염을 기른 신중한 청년이었다. 나는 조금 먼 거리를 갈 때는 꼭 그를 호출했다. 모든 운전자가 잠재된 살인자인 이 나라에서 모르테자만은 보행자가 지나갈 수 있게 차를 멈추고 신호등을 사용하고―그것도 아주 적절하게―급해보이는 차량에게 기꺼이 길을 양보했다. 놀라운 일이었다. 우리는 마음이 맞았고, 그는 자기 집에 가서 저녁을 먹자고 했다. 그의 육촌 여동생이기도 한 아내 파리바는 아주 아름답고 젊은 여자였다. 그녀는 우아한 파란 실크 앙상블을 입고 나를 맞이하며 인사를 하려고 손을 내밀었다. 모르테자는 한결같이 부드러운 목소리로 말했다. 그에게 세관이 있는 공항에 같이 가달라고 부탁했다. 그전에 우선 규칙을 정했다. 교통비는 내가 지불한다. 왜냐하면 모르테자가, 우린 친구이기 때문에 이제부터 우리 사이에 돈 얘기는 꺼내지 말자고 했기 때문이다. 나는 기운을 다 빼가며 설득하다가 끝내 협박처럼 으름장을 놓아야 했다. 지나친 친절은 때로 피곤한 법이다……

내가 처음 말을 건 세관원은 책상에 앉아 눈도 들지 않은 채 숫자를 댔다. 300달러.

"이유가 뭐죠?"

"수입세."

"왜 300달러죠? 그건 카메라 값이에요."

"카메라 값이니까요. 세금은 100퍼센트예요."

"난 수입한 거 없어요. 한 달 후면 카메라를 들고 이란을 떠날 거고, 카메라가 다시 들어오게 되더라도 내가 들고 올 거예요."

"증거가 없으니, 돈을 내든지 물건 여기다 둬요."

선의를 가지고 있다는 걸 증명하기 위해 이란 비자 위에 카메라 번호를 적겠다는 제안을 했다. 너무나 멍청한 제안이어서 남자 귀에는 들리는 것 같지도 않았다. DHL 직원은 어쩔 수가 없다며 확실하게 일에서 손을 뗐다. 얘기를 나눈 모든 부하직원도 똑같은 대답으로 우릴 반박했다. 자기들끼리 말을 맞춘 것이라는 생각이 들자, 사기극이라는 상상을 하기가 어렵지 않았다. 나는 마지막 세관원에게 요구했다.

"당신 상관과 말하겠소."

상관은 바빴다. 상관은 세관 사무소가 있는 거대한 창고 중앙에 유리로 된 작은 사무실에 있었는데, 한 무리의 세관원과 친구들에게 둘러싸여 차를 마시고 있었다. 끝도 없는 기다림을 참아냈던 건 천사 같은 모르테자 때문이다. 분쟁에 대한 설명을 들은 상관은 판결을 내렸다.

"70달러."

"왜죠?"

"뭐가 불만입니까, 230달러를 선물하는 건데."

"……하지만 내게 요구하는 70달러의 근거가 없잖아요. 다시 말씀드리지만 난 이 나라를 거쳐가는 사람이에요.

수입하는 게 아니라고요. 그러니까 수입세를 내라고 할 이유가 없어요."

열 번째 남자가 내 말을 막았다. 모르테자는 기품 있고 예의 바르고 침착하고 간략하게 통역했다. 내 요구를 관철시키고 있다고 생각하고 있을 때, 내게 300달러를 내라고 말했던 처음 세관원이 상관에게 끈덕지게 달라붙어 한 푼도 깎아주지 말라고 설득했다.

나는 화가 나서 상관을 똑바로 쳐다보며 다시 말했다.

"단 1달러도, 1달러도 당신한테 줄 수 없어요. 그게 싫다면, 물건 다시 파리로 보내요."

그리고 모르테자에게 말했다.

"더 위에 있는 사람을 만나야겠어. 이 상관의 상관을 보겠다고 해."

내 친구는 말할 때도 운전할 때와 같았다. 차분하고 신중하고 근엄하게, 거의 점잖을 빼며. 그의 방식이 효력이 있었는지, 겨우 십오 분만 기다렸는데 누군가 우리를 다른 건물로 안내했다.

"사무실에 에어컨 시설도 있군요."라고 칭찬했다. 상관의 상관은 장난기 있는 작은 눈을 가진 뚱뚱하고 온화한 사람이었다. 침착한 모르테자는 상황을 요약했다. 남자는 날가리키며 그에게 물었다.

"당신 친구요?"

"네."

그는 주저 없이 말했다.

상관의 상관은 차 한 잔을 권했다. 그는 재미있다는 듯 쳐다보았고, 내가 대답하는 것도 기다리지 않고 우리 앞에 잔 두 개를 놓고 차를 따랐다. 그리고 요점은 다른 데 있다는 듯 느닷없는 말을 했다.

"3천 리알. 경비가 들거든요. 받아들이겠어요?"

3천 리알은 3프랑이다. 우리는 이야기를 나누며 차를 마셨다. 날 쳐다보는 사람에게 다시 만나고 싶은 좋은 친구처럼 보여야 했다.

절차를 밟는 데 다시 한 시간을 기다렸다. 그는 3천 리알을 지불하라며 우리를 아주 먼 곳까지 보냈는데, 가보니 서류가 없었다. 되돌아와야 했다. 그다음 수천 개의 소포가 쌓여 있는 커다란 홀에 흩어진 엄청난 수의 서류와 종이 조각을 뒤졌다. 그리고 인쇄 양식을 채운 뒤 도장을 찍고, 사인을 하고는 다른 인쇄 용지더미로 보냈다. 차도르를 한 할머니가 마침내 우아한 긴 손가락으로 내게 마지막 서류를 주었다. 서류장 맨 위에 있는, 이중으로 된 곳에 서명을 해야 했다. 하지만 직원이 슬쩍 보더니, 맙소사! 이 서류는 다른 소포의 것이라고 했다. 소포를 받는 데 한 세기가 걸렸다. 하지만 이제 끝났다.

이렇게 '잃어버린' 날들이 남은 일정에 부담을 주었다. 정해진 시간에 투르크메니스탄 국경에 도착하려면 이제 떠나야 한다. "하루를 빼지도, 더하지도 않은 한 달." 영사의 말이 위협처럼 울렸다. 카라반 사흐라 여행사 여직원들에게 비자를 펼쳐보이자, 그들이 이런 제안을 했다.

"가이드를 구해서 차로 카비르 사막까지 가지 그러세요? 요즘 이런 기온에 걸어서 가다간 죽을 수도 있어요. 그래도 아주 멋진 곳이긴 해요. 다시 테헤란에 오시게 되면 ……."

"그건 안 돼요. 조금이라도 일정에 문제가 생기면, 비자 기간을 넘기게 돼요."

"그럼 셈난(Semnan)이나 담간(Damghan) 방향의 중간에 내려드리면……. "

코르네유 같은 선택이었다. 꿈에 그리던 사막을 보러 가면서 기쁨을 느끼되, 내 여정에서 200킬로미터를 줄여야 한단 말인가? 도보여행의 아야톨라인 내가, 차에 탄다고? 그건 안 돼! 하지만 잘 생각해보면, 문제의 도로 일부는 지리적으로나 역사적으로 흥미를 끌 만한 것이 없는 일종의 고속도로다. 도시의 거대한 규모를 생각할 때 도시권을 빠져나가려면 배기관이 내뿜는 독가스 속에서 하루나 이틀을 걸어가야 할 것이다. 다른 한편으로 생각해보면, 이스파한과 나마크(Namak) 호숫가에 멋진 대상 숙소가 있다고 했다. 나마크는 7억 평이 넘는 메마른 호수로, 노천의 염전 중 세계 최대 규모에 속하는 곳이다.

내 비자, 내 카메라, 내 에브니. 이제 해결해야 할 문제는 배부른 문제다. 선택을 해야 한다……

7. 사막

오후에 아크바르를 만났다. 이 가이드는 오십 대 남자로, 신중하고 과묵한 데다 겨울 참나무처럼 메마르고 단단했고 친절함과 정직함이 묻어나는 눈을 갖고 있었다. 이튿날 아침, 해가 뜨자 우리는 테헤란 남부의 성스러운 도시 콤을 향해 출발했다. 영국 자동차를 이란에서 조립해서 만든 튼튼한 자동차 파이칸의 지붕 위에 에브니를 올려놓으니, 마치 야영에서 돌아온 고물장수의 차 같았다. 어제 오후 테헤란의 기온은 섭씨 46도였다. 우리가 가는 곳은 훨씬 더울 것이다. 아크바르는 이 지역을 잘 알았지만, 그가 더 잘 아는 건 산이었다. 이란에서 이 사람만큼 산을 많이 오른 사람도 없을 것이다. 약 20년 전에는 안나푸르나 등반길에 오르기도 했는데, 그는 그때의 아픈 기억을 가지고 있었다. 돈이 부족한 그와 동료들은 짐꾼을 고용할 수가 없었다. 그래서 짐꾼 없이 산을 올랐지만, 고생도 심하고 고도도 높아져서 탈진한 탓에 결국 포기할 수밖에 없었다. 아크바르는 동굴학에 도 심취해서, 엘부르즈 산맥에서 발견한 동굴 이론에 대한 논문도 끝낸 상태였다. 우리는 여정을 결정했다. 남쪽에서 카비르 사막을 따라가서 북쪽까지 가로질러 갈 것이다.

우리의 첫 숙박지는 도자기와 양탄자로 유명한 도시 카샨(Kashan)이다(페르시아어로, 도자기는 '카시kashi'다). 테페 시알크(Tépé Sialk)는 흙으로 지어진 요새로, 사람들은 6000 년 전 이곳에 정착해 살았다. 이 지역은 번창했고, 이집트 의 파라오에게 밀을 공급했다. 이제 형태 없는 흙더미가 돼 버린 이 건축물 위에서 나는 작은 도기 조각을 주워 모았다. 프랑스 과학자들이 여기에서 탐사를 벌이다가 이슬람 혁명 이 터지면서 쫓겨났다. 이 조각은 2세기, 10세기, 아니면 20 세기 전의 것일까? 이것도 다른 것들처럼 루브르 박물관이 나 테헤란 박물관에 자리를 차지할 수 있었을까? 몇 킬로 미터를 더 가서, 우리는 '왕의 정원'의 커다란 나무들이 드 리운 그늘 아래서 차를 마셨다. 이곳은 모든 오아시스에 물 을 대는 핀(Fin) 수원水原 덕분에 생긴 것이다. 아바스 1세 치 하에 설계된 이 정원은 마법과 같았다. 물은 도기 속에서 속 삭이다가 나무의 중앙에 있는 짙푸른 모자이크 위로 흘러 갔다. 19세기에 페르시아 사회를 현대화하려고 했던 유명 한 개혁파 재상 미르자 타키 칸(Mirza Taqi Khan)의 목이 잘 린 곳이 바로 이 환희의 정원이다. 늘 예술과 시인이 넘쳤 던 이 나라에서—이는 서구의 작가들을 매혹시켰다. 고비노

〔Joseph-Arthur Gobineau, 1816~1882, 프랑스의 동양학자〕, 잔 디 윌라푸아, 그레이엄 그린〔Graham Greene, 1904~1991, 영국 소설가〕, 피터 플레밍〔Peter Fleming, 1907~1971, 중국 횡단기로 잘 알려진 영국 여행 작가〕이 떠오르고, 그 외에도 여러 작가를 추가할 수 있다―모든 일은 살육을 통해서 이루어졌다.

예를 들어 나시룻딘 샤를 보자. 통이 큰 이 군주는 열두 살 된 자기 아들이 형을 질투했다는 이유로 눈을 뽑게 했다가…… 마음이 누그러져서 아들을 용서했다……. 이 민족의 모순성과 이중성이 바로 이런 데 있다. 이들은 대부분의 시간을 정원에서 장미향을 맡고 비교해보면서, 동이 트면 가족 절반을 암살했다.

우리가 도착한 작은 도시는 죽은 도시 같았다. 도시는 태양의 집중 포화를 받고 있었다. 기온은 족히 섭씨 50도를 웃돌았다. 저녁 여섯 시가 되자 그제야 거리는 활기를 띠기 시작했다. 처음 문을 연 가게에서 케피에를 샀다. 이것은 성기고 흡수력이 아주 좋은 네모난 면 수건인데, 이 케피에로 그늘에 있는데도 쉴 새 없이 흘러내리는 땀을 닦았다. 우리는 카나트를 뚫는 사람, 즉 모가니(moghani) 두 명과 얘기를 나눴다. 이 위험한 직업은 야즈드(Yazd) 출신 남자들의 전유물이었다. 매일 터널에 엎드려서, 그들은 평균 갱도 2미터를 판다. 300미터마다 우물을 뚫는데, 이것은 카나트의 통풍과 배수에 이용된다. 산자락에서 물을 구하는 이런 카나트의 평균 길이는 4킬로미터에서 5킬로미터에 이른다. 40킬로미터에 이르는 카나트도 있는데, 이는 몇 대에 걸친 고된 노동이 있어야 가능하다.

우리는 저녁을 먹고 텐트를 치려고 공원에 자리를 잡았다. 공원에는 커다란 콘크리트 원형 조각이 깔려 있었는데, 소풍 나온 가족들은 그 위에서 재미있는 시간을 보냈다. 별이 총총한 밤이면 초롱 밑에서 남자들의 하얀 셔츠가 여자들의 검은 차도르와 아이들의 알록달록한 옷과 대조를 이룬다. 늘 그렇듯 사람들은 이사를 하다시피 많은 물건을 가져왔다. 살랑거리는 불 위에서 고기가 익어갔고, 주전자에서는 물이 끓었다. 우리는 간단하게 빵과 치즈로 저녁을 먹었는데, 어떤 여자아이가 커다란 대접에 아브구슈트를 담아가지고 왔다. 내가 너무 게걸스럽게 먹었는지, 아이의 아버지가 수프 그릇째 가지고 왔다. 외국 사람이 있다는 소문이 퍼졌고, '지네딘 제이단'이라고 웅성거리는 소리가 들렸다. 부끄러움을 무릅쓰고 온 남자아이가 프랑스는 항상 유로컵 대회에 출전한다고 얘기했다. 차츰 다른 사람들도 다가왔고, 영어를 하는 사람들은 파리와 프랑스와 내 여행에 대해서 물었다. 우리는 금방 호기심에 가득 찬 사람들에게 둘러싸였다. 어떤 남자가 자기 집으로 와달라고 간청했다. 크기로 보나 형태로 보나 물컹한 관처럼 보이는 내 침낭을 가리키면서, 그는 자기 집이 여기보다 나을 거라고 했다. 그럴 수 없는 사정을 설명하며 그를 설득하는 데 십

분이 걸렸다. 나마크 호수에 가려면 새벽 네 시에 출발해야 하기 때문에 빨리 자고 싶다고 얘기했다. 그제야 사람들은 우리 곁을 떠나는 걸 아쉬워하며, 따뜻하게 악수를 나눈 뒤 사라졌다.

그러나 험상궂은 인상의 건장한 남자 네 명이 차도르를 한 여자 하나를 데리고 다가왔다. 싸움을 걸 태세였다. 곧바로 나는 방어 태세를 갖추었다. 여자는 영어를 했고 두 개의 질문을 통역했다. '당신의 종교는 무엇입니까?' '이란 사회를 어떻게 생각하십니까?' 두말할 것도 없이, 슬쩍 덫을 놓으려는 극단적인 보수주의자들이다. 나는 그들의 방문에 감사한다고 말했다. 그리고 덧붙여 아크바르와 나는 지금 몹시 피곤한 데다가 아침에 일찍 일어나야 한다고 말하며 위기를 벗어났다. 오, 그들의 흥미로운 질문이 우리를 얼마나 먼 곳으로 데려갔는가. 그들은 떠났지만, 십 분 뒤 경찰이 닥쳤다. 제복을 입은 경찰 하나, 사복을 입은 경찰 하나, 총을 내보이는 게 너무나 흡족한 듯 보이는 군인 하나. '여권!' 하지만 그들은 무기력하게 사과를 하며 물러나는 수밖에 없었다.

아크바르는 넓은 4인용 텐트 안에서 잠을 잤고, 난 처음 사용하는 침낭에서 잤다. 600그램에, 방수 처리된 침낭에는 천이 코를 덮지 않게 하는 아치형 보호틀과 좁다란 모기장이 붙어 있다. 등 아래서 끔찍한 지열이 느껴졌다. 결국 침낭에서 나와 풀 위에서 밤을 보냈다. 나중에 알았는데, 아

란(Aran)은 이란에서 전갈이 우글거리는 지방이라고 한다
…….

안내인 모크타르는, 자랑스레 과시하고 다니는 은반지
에 박힌 커다란 자수정과 위엄을 주는 불룩한 배 때문에 눈
에 띄었다. 그는 잘나가는 사업가인 동시에 소도시의 모흐
타르(시장)이기도 했다. 그는 커다란 사륜구동차를 몰고 깜
깜한 밤에 마을을 돌며 여기저기에서 인부를 구해 간식거
리를 쥐어주고, 트럭에 태워왔다. 우리는 4인용 조수석에
그의 아들과 함께 앉았다. 나마크 호수 쪽의 모래언덕 사이
로 구불구불하게 이어진 모랫길은 파헤쳐져서 보통 자동차
로는 온전히 지나가지 못할 것 같았다. 여기저기에 돋아난
잎이 뾰족한 풀은 이 거대한 사막에서 낙타떼의 먹이가 되
었다. 이 낙타들은 그 유명한 박트리아(Bactria, 옥수스 강 주
변에 있던 옛 나라) 출신이다. 대상의 짐을 날랐던 그 낙타
들이다. 지금은 털과 고기를 얻기 위해서 기르는데, 그것마
저도 이란 사람들은 좋은 품질로 평가하지 않는다. 낙타는
한 번에 65리터까지 물을 마시고, 한 달 동안 견딜 수 있다
고 하지만, 실제로는 4일이나 5일에 한 번 물을 먹인다고 한
다. 내가 물어보자 모크타르는 자기가 데려온 인부들은 낙
타 몰이꾼이 아니라 만약 사막으로 가자고 하면 난처해할
것이라고 설명했다. 낙타떼의 느릿한 걸음에 맞추어 조용히
카비르 사막을 건너려 했던 나의 꿈이여, 당분간 안녕.

차는 옆으로 미끄러져 게걸음을 치며 출발하더니 모래를 튀기면서 전진했다. 흔들리는 차 속에 시달려서 마렌자브(Marendjab)에 도착했을 때는 녹초가 됐다. 현실 속의 장소 같지 않았다. 나마크 호수가 끝없이 펼쳐져 있었다. 몇 세기 동안 말라버린 호수는 금이 간 넓은 소금 벌판이 돼 있었다. 이 뿌연 거울 끝에, 아바스 시대의 대상 숙소 하나가 빨간 벽돌로 된 벽을 당당하게 자랑하고 있었다. 모크타르의 얘기로는, 이 오래된 건물을 호텔로 만들기 위해 개축작업을 시작했다. 그런데 물라가 중지 명령을 내려서 작업장은 황폐하게 버려졌다. 계획으로만 남겨진 모든 것들이 증발돼버린 유예 시간 같은 인상을 주었다. 풍화된 벽돌, 먼지 속에서 잠자는 빵 굽는 화덕, 흙손을 기다리는 짓다 만 벽들…… 이곳을 점령한 자고새떼가 놀라 날아오르자 모든 것들이 깨어났다. 물속에 잠긴 대나무 밑동이 바람에 바삭거리는 종이 소리를 냈다. 정적과 평온함이 감도는 이곳은 카스피해를 향해 이스파한에서 올라온 대상들에게 편안한 휴식처가 됐을 것이다. 우리는 카나트에서 흘러나오는 물을 모으는 저수지 근처에 있는 오래된 나무가 드리운 시원한 그늘 아래에서, 조용히 식사를 했다. 나는 아크바르가 했던 말을 다시 생각했다. 이 소금기 있는 사막에서 살아남은 서너 쌍의 표범은 북쪽으로 20킬로미터 지점에, 사람 손이 미치지 않는 곳에 살고 있다고 한다.

우리는 다시 트럭을 타고 호수 위를 달렸는데 어디로

도 가지 않는 것 같은 이상한 기분이 들었다. 눈앞으로는 소금만 보였다. 말라버린 호수는 여기저기에 40미터 두께의 껍질을 만들고 있었다. 불도저와 열다섯 대가량의 트럭을 이용해 이 소금을 아란까지 실어나른다고 한다. 봄에는, 일 년 내내 대부분 말라 있던 다섯 개의 하천에 다시 물이 흘러 약 10센티미터 깊이의 수층이 3천 제곱킬로미터의 면적을 뒤덮는다. 그리고 더위가 시작되면 물은 증발해버린다. 햇볕 때문에 산화된 상층은 밤색을 띠고 있었다. 이처럼 완벽한 수평상태를 이루는 소금판 위를, 모크타르가 시속 100킬로미터로 트럭을 몰았다. 그 반향 때문에 지평선은 하얀 솜과 같은 판 속으로 사라져버렸다. 드디어 어떤 물체가 나타났다. 그건 전쟁 중에 격파된 이라크 비행기의 모터였다. 소금은 고철을 먹어버렸고, 사람들은 날개와 동체를 비롯해 쓸 만한 것들은 모두 가져갔다. 이라크 군이 미라주〔Mirage, 프랑스 전투기〕를 사용했다는 얘기를 예전에 들었던 것 같다. 하지만 그 얘기는 꺼내지 않았다. 잠시 후 소금층 위로 고작 1미터 높이로 솟은 작은 구릉 위에서 모크타르 회사의 식당, 숙소, 수리실, 사무실로 사용되는 건물이 나타났다.

우리는 닭고기와 두그(dough)를 뿌린 쌀을 먹었는데, 탈지우유 같은 두그는 터키에서는 아이란이라고 한다. 사람들은 내가 술을 먹는지 무척이나 궁금해했다. 그러는 그들은 술을 마셔보았을까? 여기 있는 여덟 사람 중에 술을 안 마셔본 사람은 한 사람뿐이었다. 더위에 지친 우리가 담요를 덮는 둥 마는 둥 하고는 잠들려는 때에 누군가 오늘 오후 두 시에 호숫가 그늘 온도가 섭씨 55도까지 올라갔다고 말했다.

저녁에 우리는 나탄즈(Natanz)에 텐트를 쳤다. 나는 전갈이 신경 쓰여 아크바르에게 그의 텐트를 같이 쓰게 해달라고 부탁했다.

도시 나인(Naein)에 있는 흙으로 된 요새 나렌즈 할레(Narenj Khaleh)는 붕괴돼 있었다. 방금 화덕 속에 넣었다 꺼낸 얼음으로 된 성을 상상해보면 된다. 바자르를 포함한 이웃의 대상 숙소는 문이 닫혀 있었다. 아크바르는 날더러 이 지방에만 있는 아브 안바르(âb anbâr)를 찾아보라고 했다. 이곳의 지표수에는 항상 소금기가 있기 때문에, 이곳 사람들의 생활은 봄에 내리는 비의 양에 달려 있다. 비가 내리는 즉시 사막이 흡수해버리기 때문에 빗물을 보관하기 위해서 사람들은 땅 밑에 저수지를 만들어서 빗물을 모을 수 있게 만들었다. 우리는 마숨 하비라고 하는 사람이 수주해서 만들고 있는 저수지를 방문했다. 지하 18미터까지 내려가는 벽돌로 만든 둥근 저수지는 둘레가 15미터나 된다. 긴 계단(65단)은 우물 밑까지 내려갔다. 식수 전용으로 보관된 물을 나르는 굵은 구리 수도관이 희미한 빛 속에서 반짝거렸다. 물은 아주 시원했고, 차가울 정도였다. 아브 안바르에 작은 탑이 올라와 있었고, 옹기로 된 기와를 두껍게 얹은 지붕이 탑을 덮고 있었다. 좀 더 북쪽으로 올라가니 여기처럼 시멘트로 만들어진 저수지가 있었는데, 저수지의 벽은 훨씬 두꺼웠다. 이 저수지를 야크 안바르(yakh anbâr)라고 부르기 전 시대에는 이 냉동고에 겨울이 올 때마다 얼음을 보관했는데, 이 얼음은 한여름이 될 때까지 그대로 보존됐다.

더위가 기승을 부렸는데, 아크바르는 제하남(Jehanam, 지옥) 같다고 표현했다. 이 위도에서 온도계는 절대 영하로 내려가지 않지만, 북쪽으로 25킬로미터 떨어진 곳에서는 가끔 얼음이 얼고, 밤에는 살을 엘 듯 춥다고 한다. 그러다가도 한겨울 정오의 기온이 섭씨 40도에서 45도에 달한다고 한다. 우리가 지나치기로 한 아나라크(Anarak)의 오아시스에는 종려나무와 대추야자가 있어서, 그림책에서 보았던 것처럼 푸르고 매혹적이고 안락해보였다. 아크바르는 여기가 광산 중의 광산이라고 했다. 땅속에 철, 금, 구리, 아연, 안티몬, 코발트 등이 묻혀 있다고 한다.

우리는 다음 오아시스가 있는 슈파난(Chupanan)에서 민박을 하기로 결정했다. 여기에도 종려나무가 많았다. 마수드가 우리에게 잠자리를 제공했다. 양탄자를 도안하는 마수드는 바닥과 벽, 타일로 댄 둥근 지붕으로 꾸민 예쁜 집을 놀랍도록 단순하면서도 화려한 자신의 작품으로 장식했다. 아크바르가 말했다. "이 지붕은 지진이 날 경우 아주 위험해요, 안전을 생각한다면 통나무와 벽토로 만든 지붕만 한 건 아무것도 없지요. 이게 부서지면 끝장이에요. 이게 떨어지면 머리가 깨져요." 아크바르는 실용적인 사람이어서 마수드 집의 간소한 조화로움과 훌륭한 취향을 이해하지 못했다.

우리가 도착했다는 소문이 늦은 시간인데도 마을에 퍼졌다. 식사를 마칠 무렵, 방문객 네 사람이 자기 소개를 했다. 두 사람은 공증인, 한 사람은 듬성듬성한 수염을 기른 젊은 물라, 또 한 사람은 페르시아 문학을 가르친다는 갈까마귀 눈을 한 껑다리였다. 우리는 차를 마셨고, 사람들은 내 얘기를 해달라고 졸랐다.

물라가 물었다.

"종교가 뭡니까?"

그럴 줄 알았다.

"가톨릭."

"로제 가로디를 어떻게 생각합니까?"

또 그럴 줄 알았다. 나는 마흐무드에게 설명했던 그대로 반복했지만, 아무도 설득되지 않았다. 그럴 것이라고 생각했다.

이번에는 영민한 교수가 말을 꺼냈다. 나는 아크바르가 통역해주기를 기다렸지만 헛수고였다.

"무슨 일이지?"

"교수님이 영어로 말했어요."

목소리가 작은 데다 어찌나 악센트가 심한지 페르시아어로 말하는 줄 알았다. 그가 다시 말했다. 이번에는 조금 크게, 좀 더 알아들을 수 있게 말을 했다.

"천국에 가고 싶어요?"

"네, 그럼요. 모두 가고 싶어하잖아요."

"그러면 이 기도문을 하루에도 여러 번 외워야 해요. 'Allah ho ma sallé Allah Mohammad va âllé Allah Mohammad.' 이걸 반복해서 외우면 아무 문제도 없고 건강하고 절대 아프지 않고 모든 소원이 이루어질 거예요."

"하지만 난 아무 문제 없어요. 그리고 이건 이슬람 기도인데, 난 가톨릭 신자이고 우리도 기도문이 있어요."

"문제가 생길 거예요. 하지만 이걸 자주 외우면……."

그는 다시 그 기도문을 외웠고, 다른 사람들도 그와 함께 웅얼거렸다. 이 네 명의 괴짜가 여기에 온 목적은 속전속결로 날 이슬람교로 개종시키기 위한 것이라는 생각이 들었다. 증거 하나, 영어를 하나도 못하는 나머지 사람들이 갈까마귀 눈이 나한테 하는 말을 완벽하게 알고 있었다. 꽤 부담스러운 공격이었다. 그는 거의 최면상태에서 말하면서 내가 굴복당했는지 눈으로 살폈다.

"날 따라해요. Allah ho ma sallé……."

나는 갑자기 가톨릭에 열렬한 매력을 느꼈다. 물라는 침묵 속에서 날 뚫어져라 쳐다봤다. 세상에, 그는 내가 알라를 찬양하며 먼지 속에 코를 박고 엎드리기를 기다리고 있었다! 우스꽝스러웠지만, 거북한 느낌도 들었다. 손님을 맞은 주인으로서 감히 그들을 내쫓을 수는 없었지만, 그렇다고 나를 완벽한 얼간이로 취급하는 걸 호락호락 받아들일 수도 없었다. 무엇이든지 따라하는 건 생각할 수도 없는 일이다. 내가 최소한 종교적인 호의를 가진다 해도, 터무니없이 이런 헛소리로 날 개종시키려는 광신도의 눈을 가진 이 남자는 오히려 나를 그들의 종교에서 멀어지게 할 뿐이다. 광대의 진짜 연설이 시작되었다. "당신에게 천국을 주겠소. 100프랑도 아니고, 50도 아니고, 20도 10도 아닌, 9프랑 95상팀."

아크바르는 깜짝 놀란 얼굴이다. 교수는 다시 마법의 주문을 읊었다. 그의 입술과 머리를 열심히 움직여 주문을 내뱉었다. 치밀하게 조직된 공격은 끝날 줄 모르고 이어졌다. 우리를 구한 건 내 가이드였다. 그가 목소리를 높였다. "이 사람도 생각을 해볼 테니까, 기다리는 동안 좀 자야겠소. 너무 피곤해요." 그리고 그는 내가 여기에, 이란에서는 성스러운 사람인 손님으로 온 것이라는 점을 상기시켰다. 물라가 먼저 일어나자 나머지도 따라서 일어났다. 광신도는 최면상태에서 깨어난 것 같았다. 그러더니 괴상한 행동을 했다. 주머니에서 5천 리알짜리 지폐를 꺼내더니 그걸 내게 내밀었다. 말 그대로 자기 행동에 대한 대가를 치르려는 것일까? 5천 리알이면 공짜나 다름없다. 나도 그 인간만큼이나 고집스럽다는 걸 보여주었다. 이번에는 내가 1만 리알 지폐 다발을 꺼내서 그에게 내밀었다. 그는 거만한 미소를 거두더니 자기 돈을 도로 집어넣었다.

그들이 떠나려 할 때 물라에게 그의 목소리만큼이나

말랑말랑한 목소리로 물었다. "테헤란에서 내 카메라를 훔쳐간 경찰은 착한 이슬람교도인가요?" 그는 질문의 뜻을 이해하지 못했다. 아마 아크바르가 설전을 끝내야 한다고 생각해서 자기 나름대로 통역을 했으리라……

마침내 나는 논쟁에 재미를 느꼈다. 국경을 넘은 이후 광신도들로 우글거릴 거라고 기대했지만, 아직까지 이런 광신도는 만나본 적이 없다. 그들이 음험하고 교활하고 위험하다고 상상했다. 분명 그들이 무리지어 다닐 때는 그러했지만, 대개는 조잡하고 아무 의미도 없는 전략을 가지고 덤벼드는 둔하고 멍청한 인간들이었다. 1세기 전이었다면, 그저 내게 이슬람교도로 살든가 기독교도로 죽으라고 했을 것이다. 프랑스의 가톨릭이 카타리파〔Cathari, 12~13세기 서유럽에서 번성한 그리스 이단종파〕에게 그랬던 것처럼. 물론 약 13세기 전부터 투쟁해온 유대교와 조로아스터교—혹은 마즈다 예배교—에게 물라가 무의미한 존재일 수는 없었다. 하지만 사산 왕조〔Sasanian dynasty, 3~7세기의 이란 왕조〕시대에 공식 종교였던 조로아스터교는 소수 종교인을 박해하지 않았다. 조로아스터교 신도 3만 명은 야즈드에 영원의 불을 보존하면서 존속해왔다. 아제르바이잔의 바쿠 사원에서도 3000년 전부터 봉화가 타오르고 있다. 나탄즈에서 우리는 바위산 위에 세워진 조로아스터교 사원을 보았는데, 불이 살아 있을 때는 멀리에서도 잘 보였다. 기독교도가 알고 있는 사제는 적어도 세 명, 즉 구유에 누워 있는 예수에게 선물을 가져온 동방박사 세 사람이다.

잘 모르겠지만, 나는 이란 편이기도 하고 반대편이기도 하다. 특히 이란 사람에 대해서 그러하다. 그들은 거짓말을 하거나 질문에 빗나간 대답을 하거나 감쪽같이 이웃의 물건을 훔치는 기술이 뛰어난 동시에, 항상 도움이 필요한 여행객에게 손을 내밀면서도 지나가는 여행객과 친교를 맺는 소박한 기쁨은 누리지 못한다.

아침에 식료품점 상인이 러시아제 오토바이 이즈에 날 태우고는 마을 꼭대기까지 올라갔는데, 놀라운 전망을 볼 수 있었다. 처음에는 납작한 집들의 지붕이 보였는데, 산들거리는 푸른 종려나무가 심긴 계곡 구석구석까지 테라스가 펼쳐져 있었다. 하늘을 향해 치켜든 주먹처럼 세 면으로 된 굴뚝과 같은 통기용 탑 바드기르(bâd ghir)의 오목한 일부분이 북쪽을 향해 있고, 거기로 탁월풍[어느 지역에서 어떤 시기나 계절에 따라 특정 방향에서 가장 자주 부는 바람. 무역풍, 계절풍 따위]이 들어온다. 바드 기르는 미풍을 가둬서 바람을 집 안까지 보내고, 습기를 가진 종려나무 잎 아래쪽으로 관통한다. 이처럼 놀랄 만한 장치는 배의 통풍관과 에어컨의 원조라고 할 수 있다. 특히 아브 안바르, 야크 안바르, 바드 기르에서 보듯, 이렇게 혹독한 기후를 견디고 살 수 있는 방법을 발견한 인간의 재능이 놀랍지 않은가.

우리는 내려오자마자 밭을 향해 출발했다. 러시아제

오토바이가 작은 당나귀를 대체했지만, 예전에 당나귀 등에 걸터앉아 화려한 색의 양탄자로 만든 넓은 주머니를 달았던 전통을 계승해, 오토바이에 가죽 케이스를 달고 있었다. 과거에 당나귀가 그랬던 것처럼 오토바이는 놀라운 것들을 실어나른다. 때로는 온 가족을 태우기도 하는데, 여자들과 아이들은 서로 꼭 붙들고 탄다. 다섯 명을 싣고 가는 오토바이를 본 적이 있는데, 거기에 탄 여자는 차도로도 잡아야 하고 아이도 붙잡아야 해서 무척이나 분주해보였다.

우리는 다시 사막을 향해 북쪽으로 출발했다. 아크바르가 자동차에 설치한 장치를 보여주었다. 이 차는 테헤란에서 가스로 운행되던 차였다. 도시 오염을 퇴치하기 위해 이란 정부는 휘발유와 가스 모두 사용할 수 있는 자동차를 장려했다. 운전자들은 매 분기당 연료값으로 50프랑을 쓰지만, 가스는 휘발유를 가득 채운 양의 몇 배가 되더라도 거의 한 푼도 물지 않는다. 연료값이 무료라고 해도 과언은 아니다. 이는 최대 석유 수출량을 보유한 나라의 영리한 정책인 동시에, 테헤란에 필요한 정책이다. 테헤란의 엄청난 교통량은 한도를 초과한 매연을 내뿜는다.

사막이 시작되기 전 마지막 마을 잔다크(Jandak)의 찻집에서 만난 메흐디는 우리를 자기 집에 데리고 가서 베틀을 보여주며 자랑을 했다. 그는 아내, 아이들과 차례로 베틀에 앉아 일을 했다. 수직으로 된 받침대 다르 위에는 씨실 셸레가 촘촘히 설치되어 있고, 그 위로 가족들이 날랜 손놀림으로 직물을 짜는데, 열을 만들 때마다 빗처럼 생긴 망치 같은 다프틴으로 눌러준다. 지금 직조 중인 양탄자는 가로 길이가 1.4미터이고, 세로 길이가 2.2미터짜리다. 하루에 열 시간씩 일하면, 6개월 후에 완성된다고 한다. 기본 재료비는 2천 프랑 정도가 드는데, 완성된 양탄자는 6천 프랑에 판다. 이 동네에는 집집마다 이런 베틀이 적어도 하나씩 있다고 한다.

마침내 카비르 사막 지대에 가까이 왔다. 메흐디가 말했다. "최근 몇 년 동안 여러 사람이 사막에서 사라졌어요." 완벽한 사각형의 도로는 순식간에 끝없는 평원 속으로 빠져들었다. 너무 멀어서 경계를 구분할 수 없었다. 도로의 각 면에는 붉은색과 회색을 띤, 먼지처럼 미세한 모래가 부는 바람에 날렸다. 안개 같은 것이 아스팔트에 끼었지만 그 위에 머물러 있지는 않았다. 손에 잡히지 않는 이 안개는 땅을 어둡게 만들어서 형체도 없고 솜처럼 부드럽게 보이게 했다. 모래언덕도, 구릉도, 풀 한 포기도, 눈을 고정시킬 바위 하나 없었다. 바로 카비르 사막의 중심에 온 것이다. 지표가 없었기 때문에 우리가 진짜 사막에 들어와 있다는 느낌을 가질 수 있었는데, 아크바르의 원기왕성한 차는 시속 140킬로미터로 내달렸다. 가끔 바람이 원을 그리며 만드는 작은 모래폭풍이 비틀거리면서 형체 없는 탑을 만들며 흩어졌고, 뜨거운 공기 속으로 사라졌다. 나는 바람의 이런 움직임과 안개가 낀 죽은 듯한 장관에 홀린 동시에 공포를 느꼈다. 우리는 침묵했다. 이런 풍경 앞에서 무슨 말을 할 수 있겠는가?

차를 타고 달린 지 두 시간, 황갈색의 벽 같은 것이 갑자기 지평선 위에 나타났고, 우린 빠른 속도로 지평선 쪽으로 접근해갔다. 도로가 붉은 흙 언덕 사이로 헤집고 이어졌다. 아크바르는 다른 이란 사람들처럼 맹렬한 스피드로 차를 몰았다. 자신을 알라에게 맡기고 길을 헤쳐나가기 위해, 이 세상에 자기만 살고 있다는 듯 급커브를 하면서, 가끔 언덕길을 추월해갔다. 사람들의 충고가 다시 생각났다. 위험한 나라에 가는 거니까 몸조심해. 나는 소심한 사람처럼 보이지 않으려고, 이란 사람들처럼 안전 벨트를 매지 않았다. 여기에선 필요도 없는 안전 벨트를 차에 장착하느라 왜 자동차회사가 시간을 허비하는지 그 이유를 모르겠다. 분명 내 여정 중에서 가장 목숨을 걸었던 곳은 바로 여기였다.

정상적으로는 모알레만(Mo'al Leman)에서 서쪽으로 비스듬히 들어가야 셈난에 닿는다. 하지만 군대가 셈난으로 이어지는 유일한 길을 막았다. 그래서 우리는 북쪽으로 방향을 돌려 담간으로 향했다. 내 신발이 닳을까봐 걱정을 하는 아크바르는 셈난 말고 여기에서 다시 출발하라고 설득했다. 그렇게 하면 120킬로미터 정도는 단축할 수 있다. 하지만 안 되지. 난 이미 정상 여정에서 200킬로미터를 '잘라먹은' 것에 양심의 가책을 충분히 느끼고 있었다. 아! 비자만 아니었다면······.

셈난의 작은 호텔에서 방을 구했는데, 호텔 주인은 내가 외국 사람이라 특별히 도로에다 샤워 시설을 마련해주었다.

6월 29일, 셈난, 934킬로미터

아침 여덟 시, 태양이 벌써 쨍쨍 내리쬐고 있을 때 아크바르와 작별했다. 그는 내가 에브니 만드는 걸 도와주었고, 그 결과 배낭과 물통 등 총 25킬로미터 가량의 짐을 실을 수 있게 됐다. 에브니는 조금 구부러지고 건들거리는 작은 노새였지만 위풍당당해 보인다. 그리고 나는 손가락 하나로도 배낭을 '들 수 있는' 행복감을 느꼈다. 이제부터는 실크로드의 상인들, 낙타 옆에서 걸어다녔던 그들과 마찬가지로, 짐을 하나도 들지 않은 채 다닐 수 있게 됐다. 내가 선택한—실은 카메라 때문에 그럴 수밖에 없었던—휴식 때문에 몸이 조금 둔해져 있었다. 그리고 지금 이 길은 '원상태로 다리 만들기'를 하는 데 도움이 되지 않았다. 도시의 출구에서 시작해 끝날 줄 모르고 계속 오르막길로 이어지는 언덕이었던 것이다.

에브니를 연결한 허리띠를 묶고 출발했지만, 걸음을 내딛을 때마다 에브니가 미친듯이 움직이고, 손잡이가 허리를 파고들어서 바로 풀어야 했다. 그뿐만이 아니었다. 쉴 새 없이 에브니에서 물통을 꺼내서 물을 마시고, 다시 제자리에 넣은 뒤 출발해야 했다. 너무 번거로웠다. 물통마다 멜빵을 달아서 그중 하나를 어깨에 둘렀다. 이 때문에 물이 더 뜨거워졌다. 특히 고무줄이 등에 닿으면서 엄청나게 땀이 났다. 하지만 목이 마를 때마다 물을 마실 수 있었기 때문에 어쩔 수 없었다.

오후 한 시. 슈파난의 광신도가 말한 마법의 문장을 외우지 않아도 생활 속의 기적처럼 나타난 식당 하나가 내게 그늘과 음식을 제공해주었다. 지배인은 아프가니스탄 사람으로, 이란 사람들에게 추방되지 않을까 하는 공포 속에서 살고 있었다. 이란 사람들은 내전을 피해 피난민 행렬이 밀려들 것으로 예상해, 차에 탄 사람들을 통째로 국경으로 추방했다. 아프가니스탄에서 교수였던 마흐마드는 과거에 일어났던 일들을 떠올리며 눈물을 글썽거렸다. "아자디, 니스트(자유라곤 없었어요)." 그가 멋진 침대에 의자 여덟 개, 담요가 있는 옆방을 내주었다. 더위와 아침 등반으로 지친 나는 두 시간 동안 곤하게 잠을 잤고, 근사한 아침도 얻어먹었다.

오늘 아침에 26킬로미터를 걸었는데, 사람들은 앞으로 5킬로미터만 더 걸으면 된다고 했다. 하지만 내 생각에도 그렇고 GPS가 알려준 걸 봐도 15킬로미터는 더 걸어야 할 것 같았다. 첫 고장. 에브니가 나사 하나를 잃어버렸다. 스패너, 드라이버, 펌프, 교체 볼트, 펑크 수선 도구 등도 중요하지만, 지금 내게는 그것들을 나르는 에브니가 가장 중요했다. 어두워졌다. 좁고 물컹물컹한 땅 위를 걸었다. 수레를 끄는 데 큰 힘이 들었다. 40킬로미터대를 넘는 순간 나는 작은 고개를 지나고 있었는데, 발밑으로 내려다보이는 거대한 계곡은 밤에 보니 고개를 감싸안을 듯 더욱 커보였다. 이렇게 완만하고 평평한 경사지 한가운데에 두 개의 큰 물체가 나란히 서 있었다. 멀리서 보니 꼭 두 채의 대상 숙소 같았다. 피로하기도 해서 급하게 경사지를 내려왔다. 세상에, 두 건물 중 하나는 아주 낡은 성채였고, 다른 하나는 상태가 좋은 대상 숙소였는데 묵직한 쇠사슬로 된 커다란 자물쇠로 잠겨 있었다. 오늘도 과거의 대상 숙소에서 못 자게 될 것 같았다. 두 건물 외에는 아후안이라는 이슬람 사원만 있었는데, 그 앞에는 기도시간에 맞춰 신자들을 태우고 온 버스와 트럭이 주차돼 있었고, 안뜰에 갇혀 있는 석조 건물 중앙에 라디오를 방송하는 철탑이 있었다. 좀 뻣뻣하고 머리가 하얗게 센 작은 남자가 다가왔다. 나는 그를 보고 한 가지만 물어보았다. "어디서 먹고 잠을 자죠?" 그는 대답 없이 이슬람 사원에서 줄을 서며 모호하게 동쪽을 가리켰다. 나는 돌 위에 앉아서 기다렸다. 전갈과 동무하며 침낭에서 잠을 자야 하나? 철책으로 둘러싸인 안뜰에는 몰로서스 개 두 마리가 보초를 섰다. 석조 건물이라 헛간에는 빛이라곤 없었고, 그 아래에는 토목공사에 필요한 기구가 가지런히 놓여 있었다.

삼십 분 동안 나는 왜가리처럼 돌 위에 꼼짝하지 않

고 앉아서 엄습해오는 피로에 몸을 맡겼다. 바짝 마른 남자가 이슬람 사원에서 나와 개들이 꼬리를 치며 반기는 안뜰을 거쳐 집으로 들어갔는데, 조금 후에 나오더니 내 쪽으로 왔다. 그의 경계심은 호기심 때문에 와르르 무너졌다. 그의 이름은 발리, 올해 쉰여섯 살로 이곳의 유일한 주민이자 건물의 관리인이었다. 그가 이 커다란 집에서 오늘 날 재워줄까? 그는 망설이더니, 내 여권을 보자고 했다. 여권을 '읽더니'—그는 내가 설명하는 사진만 봤다—긴장을 풀고 차를 마시러 오라고 했다. 그리고 조금씩 서로 알게 되면서 식사를 같이 하자고 하더니 급기야는 침대가 네 개 있는 옆방에서 자도 된다고 했다. 기계는 도로 보수나 눈이 와서 고개의 통행에 지장을 줄 경우 눈을 치우는 데 사용한다고 했다. 발리는 알고 보니 재미있는 사람이었다. 그의 작고 푸른 눈은 아이보리색 수염과 함께 장난꾸러기 같은 매력을 풍겼다.

꼼짝도 않고 잠을 잤다. 아침 일곱 시에 날 깨운 발리는 셈난의 집으로 돌아가야 했고, 조금 있으면 교대시간이었다. 교대가 끝나고 돌아가야 할 발리를 방해하지 않으려면 빨리 짐을 챙겨서 가야 한다. 발리에게 작별 인사를 하며, 막내손자에게 줄 배지를 준 뒤 뒤로 돌아 대상 숙소를 보았다. 무거운 문짝을 조금 열어 안을 살짝 들여다보았다. 마렌자브의 숙소처럼 이곳 역시 보수작업을 시작했다가 혁명 때문에 중단되고 만 흔적이 역력했다. 발리는 이 숙소가 5세기에 만들어졌다고 했지만, 아니다. 이 건물은 전형적인 사파위 시대 양식이기 때문에 17세기 초 아바스 대왕 시기에 만들어졌을 것이다. 하지만 다른 건물의 폐허 위에 세운 것일 수도 있다. 이렇게 외지고 쓸쓸한 장소에 자리 잡은 대상 숙소는 강도의 공격에서 상인과 순례자를 보호하기 위해 적절히 대비해야 했다. 옆에 있는 요새가 증명하듯, 필요할 경우 총을 든 남자들이 대상을 보호했을 것이다. 북쪽에서 온 무시무시한 투르크멘족이 사람과 짐승을 약탈했기 때문에 통치자들은 여행객들의 안전을 보장하기 위해서 강력한 수비대를 두었다. 지방 책임자는 강도를 당한 사람들 때문에 후에 새로운 임무를 맡는 데 지장이 없게 하기 위해 개인 재산으로 보상해야 했고, 체포된 강도는 고문당한 뒤 처형됐다.

다시 길을 떠났다. 앞으로 35킬로미터 안에는 아무것도 없을 것이다. 갈증으로 고통스러웠다. 입에 물을 가득 물고 있어도 목구멍과 입천장이 바짝 마른 느낌이었다. 나는 탈수증에 걸리기 직전이었다. 스텝은 북쪽으로 펼쳐져 엘부르즈 산맥 꼭대기로 이어지는 황갈색의 소실점까지 뻗어 있었다. 산맥의 다른 줄기는 나와 카비르 사막을 가르며 남쪽으로 솟아 있었다. 당나귀가 끄는 수레와 트랙터가 다닐 수 있도록 양쪽에 아스팔트 길이 닦여 있었다. 에브니는 고분고분 날 따라왔고 쉽게 굴러갔다. 배낭의 무게에서 해방된 나는 힘도 안 들이고 시간당 6.2에서 6.3킬로미터의 속도로 걸었다. 적어도 아침에는. 점심시간이 다가오자 햇볕을 피할 수 있는 다리를 찾았다. 도로를 연결하는 다리 밑에서 더위가 한창인 시간에 잠을 잘 수 있었다. 하지만 오늘은 특별한 날이었다. 오늘 아침에 수첩에 적은 걸 보니까, 계산한 대로라면 정오 무렵에 에르주룸의 고속버스에서 내린 후 1천 킬로미터를 통과하게 된다. 다리를 발견한 나는 그 밑에서 빵한 조각을 점심으로 먹었다. 대추야자가 조금 남았는데, 그걸 두 자루로 만들었다. 두 번째 자루는 오늘 저녁에 숙소와 식당을 구하지 못할 경우에 대비해 남겨두었다. 나만의 작은 축제를, 기력을 되찾아주는 낮잠으로 끝낼 것이다. 돌로 만들어진 안식처에서 하늘을 향해 얼굴을 들고 1천 킬로미터대가 바로 여기, 둥근 돌 천장으로 된 하늘 위에 찍혀 있다고 확신했다. 그리고 곤히 잠을 잤다. 이제 두 배만 더 가면 된다고 중얼거리며……

행복한 마음으로 푸른 점을 본 것은 저녁 여섯 시가 조금 넘은 시간이었다. 나무 아래쪽에 식당 같은 것이 보였다. 하지만 잠겨 있었다. 젊은 남자가 와서 문을 조금 열더니, 협상 끝에 내게 과일 주스를 원래 가격의 열 배가 넘는 값에 파는 데 동의했다. 나는 의자에 앉아서 이 액체의 시원한 느낌을 더 잘 맛보기 위해서 한 모금 마실 때마다 입에 오래도록 머금고 있었다. 하지만 갈증이 풀린 듯한 느낌은 적어도 두 시간 후면 사라질 것을 잘 알고 있었다. 오늘 마신 물은 6리터밖에 되지 않았다. 내 몸이 적은 물로도 견딜 만큼 더위에 익숙해진 것일까? 그럴 수 있다.

드디어 식당의 문이 열린 건 운전사 두 명이 그들의 30톤짜리 트럭을 주차장에 세울 때였다. 운전사 중 하나가 나를 카즈빈과 테헤란 사이에서 본 적이 있다며 지금까지 내가 걸어온 긴 여정에 놀라워했다. 우리는 식사를 하면서 얘기를 나누었다. 두 사람 모두 손짓으로 수염과 터번을 그리며 "물라, 골칫덩어리"라며 내게 동조를 보냈다. 그들이 떠난 뒤 내가 계산서를 달라고 하자, 주인은 그 사람들이 내 밥값을 냈다며 오늘 밤 창고에서 지내라고 했다. 나는 콜라 상자와 쌀자루 사이에 담요를 깔고 잤다. 주인이 에브니를 들여놓아주며 도둑맞을지도 모르니 좀 더 조심하라고 말했다. 이런 사막 구석에서도? 안전한 곳을 찾으려면 어디로 가야 할까? 에브니가 어른들에게는 관심과 호기심을, 아이들에게는 욕심을 자극하는 것이 사실이다. 그리고 나와 다른 사람을 잇는 중개자이기도 하다. 사람들은 다가와서 에브니 둘레를 돌며 대부분 엄지손가락으로 타이어를 꾹꾹 누르며 압력을 확인했다. 그러고 나서 내게 어느 나라에서 왔고 어디로 가는지 등을 묻고 내 말문을 막히게 하는 질문을 했는데, 그들 눈에는 중요한 문제일지도 몰랐다. "에브니가 이란 거예요, 프랑스 거예요?"

새벽 다섯 시에 요리사가 기름과 피로 굳어 뻣뻣한 도마 위에 닭고기를 식칼로 내리치며 자르는 소리에 잠이 깼다. 아담한 키의 할아버지 요리사는 수염을 기르고 털모자를 썼는데, 잠을 잘 때도 절대로 벗지 않는 모자는 기름때가

자르르 흘렀다. 이 시간이면 바퀴벌레들이 잠을 자러 가는데, 부엌을 통해 배관망 쪽으로 이동해간다. 그 뒤에서 놈들은 빛을 피해 한나절을 보내다가 밤이 으슥해지면 닭고기를 맛보러 나온다. 조금 전에 본 이 광경을 고려해서 주문을 했다. "달걀 프라이 두 개 잘 익혀주세요."

여섯 시에 해가 언덕 위에서 솟아오르는 걸 보았다. 최대한 일찍 그리고 최대한 늦게 걷고, 가장 더운 오후 한 시에서 네 시 사이에 쉬어야 한다. 그렇지 않으면 소금을 아무리 먹어도 탈수증에 빠질 수 있다. 너무나 뜻밖에도 먹구름이 끼었다. 구름이 태양의 폭력을 누그러뜨리게 될 거라는 사실에 무척이나 기뻤다. 하지만 기쁨도 잠시, 습도가 올라가서 더위는 어제보다 더 참기 힘들었다. 어느 때보다도 많은 땀을 흘렀다. 땀에 젖은 옷이 걷는 리듬에 따라 피부를 문질러 아팠다. 허리, 넓적다리, 엉덩이에 고통이 느껴졌고, 살갗이 예민해졌다.

담간까지는 15킬로미터 남았다. 진흙으로 만든 인상 깊은 모습의 요새가 벌판을 굽어보고 있었다. 땅의 진동과 겨울비에도 이중으로 된 성벽은 여전히 위엄을 자랑했다. 이 벌판은 으스대는 군인들을 보았겠지! 훈족, 아프간족, 오토만족, 몽골족, 투르크멘족이 수도 없이 이 벌판을 짓밟았을 테고, 혼란이 덜한 시기에는 지진이 그 임무를 다했을 것이다. 하지만 이 벌판은 또한 엄청난 수의 대상 무리와 순례자의 무리를 20세기도 더 되는 시간 동안 보아왔다. 고대 헤카톰필로스(Hecatompylos)나 사드다르보세(Sad dar Vo Sé, 100 개의 문이 있는 도시)로 추정되는 도시 담간은 파르티아의 수도인 동시에 실크로드의 주요 거점이었다. 하지만 칭기즈 칸에게 수차례 공격을 당하고 파괴되어 폐허에서 완전히 일어서지 못한 채 지방 도시로 머물고 말았다. 여기에는 장례탑 두 개가 남아 있다. 조로아스터교도가 시체를 전시하기 위해서 사용했던 탑일까? 지금은 사라진 두 가지 관습은, 조로아스터교의 종교의식을 특징짓는다. 이들은 시신을 땅에 묻거나 불에 태우는 것을 금지했는데 땅, 공기, 불을 더럽히지 않기 위해서였다. 그래서 시신을 높은 탑에 놓았는데, 이는 곧바로 독수리의 먹이가 됐다. 다른 관습은, 학자들이 '근친상간 동족결혼'이라고 하는 것이다. 다시 말해 자기 가족 내에서 신부를 취하는 것이다. 담간의 탑 중 하나는 '마흔 명의 처녀'라고 불린다. 아무도 이 이름의 어원에 대해 설명해주지 못했다. 무어족에게 패한 스페인 북쪽 왕국의 기독교도 왕들이 클라비호(Clavijo, ?~1412, 스페인의 외교관)의 승리 때까지 매년 아랍의 승자에게 바쳤던 '100명의 처녀' 이야기가 생각났다.

저녁식사 시간에는 호텔의 커다란 홀에 모인 사람들이 두 편으로 나누어졌다. 한쪽은 이탈리아 축구팀을 응원하는 사람들, 즉 호텔 사장과 손님 둘이었는데, 그중 하나는 동생이 밀라노에 산다고 했다. 다른 쪽은 프랑스를 응원하는 사람, 즉 나 혼자였다. 유로컵 축구 결승전 때문에 거리에 사람의 그림자라고는 보이지 않았다. 며칠 전부터 사람들은 내게 이슬람교도 지네딘 제이단이 있으니까 프랑스 팀이 결승전에 나갈 거라고 했다. 두 경기가 동시에 열렸다. 하나는 텔레비전에서, 하나는 호텔의 홀에서. 시간이 지남에 따라 프랑스 팀은 한 골을 먹었고, 상대팀의 조롱을 받았다. 월드컵 챔피언이 이렇게 맥을 못 출 수가 있느냔 말이다! 아니, 아니다. 사실을 인정해야 한다. 이탈리아 팀이 막강했다. 하지만 주심이 결승전 종료 호루라기를 불어 프랑스 팀의 우승을 알렸을 때, 나는 겸손한 승자의 모습을 보이려고 애를 썼다.

하루 동안 휴식을 가진 것은 승리를 축하하려는 것이 아니라 체력을 보충하기 위해서였다. 또다시 도보여행에 지쳤기 때문이다. 지금 상황을 잘 해결한다면, 먼 거리를 향한 취기가 날 사로잡아 다시 걷고 또 걷도록 만들 것이다. 조금 더 멀리, 더 빠르게 가려는 흥분과 욕망 같은 것이 날 사로잡았다. 내 몸은 세포 하나하나에서 솟아나는 일종의 쾌락, 행복과 함께 앞으로 나아가길 원한다. 나는 이게 무엇인지 안다. 이것이 위험하다는 것도 안다. 어제 허리띠에 새로운 구멍을 만들어 졸라맸다. 아직 가지고 있던 지방 1그램 1그램은 한 가지 목적, 즉 걷는 것에 완전히 몰두한 내 신체기관에 연료로 쓰였다. 이것은 욕구이고 마약이 됐다. 치료약을 쓰지 않는다면, 이런 신체의 도취상태는 날 고갈시켜버릴 것이다. 무슨 일이 있어도 깨지기 쉬운 균형을 유지하고, 억지로라도 멈춰서 모험에 홀린 내 영혼을 제어해야 한다.

'40원주의 이슬람 사원'이라고도 불리는 타리크 하네 (Tarik Khâneh)는 일반인의 출입과 제사가 허용되지 않았다. 하지만 나는 멀리에서라도 8세기 초에 아랍인이 들어오면서 건축된, 이란에서 가장 오래된 사원을 보고 싶었다. 다행히 벽 보수공사를 하고 있던 마음 좋은 남자 둘이 지폐 한 장에 이 이슬람 사원을 구경하게 해주었고, 추가 지폐 두 장에 사원 옆 첨탑의 여든 개나 되는 계단을 올라 카비르 사막의 놀라운 전경을 즐길 수 있게 해주었다.

안뜰 구석에서 작업하던 젊은이들은 건들거리는 듯한 에브니에 막대를 댈 수 있다고 자부했다. 이제 에브니는 완전히 달라졌다. 더욱 튼튼해진 여행의 동반자는 아직도 2천 킬로미터나 남은 사마르칸트까지 횡단할 만반의 준비를 마쳤다. 젊은이들은 절대 돈은 받지 않겠다며, 친절하게도 자기들이 내 긴 여정의 동반자가 된 기분이라고 말해주었다. 그들은 앞으로 명성을 떨치게 될 에브니의 원형을 조금 전에 완성한 기술자라는 데 자부심을 느끼며, 추억의 사진을 찍기 위해 기꺼이 포즈를 취했다. 사실, 에브니는 더욱 희귀하고 더욱 독창적인 존재가 되었다.

8. 메흐디와 모니르의 환대

새벽 다섯 시 반, 호텔을 나왔을 때 담간에 문을 연 식당은 한 군데도 없었다. 외국인을 싫어하는 표정이 역력한 주인이 말했다. "더 멀리 가면 먹을 수 있어요." 그는 좀 더 정확히 말해야 했다. '42킬로미터'라고. 하지만 나는 26킬로미터를 더 걸어가면 나오는 카레아바드(Qareh Abad)에서 먹고 자는 편이 낫겠다는 생각을 하고 출발했다. 허벅지에 경련이 일었다. 어제 이슬람 사원의 첨탑을 오르던 끔찍한 일이 생각났다. 앞에서 불어오는 바람 때문에 걷는 게 힘들었고, 에브니도 더욱 힘차게 끌어야 했다. 이런 불편함은 메만두스트(Mehmandust) 평원을 지나며 사라졌다. 이곳에서 나디르 샤(Nader Shah, 1688~1747, 이란의 왕이며 정복자)는 아프간족을 격퇴하고, 사파위 왕조의 권력을 빼앗기 위해 그의 인기를 이용했다. 내 눈에는 대상 숙소가 소용돌이치고 창과 언월도가 빛나는 모습이 보였고, 귀에는 병사들이 투지를 불

태우는 외침과 함께 전속력으로 달리는 말굽에 다치거나 화를 모면한 이들의 헐떡이는 숨소리가 들렸다. 나디르 샤는 전투 전날 밤, 아마도 폐허로 변해버린 이 대상 숙소에서 잠을 잤을 것이다. 대단히 신경질적이었던 이 군주는 선왕의 아들을 죽을 때까지 고문했지만, 폭정을 시작하자마자 암살자의 칼날 아래 스러지고 만다. 그의 손자 샤루흐 미르자(Sharhrukh Mirza)는 세련된 상상력을 가진 또 다른 군주 아가 모하마드〔Agha Mohammad, 1742~1797, 이란 카자르 왕조의 창시자〕의 고문으로 죽게 된다.

카레아바드—여기에 식당도 없고 호텔도 없다는 걸 예상했어야 하는데—에서 진흙으로 지어진 요새를 기록하기 위해 새로 산 카메라로 찍으려는데 자그마한 키에 포동포동한 노인이 역정을 내며 오더니 고함을 질렀다. 그의 안경은 어두운 초록색이었고, 째진 눈은 내려앉은 눈꺼풀에 눌려 있었으며, 한 번도 닦지 않은 틀니는 제 기능을 하지 못할 지경이었다. 노인이 왜 화를 내는지 알 수가 없었다. 그때 또 다른 노인이 등장했는데, 그는 이슬람 사원의 첨탑처럼 키가 크고 빼빼 말랐다. 이 노인도 고함을 질렀는데, 앞의 노인에게 지르는 것이었다. 돈키호테 대 산초의 대결. 결국 그들이 나 때문에 싸운다는 것을 알게 됐다. 산초는 나를 스파이로 생각해서 여권을 빼앗아 당장 경찰에 알리려고 했다. 돈키호테는 성난 산초를 설득하려고 했다. 그는 내가 요새의 사진을 찍는 여행객일 뿐이라고 말했다.

"어디서 왔소?"

"프랑스에서요."

"아, 그것 봐. 미국놈 아니잖아!"

첨탑 같은 노인은 회색 바지에 밤색 벨벳 조끼를 입었다. 그에게 귀한 물건인 듯 보이는 작은 호주머니에 든 시계는 암양을 말뚝에 매는 데나 쓰일 것 같은 체인으로 연결돼 있었다. 그의 틀니도 포동포동한 노인 것에 비해 나을 바 없었다. 격렬한 설전이 끝난 뒤 산초는 기권을 선언하더니 심술궂게도 날 보내는 대신 요새의 지하감옥을 지나가지 못하게 했다. 아마도 그는 거기에서 날 걷어차버릴 즐거운 상상을 했던가 보다. 내 목숨을 살려주고 만족한 듯한 돈키호테 노인에게 큰 미소를 지으며 감사의 인사를 했다. 감사의 식사라도 해야겠다. 더군다나 뱃속에서 일용할 양식을 달라고 아우성을 치고 있으니…….

한 농부가 꾀죄죄한 코흘리개 셋과 함께 그늘진 곳에서 장사를 하려고 나뭇가지로 오두막집을 짓고 있다가, 나를 보더니 수박을 내밀었다. 그는 내가 메셰드의 이맘 레자 사원에 절을 하러 가는 순례자라고 규정짓고 아이들에게 설명하더니, 내가 성인聖人이나 된 것처럼 한 푼도 받지 않겠다고 했다.

데몰라(Deh Mollah)에서 도로 아래쪽에 있는 멋진 대상 숙소를 발견했는데, 사람이 사는 것 같았다. 여기에서 묵을 수 있을까? 하나밖에 없는 거대한 문 입구에 서 있던 여자

아이는 차도르 속에 얼굴을 감추고 내가 오는 것을 지켜보았다.

"안을 봐도 되겠니?"

"발레(네)."

아이는 베일을 휘날리며 도망쳤다.

숙소에는 사람이 살고 있었다. 여자 둘이 안뜰에서 요리를 했다. 언니가 동생을 나무란다. 둘은 날 보더니 스카프로 머리를 감싸고 있었음에도 재빨리 차도르를 썼다. 두 여자에게 묵어갈 수 있는지 물어본 다음 안을 살폈다……. 여자들은 아무 대답도 하지 않았지만, 잠시 후 오토바이가 나타나더니 두 남자가 내렸다. 이유는 모르겠지만, 나를 보자마자 죽일 듯한 표정을 지었다. 늙은 여자는 손가락질을 하며 고래고래 소리를 질렀다.

"여권!"

사람들은 내가 위험한 전과자라도 되는 양 가까이 오지도 않고 소리를 질렀다.

여권을 보여주는 건 안 된다. 이 나라에서는 너무나 귀한 물건이기 때문이다. 그들이 내가 준 여권 사본을 훑어보는 사이에도, 심술궂은 노파는 계속해서 고함을 질러댔다. 그때 해피엔드로 끝나는 악몽처럼 안뜰로 향한 방에서 한 여자가 눈을 반짝이며 나왔다. 노파의 비명 소리가 여자의 호기심을 불러일으킨 것 같았다. 방에서 나온 여자가 인정이 있어 보였기에, 이때다 싶어서 여자에게 내가 누구이고 어디에서 왔고 어디로 가는지 설명했다. 하지만 이곳에는 정말이지 찜찜한 기운이 감돌았다. 분명 사람들은 여기에서 반역을 꾸미거나 복수를 계획하고 파렴치하게 서로 물어뜯고 싸우고 순진한 여행객을 갈취했을 것이다. 한 남자가 다가와 오늘 밤 묵어가겠느냐고 제의했을 때 나는 거절하고 종종걸음을 치며 그곳을 빠져나왔다.

식당 주인은 내게 선견지명이 있다고 말했다. "도둑놈들이에요. 다 털리고 옷만 겨우 걸치고 나올 수도 있었다고요." 어쨌든 나는 게걸스럽게 음식을 먹었다. 지금은 저녁 여덟 시인데 오늘 새벽 다섯 시부터 멜론 반쪽 말고는 먹은 게 없었던 것이다. 음식을 먹고 나서는 트럭 운전사들이 낮잠을 자는 곁방에서 잠을 잤다.

북쪽의 산과 남쪽의 사막 사이 중간 비탈길에 있는 샤루드(Shahroud, 에맘샤르의 옛 이름)는 통행량이 많았다. 동쪽으로 오아시스들이 이루는 어두운 점들이 보였다. 지도에는 그쪽으로 이어지는 작은 길이 나오지 않았지만, 넓은 도로를 벗어나 모험을 해보기로 했다. 삼십 분 후 막다른 골목에 닿았다. 투덜거리며 몸을 뒤로 돌렸다. 하지만 노르망디 사람 특유의 고집을 부리며 계속 길을 찾아다녔는데, 조금 멀리에서 처음과 비슷한 작은 도로를 보게 됐다. 다행히도 1킬로미터쯤 움직였을 때 오토바이를 탄 사람이 다가오더니 이렇게 말했다. "오토바이로 가더라도 다른 오아시스까지 갈 수 없어요." 그럼 큰 도로로 가자.

샤루드의 입구는 끝이 없었다. 도로 표지판을 지나서 과일 주스 진열대와 기계공장 사이를 5킬로미터가량 걸었다…….

"우리 공장에 와보실래요?"

나도 모르는 새 거무스레한 눈을 한 젊은 여자가 바로 옆에 와서 물었다.

내게 뭘 팔려는 것일까? 잠시 망설였다. 기진맥진한 나는 몸을 씻고 요기를 한 뒤 자고 싶었다. 여자는 친절하게 계속 권하면서 멜론 장수가 도로 가장자리에 설치한 천막 진열대 뒤에 있는 장소를 가리켰다. 난 아무것도 살 수 없고 들고 갈 수도 없다는 말을 미리 했다. "뭘 팔려는 게 아니라, 그냥 보여드리고 싶어서 그래요." 여자가 너무 거리낌없이 미소를 지으며 말했기 때문에 갑자기 불신이 사라졌다.

여자를 따라간 건 정말 잘한 일이었다. 나는 메흐디와 영어로 얘기하며 오후 시간을 보냈다. 메흐디는 도자기공장 사장이다. 모니르는 그의 아내고, 키가 크고 건장하며 환한 미소가 매력 있는 나히르는 회사를 경영했다. 도로에 있던 나를 알아본 사람은 마리였다. 교감, 더위, 솔직하고 너그러운 환대. 메흐디는 식사 대접에 그치지 않고, 공장을 안내하고(내가 아주 좋아하는 터키옥색이 사막의 경계지대에서 자라는 쇼네라고 하는 나무에서 얻는 것임을 알게 됐다), 옛 조로아스터교의 불 사원인 보르그 에 카샤네(Borg e Kashane)에 있는 장례탑까지 데려가주었다. 이 탑은 곧 천문관측탑이 됐다. 그는 이슬람 사원 경비원과 이야기를 나눈 끝에 성인 중의 성인을 방문할 수 있도록 허락을 받아냈다. 수많은 양탄자가 두툼하게 깔린 바닥에 마련된 작은 성소는 화장 회반죽으로 된 벽에 문양이 가득했는데, 그것은 수피교의 현자 비스타미(Bistami, 초기 이슬람의 신비주의자. 생의 대부분을 페르시아의 타바레스탄 산에서 철저한 금욕생활을 하며 명상에 전념했다)가 이곳에서 몇 날 며칠을 명상하면서 남긴 문장을 해석해서 적은 것이었다. 이 성소의 문턱을 넘을 수 있는 가톨릭교도는 얼마 되지 않았을 것이다. 나는 그에게 진심을 다해 감사의 인사를 했고, 그는 자랑스러운 어조로 성대한 관람은 아직 끝나지 않았다고 말했다. 이 도시의 예술학교가 성인의 영광을 기리며 준비한 공연이 기다리고 있었고, 나히르 집에서 열리는 파티에 참가할 일도 남아 있었다. 카스피식 퓌레, 알발루 폴로(장과나 쿠프테와 함께 내놓는 쌀요리) 등 정말 배부르게 먹은 뒤, 집주인의 딸 하스티의 방에 고꾸라지듯이 쓰러져 잠이 들었다.

이처럼 진심으로 마음을 열고 따뜻하게 손님을 맞이하는 사람들 곁을 떠나는 것은 너무나 힘든 일이다. 하지만 투르크메니스탄 비자가 날 기다려주지 않기에……. 메흐디와 모니르는 이렇게 빨리 떠나는 걸 아쉬워하며 자신들이 사는 메셰드에서 다시 만나기로 약속했다.

오전에 많이 걸었지만 정오 무렵 아무리 눈을 크게 떠봐도 내가 들를 예정이었던 페라슈아바드(Ferrash Abad)는 물론, 그 비슷한 곳조차 찾을 수가 없었다. GPS가 아주 정확하게 위치를 알려주었기에 마을로 향한 길을 따라갔지만 집한 채 보이지 않았다. 정확히 판단해야 했다. 지도 위에 있는 이 마을은 더 이상 존재하지 않는 것이다. 마을에 흐르던 냇가는 말라버린 것일까? GPS, 지도, 발은 만반의 준비가돼 있었다. 먹고 자려면 28 내지 29킬로미터를 더 가야 한다. 목적지에 도착하면 하루는 휴식시간을 가질 것이다. 다시 출발하기 전, 물이 떨어져 트럭 하나를 세웠다. 운전사는 아이스박스에 있던 물을 내 물통에 거의 다 부어주었다. 그는 말이 많은 사람이었지만, 제 시간에 물건을 실어날라야해서 빨리 출발해야 했다.

오후 한 시가 조금 넘어서 차이하네에 들어서자 사람들이 놀란 눈으로 날 쳐다보았다. 파란색 모자는 땀으로 푹젖고 소금기 때문에 줄무늬가 생긴 데다 옷은 너덜거리기시작해 풀어헤쳐졌고 괴상하게 생긴 에브니까지 있으니 놀라는 것도 무리는 아니었다.

웨이터는 탄산음료를 열두 배나 비싼 값에 팔았고, 짚으로 된 매트를 2만 리알에 빌려줬다. 숭고함과 퇴폐, 선함과 교활함은 여행을 하면서 발견하는 놀라운 양면성이다.

평원은 다시 뜨겁게 달구어진 채 끝도 없이, 나무 한그루 없이 이어졌고, 도로에는 다리 하나 없었다. 오늘 아침부터 지금까지 10리터 이상의 물을 마셨는데, 한 번도 소변을 보지 않았다. 숨을 내쉬자 약간의 김이 내가 쓴 터번 위에 쌓였다. 이 터번은 베두인족이 머리에 쓰는 것으로 눈만 내놓고 머리를 완전히 감추는 형태다. 눈도 모자의 챙과 선글라스 때문에 햇볕을 받지 않았다. 숨을 들이마시자, 건조하고 뜨거운 '바깥' 공기가 이 김을 통해 들어와 입술을 덜 건조하게 만들었다. 어찌 보면 카비르 사막의 바드 기르〔이란 사막 지역의 가옥에 굴뚝처럼 솟아 있는 환기통. 뜨거운 공기는 굴뚝을 지나며 식혀져 집 안을 시원하게 만든다〕 기술을 내 방식으로 개발한 것이다.

마야메(Mayameh)에 도착할 무렵 해가 저물었다. 선잠이 든 이 커다란 마을에서 호레슈트와 묵을 방을 찾게 되길 기대했다. 과일 주스를 파는 젊은 상인이 단번에 정신이 들게 했다. "여긴 자유로운 나라가 아네요. 우린 맥주도 마실 수가 없다니까요." 이런, 여관이나 호텔은커녕 싸구려 식당 하나 없었다. 의자처럼 생긴 것 위에 걸터앉았던 작은 키에 괄괄한 노인이 3킬로미터만 더 가면 먹을 곳을 찾을 수 있다고 말해주었다.

마지드 집의 문턱을 넘은 건 깜깜한 밤이었다. 그곳은 공업지대나 버스 터미널 같았다. 구석에 창고와 여러 대의 대형 트럭이 있었고, 식당 앞에는 대여섯 대의 고속버스가 있었는데, 운전사들은 하나같이 시동을 걸어놓고 있었다.

단번에 시동을 걸 수 있을지 없을지 확실하지 않아서일까
……. 게다가 이곳 디젤유값은 거저나 마찬가지였다. 사람
들은 떠들썩한 소음 속에서 식사를 했고, 텔레비전 소리도
쩌렁쩌렁했다. 주문한 식사가 나오자마자 마지드가 다가와
밖에서 자는 게 어떠냐고 제안했다. 뮤직홀과 같은 밖에서,
사람들은 원형의 낮은 담에 앉아 떠들고 있었다. 내가 인상
을 찌푸렸는지, 그가 내게 타일이 깔린 반이층을 사용하라
고 하더니 아이에게 베개를 가져오게 했다. 그는 지금부터
일주일 전 프랑스에서 온 이슬람교도 세 명이 이곳을 지나
서 메셰드 순례길에 올랐다고 말했다. 시끄러운 텔레비전에
서 2미터밖에 떨어지지 않은 곳이었지만, 오늘 57킬로미터
를 걸은 터여서 나는 깜빡 잠이 들었고, 곧 아무 소리도 듣
지 못한 채 세상모르고 잤다.

아침에 일어나니 마지드는 잠을 자러 집에 가고 없었
다. 마지드는 자기 집을 지난 다음에는 지옥으로 들어가는
거나 마찬가지라고 했다. 사브제바르(Sabzevar)까지 200킬로
미터 이상은 불가마나 마찬가지일 것이다.

미라처럼 둘둘 감싼 머리, 정면으로 내리쬐는 해를 피
하기 위해 푹 눌러쓴 모자, 팔을 덮을 수 있을 정도로 넉넉
한 셔츠로 무장을 하고, 차선과 반대 방향으로 걸었다. 어제
의 행군도 길었고 오늘도 길 것이다. 지도상으로는 44킬로
미터였다. 미얀다슈트(Miyandasht)에 있는 커다란 대상 숙소
를 호텔로 재건축했다는 말을 듣자 안심이 됐다. 필요하다

면 그곳에서 이틀간 쉬기로 계획을 세웠다.

대상 숙소에 묵을 수 있다는 기대가 들자 몸에 날개를 단 것 같았다. 보통 때는 피로를 풀기 위해 정오 무렵 휴식을 취했는데 오늘은 그것도 건너뛰었다. 오후 세 시가 조금 넘었다. 붉은 벽돌로 된 높은 성벽이 눈에 띄었다. 거대한 규모였고, 도로에서 100미터쯤 떨어진 곳에 당당하게 서 있었다. 도로변에는 카나트의 물이 작은 저수지로 흘러들었고, 몇몇 나무가 짙은 그림자를 드리웠다. 거기에 관광 버스 한 대가 주차해 있었고, 순례자들이 점심식사를 끝낸 참이었다. 너무나 피곤해서 대상 숙소까지 갈 힘이 없는 나는 작은 저수지 옆에 쓰러져버렸다. 저수지에 모자를 담가 물을 가득 담은 뒤 뒤집어서 머리 위로 뿌렸다. 행복감과 황홀함. 순례자들은 나를 위해 자신의 물병을 내주었지만, 그들에게 감사의 인사만을 남기고 식사를 하기 위해 대상 숙소를 향해 출발했다.

알라의 광신도에게는 놀라운 일이었다.

"거긴 잠겼어요!"

"그럼 어디에 호텔이 있죠?"

"20킬로미터는 가야 나와요."

"뭐라구요? 나는 100미터도 더 못 가겠어요. 여기 어디서 먹을 것 좀 살 수 있을까요?"

"보다시피 도로 건너편에는 버려진 공사장과 대상 숙소밖에 없어요."

난 무너졌다. 운전사가 온도계로 재보니 그늘의 기온이 섭씨 52도였다. 여기서 어떻게 살아남을 것인가? 샌들을 신고 짚으로 된 커다란 모자를 쓴 어떤 남자가 대상 숙소의 경비라고 자기를 소개했다. 거기에서 잘 수 있게 허락해줄까? "물론이죠." 그가 온화한 미소를 지으며 말했다. 남자는 작달막하고 단단한 체구이니 분명 기운이 좋을 것이다. 그는 내게 바닥에서 자야 한다고 일러주었다. 나는 순례자들의 담요 위에 앉아 있었는데, 그들에게 담요를 팔 수 있는지 물었다. 5천 리알. 그 정도 가격까지 될 것 같지는 않았지만, 개의치 않았다. 물건을 팔려고 하는 남자와 노인(남자의 아버지처럼 보였다), 이에 반대하는 아내들로 보이는 두 여자 사이에 격렬한 언쟁이 벌어졌다. 여행길이 멀기 때문에 여자들은 담요가 필요한 모양이었다. 하지만 노인이 내 쪽으로 손을 내밀어 5천 리알을 달라고 했다. 거래는 끝났다. 담요를 에브니에 실은 침낭 위에 놓고 경비 알리를 따라갔다. 나는 대상 숙소의 거대한 입구 쪽으로 향했지만, 알리는 돌아가야 한다고 했다. 다른 쪽 문을 열려는 것일까? 이런 경우는 처음이었다. 지금까지 모든 대상 숙소에는 문이 하나밖에 없었기 때문이다. 에브니를 어찌할 것인지도 생각해보았다. 점심을 먹는 동안 보았더니, 뜨거운 물통을 실은 채계속 굴러가던 오른쪽 바퀴가 녹아 있었다.

커다란 대상 숙소는 감추어져 있었고, 다른 건 폐허가 되었다. 알리는 벽 밑에 멈춰서더니 기어올라가야 한다는 신호를 보냈다. 열쇠가 없단 말인가? 그는 잃어버렸다고 했다. 이 인간이 날 바보로 아는 모양이었다. 그는 경비가 아니었다. 그를 따라가면 어떤 일이 생길까?

벽 위에는 가시철망이 둥글게 말려 있었다. 하지만 침팬지처럼 날렵한 알리가 올라가서 가시철망을 떼어내고 내게 올라오라는 신호를 보냈다. 이 건물에 꼭 들어가고 싶었다. 그래서 벽의 구석진 곳에 에브니를 세워두고 그를 따라 올라갔다. 그러면서도 경계를 했다. 약삭빠른 이 남자가 돈을 뺏으려는 것일까 아니면 덫을 놓으려는 것일까? 일이 생기면 즉각 공격을 할 수 있도록 칼을 잡았다. 우리는 새로 수리된 지붕 위를 걸었다. 밑을 내려다보니, 두 개의 대상 숙소가 연결 문을 사이에 두고 나란히 자리 잡고 있었다. 위에서 보니 모든 것이 거대해보였다. 나는 앉아서 커다란 안뜰과 작은 안뜰을 응시했다. 안뜰 중앙에는 아브 안바르와 함께 평지로 향한 수많은 방들이 있었다.

커다란 방의 지붕일 것 같은 돔 위에 앉아서 나는 몽상에 잠겼다. 실크로드의 마법이 펼쳐졌다. 눈앞에는 잡다한 상인의 무리, 수백 마리의 낙타에서 짐을 부리는 사람들 모습, 주변의 스텝에서 풀을 뜯어먹는 엄청난 수의 낙타들이 보였다. 각 방 앞에 정렬된 작은 테라스 위에 사람들은 중국산 비단 두루마리, 아라비아산 향료단지, 베네치아산 유리제품을 전시하고, 한쪽에서는 은밀히 보석을 감정하고 있었다.

가짜 경비원 알리가 되돌아왔다. 그는 끝없는 인내를 보였다. 그는 지나치게 조심했는데, 내 마음에 들려고 하는 게 확연했다. 하지만 나는 여기에서 자는 것이 싫다는 기색을 내보였다. 우선 내 짐, 에브니와 배낭을 밖에다 두는 것은 생각할 수 없는 일이었다. 분명 알리의 도움으로 그것들을 위로 올릴 수도 있지만, 아침에 길을 나서려면 또다시 그의 도움을 받아야 한다. 그리고 처음부터 거짓말을 한 사람을 어떻게 믿을 수가 있는가. 혼자 남아서 현재 상황을 정확히 따져보았다. 상황은 그다지 좋지 않았다. 도로변에 있는 저수조에서 물을 길었다. 하지만 가방에 든 것은 빵 한 조각과 말린 살구 몇 개가 전부였다. 저녁과 내일 아침식사로는 초라하기 짝이 없었다. 대상 숙소 안이나 알리의 집을 제외하고 보니 어디에서 자야 할지 알 수가 없었다. 무엇보다 에브니가 굴러갈 수 있는 형편이 되지 않아서, 이걸 수리할 수 있는 방법을 찾아야 했다. 에브니의 두 바퀴는 여행을 수월하게 해주었지만 내 힘보다 바퀴에 너무 의지한 것이 사실이었다. 지나가는 차를 세우자는 유혹에 굴복하지 않으려고 마음을 다잡았다. 해결책을 찾아야 했다. 에브니를 버리고 갈까? 생각할 수도 없는 일이었다. 이곳의 더위와 내가 가져가야 할 물의 무게를 고려하면, 그건 여행을 포기하는 일이었다. 그렇게 되면 기껏해야 하루에 20킬로미터를 걸을 수 있을 텐데, 내가 휴식처로 찾게 되는 마을은 30에서 35킬로미터 간격으로 떨어져 있었다.

작은 오두막집이 희망을 주었다. 문은 철사 하나로 잠겨 있을 뿐이었다. 풀로 된 침대 같은 게 있는 걸로 봐서 숙소로 이용되는 곳 같았다. 문을 열자 햇살이 화장실인 듯한 방으로 환하게 비쳐들고, 커다란 털투성이 거미가 달아났다. 다시 문을 닫았다. 주위에는 아무것도 없었다. 밖에서 잘까? 못 그럴 것도 없지. 하지만 열기 때문에 침낭을 닫고 자는 건 생각할 수도 없는 일이었다. 아란에서 보았던 전갈이 자꾸만 떠올랐다. 더 이상 출구가 없었다. 여기 미얀다슈트에 갇혀서 꼼짝도 할 수 없었다. 결국 안식처로 꿈꾸었던 대상 숙소는 감옥이었다. 나를 둘러싼 세계가 무너지면 어떻게 해야 할까? 주먹 위에 턱을 괴고 돌 위에 앉아 처량하게 멍한 상태로 빠져들었고, 그 어떤 것으로도 기분을 전환할 수 없었다.

"베르나르!"

9. 아편중독자

메흐디와 모니르의 자동차가 멀지 않은 곳에 멈춰서 있는 걸 보고 나는 너무나 놀라서 얼이 빠졌다. 그들의 아들 에스칸다르가 뒷좌석에서 뛰어내려 내게 달려왔다. 이 사람들이 여기에서 뭘 하는 거지? 어떻게 이런 기적이? 그들은 내가 놀라는 모습을 보고 즐거워했고, 예정이 바뀌어 하루 더 샤루드에 머물 것이라고 말했다. 그들은 오늘 정오에 마야메에 있는 마지드의 집에서 점심을 먹었는데, 마지드가 이상한 백인 남자 얘기를 하면서, 자기가 굶어죽게 생긴 그 사람을 구해 포석 위에서 자게 했다고 말했다는 것이다. 내가 미얀다슈트에 있을 거라고 짐작하는 것은 어려운 일이 아니었다. 그들은 그저 인사를 하러 온 것이었다. 모니르는 아이스박스에서 과일을 꺼냈고, 나는 그들에게 걱정거리를 얘기했다. 혹시나 차 트렁크에 타이어 튜브가 있을까? 물론 없었다. 하지만 호의와 관대함을 가진 그들에겐 굴러갈 수 있는 차가 있었다. 그들은 결정을 내렸다. 나를 다음 마을까지 태우고 가서, 거기에서 타이어 튜브와 타이어를 사기로 말이다. 에스칸다르가 타이어 떼어내는 걸 도와주었고, 메흐디는 다리가 하나밖에 없는 에브니를 관리하는 일을 두고 알리와 협상하러 갔고, 모니르는 가방과 망가진 타이어를 넣을 수 있게 트렁크에 자리를 만들었다. 우리는 33킬로미터를 달려 아바스아바드(Abbas Abad)에 도착했다. 어찌할 바를 모르고 있을 때 나를 궁지에서 꺼내주기 위해서 최선의 노력을 다하는 내 수호천사들에게 뭉클한 감동을 느꼈다. 하지만 수호천사들의 이처럼 탁월한 임무는 여기까지인 것 같았다. 아바스아바드는 차고도 '자전거가게'도 하다못해 자전거 바퀴조차 없는 곳이었다. 사람들은 36킬로미터 떨어진 다바르잔(Davarzan)까지 가야 한다고 했다. 거기에 갔지만 역시 아무것도 없었다. 어떤 아이가 탄 자전거 바퀴가 에브니 바퀴와 비슷했지만, 아이의 자전거 바퀴는 내가 가진 것보다 상태가 더 형편없었다. 100킬로미터 가까이 가야 나오는 큰 도시 사브제바르에 가는 수밖에 없었다. 어둑한 밤이 되어서 도착했다. 결국 우리는 행복을 찾았고 눈 깜짝할 사이에 바퀴를 새로 달았다. 이제 되돌아가야 했다. 나는 친구들에게 미얀다슈트까지 가는 버스를 탈 테니 버스 정류장에서 내려달라고 부탁했다. "먼저 저녁이나 들어요." 그들이 말했다. 그래서 배부르게 저녁을 먹었는데―에스칸다르는 먹성이 엄청나게 좋아서 음식에서 손을 뗄 줄 몰랐다―

식사를 끝내자 친구들은 아무리 싫다고 거절을 해도 날 출발지점까지 데려다 주겠다고 했다.

"호텔도 없잖아요. 어디서 자려고 그래요?"

"트렁크에 필요한 게 다 있어요."

아바스아바드의 한 차이하네 앞에 텐트를 칠 무렵은 밤이 이슥해진 후였다. 텐트는 아주 넓어서 우리 네 사람이 편하게 잠을 잘 수 있었다. 잠에서 깨어나 바라본, 끝도 없이 펼쳐진 고요한 모래투성이 카비르 사막의 장관은 경이로웠다. 안개 같은 것이 밤이 물러간 사막 위에서 떠돌았다. 땅과 하늘 사이의 경계가 모호했다. 여명 속에서 거대한 바위가 희미한 지평선 위로 음산한 실루엣을 드러냈다.

등에 배낭을 메고, 바퀴와 새 타이어를 손에 들고, 매일 사브제바르와 담간을 왕복운행하는 작은 버스에 올라탔다. '비집고 들어갔다'는 표현이 더 정확할 것이다. 좌석이 열 개밖에 안 되는 버스에 서른 명이 빼곡히 타고 있었다. 창문은 열려 있었지만, 뜨거운 열기 때문에 숨을 쉬기가 힘들었다. 메흐디는 내가 버스에 올라타는 동안 운전사에게 '브리핑'을 하면서 나를 미얀다슈트의 대상 숙소와 최대한 가까운 곳에서 내려달라고 말했다. 곧 나는 화제의 대상이 됐고, 모두 공감의 미소를 보내주었다. 자칫하면 경의라도 표하며 '만세' 하고 소리를 칠 것 같은 분위기였다. 사람들은 지금 헤어지는 것이 너무 섭섭하니 샤루드까지 계속해서 가는 것이 어떤지 '장난삼아' 제안하기까지 했다. 호의적으로 권하는 것이었지만, 이 구간은 다시는 되풀이하고 싶지 않았다.

미얀다슈트에 내려 버스를 보니 모든 사람들이 날개를 펴듯이 창문 밖으로 손을 뻗치고 있어서 버스가 마치 이륙 준비를 하는 것 같았다. 알리는 자기 집 앞에 에브니를 두었다. 그는 열 시가 다 됐는데도 아직도 자고 있었다. 나는 구태여 깨우지 않았다. 바닥에서 고철 두 조각을 발견했는데, 두 번째 타이어를 떼어낼 때 '요긴'하게 쓸 수 있을 것이다. 그런데 어제 고친 타이어를 보니 납작해져 있었다. 견습공이 타이어 튜브를 조여놓은 것이었다. 나는 이란의 밸브가 어떻게 기능하는지 파악하느라 소중한 시간을 보냈다. 시간이 흘러 태양이 높이 솟아올랐다. 에브니가 굴러갈 상태가 되었을 때, 아직도 자고 있는 알리 집 문지방에 지폐 몇 장을 올려놓았다. 지금은 정오다. 물통은 녹아내리고, 태양은 이글거렸다.

네 시경, 다리 밑에서 신성불가침의 휴식시간을 보내고 다시 걷기 시작했을 때 트럭 하나가 나를 지나쳐갔다가 멈추더니 운전사가 우정 어린 제스처를 보였다. 이틀 전 자기 아이스박스를 탈탈 털어서 물을 주었던 메흐메트였다. 그는 메셰드에 가는 길이었다. 다섯 살짜리 딸과 부인을 태우고 있었는데, 금발로 염색한 부인은 누렇고 치근이 보이는 미소만 짓지 않는다면 매력 있게 보일 수도 있는 얼굴이었다. 메흐메트는 아이스박스에서 멜론을 꺼내서 위엄 있고 당당한 동작으로 자르더니 큰 조각을 건네주었다. 우리가 트럭의 그늘에서 목을 축이고 있을 때, 그의 부인은 트럭 운전사들이 차에 가지고 다니는 가스 버너에 불을 켰다. 이란의 트럭은 움직이는 집과 같아서 그 안에서 자고, 얼음을 가지고 다니며 그 얼음으로 차를 끓였다. 나는 메흐메트와 얘기를 나누며 부인을 지켜보았다. 여자는 연필을 이용해 종이를 말더니 가운데를 '셀로판테이프로 붙이고' 불 위에 철사를 올려놓았다.

"집사람이 타르야크를 피려고 하는데, 한 대 필래요?"

전에도 이런 제안을 받은 적이 있지만, 난 '피다'라는 말을 이해하지 못했다. 그 후 타르야크가 아편이라는 걸 알게 됐다.

"몸에 아주 안 좋은 거예요."

내가 말했다.

여자는 내 말을 알아듣지 못한 채 미소를 지었고, 그제야 여자의 치아가 왜 그런지 이해할 수 있었다. 여자는 손가락 끝으로 이마를 치더니 말했다.

"머리에 좋아요."

메흐메트가 덧붙여 말했다. "난 모르핀이 더 좋아요."

걱정스러운 눈으로 아이를 바라보았다. 아이는 의자에 앉아서 내가 조금 전에 준 플라스틱 인형을 가지고 놀고 있었다. 아이 엄마는 입에 종이로 만든 실린더를 넣더니 철사 위의 아편 방울을 들이켰다. 그리고 가스 위에서 하얗게 달궈진 다른 철사 위에 있는 마약을 들이켰다. 지글거리는 소리가 나고 희뿌연 김이 퍼지는 가운데, 그녀는 종이 튜브로 마약을 빨아올렸다. 그들은 환희의 첫 단계에 들어선 것이 분명해보였다. 짜증과 연민이 교차했다. 결국 그들과 헤어지기로 하고 에브니를 들고 작별 인사를 한 뒤 도로 위로 몸을 던졌다. 트럭은 사십오 분 후 이란의 모든 트럭에 장착된 사이렌을 요란하게 울리고 커다란 제스처를 보이며 지나갔다.

오늘은 분명 운이 좋지 않은 날이다. 새 타이어로 교체한 에브니의 오른쪽 바퀴가 움직이지 않더니 그대로 멈춰버렸다. 프랑스 스패너로 분해해보았다. 제대로 굴러갈 수 있게 해주는 볼베어링이 없어진 상태였다. 볼베어링을 보호하는 철판에도 금이 가 있었다. 다른 것들도 떨어질 기미였는데, 그렇게 되면 구해야 할 것은 타이어가 아니었다. 하지만 바퀴는…… 볼트를 죈 다음 거기에 의존할 수밖에 없었다. 다시 출발했다. 하지만 서너 번이나 다시 멈춰버렸다. 어쩔 수 없이 모든 걸 분해해야 했다. 수호천사가 다시 내 곁에 왔다. 두 번째 기적처럼. 내가 만난 트럭 운전사는 파열된 타이어를 고치고 있는 중이었다. 여행하는 사람끼리 느끼는 연대감으로, 그는 기름과 걸레를 주었다. 가난한 어린 시절 덕을 볼 수 있게 됐다. 나는 기계를 다룰 줄 알았다. 일곱 살 때는 자전거 한 대를 갖는 게 꿈이었다. 내가 '꿈이었다'라고 말하는 건, 내 생각이 온통 자전거에 있었다는 걸 분명히 밝힐 수 있기 때문이다. 하지만 형제가 많았기 때문에 이런 특권은 누릴 수가 없었다. 그런데 꿈이 실현됐다. 고철더미에서 찾아낸 자전거를 해박한 형의 조언을 받으며 원래 상태로 만들었기 때문이다.

해가 졌다. 트럭의 수는 줄었지만 그 자리를 버스가 채웠다. 여행객들은 열기가 가라앉은 밤을 좋아하는 것 같았다. 크리스마스 트리처럼 환하게 불을 밝힌 버스가 주렁주렁 매달린 사람들을 싣고, 바보처럼 짐수레를 끌며 걸어가는 이 백인 남자를 쌩쌩 스쳐 지나갔다. 아무도 이 미친 사람을 위해 살짝 비켜가려고 하지 않았다! 나는 헤드라이트 때문에 제대로 볼 수가 없어서 발목을 삐고 구덩이에 빠질 위험을 감수하며 앞으로 나아갔다. 늦은 시간이었지만 아직도 참기 힘들 만큼 더웠다.

열한 시경 도착한 차이하네에서 아침을 먹었다. 기진맥진해진 나는 테라스에 피라미드처럼 쌓여 있는 멜론더미에 몸을 던진 채 잠이 들었다. 아침에 일어나보니 에브니가 사라졌다. 나는 경악을 금치 못했다. 알고 보니 조심성 있는 직원 하나가 골방에 안전하게 넣어두었다고 했다.

마을이 가까워질 무렵, 좁아졌던 도로가 다시 이차선으로 나뉘었다. 마을에서 통조림 세 개와 빵 두 개를 샀다. 습관적으로 나는 진행 방향과 반대쪽 차선을 택했다. 날씨가 아주 더웠다. 사드르아바드(Sadr'Abad)까지는 15킬로미터 거리밖에 되지 않기 때문에 출발을 좀 늦추기로 했다. 그 정도는 산책이나 마찬가지 거리였다.

그런데 어제 자동차로 지나갈 때 보았던 대상 숙소가 보이지 않자 당혹스러웠다. 사막 한가운데에 버려진 멋진 건물은 도로에서 멀리 떨어지지 않은 곳에 있어야 했다. 지도상의 위치로 볼 때 삼십 분 전에 도착했어야 한다. GPS는 내가 그 건물에서 멀리 떨어진 곳에 있음을 나타냈다. 늘 진실을 알려주는 GPS……. 도로는 방향을 바꿔 북쪽으로 이어졌는데, 기계의 바늘은 남쪽을 가리켰다. 하지만 내가 착각한 것이 아니었다. 분명히 메흐디와 모니르와 함께 차를 타고 가며 보았다. 사브제바르에서 아바스아바드 사이의 길에서 말이다. 분명 있었다. 아바스아바드와 사브제바르 사이에, 다시 말해 다른 편 길에 있었다. 다시 거기로 되돌아가야 한다. 눈으로는 아무것도 안 보였지만, 카메라의 줌 렌즈로 보니 건물이 있었다. 이 거리에서, 뜨거운 대지 위에서 대상 숙소는 사막 속에서 춤추고, 안개의 바다 위를 떠도는 것처럼 보였다. 작은 개미들—30톤짜리 트럭들—역시 구불구불한 포장도로 위를 굴러가는 것처럼 보였다.

어떻게 해야 할까? 모니르는 이 근처에 움직이는 모래가 있다고 했다. 차이하네에서 만난 사람들은 이 사막에 뱀과 전갈이 우글거려서 그렇다고 말했다. 하지만 사막을 가로질러 가지 않으면, 다시 17킬로미터를 걸어서 아바스아바드로 되돌아가야 하고, 다시 그만큼을 걸어야 목적지에 도착하게 된다. 막 걸어온 17킬로미터 구간에 그만큼을 보탠다고 계산하면, 그게 얼마나 먼 거리인지 알 수 있을 것이다. 그래서 난 모래 속으로 모험을 떠났다……. 곧바로 에브니의 배가 땅에 닿았고, 배낭을 어깨에 다시 메야 했다. 물이 6리터 남아 있어서 무거웠다. 한 달 전부터 배낭을 들지 않았기 때문에 무게를 잊고 있었다. 텅 빈 에브니는 모래 위에 가벼운 흔적만 남겼다. 발을 딛는 곳마다 샅샅이 살펴보았다. 무거운 배낭이 닿는 부위에는 땀이 줄줄 흘러내렸고, 흘린 땀을 보충하기 위해 술주정뱅이처럼 물을 마셨다. 남은 물이 빠른 속도로 줄어들었다. 모래 위를 걷는 건 힘든 일이었다. 발에 탄력을 받을 수가 없고, 발을 디딜 때마다 푹푹 빠지기 때문에 다리에 들어가는 힘이 만만찮았다. 배낭의 무게를 받으며 안정성을 높이기 위해서 보폭을 짧게 했다. 전진할수록 대상 숙소가 멀어져가는 느낌이 들어 조급했다. 금색 사막은 멀리 달아나 터키옥색 하늘과 맞닿았다. 내가 있는 곳에서 다음 도로까지 5킬로미터를 가려면 두 시간 이상이 걸릴 것이다. 모래밭을 지나 아스팔트에 발을 디딜 때는 오늘 아침부터 메고 온 물 비축량 중 절반을 비운 상태였다. 한 운전사가 경계하는 듯한 표정으로 라디에이터에 물을 채운 뒤 남은 물을 내게 주었다…….

보람이 있었다. 대상 숙소는 훌륭했다. 이 작은 건물에는 테라스가 안뜰로 향한 방 스무 개와 안쪽에 방 마흔 개가 있었는데, 아바스 양식으로 만든 아주 고전적인 이 건물은 2세기 반을 꿋꿋하게 견뎌냈다. 건물에 주름무늬를 만든 것은 비가 아니었다. 여기에서 몇 킬로미터 떨어진 곳에 짧은 겨울 며칠 동안 '비단 강물'이 흐른다고 읽긴 했지만 말이다. 안뜰 중앙에 있는 네모난 작은 저수조는 카나트의 물을 받는 것이 분명했다. 카나트는 저수조까지만 닿았지만, 그래도 나무가 몇 그루 있는 걸로 봐서 물줄기가 완전히 마르지 않았다는 것을 알 수 있다. 둥근 지붕은 지진에도 잘 견뎌냈다. 마구간의 규모는 어마어마했다. 안뜰의 구석에는 화장실에서 멀지 않은 곳에 온전한 상태의 빵 굽는 화덕 두 개가 아직도 사용할 수 있을 듯 보였다. 또한 순례자들에게 메카의 방향을 알려주는 미라브(Mihrab, 사원의 네 벽 중 메카 방향의 벽에 있는 벽감壁龕)도 있었다.

안뜰로 향한 테라스가 딸린 방을 하나하나 살펴보았다. 그중 하나는 그런대로 깨끗했다. 단단한 풀 몇 포기를 모아서 '내' 방을 쓸고 치웠다. 반 평이 조금 넘는 좁은 방이어서 겨우 다리를 뻗을 수 있었다. 하지만 비스타미는 평생을 이런 방에서 잘만 살았다. 나는 성자는 아니지만, 하룻밤은 여기서 잘 수 있다. 여기에 놓여 있던 바지 하나를 입어보았는데, 바지 자락이 무릎에 닿았다. 이걸 입고 있으니 시원했다……. 실크로드를 따라 여행을 시작하고 처음으로 대상과 같은 생활을 했다. 예전의 상인들은 각자 이런 방을 차지하고 테라스에 물건을 전시해 상점처럼 이용했다. 식사로 고약한 냄새가 나는 통조림 절반을 먹었다. 성냥이 없어서 데울 수가 없었기 때문에 차가운 통조림을 먹으며, 예전의 대상들이 먹었던 음식을 생각했다(부싯돌 라이터는 말 한 마리 값과 비슷했다). 셔츠를 베개 삼아 행복한 잠에 빠져들었다.

내 잠을 깨운 건 몸을 구부리고 날 내려다보는 터번을 쓴 털보였다. 그가 테라스 위로 기어 올라오는 소리를 듣지 못했다. 어린 나이에도 스카프를 휘감은 여자아이 둘은 꽤 먼 곳에 있었지만 두려워하며 나를 뚫어지게 바라보고 있었고, 아래의 입구에는 차도르로 몸을 감은 여자가 아이들에게 자기 옆으로 오라고 소리를 질렀다. 털보 물라 역시 안심하지 못하는 표정이었다. 나는 그에게 미소를 지었다. "여권." 그가 말했다. 나는 여권을 찾는 시늉조차 하지 않았다. 그 대신 실크로드를 여행하는 프랑스 사람이라고 날 소개했다. 그는 긴장을 풀더니 아이들에게 다가오라는 신호를 보냈다. 이번에는 내가 그 사람에게 질문을 했다. 그는 영어를 하지 못했다. 그는 내 지도를 들더니 메셰드의 위치를 가리켰다. 그는 손목을 흔들고 자르는 흉내를 내더니, 자기 목을 보여주고 당기면 죄어지도록 엮은 줄 매듭으로 목을 감는 행동을 해보였다. 유레카! 이해가 됐다. 그가 원한 건 내 목이 아니라, 자신이 메셰드에서 판사로 일한다는 것을 마임으로 보여준 것이다. 메셰드는 콤과 함께 이란의 대표 성지로, 물라가 법조계를 장악하고 있다. 자기 직업을 흉내낼 때 보였던 환한 얼굴과 생기 있는 눈빛으로 미루어보건대, 이 사람은 이 일을 천직으로 여기는 것 같았다. 그는 떠나면서 내 양볼과 이마에 형제처럼 가벼운 키스를 하고 찬송가처럼

"나는 행복합니다, 나는 행복합니다."라는 말을 되풀이했다.

조금 후 이곳에 온 사람은 트럭 운전사였는데, 그는 폭발 지경에 있는 타이어를 식혀야 했기 때문에 정차했다고 했다. 그는 오늘 밤에 여기에 혼자 남아 있으면 목이 잘리게 될 거라고 장담했다. 늦은 오후에 두 남자가 손에 가스 버너를 들고 후닥닥 옆방으로 갔다. 그들이 떠나고 난 뒤 난 이미 짐작하고 있던 걸 확인했다. 바닥에 버려진 두 개의 철사 조각과 종이로 된 실린더가, 그들이 어떤 일로 바빴는지 말해주었다. 나는 현장의 증거물들을 모두 땅에 묻었다. 혹시라도 물라나 트럭 운전사가 경찰에게 나를 이곳에서 봤다는 말을 해서, 경찰이 조사하러 오기라도 한다면 어떻게 될 것인가! 이곳은 아프가니스탄에서 들어온 아편과 헤로인을 유럽으로 밀매하는 주요 거점이었다.

저녁 해가 뉘엿뉘엿 기울어갔다. 저무는 해는 담과 안뜰 건너편 방을 타는 듯한 붉은빛으로 물들였다. 테라스에서 자기로 마음먹었다. 성냥이나 부싯돌 라이터는 없었지만 ―그래도 괜찮았다― 하늘에서 별이 하나 둘 불타오르는 것이 보였다. 그 오묘한 모습이 감동스러웠다. 박쥐 세 마리가 마구간에서 나와 날갯짓을 하며 어둡고 고요한 밤하늘에 줄무늬를 그려넣었다. 이렇게 건조한 더위 속에서는 벌레가 살 수 없을 텐데, 박쥐들은 어떻게 먹이를 찾을까? 나는 어느덧 몰려오는 잠에 몸을 맡겼다.

새벽 다섯 시, 여명이 벽의 꼭대기를 하얗게 비추었다.

박쥐들은 마지막으로 장내 일주를 한 뒤 잠을 자러 갔다. 사과 한 개와 오렌지 하나로 아침식사를 했고, 즐거운 기분으로 뜨거운 햇살이 내 어깨에 내리기 전, 두 시간 동안 신선한 공기를 마음껏 마셨다.

내가 들른 식당은 세 형제가 운영했는데, 나는 곧 그들이 좋아졌고 그들도 마찬가지로 날 좋아했다. 쾌활하고 풍채가 좋은 세 남자는 물라의 아들이었다. 정기적으로 죽음의 충동으로 동요하는 이 나라에서, 애도와 금욕주의가 미덕으로 승격되는 이곳에서, 포동포동한 세 사람은 즐거움 그 자체였다. 대단한 식도락에, 외설적이기까지 한 이들의 얼굴은 삶의 기쁨으로 빛났다. 하지만 제일 살진 사람이 관상동맥 이식술을 받았다는 얘기를 조리 있게 설명하더니, 투명한 봉투에 들어 있는 색색의 알약이 매일 생존하는 데 필요한 것이라고 말하며 한 움큼 집어서 내 앞에 자랑스럽게 펼쳐보였다.

오후에 식당 손님 하나가 내게 작은 도시를 구경시켜준 뒤 친구 집에 데리고 갔는데, 그 친구는 차를 대접하고는 깜짝 놀랄 일이 있다면서 사라졌다. 그는 물담배와 없어서는 안 될 가스 버너를 가지고 돌아왔는데…… 물이 없었다. 뭘 하려는 것인지 알아차렸다. 두 사람은 파이프를 빨라고 권했지만, 난 거절했다. 지난 25년 동안 나는 골루아즈 담배에 '중독'되었고, 담배를 끊는 데 6개월이 걸렸다. 여기에서는 아편 가격이 얼마나 될까? 60여 개의 작은 알약—그러니까 파이프를 통해서—을 만들 수 있는 작은 막대는 4천 리알이었다. 파이프를 만드는 데 드는 돈은 75상팀이었다. 우리에게는 턱도 없이 적은 돈이었지만, 그들에게는 그렇지 않았다. '중독된' 사람은 하루에 네 대에서 여섯 대를 피웠는데, 그건 식당 종업원들이 버는 월급의 절반 가량 되는 돈이었다. 물 없는 물담배를 선택한 건 기발한 생각이었다. 만약 경찰이 출동하면, 아무것도 찾지 못하고 돌아가게 된다…….

누군가 타르야크를 피운다고 알리려면, 양손의 검지를 교차시키면 된다. 나는 철사 두 개를 가지고 다가오는 여자에게서 그런 제스처를 다시 보았다. 초보자들에게 그 제스처는 의미심장하다. 하지만 여기에서는 마약 하는 사람들을 비난하지 않기 때문에 사람들은 그걸 숨기지 않고, 그 제스처 역시 일반화되어 있었다.

그저께, 두 남자와 차를 마시려고 탁자에 앉았다. 그중 나이가 많은 사람이 내 나이를 묻더니 자기 나이를 맞혀보라고 했다. 나는 60세라고 말했다. 그는 예순일곱이었다. 다른 사람도 똑같은 질문을 했다. 쉰 살쯤 돼보였지만, 그대로 말할까 하다가 듣기 좋게 말하고 싶었다. 그래서 마흔 살이라고 했다. 그는 서른 살이었다.

"타르야크 때문일 거예요." 남자가 설명하듯 말했다.

아편을 피우는 사람들이 정말 많을까? 샤가 통치하던 시절, 테헤란의 부르주아 층은 일종의 속물근성으로 대중을 놀라게 하려고 파이프 담배를 피웠다. 지금은 대중이 담배를 핀다. 시인 샤흐르야르는 유명한 아편중독자였다. 전에 타브리즈에 있는 그의 사원을 방문한 적이 있다. 누군가 해준 얘기로는 혁명과 탄압으로 마약이 압수되자, 물라들이 3년 전 그가 죽을 때까지 몰래 마약을 대주었다고 한다. 금지된 술? 사람들 말로는, 이란인의 70퍼센트가 적어도 한 번은 술을 마셔보았지만 절대 그 사실을 발설하지 않는다고 한다. 사람들은 입맛을 다시며 내 물통에 물이 들었는지 위스키가 들었는지 수도 없이 물어보았다. 개중에 믿지 못하는 사람들은 물통에 든 물을 맛보기까지 했다. 술을 금지하기 때문에 종교적으로 금지 대상이 되지 않는 아편 소비가 늘어난 것은 아닐까? 물론 마약중독자에게 가해지는 처벌은 가혹하다. 하지만 마약 유통망은 엄연히 존재한다. 이란은 뼈저린 사실을 확인하게 될 것이다. 미국 정부의 금주령과 같이, 정부가 아무리 술 소비를 금지해도 사람들이 술 마시는 것을 막을 수 없으며, 오히려 술 소비보다 더 근절하기 힘든 마피아의 탄생을 부추겼다는 사실을 말이다.[2]

---

2   개혁 성향의 신문 《모샤레카트(Mosharekat)》의 2000년 2월판에서 아브돌레자 하자예(Abdolreza Khazayee)는 다음과 같이 썼다. "우리 나라에는 320만 명의 마약중독자가 있고, 80만 명의 마약상용자가 있다. 마약을 소비하는 사람의 64퍼센트 이상이 35세 미만이고…… 형사범의 60퍼센트가 마약 밀거래행위로 형을 선고받았다. 이란은 아프가니스탄에서 생산된 마약 2천 톤을 소비한다." 《쿠리에 앵테르 나시오날》 3183호, 2000년 2월.

10. 이란의 공포정치

7월 11일, 다바르잔, 1,316킬로미터

세 형제 중 알리는 놀랍게도 프랑스 코미디언 프랑시스 블랑슈를 쏙 빼닮았다. 작달막한 키에, 살진 체구, 콧수염, 둥근 안경, 사악한 듯한 미소가 너무나 흡사했다. 그는 마지논(Mazinon)의 이웃 도시에 있는 대상 숙소 중 한 곳으로 날 인도했다. 사산 왕조 양식의 대상 숙소는 초라했지만, 아바스 왕조 양식의 대상 숙소는 잘 보존돼 있었고, 지방자치단체에서 개축 중이었다. 지금부터 적어도 2세기 전에 만든 카나트가 18킬로미터 떨어진 산에서 아주 깨끗한 물을 실어 나르고 있었다. 이곳의 자치단체장은 날 귀빈으로 대우했다. 여러 명사들이 우릴 찾아왔고, 빨간 양탄자를 꺼내 깔았으며, 저수지 주변에 물을 뿌리며 시원하게 하려고 애썼다. 우리는 차를 마시며 멜론을 맛보았다.

저녁에, 세 형제는 테이블을 옮겨다니며 손님들에게 프랑스 사람의 '오디세이아'를 얘기했다. 그들은 진짜 얘기에 살을 붙여 허풍을 떨기도 했다. 세 형제에게 올해에 사마르칸트까지 갈 거라고 분명히 말을 했는데도, 들려오는 얘기에는 내가 아프가니스탄과 파키스탄을 여행하고 있었다. 사람들은 나를 하늘에서 뚝 떨어진 사람처럼 쳐다보았다. 나는 1초 만에 먼 외국에서 여기 이란 땅으로 날아와 있었다. 웃음을 감추며 접시에 코를 박고 식사를 할 뿐 내가 끼어들 여지는 없었다. 잠은 메시트(56쪽 참조)에서 잤다. 그들은 두 끼의 밥값은 물론, 다음날 아침 밥값도 절대 받으려 하지 않았다. 세 형제는 빵빵한 배 때문에 숨을 헐떡거리며 날 주차장까지 배웅했고, 내가 사라질 때까지 인사를 보내며 우정 어린 땀을 흘리고 서 있었다.

토마스, 토르스텐, 프랑크, 이 세 독일인 자전거 여행자는 중국 시안에서 출발해 라인 강을 따라 쾰른으로 가는 길이었다. 그들은 하루 평균 100킬로미터 구간을 여행하며, 넉 달 동안 실크로드를 횡단하는 것이 목표라고 했다. 세 사람은 토루가르트(Torugart) 언덕을 통해 키르기스스탄(Kyrgyzstan)과 중국 사이에 있는 파미르(Pamir, 중앙아시아에 있는 고원지대)를 넘기 위해 사용했던 지도를 내게 보내주겠다고 약속했다. 그 길은 내가 내년에 지나가려고 계획해둔 곳이다. 우리는 서로 이메일을 보내기 위해 인터넷 주소를 교환하고 헤어졌다.

날이 새어 메흐르(Mehr)를 떠났다. 다리 사이로 따라오던 작은 여우는 내가 쫓아버리자 모래 속으로 사라져버렸다. 미풍이 불어와 수많은 모래기둥과 진갈색 먼지를 일으켰다. 한 번에 일어난 모래기둥의 수를 여덟 개까지 셌다. 다행히 날 보호해주는 터번이 있었다. 「석유의 나라에 간 탱탱」〔벨기에 만화가 에르제의 작품 『탱탱의 모험』 시리즈 중 하나〕의 살아 있는 복사판이라 할 만했다.

집 세 채가 있는 '마을' 리반드(Rivand)에서 쉬어가려고 했는데, 식당 주인이 너무나 적대적이어서 15킬로미터만 가면 나오는 에미르(Emir)까지 가기로 했다. 거기에 도착한 시간은 오후 한 시였다. 그런데 여기 역시 여관이 없었고, 길에서 만난 세 사람은 내 질문에 어찌할 바를 몰랐다. 사브제바르에 가는 것말고는 방법이 없었다. 다시 한 번 무리를 한 하루였다. 하루 동안 50킬로미터를 걸었으니! 하지만 이것은 간절한 한 가지 생각 때문이라고 고백해야겠다. 오직 샤워를 하겠다는…….

오후 다섯 시경에 사브제바르에 도착했다. 그런데 지난번에 메흐디, 모니르 부부와 함께 저녁을 먹었던 최고급 호텔은 만원이었다. 이튿날 프랑스어를 유창하게 하는 어떤 여자가 알려주기를, 그렇게 호텔이 붐볐던 것은 대학 입시 때문이었다. 사브제바르 대학은 이란에서 가장 형편없는 대학으로 알려진 곳이다. 그런데 그렇게 많은 가족이 자식들의 대입 시험장에 오다니! 이유는 간단했다. 대학교 수준이 떨어지는 만큼 시험 수준도 낮다. 하지만 일단 사브제바르 대학에 합격하기만 하면 학생들은 부모의 인맥을 이용해 대입 시험이 훨씬 까다로운 테헤란이나 다른 대학으로 편입할 수 있다. 결론은 그것이다.

지배인이 서류에 페르시아어로 호텔 이름과 주소를 적더니, 고급 호텔이라고 말했다. 나는 인도 위로 에브니를 끌고 갔다.

내 뒤를 바짝 쫓아오던 어떤 사람이 거칠게 말을 내뱉었다.

"날 따라오시오."

그는 반들반들하고 싱싱한 얼굴에 조금 살진 젊은이였다. '날 따라와요'란 말이 뭘 뜻하는 것인지 곧바로 알아차리지 못했다. 이란 사람들이 도와주겠다는 경우가 많았기 때문에, 명령이라고 생각하지 않았던 것이다. 그에게 손에 들고 있던 작은 종이를 내밀었다. 하지만 그는 분명하게 말했다.

"날 따라오시오. 경찰에서 왔소."

테헤란에서 경찰 도둑을 만난 이후 내가 평복 차림의 경찰을 불신하는 몇 가지 이유가 있다. 나는 단호하다 못해 복수심에 불타는 어조로 대화를 시작했다.

"경찰? 당신이 경찰이라고? 제복도 안 입었잖소."

"제복은 안 입었어도 경찰이고 당신한테 요구하는 건 ······."

"신분증 있소?"

그는 전세가 역전되는 걸 눈치 채고 협박을 하려고 했

다. 그 토실토실한 아기 같은 얼굴을 찡그리더니, 다시 한 번 단호한 어투로 내 의심스런 질문을 막고, 자기 위치를 확고하게 하기를 바라며 멍청하게 같은 말을 되풀이했다.

"난 경찰이오. 따라오시오."

"싫소. 당신은 경찰이라고 하지만 증명하지 못하잖소. 내가 확인하고 싶은 건 제복이나 신분증이오. 잘 가시오. 만약 날 찾고 싶다면, 이 호텔로 오시오."

그는 나무 사이로 보이는 건물을 가리켰다.

"저기가 경찰 본부요."

그는 자칫하면 친절하게 이런 말을 덧붙였을 것이다. "경찰서로 차 마시러 와요." 하지만 난 그렇게 생각하지 않는다. 에브니를 잡고 자리를 떴다. 남자는 무성한 나뭇잎 아래로 자기 모습이 보이도록 몸을 숙이고 큰 제스처를 하더니 날 따라잡으려고 전력질주한 뒤 내 팔을 잡았다. 그는 자기가 진짜 경찰이라고 말하고, 내가 죄를 가중시켰다는 걸 동료에게 알렸다. 그걸 알면서도 맹렬하게 저항하며 그의 손아귀를 빠져나왔다. 그는 길을 막았고, 무장한 군인이 뛰어오는 것이 보였다. 좋아, 영웅 같은 행동은 소용없어. 두 경찰에게 포위돼 경찰서로 갔다. 그들은 제복을 입은 경찰에게 에브니를 맡겼고, 우리는 두 층을 걸어 올라갔다. 젊은 경찰은 거의 공손에 가까운 친절한 태도로 사과를 했지만, 명령이라……. 역시나 평복 차림의 경찰 두 명이 토론을 하고 있는 사무실로 들어갔다. 손을 꼭 쥐고 서 있는 내 쪽으로 다가오는 한 경찰에게 젊은 경찰이 말을 걸고는, 날 보며 차를 권했다. 나는 여권을 찾기 위해 주머니를 뒤지면서 그의 악수를 피했다.

"내게 뭘 원하죠?"

"단지 이걸 확인하려는 겁니다. 정말 차를 마시지 않을 건지 말이오."

그는 동료와 사무실 전등 밑에 자리를 잡고 앉아서 서류를 뒤적거렸다. "당신 비자는 이제 유효하지 않아요." 그가 말했다. 난 웃으며 여권을 꺼내서, 그에게 이란 땅에 들어온 날짜 5월 14일과 유효 기간 3개월이라고 씌어 있는 곳을 손으로 짚으며, 내 비자의 만기일은 8월 13일이고, 지금은 7월 13일이라는 걸 강조하며 말했다. 복잡한 문제가 있는 건 사실이었다. 어떤 날짜는 기독교력에 따른 것이고, 어떤 건 이슬람력에 따른 것이다. 그는 두 가지를 혼동하고 있었다. 그는 계산을 다시 하더니 내 말에 동의하고 부하에게 내가 호텔을 찾을 수 있도록 도와주라고 명령을 내렸다. 그리고 내게는 사브제바르에서 좋은 시간을 보내라고 하더니 가도 좋다는 신호를 했다. 통통한 경찰은 더욱 친절해졌다. 난 약간 빈정거리는 태도로 그가 에브니를 자기 차의 트렁크에 넣는 것을 지켜보고 있었다. 그를 비웃은 건 나뿐이 아니었다. 그의 동료들도 마찬가지였다. 동료들이 이삿짐 나르냐고 물은 듯했다. 같이 가는 동안 그가 누구인지, 나를 맞이한 사람들이 누구인지 알고 싶었다. 경찰일까, 아닐까?

이 풋내기 경찰을 제대로 심문해보기로 했다.

"당신은 어떤 경찰이오? 제복도 없고, 신분증도 없는데 경찰서에서 일하고 있잖소."

그는 분명 내 어투와 질문 내용이 맘에 안 드는 표정이었지만, 그래도 대답했다.

"난…… 정보경찰입니다."

난 여유 있게, 더욱 깊숙이 찔러보았다.

"정보경찰? 그게 무슨 뜻이지? 어떤 정보? 신문사 경찰?"

프랑스의 공안경찰과 비슷한 것 같았다. 공안경찰은 여론을 파악하기 위해 정보를 수집하는 일을 한다. 하지만 프랑스에서는 공안경찰이 지나가는 사람을 잡는 일은 없다. 난 이죽거리며 그에게 그 얘기를 했다. 그는 영어로 한두 문장 말해보려고 하더니 잘되지 않자 갑자기 과감하게 말을 내뱉었다.

"말씀드리죠, 선생. 그럼 이해가 빠를 거요. '사바크'요."

이건 웃을 일이 아니었다. 물라는 자신의 이익을 위해 샤가 통치하던 시대에 악명을 떨치던 경찰을 동원한 것이다! 모든 '강력한' 제도가 확실하게 규합됐다. 차르와 정치경찰의 폭정에서 해방된 공산주의자들은 자신이 그 피해자였으면서도, NKVD(내무인민위원회)에 이어 KGB(국가보안위원회)라고 부르는 사형 집행자들을 끌어모았다. 이름은 바꿔었지만 방식은 그대로였다. 물라는 사바크라는 이름은 없 앴지만, 그 구조는 그대로 유지했다.

카즈빈에서 어떤 여자가 해준 얘기로는, 하타미가 아 직 대통령에 오르지 않았던 5년 전까지만 해도 공포정치가 만연했다. 그 여자의 남편은 어느 날 아이들을 만나려고 기 차표를 사러 나갔다. 여자는 저녁이 되어도 남편이 돌아오 지 않자 밤새도록 불안해하며 남편을 기다렸다. 다음날 아 침 이른 시간에 여자는 마을의 경찰서로 달려갔다. 아무도 남편 소식을 몰랐다. 그녀는 줄을 대서 정부 부서에 알아보 았다. 그래서 체제 반대자를 색출하러 다니는 '비밀경찰'에 게 남편이 체포됐다는 사실을 알았다. 결국 여자는 극적인 소식을 접하게 됐다. 남편이 투옥된 교도소의 감방은 산 사 람은 절대 나올 수 없는 곳이었던 것이다. 그의 죄목은? 그 는 경찰의 일제단속에 걸렸을 뿐이었다.

여자는 아는 사람을 통해 몇 가지 정보를 입수했다. 경 찰은 여자의 남편을 수색하다가 달러와 파운드를 발견했다. 그래서 명백한 스파이라는 죄목을 달게 된 것이다. 여자는 울부짖으며 말했다. "그게 어쨌다는 건지 모르겠어요. 남편 은 무역회사에서 일을 하고, 유럽에 출장을 갔다가 돌아오 는 길이었어요." 할 수 있는 일이 없었다. 그는 죽음의 방에 투옥됐다. 그가 감옥에서 나올 수 있는 확률은 전무해보였 다. 한 달 동안 여자는 온갖 수단을 동원해 문을 두드리고, 부처 대기실에서 몇 시간을 기다리고, 남편이 도움을 주었던 모든 사람—아주 많았다—들을 총동원했다. 여자는 남편이 정치에 전혀 관심이 없었다는 걸 증명하는 여러 증거물을 모았다. 4주가 지나도록 어떠한 조치도 없었다. 그러다 어느 날 남편이 다른 감옥으로 옮겨졌다는 소식을 듣게 됐다. 그는 절망의 감방에서 나온 것이다. 며칠 후 남편이 풀려났다. 경찰은 재판 같은 걸 할 생각조차 안 했다. 정보경찰은 누가 체제의 적인지 분명히 알고 있다. 그런 그들이 실수를 한다고 해도 누가 불만을 토로할 것인가? 특히 정치인에 대해서는 더더욱 그러하다. 이런 경찰이 지키고 있으니, 아무도 보상을 요구할 수가 없다. 보통선거로 진행된 하타미 선거 이후 상황이 달라졌다. 최근 대선은 희망을 불러일으켰다.

하지만 훨씬 더 은밀하고 무시무시한 위협이 존재하고 있다. 어떤 정부조직에도 속하지 않은 몇몇 물라가 조장하는 위협이 그것이다. 그들의 기술은 지난 2세기 동안 공포 분위기를 조성했던 '산의 장로'가 사용한 기술과 비슷했다. 신의 사람이 요구하는 모든 것에 맹목적으로 복종해 실행하도록 훈련받은 사람을 이용하는 기술이다. 최근 예술가나 언론인을 대상으로 한 여러 살해사건은 물라가 명령에 따라 무조건 무기를 들도록 세뇌시킨 약한 영혼들을 교사해 저지른 짓이었다. 물론 이곳에서 이런 범죄는 아무런 처벌도 받지 않는다. 왜냐하면 알라가 결정한 것이기 때문이다.

내 가이드 경찰은 날 추천 호텔로 데리고 갔다. 이 호

텔 역시 만원이었다. 우리는 세 번째 주소로 찾아갔다. 그는
정찰하러 갔다가 돌아와서 말했다. "안 돼요, 여기는 갈 수
없어요. 너무 더러워요." 하지만 풋내기인 그는 상관에게 전
화를 걸더니 딴소리를 했다. "방이 있는 호텔은 여기뿐이에
요. 그러니 여기에 내려주겠어요." 분명 상관은 이 외국인과
너무 많은 시간을 소비했다고 꾸짖었을 것이다.

더럽다는 한마디로는 부족한 곳이었다. 호텔은 때가
끼고 추하고 비위생적이고 불결하고……. 머릿속에 떠오르
는 형용사들을 모두 동원해도 이곳의 더러운 상태를 적절
히 옮길 수 없었다. 방은 모두 열 개 남짓으로 바닥이 갈라
진 음산한 복도를 따라 양쪽으로 나뉘어 있었는데 모두 화
장실 같았고, 물이 줄줄 새는 수도꼭지 밑에 놓인 양동이에
는 음식 찌꺼기, 빈 통조림 깡통, 아기 기저귀, 휴지 등등 손
님들이 버리고 간 오물로 가득했다. 쓰레기통이 꽉 찼기 때
문에 투숙객들은 쓰레기통 옆에 쓰레기를 마구 버렸다.

딱 하나 비어 있는 방이 이 쓰레기 처리장 옆에 있었
다. 나를 거기까지 안내한 지배인은 문을 밀었다―손잡이
와 자물쇠가 없었고, 갈고리로 닫게 돼 있었지만…… 바깥
에서만 잠글 수 있었다. 지배인은 침대 두 개 중 하나는 벌
써 누군가에게 빌려주었는데, 누군지 모르겠다고 했다. 뭐
라 말할 수 없는 오만 가지 냄새가 났다. 시트는 구겨졌고
물론 의심쩍었다. 밖에서만 문을 잠글 수 있는 걸 보고 내가
놀라자, 그는 "모든 방들이 이래요."라고 간결하게 말했다.

잠시 후에 본 화장실도 상태는 마찬가지였다. 밖에서 자는 게 낫겠다고 판단하고 배낭을 들고 떠날 준비를 했다. 하지만 열 배나 높은 가격으로 이틀치 선불을 요구하러 왔던 지배인은 잠깐 기다려달라고 하더니, 이 문제를 처리하겠다고 했다. 기다리는 동안 거리로 향한 창문을 열자, 분명 꽤 오랜만에 새로운 공기가 이 누추한 방으로 들어왔다. 지배인은 자물쇠와 열쇠를 가지고 돌아왔다. 그는 문틀과 문 위에 구멍 두 개를 냈다. 나갈 때는 문을 잠글 수 있겠지만 자는 동안은 안전을 보장할 수 없었다.

간밤에 옆방 사람—난 조용하게 있었지만 그래도 내가 성가셨는지 그다지 호의를 보이지 않던 학생—의 코고는 소리를 잊고 싶고, 아침식사—쇠머리가 푹 익어서 계속해서 뭉그러지는 죽—도 잊고 싶다. 식당 주인은 가톨릭 신자였다. 그는 자랑스럽게 벽에 아기 예수를 안은 성모 그림과 십자가에 매달린 예수상, 기타 착색 석판화를 이맘 호메이니의 실제 크기 초상화와 함께 사이좋게 걸어놓았다⋯⋯. 그렇다. 난 서랍 구석에, 이 역겨운 기억과 극심한 고통의 시간을 정리해서 처넣어버리고 싶다. 아침 시간에 내게 주어진 행복을 좀 더 잘 맛보기 위해서. 방 하나가—세 번째 기적—'외국인을 위한 고급 호텔'에 빈 상태로 있었다. 내가 따뜻한 샤워기 밑에서 피부에 자글자글한 주름이 일 때까지 뼛속까지 문질러 닦으며 얼마나 황홀한 기분을 느꼈는지 절대 아무도 알 수 없을 것이다⋯⋯.

사브제바르에는 구경할 만한 곳이 하나도 없었다. 이 지역의 여러 곳처럼 칭기즈 칸이 친절하게 쓸어버린 이 도시는 손톱만큼의 흥밋거리도 없었다. 여기에 페르시아 제국 최대의 대상 숙소가 있었다고 해도 말이다. 이 숙소에는 1,700개나 되는 방이 있었다! 반면 굉장히 크다고 생각한 카즈빈의 대상 숙소는 방이 250개밖에 되지 않았다!

하얀 수염을 기른 노인 기술자 아크바르는 고치고 있던 유모차를 접어두고, 에브니의 바퀴에 손을 대더니 순식간에 새것처럼 고쳐놓았다. 그가 달라고 한 1천 리알보다 더 많은 돈을 주고 싶었지만 가격은 가격이었기에 어쩔 수 없었다.

거의 2주일 전부터 하루 일정을 마치고 저녁마다 손을 본 노트들을 가방에 차곡차곡 쌓아두었다. 우체국에 가자, 당황한 세 직원이 편지봉투 중에서 내가 사진 필름을 넣은 봉투를 더듬거렸다. '정보' 경찰인가? 테헤란에서 검열은 피할 수가 없었다. 현 체제는 필름을 발송하기 전 반드시 그 안에 어떤 내용을 담았는지 확인했다. 정확히 말해 필름이 아닌 사진을 보내야 한다. 여기에서는 필름을 어떻게 할수 없기 때문에 테헤란으로 보낼 것이다. 그래서 필름은 가지고 있기로 했다. 우표값을 내고, 우체국 직원들이 준 차를 마셨다. 그리고 우체국을 나오면서 어떤 사람과 마주쳤는데, 그 사람이 날 바라보는 시선이 내 주의를 끌었다. 이 남자를 전에 본 적이 있는데, 어디였더라? 이가 들끓었던 호텔도 아니고, 어제 아침에 새로 옮긴 호텔도 아니다. 그렇다면 경찰서밖에 없었다. 쏜살같이 우체국으로 되돌아와서 우편물을 부쳤던 층까지 올라갔다. 그 남자는 거기에서 내게 등을 보이고 있었다. 계산대 위에는 우체국 직원이 분명히 소인을 찍어서 자루에 던져버리는 걸 내 눈으로 확인한 열다섯 통의 편지봉투가 나와 있었다. 난 재빨리 봉투를 끌어모았다.

"내일 부치겠어요. 잊은 게 있어서……."

"하지만 그건 소인을 찍은 거예요……. 돈도 지불했고……. 이제 부칠 준비가 됐는데……."

직원 중 하나가 놀라서 말했다.

어디로 부치지? 묘안이 떠올랐다. 지금 들어온 사람은 잠자코 있었다. 나는 쾌활하게 직원들에게 인사하고 모두를 남겨두고 나왔다. 풋내기 경찰과 문제가 있었다고 내가 편집증 환자가 된 것일까? 그럴 수도 있다. 하지만 위험을 감수하고 싶지도, 감수할 수도 없었다. 경솔하게도 별다른 주의 없이 본 것을 그대로 적었는데, 마약에 손을 대고 나와 술을 나눠 마셨거나 현 체제를 비판한 몇몇 반역자들이 쉽게 적발될 수도 있었다. 어쨌거나 이 봉투에 담긴 양은 그렇게 많지 않아서 내가 만난 사람들에게 해를 끼칠 수 있는 모든 내용을 지울 때까지 발송을 미룰 수 있었다.

7월 18일에 보낸 우편물을 파리에서 받은 건…… 12월

2일이었다. 우편물은 증기를 이용해 떼어졌고, 습기로 잉크가 번져 있었다. 검열은 정성스럽게 이루어졌다. 일단 봉투가 쉽게 열리지 않을까 두려워해서인지, 뒷면에 풀을 살짝 붙인 것이 눈에 보였다…….

하루 동안 휴식을 취했다. 메셰드에 도착하기 전까지 일주일이 남았고, 계획보다 조금 앞선 상태였다. 지난 보름 동안 행군에 가속이 붙었다. 호텔 지배인은 같은 가격에 정원 쪽으로 전망이 좋은 방 세 개짜리 고급스런 스위트룸을 제공하겠다고 했다. 하지만 하루에 한 번 이사로 족했고, 방에 머무르는 시간도 얼마 되지 않았다…….

파리에 전화해서 이메일을 체크할 수 있는 컴퓨터를 찾았다. 나를 맞이한 컴퓨터 회사는 생긴 지 얼마 되지 않은 곳이었다. 그 회사를 차린 사람은 통신에 매료된 의사였다. 하지만 모뎀을 연결하기가 너무 어려워서, 두 시간 동안 두 개의 편지를 읽고 한 개의 답장밖에 쓸 수 없었다.

호텔에 돌아와서 지배인에게 내일 새벽 다섯 시에 떠날 것이고, 아침식사를 하고 싶다고 말했다. "가능합니까?" "네, 그럼요." 이란 사람들은 절대 '아니오'라는 말을 하지 않는다. 하지만 그는 여권을 맡기고 추가비용을 내라고 했다.

"추가비용이라뇨? 이틀 숙박료로 이란 사람들에게는 2만 5천 리알을 받으면서, 내게는 어제 50만 리알(500프랑)을 달라고 했소! 그리고 모두 포함된 가격이라고 분명히 말했잖아요. '추가비용'이란 게 뭐요? 전화를 쓰지도 않았고 여기에서 식사도 하지 않았어요. 여권만 해도, 어제 당신에게 여권을 주었고 경찰이 충분히 조사했잖아요."

그는 계속해서 격렬하게 여권을 달라고 한 반면, 돈 얘기는 총액—15만 리알—을 아라비아 숫자로 쓰는 데 만족하며 목청을 높이지 않았다. 내가 의견을 굽히지 않자 그는 시합을 포기하고 사라져버렸다. 메셰드에 사는 어떤 손님이 다가와 자기가 사는 도시에 오면 잠자리를 제공하겠다고 제안했다. 우리가 얘기를 나누는 동안 지배인이 다시 나타나 자신의 요구를 되풀이했다.

"돈은 줄 수 없어요. 내가 왜 그 돈을 내야 하는지 증명하지 못한다면 말이오. 여권도 못 줘요. 제복을 입은 경찰—난 이 점을 강조했다—이 요구하지 않는다면."

목청이 높아졌다. 가까운 식당에서 나온 것 같은 젊고 예쁜 아가씨가 말다툼하는 소리를 들었는지 도와주겠다고 했다. 여자는 유창한 영어와 약간의 프랑스어를 했는데, 아마 완벽한 통역사가 될 수 있을 듯했다. 통역을 사이에 두고 대화를 나누었다.

"당신 여권을 달라고 한 건 경찰이지 내가 아니에요……."

"그렇다면, 경찰이 직접 와서 말하라고 해요. 당신이 관여하지 말고."

"하지만 비자가 유효하지 않아요."

결정적인 논거. 식당 사람들이 다가왔다. 나를 둘러싼

사람들이 열댓 명이었다. 난 짜증을 내기 시작했다.

"당신이 말하는 경찰은 어디 있는 거요? 여기 올 수 있소, 없소?"

"여기 있어요."

그러더니 지배인이 호기심 어린 사람들 뒤에 서 있는 사복을 입은 남자를 가리켰는데, 분명히 낯이 익었다. 바로 우체국에서 봤던 사람이다.

"당신이 경찰이오?"

그는 어색하게 웃고, 내가 의심하는 걸 알면서도 아무 말도 하지 않았다.

"그럼 교환합시다. 당신은 경찰 신분증을 내게 주고, 난 당신에게 내 여권을 보여주겠소."

그는 머리를 가로저었고, 치근을 드러내보이며 억지웃음을 지었다. 지배인이 그를 도우러 왔다.

"정말 경찰이에요. 내가 아는 사람이니까 믿어도 돼요."

"그럼 난 칭기즈 칸이오."

두 공범자만 빼고 모든 사람들이 웃음을 터뜨렸다. 하지만 경찰은 다시 요구하는 지배인에게 동의를 표하더니 이렇게 말했다.

"당신 여권을 주면 한 시간 내로 돌려드리겠소."

"금방 주겠다고 약속해도 주지 않겠어요."

날카로운 설전이 계속되자 젊은 통역사는 진땀을 뺐

다. 하지만 이것이 여자를 흥분하게 했다. 분명히 여자는 나를 변호하고 있었고, 점점 몰려드는 구경꾼들도 내게 용기를 주는 미소를 지으며 조심스럽게 침묵을 지켰다.

"그럼 경찰서로 갑시다."

그게 그자의 최후수단이었지만 효과가 있었다. 나는 거절할 수가 없었다. 지배인, 통역사, 구경꾼들과 내가 무리를 이루었다. 사무실은 문을 닫았지만, 환하게 불이 켜진 작은 방에 모여 있던 헌병들은 시간이 가기를 기다리고 있었다. 호텔의 경찰은 사무실 구석에서 눈에 띄지 않게 조용히 있었다. 문지방을 지키고 서 있는 경관이 다른 사람들을 밀어넣고 출입을 막았다. 젊은 여자의 통역으로, 난 제복을 입은 남자들에게 정말로 그들이 내 여권을 보자고 했는지 물어보았다. 대장처럼 보이는 사람이 깜짝 놀라는 표정을 지었다. 내가 여기에 왔으니까, 공개적으로 내 비자가 유효한지 심사를 하라고 했기 때문이다. 그는 결국 모든 것이 정상이라는 걸 인정할 수밖에 없었다.

그는 내게 나가도 좋다고 했고, 난 기꺼이 그렇게 했다. 층계 아래에 있던 사람들이 손을 내밀어 박수를 치며 경찰에 저항한 내게 축하의 인사를 보내주었다. 나의 끈질긴 고집으로 그들을 대표해 이제 막 승리를 거둔 것이었다. 나는 인간의 째째함과 사소한 복수가 어떤 것인지 알고 있기 때문에 이튿날 아침 경비—분명 지배인에게 설교를 듣고 왔을—가 자기는 부엌에 들어갈 권한이 없다고 말했을 때도 놀라지 않았다. 그래서 속이 빈 채 출발했다. 하지만 머리는 높게 세운 채……

두 시간 동안 지도를 열심히 연구한 뒤 일부러 돌아가는 길을 택했다. 이제 국경까지 가는 데 충분한 시간이 있었고, 투르크메니스탄과 당당하게 자리 잡고 있는 무시무시한 카라쿰 사막이 가까워지고 있음을 감지했다. 짧은 구간으로 계획을 다시 짰기 때문에 우회로를 택하면 처음 계획보다 하루가 더 걸릴 것이다. 맑은 정신으로 사브제바르에서 18킬로미터 떨어진 작은 마을 바흐자르(Baghjar)로 연결되는 비탈길을 오르기 시작했다. 짧은 구간이었지만 경사가 상당했다. 보름 전부터 평지에서 끌고 다니는 데 익숙했던 에브니는 무거운 존재가 돼버렸다. 경이롭다고 표현할 수밖에 없는 풍경이 펼쳐졌다. 거대한 계곡은 뜨거운 햇볕을 받아 붉게 타올랐고, 그 사이로 길이 지그재그로 이어졌다. 차량이 거의 없어서 오랜만에 평화로운 산길을 걷는 행복감과 함께 아름답고도 가혹한 자연과 일치되는 느낌을 되찾았다. 석회질 토양에서 몇 그루의 나무가 자라는 데는 물줄기 하나로 족했다. 이런 경이로운 모습 앞에서 아랍인들이 이슬람의 상징으로 초록색을 택했던 것에 어찌 놀랄 수 있겠는가?

남쪽으로 몸을 돌리자 눈앞에 장엄한 카비르 사막이 끝도 없이 펼쳐졌다. 바람이 일자 모래기둥 하나가 생기더니 사막 쪽으로 돌진해갔다. 십층 높이의 모래기둥은 조그만 마을 위로 지나가면서 회색 베일 아래로 몇 초간 마을을 삼켜버리다가 지평선을 향해 엄청난 속도로 쏠려갔다.

바흐자르에 도착한 일은 마법과 같았다. 땀을 뻘뻘 흘리며 다섯 시간을 오르자, 산허리의 신기루 속에 계단 모양으로 집이 늘어서 있는 마을 모습이 보였다. 도로는 경사지에 매달린 낮은 지붕의 작은 벽돌집 위로 불쑥 나와 있었다. 수백 개의 작은 정원의 흙벽 안에는 포도나무, 살구나무, 뽕나무, 석류나무가 자라고 있었다. 밭은 피망의 강렬한 색깔로 환한 빛을 냈고, 자연에서 자라는 접시꽃이 여기저기에서 봉오리를 벌렸다. 도로변 나무 아래에서 두 아이가 커다란 포도송이를 들고 먹고 있었는데, 한 아이는 포도송이가 봉헌물이라도 되는 듯 머리 위까지 올려들고 있었다. 햇볕을 잔뜩 받아 열이 올랐던 나는 그 모습을 보자 시원한 기분이 들었고, 나 역시 밥을 먹기 위해 나무 아래에 앉았다. 이렇게 돌아가기로 생각을 바꾸길 잘했다. 머릿속에 지금까지 지나온 마을들 모습이 줄지어 나타났다. 바흐자르는 그중에서 가장 아름답고 가장 행복하고 가장 멋진 산의 옷을 입고 있었다. 멀지 않은 곳에 있는 샘물이 과수원에 물을 댔다. 버스 한 대가 섰는데, 몇몇 사람이 버스 안에 몰려 있었다. 운전사와 농부 하나가 지붕에 양을 올리느라 열심이었다. 그들은 공포에 실린 채 약한 다리로 지탱하며 매달려 있는 양을 싣고 다시 출발했다. 함께 이야기를 나눈 어떤 부부는 펄펄 끓는 라디에이터에 물을 넣으려고 나무 밑에 차를 세워두었다고 했다. 그들은 비탈길 꼭대기 고개 가까이에 알야크(Alyak)라는 작은 마을이 있다고 알려주었는데, 지도에는 나와 있지 않았다.

거기에 가고 싶은 욕망이 날 사로잡았다. 이성적으로 생각해보려고 했다. 왜 또 이렇게 다리가 근질근질한 것일까? 바흐자르에 멈춰서 평화로움을 맛보고, 정원 사이를 빈둥거리며 다니고, 내일 아침 사막 위로 떠오르는 태양을 보는 것도 괜찮을 것이다. 하지만 알야크는 여기만큼 예쁘거나 더 예쁜 마을일 수도 있지 않은가. 그곳에 가면 나는 좀 더 높이, 좀 더 먼 곳에 있게 되는 것이다. 이런 평화로움과 외따로 떨어진 곳의 고요함, 내 손이 닿을 수 있는 곳에 펼쳐진 따뜻한 녹색 풍경을 즐기는 것보다 길을 가야 한다는 유혹이 다시 한 번 언제나 그렇듯 솟아올랐다. 오래 망설이지 않았다. 땀을 쏟으며 걷다 보니, 저 멀리 고개 근처에 나무도 없는 평지 구석에 틀어박힌 알야크 마을이 우울한 네 채의 집으로 모습을 드러냈다. 바흐자르의 천국 같은 이미지가 지워졌다. 유감스러운 일이었다. 해야 할 일이 없었으니 당연히 더 멀리 가야 했다. 악마가 속삭였다. "바로 옆이야. 몇 시간만 걸어가면 내리막길이야. 그냥 미끄러지듯이 내려가기만 하면 돼……." 내일 저녁에 들를 예정이었던 솔타나바드(Soltanabad)까지. 오후 한 시가 조금 넘을 무렵, 포도나무 옆에서 통조림으로 식사를 했다. 내가 앉은 곳 위의 지붕은 최근 포도 수확을 하고 남은 나뭇잎으로 만든 듯했다. 식사를 끝내고 편안하게 낮잠을 잤다. 도로는 송곳니처럼 뾰족한 산으로 둘러싸인 거대한 분지까지 한적하게 길게 뻗어 있었다. 비탈길에는 휴경지의 포도밭만 있었다—물라의 선물. 죽은 포도나무 그루도 교체하지 않았고, 포도밭은 벌레 먹은 상태였다. 포도 덩굴도 가지를 치지 않았다. 이런 유기遺棄가 범죄행위처럼 느껴졌다.

솔타나바드는 계곡 안쪽에 있었고, 황토 위에 곧고 검은 선을 그리는 두 도로가 도시의 북쪽과 동쪽을 연결했다. 나는 도로변에 앉았다. 조급하지가 않았다. 두 시간 후에야 밤이 내렸고 나는 마을에서 도보로 한 시간 거리에 있었다. 이곳에서 잠시 몽상에 잠겨 있는데, 이런 진공상태가 왠지 낯설게 느껴졌다. 우주의 미물, 우주의 먼지로서 자주 갖게 되는 이런 느낌은 날 압도하고 말 그대로 상심하게 만들었다. 나는 왜 여기 있는가? 2000년 7월 16일 현재, 이란의 하늘 아래 누더기를 걸치고 외롭게 앉아서 뭘 하고 있는 것일까?

비탈길을 올라와서 목전에서 거칠게 브레이크를 밟는 지프 때문에 존재론적인 우수에서 벗어났다. 제이날 아베딘 노미네는 차에서 뛰어내리더니 손을 내밀었다. 그는 호인이었고, 뚜렷이 구분되는 두 가지 색의 털을 가지고 있었다. 콧수염은 검정색, 턱수염은 흰색. 두 수염 사이에 있는 입이 말을 하며 웃었다. 크게 웃을 때마다 충치가 있는 입 안이 보였다. 이 남자에게선 친근감이 흘러넘쳤다. 그는 내게 인사를 하고는 늘 들어왔던 질문을 시작하기 전, 자동차로 되돌아가더니 얼음덩어리 위에서 굵은 포도송이 세 개를 가지고 왔다. 아이고, 아이고, 내 설사…….

그는 이 얼음을 사브제바르로 나르러 간다고 했다.

"데려다 줄까요?"

"사브제바르? 거기서 오는 길인데요!"

"솔타나바드는 우리 마을이에요. 안내해줄 수 있어요."

사브제바르에 갔다가 되돌아오는 데 적어도 한 시간이 걸린다. 그 시간이면 나는 이미 마을에 당도해 있을 것이다. 나는 그의 제안을 거절하지 않으려고 조심했고, 약삭빠른 사람처럼 굴었다.

"아뇨, 당신이 사브제바르에서 돌아오면 기꺼이 당신 차에 타겠어요……."

그는 함박웃음을 짓더니, 지프로 가서 뒷문을 열고 마치 깃털을 잡듯 에브니를 번쩍 들고 얼음 위에 놓고 내게 차 문을 열어주며 말했다.

"그냥 출발해요. 사브제바르는 나중에 갈래요."

놀랍게도 난 그에게 이렇게 대답하고 말았다.

"발레."

그렇게 흔쾌히 자동차에 올라닸다! 그리고 예전과 달리, 무슨 일이 있어도 1킬로미터라도 걷지 않고 가는 일이 없도록 내일 아침 마을의 언덕 위로 되돌아가야겠다는 생각조차 들지 않았다. 이 일 때문에 나중에도 웃음을 지을 수 있었다. 나를 만나러 오는 사람들이 의심스런 눈으로 늘 물어보았던 "그런데 한 번도 자동차에 탄 적이 없어요?"라는 질문에 이제부터는 "아뇨, 솔타나바드의 건축회사 사장 제이날 아베딘 노미네의 지프를 타고 6킬로미터를 갔어요."라고 대답할 수 있게 됐기 때문이다.

점심시간은 아직 멀었는데, 나는 모하마드 알리 포칼로이의 가게에서 샌드위치 하나를 허겁지겁 먹었다. 젊은 그는 짧게 자른 머리에 꽤 멋을 부렸다. 몸에 비해 너무 큰 흰 셔츠 때문에 그의 구릿빛 피부가 더 강조되어 보였고, 약간 찢어진 눈은 몽골족이 여기에 유산을 남기고 갔다는 사실을 증명하고 있었다. 그는 아주 먼 곳에서 걸어서 여기까지 온 외국인이 자기 앞에 서 있다는 사실이 몹시 놀라운 듯한 표정을 지었다. 그는 뛰어가더니 친구 다디아르를 데려왔는데, 이 친구는 그들의 머릿속에 떠오르는 해괴한 질문들을 서툰 영어로 통역했다. 밤이 이슥해졌다. 숙소를 찾아야 했다. 여러 곳에서 거부당하자, 모하마드 알리는 날 이슬람 사원으로 데려가서 까탈스러워보이는 작은 노인에게 문을 열게 했다. 나는 거기에 있는 푹신푹신한 양탄자 위에서 금세 잠이 들었다. 잠에서 깨니 찻주전자, 찻잔, 설탕이 놓인 쟁반이 있었는데, 분명 모하마드 알리가 내가 자는 동안 가져다 두었을 것이다. 다른 유숙객들도 있었다. 두 노인은 가스 버너 위에서 차를 끓이며 말린 과일을 조금씩 뜯어 먹고 있었다. 나는 봉헌을 할 때만 생기가 도는 가톨릭 교회의 거만한 냉담함과 비교되는 이슬람 사원의 잔치 같은 분위기에 다시 한 번 놀랐다. 차도르를 한 소녀 셋이 다가와 '방명록'에 사인을 하라고 했다. 그것은 아이들이 때마침 산 새 공책이었다. 그 아이들은 사진을 찍겠다면서 머리털이 보이도록 차도르를 벗었는데, 그 모습이 꼭 테헤란에서 보았던 대담한 여자아이 같았다. 노인들도 날 '방문했다'. 직업은? 은퇴한 교사. 가톨릭이오? 발레.

이슬람 사원에서 나와 다시 또 샌드위치를 사러 부드러운 미소와 천사 같은 눈을 한 모하마드 알리의 식당으로 갔다. 한사코 돈 받길 거절하는 그를 설득하기 위해 십 분 동안 설전을 벌여야 했다. 사원에서 돌아오는 길에, 하루에 다섯 번 있는 예식 중 마지막 저녁 예식에 참석했다. 손바닥을 하늘로 향하고 정신을 집중해 기도의 황홀경 속에 빠져든 신도들은 봉헌물을 들고 있거나 받는 것처럼 보였다. 여자들은 저 아래 큰 방의 다른 쪽 끝, 커튼 뒤에 있었다. 예식이 끝나자 여자들은 커튼을 걷고 멀리에서 온 외국인을 쳐다보았다. 사원을 떠나면서, 모든 남자들은 내게 인사하며 편안히 자라고 말했다. 대장처럼 보이는 사람은 물라의 옷을 입지 않고 터번만 두르고 있었는데, 안전을 위해 문을 잠그고 있으라고 충고했다.

깊게 잠이 들었는데, 큰 소리와 문 두드리는 기척에 잠이 깼다. 빗장을 열자마자 흥분한 젊은이들이 들어왔다.

"전 알리라고 하는데, 우리 집에 가서 주무세요."

성큼성큼 걸어 들어온 키 큰 남자가 말했다.

"난 여기가 편한데……."

"아뇨, 저랑 같이 가요."

그는 내가 나서기도 전에 에브니를 움켜잡았다.

다른 청년은 내 담요를 접었다. 난 그제야 내 안락함 따위는 관심의 대상이 아니란 걸 깨달았다. 몇몇 극단적인 보수주의자들이 가톨릭교도가 이슬람 사원에서 자는 걸 참지 못하고 부드럽지만 단호하게 몰아내는 것이다. 잠에 취한 채 알리의 집으로 끌려갔다.

알리는 확신에 차 생활하는 행복한 이 인간들 중 자신에 대한 확신으로 가득 찬 거만한 사람이었다. 그는 경영학과 교수라고 자기를 소개했고, 친구 바라트는 까다로워보이는 얼굴에 다리를 절었는데, 지리 교사였다. 그들은 자기 나라 말밖에 하지 않았지만, 알리는 내게 누군가 깨우러 나갔다고 말했다. 영어를 할 줄 아는 교수 무사를 부르러 간 것이었다. 그런데 그 '통역사'가 아무 소용도 없었던 것이, 그가 영어를 구사하는 정도가 내가 페르시아어를 하는 것과 비슷한 수준이었기 때문에 우리 사이에는 벙어리 대화가 오갔다. 똑같은 말을 몇 번이나 반복했지만 소용없었다. "왜 날 이슬람 사원에서 데리고 나왔소?" 아무 대답도 들을 수 없었다. 어떤 이는 자기 발만 내려다보고 있고, 또 다른 이는 다른 질문으로 응수했다. 예를 들면 뭘 먹고 싶으냐 같은 질문이었다. 결국 '책임자가 두려워했다……'고 이해했다. 하지만 모두 벙어리가 돼버렸기 때문에 이 남자를 두렵게 한 사람이 누구인지 전혀 알 수 없었다. 배가 고픈 게 아니라 자고 싶을 뿐이라고 아무리 말을 해도, 알리는 모습을 보이지 않는 그의 아내가 준비한 음식을 가지러 부엌으로 갔다.

대화는 이란과 이라크 전쟁에 관한 것으로 이어졌다. 전쟁은 대화 중에 생생하게 존재했는데, 특히 마지막 몇 달간 전쟁을 치렀던 젊은이들에게는 더욱 그러했다. 제 1차 세계대전은 우리 시골에서도 많은 사람들의 생명을 앗아갔다. 마을의 거리에서 참혹한 전투 중에 숨진 스무 살도 안된 샤히드(순교자)의 거대한 초상화 열여섯 개를 보았다. 마을에서 처음으로 살해된 사람은 무사의 동생으로, 그때 나이가 열여섯 살이었다.

선전 문구 같은 일련의 질문이 쏟아졌다. 놀라운 것은 교양 있고 어느 정도 객관적인 시각을 갖고 있을 것이라고 여겼던 사람들이 그런 질문을 한다는 사실이었다. 세 남자는 전쟁으로 고통을 겪었고 공포가 무엇인지 알기 때문에 종교에 매달렸고, 그 여세를 몰아 물라의 정치에 자신을 맡겼다. "왜 로제 가로디를 박해하는 거요?" "왜 이스라엘을 돕지요?" 대답을 하려 했지만 무사가 알리의 질문을 통역하면서도 내 대답은 통역하지 않는다는 것을 알게 됐다. 알리는 계속 말했다. "우리는 당신네 프랑스 사람들을 좋아해요. 호메이니를 환대했으니까요. 하지만 전쟁 중에 우리에게 폭탄을 퍼부은 건 당신네 비행기였어요." 그가 가져온 앨범에서 볼 수 있었던 건 카키색 옷을 입은 젊은 광신도뿐이었다. 스무 살도 되지 않은 그들은 무서운 동시에 즐거운 놀이의 절정에 이르렀을 때의 아이들처럼 기관총을 흔들고 있었다. 바라트는 전쟁 때 입은 상처로 다리를 절게 된 것일까? 아니다, 그것은 프랑스제 오토바이 때문이었다……. 그들의 공격적인 태도에 피곤해져서 이제 시간이 늦었으니 자야겠다는 표정을 지었다.

솔타나바드 이후의 길은 아름다웠다. 한 시간을 걷자 작은 고개를 넘게 되었는데, 그 뒤에서 관개시설이 갖추어진 평원을 발견했다. 끝도 없이 이어진 거대한 사각형의 밀과 옥수수 밭이 펼쳐졌고, 포플러나무들이 여기저기에 점을 찍은 듯 서 있었다. 단번에 사막에서 작은 숲으로 넘어왔다. 몇 주 동안 이렇게 많은 나무를 본 적이 없었다. 북쪽을 보니 쿠에비날루드(Kouh e Binaloud) 산이 솟아 있다. 바로 저기에 네이샤부르(Neyshabur)의 터키옥 광산이 있다.

이틀 후면 저기에 도착할 것이다. 모든 것이 잘 진행된다면.

11. 순례자

7월 18일, 헤메트아바드, 1,477킬로미터

이란에서 저녁 여섯 시경은 축복받은 시간, 모든 것을 태울 듯 내리쬐던 태양의 포화가 따사롭게 어루만지는 듯한 햇살이 된다. 노인들은 지붕 위로 포도 덩굴이 뻗은 정자 아래로 모여들어 대화를 나눈다. 대화를 시작하려면 준비가 필요한데, 먼저 장소를 선택한다. 보통은 사람들이 지나가는 식료품 가게 옆 같은 곳이다. 다음은 편안한 분위기를 만든다. 사람들은 땅에 물을 뿌려 하루종일 일었던 먼지를 가라앉히고, 촉촉하고 시원한 환경을 마련한다. 쥐 죽은 듯한 고요가 낮을 지배하는 규율이라면, 그림자가 길어지는 저녁은 삶과 토론의 시간이다.

헤메트아바드(Hemmet Abad)에 도착했을 때는 10여 명의 사람들이 플라스틱 상자를 의자 삼아 둥글게 모여 앉아 있었다. 외딴 마을에 나타난 백인 남자를 본 일은 이들에게 오늘 저녁뿐만 아니라 일주일 혹은 한 달 동안 두고두고 화젯거리가 되는 사건이었을 것이다. 이런 기회를 그냥 지나치는 건 생각할 수도 없는 일이다. 사람들은 의자로 쓰는 상자를 앞다퉈 내밀고, 내 배낭을 들어주고, 서둘러 시원한 음료를 가지러 갔다. 호기심 가득한 젊은이들은 자전거를 타고 마을 건너편으로 전력질주해서 소식을 전했다. 식료품 가게 앞에 영국 남자(이란 사람들은 모든 외국인을 잉글레제라고 부른다)가 있어요. 처음에 열 명이었던 사람들이 순식간에 쉰 명이 되었다. 사람들이 밀려들면서 전혀 알아들을 수가 없는 질문이 쏟아졌다. 하지만 그들은 나와 함께 이야기 나누는 것이 아주 만족스럽고 기쁜 표정이었다. 난 어느새 지옥의 불 밑에서 36킬로미터를 걸어서 조금 전에 도착했다는 사실을 잊었다. 그들의 시끌벅적한 환대에 힘이 솟았다. 사람들이 "어디서 먹고 잘 거예요?"라고 물었다. 십오 분 뒤, 가장 온순한 사람이 "날 따라와요."라고 말했다. 나는 이 순간을 기다려왔다.

그날 날 맞이해준 사람은 아바스 알리 베이레마다디였다. 우리는 조용히 저녁식사를 했다. 그는 영어도 프랑스어도 할 줄 몰랐다. 그래서 나는 식료품 가게 앞에서 들은 페르시아어를 모두 내뱉었다. 이튿날 아침, 차를 마시고 난 후 나는 못이 박히고 억센 그의 손을 꼭 잡았다. 그의 눈빛과 내 눈빛으로 전달되는 메시지는 통역이 필요 없었다. "고맙소, 친구. 당신을 내 집에 맞이할 수 있게 해주어서." "고맙소, 친구. 당신 집 문을 외국인인 나에게 열어주어서." 난 머못거리면서 돈을 꺼내려고 했다. 그는 하늘을 향해 팔을 들면서 말했다. "금기, 금기."

길 위에서 이곳의 군주가 떠오르는 모습을 지켜보았다. 태양은 하루 종일 군림할 것이다. 우선 노르스름한 여명이 터키옥색의 산 정상을 무지갯빛으로 빛나게 한다. 그러더니 빛은 오렌지색으로 바뀌면서 화염으로 변했다. 산이 타오르는 듯했다. 그러고는 거인의 손이 들어올린 것처럼 노란 원이 솟아올라 붉은빛으로 물든 풍경을 밝게 비추었다. 태양의 도착에 인사를 보내듯 훈련하듯 정렬한 포플러 나무의 그림자가 도로에 가느다란 선을 그려넣었다.

그때까지 희미한 빛 속에서 보이지 않던, 강렬한 색깔의 원피스를 입은 쿠르드 여인과 하얀 셔츠를 입은 남자가 나타났다. 그들은 전날 베어낸 풀을 널어서 말리고 있었다. 이곳은 쿠르드인의 집단 거주지에서 멀리 떨어진 곳이다. 그런데 이들이 19세기 초 이곳에 정착해서 살게 된 것은, 훌륭한 전사였던 이들의 선조가 투르크멘 약탈자에게 저항했기 때문이다. 저 아래, 내 쪽을 향해 오는 먼지구름은 당나귀를 타고 반쯤 졸고 있는 목동이 이끄는 양떼 무리였다. 양들은 풀을 뜯으러 종종걸음을 치며 오고 있었다. 작은 새끼 나귀는 어미 주위를 깡총깡총 뛰어다녔다.

열한 시경 해발 1,500킬로미터를 주파했다. 발걸음도 마음도 가벼웠다. 두 달 전에는 여기까지 오게 되리라고 꿈도 꾸지 못했지만 이제 네이샤부르에 도착했다. 모든 것을 태워버릴 듯한 태양 아래서 호텔을 찾아 두 시간 동안 뱅글뱅글 돌았다. 놀랍게도 호텔 주인은 작고 불편한 방이니 싼 가격에 주겠다고 했다. 그러더니 같은 가격에, 천장에 전기 송풍기가 달린 3인용 방을 내주었다. 그는 두 검지를 걸면서 말했다. "이렇게 하는 건 당신이 프랑스인이고, 우리 두 나라는 친구이기 때문이오. 만약 당신이 미국 사람이었으면……." 말이 끝나자 두 검지를 풀었다.

네이샤부르는 머물 만한 가치가 있는 도시였다. 12세기 초에 이곳은 비단과 면을 생산하는 중요한 경제 도시이자 지식의 중심지로, 수피교도와 그들의 학교는 당시 전 중앙아시아와 서아시아에 지식을 전파했다. 하지만 두 번의 지진으로 도시는 잿더미로 변했다. 도시가 복구되자마자 이번에는 훈족이 침입했다. 저항했다는 죄목으로 도시는 불에 탔다. 심지어 개와 고양이까지 모두 죽임을 당하고, 곡식을 심기도 전에 밭이 파헤쳐졌다. 1267년, 또 한 번의 지진으로 다시 쌓아올린 벽이 무너졌다. 그 후 티무르족이 침입해 도시를 파괴했다. 40여 년 전부터 이 도시 사람들은 자신들의 과거를 되찾기로 했다. 먼저 이 도시의 위대한 시인을 경배하는 일부터 시작했다.

오마르 하이얌은 11세기 말, 여자와 포도주를 주제로 하여 훌륭한 시를 썼다. 물라에게 인간이란 얼마나 사악한 존재인가. 하지만 네이샤부르는 오마르 하이얌을 거의 종교적인 숭배의 대상으로 만들었다. 그의 시를 사랑하는 사람들은 먼 곳에서도 그의 초라한 무덤을 찾아와 며칠 동안 이곳에 머무른다. 서른여섯 개의 커다란 텐트가 이슬람 사원 내 공원 한구석에 설치돼 있고, 확성기에서는 이 위대한 시인의 『루바이야트』가 나온다. 커다란 나무 아래 자리를 잡은 가족들은 사행시를 읊조리며 소풍을 즐겼다.

> 아무도 내일을 기약할 수 없네
> 우울한 마음에 기쁨을 간직하라
> 달빛에 술을 마셔라, 오 달이여, 달은
> 이제 우리를 돌아보지 않고 종종 비추리니.

미술 작업실로 변한 옛 대상 숙소를 방문하는 것으로 문화 일정을 끝마쳤다. 사람들로 북적이는 분위기 속에서, 예술가들은 수석 화가가 마분지 위에 미리 그린 문양에 따라 아주 작은 모자이크 조각을 꼼꼼하게 짜맞추고 있었다. 이 화판은 이슬람 사원을 장식하는 데 사용될 것이다. 그들의 기술은 성당의 스테인드글라스를 만드는 기술과 흡사했다. 기술뿐 아니라 숭배의 장소에 아름다움과 색채와 빛을 가져다 주는 일이니 그 목적 역시 동일하다.

아무래도 내게 편집증 증세가 생긴 것이 분명하다. 지금까지 만난 친구들에 대한 위험한 정보가 하나도 들어 있지 않은 편지를 방금 우체국에서 부치고 나오면서, 조용히 토론하는 두 남자를 스쳐 지나가게 됐다. 거기까지는 걱정할 만한 게 없었지만…… 그중 하나가 파란자(프랑스)라고 말하자, 다른 남자가 우체국 안으로 쏜살같이 들어가는 게 아닌가. 사실 그 남자는 우체국 창구 직원으로, 다시 제자리를 찾아가던 길일 뿐이었다. 그들이 나와 내가 보낸 편지와 상관없이 우연히 프랑스에 대한 얘기를 할 수도 있었겠지만, 만약을 위해 앞으로 이란에서는 편지를 보내지 않기로 마음먹었다. 그때 부친 편지는 5개월 후 역시 교묘한 검열을 받은 흔적을 간직한 채 파리에 도착했다.

네이샤부르 시장은 수요일마다 열린다. 시 당국에서는 가게를 열 여력이 없는 모든 사람들에게 이날 장사를 할 수 있도록 허가를 내린다. 이곳 분위기는 바자르와 사뭇 다르다. 바자르에는 미로 같은 골목에서 고집스러움을 볼 수 있고, 상행위나 전략에도 과거에서 이어지는 영속성이 있다. 하지만 수요 시장은 임시방편이 통하고, 시간에 제약이 있어 나무상자 위나 천 위에 늘어놓은 것들을 모두 팔려고 분주하다. 새 옷과 헌 옷, 흙 묻은 과일과 야채, 치약과 전자기기, 신발과 책, 레인지 파이프, 톱니가 달린 도끼 등. 밀치고 지나가는 군중 속에 쿠르드 여인의 스카프와 드레스 색깔, 차도르의 검정색과 함께 여기저기에서 전통에 충실한 노인의 순백색 터번이 빛을 발했다. 한쪽에서는 고무 샌들을 경매하고 있었다. 늙은 농부가 등에 진 채소의 무게 때문에 휘청거리는 당나귀를 데리고 좌판을 벌이려 군중을 헤치고 가다가 부득이 당나귀를 계산대로 사용했다. 차도르를 쓴 여자들은 화려한 색깔의 옷을 사고 있었는데, 그 옷은 가까운 사람 앞에서만 입게 될 것이다. 예전부터 명성이 자자했던 네이샤부르의 과일이 고기 굽는 냄새와 함께 더운 날씨에 구석에서 썩고 있는 쓰레기더미와 경쟁하며 향을 내뿜고 있었다. 이 모든 것이 흔들리고, 말하고, 움직이고, 소리지르고, 몰려들었다. 남은 필름이 얼마 없었지만 이런 모습을 담지 않을 수 없었다. 이곳의 모든 것을 황폐화하는 삶의 싸늘하고 창백한 모습 앞에서 다시 한 번 실망하게 될 것을 잘 알고 있었지만 말이다. 바자르의 골목길에서는 상인들이 차를 마시면서 철학을 논하고, 시간이 지나기를 기다릴 것이다. 그러나 이곳 수요 시장에서는 철학을 논할 여유가 없었다.

테헤란에 있을 때는 이란의 몇몇 도시에서만 볼 수 있는 주르하네(Zur Khaneh)라는 대중 스포츠를 두 번이나 관람했다. 이 스포츠는 아프가니스탄에 페르시아 제국이 점령됐을 때 발전했다. 저항정신을 길러 평민들이 침략자에 대항해 봉기할 수 있도록, 힘센 팔을 가진 자들을 대량으로 양성하는 기관이 창설됐다. 이 스포츠는 넓은 장소에서 진행되는데, 그곳에는 1미터 깊이로 판 팔각형 모양의 구덩이가 있다. 각 선수는 다리 사이에 반바지처럼 엮어진 타이츠를 입고 구덩이 속으로 내려와 땅을 어루만진 후 자기 손에 입을 맞춘다. 이처럼 정숙한 나라에서는 보기 드문 옷차림이다. 다리와 발은 물론이고, 상반신을 드러내는 경우도 있다.

단 위에서 한 남자가 북소리에 리듬을 맞춰 단조로운 선율을 노래하는데, 시합마다 특별한 노래를 부른다.

스승은 훈련을 지도하고 포즈를 정해준다. 경기는 춤으로 구성된 한판 연기 후에 이어진다. 북 장단에 맞춰 춤을 추다 보면 금방 얼굴과 타이츠 속으로 땀이 흘러내린다. 이러한 몸풀기 단계는 팽팽한 리듬 속에 한 시간 가까이 계속된다. 그다음에 근력 훈련이 이어진다. 이는 각각 25킬로그램까지 나가는 무거운 나무기둥을 가지고 하는 것으로, 선수들은 빠른 속도로 어깨에서 어깨로 기둥을 굴린다. 이 동작은 음악 리듬에 따라 체중을 한쪽 다리에만 싣고 기울인 자세에서 진행한다. 진을 빼는 훈련이다. 주르하네 선수는 자신의 신분을 자랑스러워한다. 호텔 주인은 멀리에서 온 여행객에게 자신도 주르하네를 잘하고, 탄탄한 몸을 가졌다는 걸 증명하기 위해서 식당의 커다란 유리창 앞을 살핀 다음 이십 분 이상 근력 훈련하는 모습을 보여주었다.

새벽 네 시 반, 네이샤부르 사람들이 안뜰에서 기르는 닭들이 일제히 무료 콘서트를 들려주었는데, 휴식을 방해하는 바보 같은 이 녀석들이 싫어지기 시작했다. 차라리 떠나는 게 낫지……

하지만 500미터 이상 걷기가 힘들었다. 여행을 떠날 때부터 괴롭히던 설사가 재발했는데, 예전보다 훨씬 심해서 조금 걷다가도 바로 건초 뒤나 다리 아래, 구덩이 속으로 뛰어들어야 했다. 탈수가 너무 심해서 항생제를 먹었다. 계속 먹던 약은 이제 효과가 없었다. 에브니를 길가에 내버려두고 건초더미 뒤에서 불안정한 자세로 앉아 있을 때 120킬로미터 거리에 있는 메셰드의 이맘 레자로 가는 순례자의 무리를 만났다. 이들이 얼마나 시끄러웠는지 닭들보다 더 성가셨다. 50여 명의 청소년과 젊은이들이 버스를 타고 네이샤부르까지 왔는데, 그들은 3일간 여행할 계획이었다. 트럭한 대에 짐이 실려 있었다. 인솔자는 계속해서 확성기에 대고 찬송가를 부르면서, 무슨 글인가 적혀 있는 두세 개의 검정색과 초록색 깃발을 열광적으로 흔들어댔다.

바지를 다시 입고 걸음을 재촉했다. 시끄러운 무리들과 동행하고 싶지 않기도 했지만, 무엇보다 너무 지체한 시간이 많아서였다. 곧 그들과 멀리 떨어지게 됐다. 머리에 빨간 띠를 두르고 테니스를 치던 낙오된 청년이 옥스포드 억양의 영어로, 자기들은 모두 카슈마르(Kashmar)에서 왔고 메셰드에 가는 길이라고 했다. 이미 아는 내용이었다. 정보 제공성 대화는 계속하고 싶지 않았다. 고독과 침묵을 즐기고 싶었기 때문에 옆길로 몰래 빠져나가자, 젊은 신도가 크게 놀란 표정이었다. 그렇게 걸어간 드넓은 초원에는 포도나무, 사과나무, 무화과나무, 살구나무, 석류나무, 복숭아나무, 마르멜로가 한데 섞여 있었고, 수백 개의 작은 관들이 나무들에게 물을 대주고 있었다.

카담가(Qadamgah, 발자국의 장소)에서 순례자들이 성물

聖物을 보기 위해 멈추었다. 산티아고 데 콤포스텔라에서 본 것과 비슷했다. 둘 다 발자국이 새겨진 돌인데, 여기의 것은 이맘 레자, 산티아고 데 콤포스텔라의 것은 성 야곱의 돌이다. 이곳에는—종종 그렇듯이—다른 효험도 간직하고 있다. 질병을 고친다는 샘물이 그것이다. 사람들은 여기에서 목을 축이고 다시 출발하는데, 루르드(Lourdes)를 찾는 순례자처럼 기적을 일으키는 성수병을 꼭 챙겨서 온다. 가톨릭과 이슬람 성인의 발자국을 얼핏 비교해보면, 둘 다 발에 맞는 신발을 찾는 데 꽤 애를 먹었을 성싶다. 발 앞꿈치만 해도 족히 350밀리미터는 될 것이기 때문이다.

저녁에 도착한 칼레바지르(Qal'eh Vazir)의 이슬람 사원도 사람들로 북적거렸다. 사원은 반경 30킬로미터 내에서는 풀 한 포기 자라지 않는, 불쑥 튀어나온 황토 언덕에 자리한 유일한 건물이었다. 트럭 운전사들은 이곳에 트럭을 주차해놓고 사원에 기도하러 가거나 사원 옆에 있는 샌드위치 가게에 갔다. 엄청나게 많은 트럭이 있었다. 한 식당의 테라스에서 잠을 자려고 자리를 잡았을 때, 순례자들이 차에서 내렸다. 전에 만났던 사람들보다는 훨씬 조용했지만 그들 역시 깊은 신앙심을 가지고 있었다. 이들이 모두 사원으로 몰려가는 바람에 나는 행복하게도 휴식을 취할 수 있었다.

하지만 그들과 완전히 작별한 게 아니었다. 이튿날 귀엽게 생긴 노인 둘이 운영하는 호숫가 식당에서 그들을 다시 만났다. 옥스포드 영어를 하던 남자가 날 아주 유명하게 만들어놓았다. 어딜 가든 사람들이 날 알고 있었다. 알고보니 그 친구는 영어를 배운 적은 없었고, BBC 방송을 듣거나 문법책을 보면서 독학했다고 한다……

열광적인 젊은 친구들 앞에서 더 이상 내뺄 수가 없어서 얼마간 같이 걸었는데, 그 덕분에 취사당번이 준비한 국수도 얻어먹을 수 있었다. 한 솥이나 되는 국수는 삼시간에 없어졌다……. 이 친구들은 모든 것에 엄청난 의욕을 가지고 있었다. 프랑스, 축구, 터키, 지네딘 '제이단'. 이들은 이슬람이 다른 종교보다 우월하다고 확신했지만, 윗세대가 가진 공격성은 없었다. 내가 아바스아바드 사원에서 쫓겨났다는 얘기를 했더니, 젊은 친구들은 자기들이 보호해줄 테니 오늘 저녁 사원에서 잠을 자라고 했다. 물론 나는 승낙했다.

그들의 깊은 신앙, 연대감, 타인에게 보이는 연민은 내게 위안을 주었다. 그들은 독실한 신자였지만 여봐란듯이 드러내지는 않았다. 귓가에 아직도 아카펠라를 부르던 남자아이의 수정 같은 목소리가 들리는 듯하다. 우리가 함께 자던 이슬람 사원의 미라브를 마주하고 소년이 부르던 노랫소리에 새벽 네 시에 잠을 깼다. 천상의 목소리였다……

또한 지도교사가 아이들에게 별다른 제약을 하지 않는데 놀랐다. 각자 자기 기분과 시간에 따라 기도를 했다. 단체 기도시간에 참석하지 못한 사람들은 신속한 은총을 받기 위해선지 따로 모여서 몇 분 동안 기도를 했다. 사제도 없고, 종종 같은 종교를 믿지 않는 사람들에게 폭압적이기도 한 이슬람교는 예배의식에 제약을 가하지 않는다. 여행 중에 만났던 몇몇 친구들이 종교 얘기를 할 때 했던 말이 기억났다. "우리는 어디에서고 물라가 필요하지 않아요. 나와 신 사이에는 아무것도 없어요. 기도를 올릴 때 중재자 같은 건 필요 없다구요."

이슬람교의 다른 얼굴이다. 유일하게 존재해야만 하는 얼굴. 내 뒤에서 걷고 있는 이 이슬람 청년에 대한 기억은 성지로 다가갈수록 더욱 커져갔다. 조상 대대로 내려오는 종교와 존경의 마음이 이 사회를 구성하고 있다. 서양에서는 이런 가치들이 무너지고 있는데, 이 나라는 세계화와 지구촌 시대에 어떻게 진보할 것인가?

인구 400만 명 이상이 사는 이란 제 2의 도시 메셰드에는 매년 1,500만 명의 순례자가 9세기에 포도에 든 독으로 암살된 여덟 번째 이맘, 레자(알리 알 리다, 시아파의 열두 이맘 중 여덟 번째 이맘)의 무덤을 찾아온다. 아프가니스탄, 이라크, 터키가 이 무덤을 사이에 두고·이란과 이웃해 있다.

이곳에서는 묵을 곳이 있었다. 메흐디와 모니르가 초대했기 때문이다. 오늘 아침 자동차 한 대가 급하게 달려오더니 내 옆에서 브레이크를 밟았다. 아버지와 아리따운 두 딸이 날 쫓아온 것이다. 그들은 '네이샤부르에서 도보여행을 하는 프랑스인' 얘기를 듣고, 자기들 집으로 초대하고 싶어 왔다고 했다······. 이 일 말고도 3일 전 어떤 사람이 자기 명함을 주면서 여기에 오면 원하는만큼 자기 집에 머물러도 된다고 말하기도 했다.

모니르와 메흐디는 이전 두 번의 만남 때처럼 따뜻하게 나를 맞았다. 그들의 삶은 직업에서 느껴지는 이미지와 같이 조화로웠다. 20년 전, 그들은 사막의 작은 마을에 처음으로 도자기공장 문을 열었다. 지금은 공장 세 개를 가지고 있다고 한다. 메셰드에 있는 공장을 방문했다. 그들이 만드는 작품은 모두 긴 다리에, 내가 좋아하는 움직이는 목을 가진 말이었다. 메흐디가 라스코(Lascaux) 동굴에서 영감을 받아 만들었다는 황소도 아름다웠다. 이들은 재료의 영혼을 표출하는 방법을 알고 있었다. 진정한 예술가들이다. 세 개의 공장을 경영하느라 정신없이 바쁠 텐데도, 거추장스럽기만 한 외국인을 위해 시간을 내주는 도량까지 지녔다. 그들과 함께 보낸 일주일은 결코 잊지 못할 것이다.

투스(Tous) 마을에 있는 페르도우시(Ferdowsi) 시인의 사원을 방문했다. 940년경에 태어난 이 시인은 하피즈(Hafiz), 하이얌과 함께 이란을 대표하는 시인이다. 그는 특히 마흔 살에 시작해 30년 동안 쓴 시집 『샤 나메(Shah Nameh, 왕들의 책)』로 서구에 알려졌다. 이 서사시는 아랍인의 침입을 받기 전 페르시아 제국의 역사를 다루고 있다. 지난 침입자들의 알파벳으로 된 표현이나 글자들이 담긴 채 페르시아어로 편집된, 5만 편이 넘는 그의 이행시집은 궁정에서 큰 파문을 일으켰고, 시인은 결국 추방됐다. 얼마 후

샤는 자신의 과오를 깨닫고 선물을 가득 실은 낙타들을 시인에게 보냈다. 그러나 대상이 도착한 때는 이미 페르도우시가 죽은 뒤였다.

가장 독특한 장소는 이맘 레자의 사원이다. 이 도시에서 특별히 이 성소를 찾으려고 할 필요는 없다. 모든 길이 이 사원으로 이어졌고, 도시는 문자 그대로 사원 주위에 형성돼 있기 때문이다. 티무르의 넷째 아들인 샤 로흐(Shah Rokh, 1377~1447)의 아내가 지은 가우아르 샤드 사원의 터키옥색 지붕과 시인의 유골을 안치한 황금 돔 사원은 어느 곳에서나 잘 보였다.

사원으로 들어가려면 입구에 카메라와 여권을 맡기고, 간단한 몸수색을 받아야 했다. 선견지명이 있는 내 가이드는 혹시 길을 잃을지도 모른다며 우리가 있던 곳의 이름을 페르시아어로 적어주었다. 지나친 걱정이라고 생각했지만, 한꺼번에 10만 명이나 되는 신도들이 기도하기 위해 들어오는 2만 제곱미터나 되는 첫 번째 본당에 들어서자, 가이드가 걱정할 만도 하다는 생각이 들었다. 건물 전체의 크기는 6만 제곱미터라고 한다. 우리는 여러 본당과 사원을 둘러보았다. 사원은 매혹적인 푸른색의 모자이크로 장식돼 있었고, 신도들은 시아파 수장의 이름과 코란 구절을 끊임없이 되뇌었다. 모든 본당에는 수만 제곱미터에 달하는 흰 대리석 바닥을 긴 털 양탄자가 덮고 있었다. 그런데 사원의 장식도 인상깊었지만, 놓치기 아까운 볼거리는 셔츠를 입은 남자와 차도르를 두른 여자(여기에서는 스카프도 허락되지 않는다)가 황금 돔을 향해 서두르거나 늑장을 부리지 않고 몰려가는 모습이었다. 여기저기에서 신도들이 기도를 올렸다. 한 부부와 그들의 아기가 그늘진 양탄자 위에서 잠을 자고 있었다. 천복天福의 이미지였다. 좀 더 먼 곳에서는 선 채로 기도를 올리느라 지쳐보이는 여자가 검은 차도르 안에 맑고 창백한 얼굴을 하고 하늘을 올려다보면서 감정을 억제하며 비틀거렸다. 커다란 에이완(eywan, 건축 양식의 하나. 삼면이 막혀 있고 한 면이 안뜰로 뚫린 둥근 천장의 커다란 홀을 말한다)에서 흰 수염을 길게 기른 물라가 촘촘히 줄지어 앉은 신도들에게 코란의 말씀을 설교했다. 조용히 명상에 잠긴 사람들이 매우 많아서 햇볕이 내리쬐는 곳까지 넘쳐 있었다. 나는 길을 잃었고, 미로 같은 곳에서 방향을 잡을 수가 없었다. 맨발은 타일 위에서는 타는 듯하다가 양탄자 위에 오르면 다시 시원해졌다. 기도시간이 다가오자 분수 주위에서 신도들이 몸을 씻느라 분주했다.

공간, 열정, 성소 등 모든 게 엄청났다. 푸른 가우아르샤드 사원은 사람들로 매우 북적거렸다. 신도송, 대화, 아이들 울음소리가 합쳐진 웅성거리는 소리가 사람들 무리 위로 솟아올랐다. 최면 상태에 빠진 남자 하나가 코란을 품에 안고 경배하고 있었다. 본당 안이 꽉 차자 복도까지 사람들의 행렬이 넘쳤고, 점점 앞으로 나아가기가 힘들어졌다.

성인의 유해를 모신 황금 돔 사원에 사람들이 몰려들

어 생기는 압력은 극에 달했다. 조금만 더, 몇 미터를 더 헤치고 나가서 이맘 레자 묘지가 있는 10미터 앞까지 왔다.

묘지 위 천장을 뒤덮은 거울과 색유리가 빛을 반사했다. 벽은 회색과 황금빛 모자이크로 장식돼 있어 푸른색과 돋을새김으로 된 글씨가 대조를 이루었다. 하지만 내부의 볼거리에 홀린 눈은 장식을 스치듯 볼 뿐이었다. 금과 은 창살로 보호된 틀 주위로 수백 명의 사람들이 몰려들었다. 격앙된 분위기 탓인지 히스테리 증상을 보이는 사람들도 있었다. 사람들은 너도나도 납골함으로 다가가 손을 대고 어루만지고 키스를 하려고 했다. 엄청난 압력을 뚫고 창살이 닿을 수 있는 곳까지 도착한 사람들은 묘지를 이중으로 보호하는 유리판 사이로 봉헌물을 들이미느라 안달이었다. 숨막히는 가운데 부모의 머리 위로 들어올려진 아이들은 군중 위를 기어가 성스러운 상자를 어루만지고 키스를 한 뒤 흥분하고, 동요하고, 광기에 넘쳐 탄원하는 군중 위를 헤엄쳐 다시 돌아왔다.

'신도가 아닌 이'들도 볼 수 있도록 허락된 이곳에 매료됐다. 이런 종교적인 열정은 일상이었다. 매년 수백만 명의 사람들이 자신의 신념과 돈을 봉헌한다. 이슬람 사원, 다시 말해 사원을 관장하는 기구인 '아스탄 에 고즈 에 라자비'에는 황금빛 만나가 밀려들었다. 사람들은 성소에 자기의 공장과 집과 예술품과 모든 재산을 바쳤다. 성곽 안에 있는 두 박물관은 쉰 번째 귀중품만을 전시할 수 있었다. 아스탄은 최소 600개의 회사, 기관, 대기업을 가지고 있으며, 이란과 투르크메니스탄 국경 근처에 있는 사라흐스(Sarakhs)에 면세활동 지역을 소유하고 있다고 한다. 세계에서 유례를 찾아볼 수 없는 현상이다. 재산 중 상당 부분은 기부금이나 봉헌물로 생긴 것이지만, 특히 전리품이 대부분이었다. 물라의 힘은 이미 알고 있었지만, 영적인 것에 있는 것만은 아니었다. 이런 부는 가톨릭 교회가 거대한 평신도회를 통해 유럽을 장악하고, 그들의 법을 군주에게 부과해 대리로 통치하게 했던 13세기에서 20세기 사이에 일군 것과 비견할 만하다.

12. 국경

7월 30일, 메셰드, 1,625킬로미터

메셰드에서 하는 일 없이 일주일을 보내자 녹슨 기분이 들어서 다시 움직이고 싶어졌다. 기운도 찾고 몸무게도 조금 늘었다. 모니르와 메흐디의 딸 키미아는 남편 베흐자드와 함께 친정에서 며칠 지내려고 테헤란에서 왔다. 의사인 베흐자드는 유용한 조언과 함께 지사제를 처방해주었는데, 효과가 있길 바랄 뿐이다. 지사제가 이란에서는 일반 의약품이고, 함유성분에 따라 다른 이름을 가지고 있다는 것을 알게 됐다.

끔찍한 카라쿰 사막 횡단에 대비해 텐트를 하나 샀다. 전에 읽었던 이 사막에 대한 정보가 날 두렵게 했다. 바보같이 테헤란에서 그렇게 힘들여 입수한 카메라를 결국 잃어버렸다. 하지만 메셰드는 아바스아바드가 아니니 새 카메라를 살 수 있으리라!

최근 며칠 동안 이란 사회를 좀 더 잘 이해해보려고 노력했다. 예를 들어 이란 사람들이 위인이나 성인을 모신 이슬람 사원을 방문하는 건 일상의 일인데, 그 이유는 이런 행위를 통해 물라의 폭력적이고 숨통을 죄는 권력과 거리를 둘 수 있기 때문이다. 그리고 가족 단위로 가까운 묘지에 소풍을 가거나 한나절 보내는 일을 흔히 볼 수 있는 것에서 알 수 있듯, 묘지가 신성한 곳이 되는 이유는 강요된 숭배행위보다 선택된 숭배―부모에 대한―를 하는 것이 더 좋기 때문이다. 베흐자드-키미아 부부와 함께 버려진 옛 무덤을 방문했다. 옛사람들은 묘지 위에 도구를 전시해 고인이 생전에 어떤 일을 했는지 나타냈다. 빗이 있는 이 무덤의 주인은 생전에 이발사였을까? 아니다. 이 묘지의 주인은 직조공이었다. 얼레빗은 직물을 짤 때 빗질을 하는 데 사용하던 도구였다. 이발사의 무덤에는 가위를 둔다고 한다.

이란 사회는 엄격한 도덕으로 유명한 곳이다. 몸은 반드시 숨겨야 하는데 여성의 경우 더욱 그러하다. 일상생활에서도 남성은 티셔츠를 입는 등 어느 정도 파격이 허용되지만, 여성은 온몸을 감싸야 한다. 남성은 예외 없이 바지를 두 개 입는데, 좀 더 가벼운 속의 바지는 잠옷으로 사용된다. 이란 사회에서 여성이 차지하는 위상이 궁금해졌다. 검은 차도르로 둘러싼 이란 여성의 이미지가 떠올랐다. 거만한 서구문명이라는 눈가리개를 쓰고 본 나는 이란 여성의 위치를 페르시아 제국의 최하위 단계에 두었다. 보수주의자와 물라에게는 맞는 말이었다. 하지만 꼭 그런 것만은 아니었다. 터키나 아랍의 수니파와 달리 시아파 여성은 중요한 일을 맡고 있다. 대부분의 이란 여성은 한 가지만을 바란다. 즉 차도르와 스카프와 마그나에를 벽장 안에 처박아버리는 것이다. 종교 때문에 차도르를 쓰는 이란 여성의 수는 서구에서 기독교의 차도르를 쓴 수녀의 수 정도밖에 되지 않는다. 외국으로 떠나는 여성은 비행기에 올라타자마자 거추장스러운 이 액세서리를 잊어버린다고 한다.

가정이나 사무실에서 여성의 위상은 종교에서처럼 그렇게 부정적이지는 않다. 이슬람 법은 네 명까지 아내를 둘 수 있도록 허용하지만, 중혼자가 많지 않다는 사실은 이란 여성이 아무런 생각 없이 일부다처제를 받아들이는 것이 아니라는 사실을 잘 보여준다. 물라만이 중혼을 남용한다. 남녀평등이 자리를 잡으려면 아직 멀었지만, 회사에 나가 일하는 여성의 수도 점점 많아지고 있다. 대학에서는 여학생이 남학생보다 우위를 차지하는 실정이다.

이슬람 '혁명'은 계층의 차이를 소멸한 것이 아니라 오히려 더 심화시켰다. 돈이 모든 문을 여는 열쇠다. 예를 들어, 군복무가 의무이기 때문에 병역의 의무를 마치지 못한 사람은 일자리를 구하기가 힘들다. 하지만 구태여 군대에서 일 년 반을 보낼 필요는 없다. 1,200만 리알(1만 2천 프랑으로, 이란에서는 상당한 액수다)을 주면 군대에서 국가의 병역 의무를 충실히 이행했다는 확인증서를 발급해주기 때문이다. 증서를 발급받는 데 드는 돈은 누구에게나 똑같지만, 가난한 사람들은 꿈도 꿀 수 없는 액수다. 대학을 졸업한 학생들은 이런 증서를 사는 경우가 많다. 18개월간 1,600만 리알을 번 중학교 교사 하나는 이 증서를 구입한 후 경제학자들이 말하는 '투자 회수'를 할 수 있었다.

시대가 변하면서 물라의 극단주의는 소시민과 이슬람 혁명으로 생겨난 부르주아의 동맹을 끊어버리는 데 일조했다. 터번을 두른 물라를 지지하는 독실한 신앙인들은 20년 전에 체제 유지를 위해 창설한 군대와 경찰을 더 이상 믿지 않는다. 고등교육을 받은 새로운 세대는 코란의 법률을 무조건 감내하지 않는다. 지난 봄에 야영을 떠난 젊은이들에게 닥친 불행한 일에서 좋은 예를 찾아볼 수 있다. 이들은 산에 술 몇 병을 가지고 올라갔다가 현장에서 코미테 요원에게 체포돼 고발당했다. 재판장의 판사는 물라였고, 어느 누구도 이들을 동정하지 않았다. 한 젊은이가 희생을 자처해서 자기 혼자 술을 가져가 마셨다고 주장했다. 그는 두 달간의 수감형과 500만 리알의 벌금형을 선고받았다. 그는 이일로 유명해졌고, 벌금은 모금운동으로 거둔 돈으로 낼 수 있었다. 이 재판으로 젊은이는 영웅이 됐고, 모금운동에서 볼 수 있듯이 젊은이들은 똘똘 뭉쳐 체제에 저항했다.

새벽에 택시를 타고 메셰드를 벗어나는 길에서 내렸다. 모든 도로가 이맘 레자의 성소로 이어지는 반면, 출구 도로는 훨씬 찾기 힘들고 꼭두새벽부터 차량으로 북적거리기 때문이다. 모니르는 내 배낭에 식량을 잔뜩 집어넣었다. 도로 표지판이 있었다. 사라흐스 180킬로미터. 무리하지 않고 횡단하려면 엿새가 걸릴 것이다. 가는 동안 호텔이 하나도 없으니 산에서 야영을 해야 한다. 수 세기 동안 페르시아 제국을 침공했던 대부분의 군대가 이 산길로 들어왔으니, 넘기 힘든 산은 아닐 것이다.

이 나라에서 놀라운 것은 자연 국경이 없고, 수많은 침공을 받았음에도 통일성을 간직하고 있다는 사실이다. 기원전 3세기 알렉산드로스 대왕에서 제2차 세계대전 후 러시아에 이르기까지 외적의 침공, 점령, 위협을 이처럼 많이 받은 나라도 없을 것이다. 이란인들이 가진 소속감은 2000년이 넘는 시간 동안 자신을 지킬 수 있었기에 충분했던 것 같다. 최근 이를 확인할 수 있었던 사건은 이라크와 벌인 전쟁이었다.

오전 열 시, 무화과나무 아래에 앉아 남쪽으로 펼쳐진 메셰드의 풍요로운 초원을 바라보았다. 토마토밭의 진한 초록빛과 교대로 금빛 무리를 이루는 추수한 밀 사이 여기저기에서 작은 먼지구름이 솟아올랐다. 양의 무리거나 평원에 부는 바람이 일으키는 작은 돌풍일 것이다. 길을 걷는 동안 이런 광경을 100번도 넘게 보았다.

오후 한 시, 벌써 32킬로미터를 걷고 있다. 어디선가 경찰차가 나타나 날 지나쳐 가더니 유턴을 해서 갓길로 걷고 있는 날 몰아붙였다. 운전석에 있던 사람이 여권을 달라고 했다. 그는 내 여권을 조수석에 앉아 무심히 염주를 굴리는 뚱뚱한 남자에게 주었다. 그들은 내게 차에 타라고 말했다.

"그럴 수 없소. 수레를 두고 갈 수 없어요."

"트렁크에 넣으면 됩니다."

"아뇨. 걸어서 실크로드에 가기 때문에 차는 못 탑니다."

그들은 고집을 부렸으나 내가 거절하자, 자기들끼리 이야기를 했다. 그들이 '대위'라고 부르는 장교가 내렸다. 그는 5킬로미터 거리에 있는 다음 마을 아브라반(Abravan)까지 나와 같이 걸어가겠다고 통보하듯 말했다. "내게 원하는 게 뭐요?" 그들은 내 말에 들은 체도 하지 않았다. 그는 축 처지고 배가 나오고 퉁명한 데다 얼굴에는 무기력한 기운이 삐질삐질 배어나왔다. 그를 따라갈까 앞서갈까? 후자를 선택했고, 훈련된 도보여행자의 솜씨를 발휘했다. 대위는 염주를 주머니에 넣고 날 쫓아오려고 팔을 힘껏 휘두르며 걸었다. 곧 그는 거칠게 숨을 헐떡거리며 땀을 흘렸다. 난 속으로 고소해하면서 그에게 배려하는 척 위선을 보였다. 그의 나이를 묻자 마흔이라는 답변이 날아왔고, 나는 예순둘이라고 하며 속도를 더욱 높여 걸었다. 그의 자존심을 약간 손상하기 위해, 그가 뇌출혈을 일으킬 것 같은 표정으로 걸음을 멈출 때마다 으스대며 그를 기다렸다. 남자가 다시 따라오면 숨 돌릴 겨를도 주지 않고 곧바로 발걸음을 떼고 점점 더 속도를 높였다. 그의 형벌은 3킬로미터가량 계속됐지만, 다행히 그를 도와주기 위해 부하가 등장했다. 부하는 홀쭉하고 근육이 잡힌 체격이었다. 대위는 안도의 숨을 내쉬며 자동차의 푹신한 쿠션 속으로 몸을 던졌다. 편안하게 차를 타고 아브라반의 길목에 가서 날 맞이하지 않은 걸 후회하고 있을 것이다.

"괜찮으십니까, 대위님?" 운전병이 음흉스레 물어보았다.

"음……." 대위는 조심스럽게 그르렁거렸다.

젊은 부하는 뒤처지지 않았다. 초소에 도착했을 때 그의 셔츠는 땀으로 젖었을 테지만, 내 질문에 대답하지 않았다. 불쾌했다. 이 자들이 원하는 게 뭘까? 왜 날 이렇게 에워싸는 거야? 체포하려는 건가, 무슨 이유로? 제복을 입은 경찰이 날 감시하려고 든 건 이번이 처음이었다. 안뜰로 들어오라는 졸병의 말을 묵살했다. 몇몇 사람들이 메셰드로 가는 버스를 기다리고 있는 정류장 근처에 있는 음료 가게의 처마 아래서 쉬는 편이 나았다. 연락병이 다시 안뜰로 들어오라는 신호를 했다.

"아뇨, 괜찮소."

그는 고집을 부렸다. 나도 똑같은 대답을 했다. 다른 경찰이 힘을 보태러 왔다. 내가 저항하자, 볼거리를 직감한 구경꾼들이 몰려들었다. 바라던 바였다. 경찰서 안으로 끌어들이려는 덫에 걸리는 일은 없을 것이다. 세 번째로 군인이 오더니 서툰 영어로 똑같은 요구를 했다. 나 역시 똑같은 말로 대답했다. 그는 하나도 알아듣지 못했다. 네 번째로 온 사람은 장교였다.

"들어오시죠." 그가 안뜰의 문을 가리키며 말했다.

"뭐 하려요? 여권? 여기 있어요. 대위가 벌써 본 거요. 적어요, 적어."

"아뇨, 물 마시러 들어오세요."

"물통에 5리터나 있소."

난 물통을 두드리며 대답했다.

"그럼 뭐라도 드시죠."

"배 안 고파요. 그리고 먹을 거라면 배낭에도 충분히 있소."

그는 내 어깨를 잡아끌고 가려 했지만 난 그의 손아귀를 빠져나왔다. 사브제바르의 경찰에게 그랬듯 그에게도 여권에 적힌 내용을 읊어주었다. 유효 기간, 입국일자, 체류 허용 기간, 이란의 체류 만기일……. 다섯 번째로 경찰이 홀연히 나타났다. 체격이 좋은 이 남자는 날 위협하려고 했다. 난 떠날 기세로 장교에게 말했다.

"아브라반에서 점심을 먹을 거요."

그들은 모두 경악한 채 그 자리에 못 박힌 듯 서 있었다. 그들이 뭘 원하는지 알 수가 없었고, 체포하지나 않을까 두려웠다. 그런데 왜? 난 그들의 처분에 달려 있었고, 내일 아침 다시 길을 나서려면 경찰서 앞을 지나가야 한다. 인샬라.

내가 있어야 할 곳은 알라의 품이었다. 마을 주민들이 경찰과 언쟁을 벌였다는 소식을 들었는지 날 집에 들이려 하지 않았다. 그래서 이슬람 사원 본당 벽 그늘진 곳에 자리를 잡고 몇 자 적은 뒤, 기운을 찾는 데 빠뜨릴 수 없는 낮잠 속으로 빠져들었다. 날 깨운 것은 아이들이었다. 열댓 명 남짓한 아이들이 반원을 그리고 서서 조용히 날 쳐다보고 있었다. 때가 낀 티셔츠에 찢어진 바지를 입은 아이들은 모두 볼이 통통했다. 질문이 쏟아졌고 대답하려 애를 쓸 무렵, 노인 아바스가 두 아이에게 끌려왔다. 그는 오늘 밤 자기 집에서 묵으라 하고는 돌아갔다.

밤이 되었지만, 아바스 노인은 날 잊고 있었다. 하지만 노인의 약속을 기억하는 아이들이 날 그의 집으로 안내했다. 노인은 없었지만 그의 아내가 콘크리트 테라스로 돗자리를 가져가 깔았다. 모니르가 챙겨준 식량을 꺼내고 사과를 깎고 있을 때 노부인이 큰 사발에 냄새 좋은 수프를 담아왔다. 밤은 아름다웠다. 나는 밖에서 자는 것이 좋아졌다. 담을 넘어온 커다란 개가 다정스럽게 잠자리를 나눠 쓰자 하는 바람에 개의 몸에 붙어 사는 벼룩떼를 선물로 받기는 했지만.

새벽 동이 트기도 전, 밤새도록 관개용 우물물을 긷느라 "푸샤 푸샤" 시끄럽던 디젤차의 뒤를 이어 닭과 당나귀가 합창을 해댔다.

전전긍긍하며 경찰서 앞을 지났는데, 보초병이 날 보고 아무 반응도 보이지 않는 것이 놀라웠다. 쉬라크말레키 (Sürak Maleki)에 빨리 닿으리라 생각했는데, 거센 바람이 불어닥치는 바람에 짐꾼처럼 몸을 움츠리며 걸어야 했다. 그 정도는 약과였다. 선혈처럼 붉은 먼지 태풍이 불어닥쳐 삽시간에 근처 마을을 뒤덮고, 도로를 잠식해버려 운전자들은 앞이 보이지 않는 가운데 페달을 밟아야 했다. 나는 엄청난 위력의 바람 앞에 질식할 것 같아서 몸을 움츠린 채 비탈길 위에서 꼼짝 않고 있었다. 바람을 좀 더 막아보려고 터번으로 머리를 감싸고 모자로 얼굴을 가렸다. 모래가 모자를 잡고 있는 손을 냅다 후려쳤다. 그다음 모래폭풍이 대여섯 차례 불다가 언제 나타났나 싶게 사라져버렸다.

시아파 사원 앞에서 상자를 몇 개 쌓아두고 장사를 하는 세예드 레자에게 산 참치 캔과 멜론으로 점심을 때웠다. 쉬라크말레키의 인구는 천 명 정도로 적지만, 이슬람 사원은 세 개나 있었다. 두 개는 수니파 사원이었다. 이란에서 대부분을 차지하는 시아파가 이곳에서는 소수였다. 세예드 레자는 시아파 사원을 관리하며 그곳을 과일 주스 상자를 쌓아두는 창고처럼 사용했다. 그는 이 창고를 내게 잠자리로 제공했다. 푹신한 양탄자 위에서 낮잠을 자고 밤을 보냈다. 그러기에 앞서, 세예드 레자가 커다란 접시에 쌀요리를 저녁밥으로 가져오면서 함께 온 사람들 앞에서 내 이야기를 해야 했다. 영어를 꽤 잘하는 레자의 딸 코브라가 통역을 했다. 코브라는 파리에 가거든 꼭 에펠 탑 사진이 있는 카드를 보내달라고 했다. 그의 아버지는 내가 이슬람교도가 아니란 걸 이해하지 못하고, 몇 번이나 혹시 종교를 바꿀 생각이 없는지 물어보았다.

새벽 다섯 시, 철창을 두드리는 소리에 잠이 깼다. 창문 뒤에서 새 한 마리가 창에 붙어 있는 나비를 부리로 쪼려하자 나비가 나가려고 버둥거렸다. 다시 잘 준비를 하려는 순간, 세예드 레자가 와서 자기는 메셰드까지 갈 차를 타야 하니까 나더러 빨리 떠나야 한다고 말했다. 거짓말이었음을 잠시 후 알게 됐다. 사실은 알라의 성전에 백인 남자를 자게 한 걸 두고 다른 신도들이 비난을 퍼부었던 것이다.

마을에서 나오자, 아름다운 평원이 펼쳐졌다. 철도와 도로가 나란히 한 줄로 곧장 이어졌고, 저 아래 지평선에 산의 푸른색과 땅의 황갈색이 조화를 이루고 있는 게 보였다. 아무것도 생각하지 않고 신발이 내는 노래에 맞춰 힘차게 앞으로 나아갔다. 뒤축—바닥—앞축, 장거리경주를 하는 사람처럼 별다른 힘을 들이지 않고 발을 '펼쳤다'. 왼쪽 신발이 삐걱, 오른쪽 신발이 삐걱…… 삐걱 삐걱 삐걱 삐걱……. 오늘 1,700킬로미터대를 넘었고, 에브니의 바퀴와 달리 신발의 창이 마카담 롤러(Macadam Roller, 길을 다질 때 사용하는 큰 롤

러가 달린 중장비)로 다진 포장도로의 불덩어리를 견뎌냈다
는 사실이 기뻤다. 고개를 넘자 햇빛으로 하얗게 빛나는 거
대한 계곡이 나왔다. 반대편 언덕 중간에는 마즈다란(Mazda-
ran)의 작은 오아시스가 어두운 점을 그리고 있었다. 이곳의
예전 이름은 모스두란(Mosduran)이었는데, '고통받는 사람',
'모든 일을 해야 할 사람', '고용된 사람'이라는 뜻이다. 뜻이
이렇다 보니 사람들이 철자를 바꾸어 부르게 된 것이다. 이
제 마을은 '국경 수비대'라는 뜻의 이름을 갖게 됐다.

정기적으로 페르시아를 침공하고 타격을 주었던 기병
대 무리가 수 세기 동안 깃발을 꽂았던 곳은 바로 내가 마
주한 작은 산이었다. 이란은 그때마다 끈질기게 단단한 검
과 창을 흡수하고, 동화하고, 소화했다. 봄비가 계곡 오목한
곳의 부드럽고 붉은 흙에 작은 협곡을 만들었고, 땅 위에는
에셀나무가 자랐다. 도로 위에 독수리 한 마리가 죽어 있었
다. 하늘의 제왕이 죽음을 찾아 왜 이 낮은 곳으로 내려왔을
까? 트럭에 부딪힌 것일까 아니면 전선에 감전된 것일까?
도톰한 부리 위를 자동차가 짓이기고 지나가서 곤죽이 돼
있었다. 이 신성한 동물의 날개 폭은 족히 1미터는 될 듯했
다. 인간에게 짓밟힌 신성함 앞에서 기분이 언짢아진 나는,
나도 모르게 사체를 들어 바위 위에 뉘어놓고 눈을 하늘로
향하게 했다. 묘지는 그에게 어울렸다. 아스팔트 위에서 검
은 곤죽으로 있는 것보다 나았다.

오후 한 시, 오르막길로 접어들자 타오르는 태양 때문

에 목이 말라 입은 물통에서 떨어질 줄 몰랐고, 등과 팔은 익어버리는 것 같았다. 에브니는 납덩이처럼 무거웠다. 오르막길은 끝도 없이 이어졌고, 나는 다리를 질질 끌며 걸었다. 남은 2킬로미터를 가려면 한 시간가량 더 걸어야 했다. 처음 나타난 집은 식료품가게였다. 시원한 청량음료를 두 개나 사서 마셨지만 갈증은 좀처럼 가시지 않았다. 다시 일어날 기운도 없었다. "앞으로 식당이 두 개 나오는데, 두 번째 것이 더 나아요."라고 도장을 파는 사람이 말했다. 하지만 처음 식당 앞에서—두 번째 식당은 눈에 보이지도 않았다—더 걷는 걸 포기했다. 테라스 위에 놓인 나무로 된 침대 타흐테에 자리를 잡고 앉아 식사를 주문했다. 하지만 몹시 피곤했던 난 음식이 오기도 전에 잠이 들었다. 내가 자도록 내버려둔 종업원은 두 시간 후 내가 잠에서 깨자 음식을 다시 가져왔다. 음식은 불결해보였지만 주저하지 않고 그릇을 싹싹 비운 뒤 그대로 다시 잠이 들었다.

이튿날 새벽 다섯 시, 거뜬하게 일어났다. 피로가 풀린 장딴지로 언덕길을 힘차게 올랐다. 아침 여덟 시경 잠시 앉아서 경치를 감상했다. 멋진 경관이었다. 내 시야는 이틀 전 떠나온 메셰드까지 닿았다. 뱅글뱅글 돌면서 펼쳐진 계곡이 보였고, 그다음은 벌써부터 이글거리는 태양이 비치는 넓은 광야로 시선이 미끄러져 내려갔다.

베잔간(Bezangan)의 여관 주인은 활극영화에서 싸구려 식당 주인 역을 맡으면 안성맞춤일 듯한 모습이었다. 작고 동글동글한 체격에, 검은색 옷을 입고, 일주일은 면도하지 않은 듯 수염으로 뒤덮인 볼을 하고 있었다. 그가 손을 들어 날 맞이하며 목을 껴안은 뒤 테라스 위의 그늘진 곳으로 안내했다. 그러고는 거위를 사육하듯 내게 물과 음식물을 마구 건넸다. 여관이 있는 샘물 근처에는 죽은 계곡이 있었다. 잿더미로 가득한 그 경치 속으로 들어갔다. 몇 채의 폐가와 버려진 동굴집을 보니, 사람들이 척박한 절벽지대를 피해 다른 곳으로 이동한 것을 알 수 있었다. 높은 곳에 있는 바위 협곡은, 바람과 어쩌다 내리는 비로 부드러운 땅이 휩쓸려 내려가는 중에도 침식작용을 견뎌냈다. 그 결과 톱니 모양의 등에, 반짝거리는 비늘을 한 용의 무리가 하늘을 향해 솟아오르는 형태를 갖게 되었다.

험한 지형 때문이었을까? 지프에 이어 트럭 한 대가 서더니, 국경도시 사라흐스까지 데려다 주겠다고 했다. 지금까지 수도 없이 그랬던 것처럼 또다시 결사적으로 걸어가겠다고 말했다.

수직의 낭떠러지가 드리우는 그늘진 계곡에서 두 사람이 다가왔다. 남자가 굴레를 잡고 끌고 가는 멋진 밤색 말 위에 예쁜 아이가 타고 있었다. 터키에서라면 남자가 말 위에 탔을 텐데, 이란에서는 아이가 왕이다. 보기 좋은 모습이었다. 날 사로잡았던 전설 속 장면처럼 아름다운 모습이었다. 온화한 은총이 넘쳐흐르는 이 가족에게 감사의 마음을 다해 인사했다.

쇼를로크(Shorlok) 마을은 커다란 나무가 경계를 이루는 근처 어딘가에, 마르코 폴로가 거의 근접했다고 생각한 세계의 끝에 존재하는 듯 나무도 없고, 사람들의 환대도 없었다. 나는 냉대를 받았다. 식료품가게에서 하나밖에 남지 않은 붉은콩 통조림을 샀는데, 유통 기한이 2년이나 지나 있었다. 호텔도 식당도 없었다. 누군가에게 텐트를 어디에서 칠 수 있는지 묻자, 도로의 다리를 가리켰다. 하긴 가장 익숙한 곳이긴 하다. 녹색 이끼로 뒤덮인 썩은 물이 다리 밑에 괴어 있었다. 아이들은 그 진창 속을 걸어다녔다. 내가 텐트를 치자, 아이들이 강아지처럼 내 주위를 뛰어다녔다. 돌을 두 개 놓고 불을 피워 그 위에서 통조림을 데웠다. 아이 하나가 포크를, 다른 아이 하나는 빵 한 조각을 집에서 훔쳐가지고 와서 내게 공손히 내밀었다. 하지만 공짜로 주는 건 아니었다. 한 아이는 텐트를 달라고 하고, 다른 아이는 에브니를 노렸고, 아무것도 안 가져온 아이는 시계에 눈독을 들였다. 난 배지를 나눠주었다. 아이들은 같이 수영을 하자고 했지만, 미풍에 실려온 노천 하수구의 악취를 맡으며 그 제안을 거절했다. 어떤 사람이 피스타치오를 잔뜩 넣은 호주머니에서 두 움큼을 꺼내더니 내게 주고는, 냇물 건너편에 있는 자기 집으로 가자고 했다. 차와 저녁식사를 주고, 잠자리까지 제공하겠다는 것이다. 다리 밑 시궁창을 벗어날 수 있다는 생각에 행복해하며 텐트를 걷었다.

조부모, 며느리, 손자들이 테라스에서 한 줄로 누워 잠을 잤다. 내게는 편안한 끝자리를 주었다. 집주인은 새벽 네 시 반에 집을 나갔다. 삼십 분쯤 후 내가 짐을 싸고 있는데, 주인의 아내와 어머니는 가장도 없는 집에 외국 남자가 있는 것이 불편했는지 내게 한 마디도 걸지 못하고 숨어버렸다. 새벽 다섯 시 반, 나는 길을 걷고 있었다. 당나귀를 탄 남자가 나를 따라왔다. 몰로서스 개 두 마리가 남자를 쫓아왔는데, 내가 다가가자 짖어댔다. 2킬로미터쯤 더 가자 오랫동안 질문을 해대던 남자가 뒤로 돌아서더니, 마을에 소식을 전하러 떠났다. 그 순간 어디서 왔는지 염소떼가 나타났다. 이렇게 조용한 짐승들이 서둘러서 어디로 가는 것일까? 적어도 300마리는 될 듯한 무리의 앞으로 10여 마리가 달려갔다. 그 앞에는 모래말고는 아무것도 없었다. 나무 한 그루, 꽃 한 송이, 풀 한 포기라곤 없어서 먹이가 될 만한 게 없었다. 할 수 없이 발굽을 동동거리고 있는 염소떼를 내가 호위했다. 십오 분쯤 동행하던 염소 무리가 당나귀를 타고 온 목동의 지시에 따라 갑자기 북쪽으로 방향을 꺾었다. 염소떼가 가는 방향으로 눈을 부릅뜨고 쳐다보았지만 풀 한 포기 볼 수 없었다.

태양이 여전히 이글거리는 가운데 전혀 예상치도 못한 광경이 펼쳐졌다. 이 나라에 놀랍게도 비옥한 땅이 있었다.

버려진 길 위에 바람에 흩날리는 커다란 풀밭이 보였다. 그리고 이끼류의 꽃무리 아래로 좀 더 거센 바람이 불 때마다 깃발을 든 채 이리저리 흔들리며 좁은 길로 나아가는 짐꾼이 보였다. 배낭을 멘 남자가 날 알아보고는 다가와 한참 손을 잡았다. 이 삼십 대의 남자는 몸에 꽉 끼는, 처음에는 흰색이었을 셔츠와 자꾸만 흘러내리는 트레이닝 바지를 입고 있었다. 통통한 뺨은 장밋빛이었고, 볼록 나온 배에, 손목은 셀룰로이드로 만든 아기 인형처럼 주름이 접혀 있었다. 배낭의 어깨끈과 가슴 사이에 작은 수건을 끼우고 있었는데, 가는 가죽끈이 살 속을 후벼파는 모양이었다. 그는 믿음직한 미소를 지으며 날 만날 걸 반겼다.

　　남자가 자기 몸집처럼 토실토실한 배낭을 땅에 내려놓았다. 카키색 배낭은 군부대에서 흘러나온 것으로, 그 위에는 깃대와 담요가 끈으로 묶여 있었다. 그의 이름은 세예드 지야 마르테자니, 오늘 아침 사라흐스를 떠나 카스피해 남쪽에 있는 고향에 가는 길이었다. 남자가 꼼꼼하게 거리를 계산했다. 32일 동안 걷게 될 거리는 1,028킬로미터라고 했다. 힘찬 각오로 고향 가는 길에 올랐지만, 장비가 야심에 찬 계획을 따라주지 못하는 것 같았다. 고무 샌들은 벌써 헤졌는데, 그걸 신고 일주일을 걸었다니 놀라울 따름이었다. 그가 사진을 찍어주겠다면서 엉망진창으로 싼 배낭을 열었다. 우선 책 세 권의 무게와 맞먹을 코란, 30센티미터 길이의 윤기 나는 날에 정교하게 손질된 손잡이가 달린 칼(안전 때문이라며 땅에 내려놓았다)과 통조림 몇 캔을 꺼내며 "식당에는 세균이 있어서요."라고 설명했다. 그다음엔 트럭 운전사들이 가지고 다니는 이런 도로지도를 힘들게 꺼냈다. 드디어 카메라가 나왔다. 이렇게 무겁고 여행을 하는 데 별로 적합하지 않은 장비를 가지고 어떻게 평균 속도를 유지하며 도보여행을 계속할 수 있는 것일까? 혹시 마음을 다치게 할까 쭈뼛거리며 물어보았다. 하지만 짧고 명료한 답변이 날아왔다.

"신의 도움으로요."

남자는 사진을 찍고, 내게 카메라와 지도와 주머니에서 꺼낸 돈을 주었다. 나는 모두 사양했다. 그리고 그에게 뭐라도 주려고 했는데 아무것도 없다는 걸 깨닫고 당황했다. 그는 십 분 동안 힘들여 다시 배낭을 꾸린 뒤 담요와 깃발을 차곡차곡 쌓았다. 나는 남자가 짐을 드는 걸 도와주었다. 그는 힘들게 몸을 숙여 보온병을 집어들고는 다시 출발했다. 남자가 길가의 모래를 헤치고 걸음을 디딜 때마다 통통하게 살진 엉덩이가 흔들렸다. 초록색 깃발을 바람에 나부끼면서 멀어져가는 그의 모습을 지켜보았다. 그 남자는 뒤돌아보지 않았다. 그가 32일 후 목적지에 도착하면 아마 32킬로그램은 빠져 있을 거라고 확신한다.

내가 쉬어가려고 했던 작은 마을 감발디(Gambaldi)는 미국 서부영화에 나오는 마을과 비슷한 데가 많았다. 도로

양편에 집들이 일렬로 줄지어 있었다. 따뜻한 환대 같은 건 없었다. 아마 이곳 사람들이 25킬로미터 거리에 있는 국경 마을로 가는 여행객들을 많이 보았기 때문일 것이다. 식당에는 주문할 수 있는 게 없었고, 카드놀이를 하는 네 사람은 내가 자기들을 귀찮게 굴 거라고 생각하는 것 같았다. 나는 식료품 장수에게 달걀 두 개를 샀고, 그는 돈을 받는 조건으로 이웃집 광에서 달걀을 익혀주었다. 배가 부르자, 모니르-메흐디 부부와 오늘 저녁에 만나게 될 사라흐스를 향해 떠날 용기가 생겼다.

그들은 메셰드를 떠나기 전에 내게 이미 파티 계획을 귀띔했다. 가수와 배우들도 참석하는 성대한 연례 파티를 열 텐데, 초대 손님이 3천 명가량 될 거라고 했다. 거기 안 가도 별 문제는 없었다. 하지만 그들은 나를 찾으러 오느라 이틀간 도로 위를 달렸다. 운전사가 운전하는 힘 좋고 멋있는 그들의 리무진이 갓길에 정차했을 때, 내가 걸어야 할 거리는 6킬로미터가 남은 상태였다. 그들은 차에서 내려 놀라운 표정으로 날 바라보았다. 운전사는 서둘러 트렁크에서 담요를 꺼내 시트 위를 덮었다. 차창에 비친 내 모습을 보면서, 나는 그들이 왜 그렇게 놀란 표정을 지었는지 이해할 수 있었다. 일주일째 면도도 세수도 하지 않은 데다 모래가루가 땀에 엉겨 붙어 있어서 얼굴과 옷은 금빛 황토로 된 멋진 껍질 밑으로 사라진 채였다. 우리는 사라흐스까지 차를 타고 갔고, 거기에서 방을 하나 빌려 샤워를 했다. 그동안 모니르는 가벼운 식사를 주문했다. 적절한 때에 주문을 했다. 오늘 낮에 먹은 달걀 두 개만으로는 허기가 채워지지 않았기 때문이다…….

돌아오는 길에, 길가에서 나의 기수旗手 세예드 지야를 찾아보려고 살펴보았지만 헛수고였다. 메흐디와 모니르 역시 그가 지나가는 걸 못 봤다고 했다. 그는 아마 밤을 보낼 안식처를 찾았을 것이다. 내 친구들은 반수면 상태에 있었지만, 나는 샤워와 가벼운 저녁식사로 원기를 회복하여 잠 속으로 빠져들기 전 결산을 해보았다. 결과가 나쁘지 않았다. 82일 전쯤 출발해 큰 문제 없이 1,838킬로미터를 걸었다. 테헤란과 메셰드에서 며칠을 보냈기 때문에 세예드 지야가 세운 목표보다 평균 속도는 적게 나왔지만, 누구와 경쟁을 하며 걷는 게 아니니 상관없었다. 좋은 만남은 모든 불운과 목마름과 피곤함을 상쇄해주었다. 기운이 넘치는 것 같았고, 오늘 뜨거운 태양과 바람을 헤치며 50킬로미터를 걸었던 것으로 알 수 있듯이, 나는 운동선수 같은 체력을 갖추고 있었다……. 오랜 시간 동안 이란을 횡단하며 알게 된 것은 잔혹한 권력 뒤에도 손님을 환대하는 놀랄 만큼 개방적인 사람들이 있으며, 이들이 이슬람 혁명으로 인한 황폐함 속에서도 조상의 미덕을 간직하고 있다는 사실이었다. 반계몽적인 데다가 시대에 뒤떨어지며 폭력적인 물라의 뒤에 가려져 세련된 문명을 향유한 페르시아인들에게 서구의 미디어가 내린 부당한 평가를 가늠해볼 수 있었

다. 분명, 물라는 영혼을 말살하고 정보를 극단화시키는 폭
군이요, 사티로스(Satyros, 그리스 신화에 나오는 반인반수인 숲
의 신)요, 괴물이다.

　　1천 킬로미터를 더 가면 사마르칸트의 터키옥색 둥근
지붕들이 보일 것이다. 하지만 지금까지 모든 게 장밋빛이
었다고 하더라도, 나는 벌써 투르크메니스탄의 암울한 여정
을 생각하고 있었다. 이 나라에 대해 읽었던 자료는 유쾌하
지 않은 내용이었다. 거칠고 탐욕스러운 경찰, 둔탁하고 까
다로운 행정. 파리와 테헤란의 투르크메니스탄 영사과에서
이미 경험한 적이 있었다. "투르크메니스탄 사람들은 반세
기 동안 겪었던 구소련 체제의 결함과 10년 전부터 알게 된
자본주의 체제의 결함을 축적시킨 나라다"라고 누군가 요
약해서 말해준 적이 있었다. 그리고 이 나라에는 남자밖에
없다. 앞으로 건너게 될 250킬로미터의 사막에는 코브라,
전갈, 타란툴라처럼 반갑기 그지없는 녀석들이 우글거릴 뿐
만 아니라, 무시무시한 독거미 블랙위도(Black Widow)도 있
다. 이 거미에게 물리면 치명상을 입는데, 블랙위도의 암거
미는 교미가 끝나고 나면 수컷을 잡아먹는 무서운 습성을
가지고 있다.

13. 투르크메니스탄

8월 5일, 사라흐스, 1,838킬로미터

제 시간에 도착했다. 테헤란의 투르크메니스탄 영사는 내게 예고한 바 있다. "정확히 한 달이에요. 하루가 모자라지도, 넘치지도 않는 한 달." 오늘 아침 버스를 타고 메셰드에서 출발해 모니르와 메흐디가 배웅 나온 곳에 내려서, 남은 구간 6킬로미터를 재빨리 주파했다. 사라흐스는 이란과 투르크메니스탄이 같은 이름을 쓰며 국경을 맞대고 있는 자매 도시다. 두 국경사무소로 이어지는 길로 들어서기 전, 만약을 대비해 GPS를 배낭의 제일 안쪽에 숨기고 건전지도 빼두었다. 이 기계는 필경 군사상 안전을 이유로 구소련공화국에 반입이 금지될 것이다.

　오후 두 시, 이란 경찰 하나가 여권을 오래도록 살피고는 내 얼굴을 빤히 쳐다보다가…… 여권을 들고 점심을 먹으러 갔다. 난 중앙아시아 가이드북 『론리 플래닛(Lonely Planet)』을 꺼내 읽으며 시간을 보냈는데, 그 책의 내용은 이미 외우고 있는 터였다. 남자가 돌아와서는 또 한 번 한참이나 내 얼굴을 살폈다. 보통 비자보다 기간이 훨씬 긴 게 이상하다고 생각하는 것 같았다. 그래서 그는 자기가 의아해하는 만큼 날 기다리게 했다.

이제 밖으로 나왔다. 누군가 강과 평지를 연결하는 다리로 향하는 흙길을 가리켰다. 강의 다른 편에 투르크메니스탄 편에서 국경을 지키는 러시아 군인이 머무는 작은 초소가 있었다. '지킨다'는 표현은 지나치다. 군인 하나는 맨발에 담벼락 그늘에서 입을 벌리고 잠을 자고 있었다. 군화를 신은 다른 군인은 기관총에 기대어 졸았다. 그는 상의의 단추를 배꼽까지 푼 상태로, 안에는 내의도 입지 않고 있었다. 나는 조심스럽게 헛기침부터 한 후 펜싱의 캉트(quinte, 펜싱에서 다섯 번째 자세) 동작 같은 걸 취했지만 아무도 깨울 수 없었다. 그래서 총을 멘 군인을 흔들어 깨웠다. 그는 천천히 잠에서 깨어난 뒤, 자기 쪽으로 몸을 구부린 이상한 외국인을 보고는 벌떡 일어나 총에 손을 가져갔다. 그는 내게 제자리에 있으라고 손짓을 한 뒤 맨발로 동료들을 깨우고, 문을 열러 가면서 러시아 말로 몇 마디 중얼댔다. 잠시 후 잠자다 깨어나 눈이 퉁퉁 부은, 샌들을 신은 젊은 장교가 나타났다……. 소련인들은 군대에 군화를 지급하기가 힘들었던 게 틀림없다. 그는 나를 보고 기분이 좋아졌는지, 미소를 지으며 긴장을 풀었다. 내게 그늘진 의자에 와서 앉으라고 손짓했다. 나는 여정을 설명하기 위해 파리에서 준비해온 비닐코팅 종이를 주머니에서 꺼냈다. 세 잠꾸러기는 외국인을 보는 게 즐거운 표정이었다. 그들은 이전에 얘기 듣고 상상한 것처럼 무뚝뚝한 군인들은 아니었다. 장교가 멍한 눈으로 내 여권을 보고는 돌려주었다. 그러고 나서 경찰 초소와 세관이 여기에서 2킬로미터 떨어진, 언뜻 눈에 들어오는 건물에 있다고 했다. 나는 거기에 가려고 에브니를 손에 잡았지만, 의문의 여지 없이 '셔틀 버스'를 기다려야 했다. 사십오 분 동안 더위에 지친 우리들은 느릿느릿 얘기를 나누었다. 멀리에서 소리가 들려왔다. 낡아빠진 셔틀 버스가 엄청난 소음을 내고 요동을 치며 오는 바람에 흙길 여기저기에 구멍이 움푹 팼다. 버스를 보니 바퀴가 중심에서 떨어져 나와 길바닥에 부속물이 흩어지는 서커스단 자동차가 생각났다. 버스는 온통 녹슬어 있었다. 그리고 시속 5킬로미터에서 6킬로미터라는 현기증 날 정도로 느린 속도에, 시커먼 매연을 내뿜었다. 왜 사람들은 이 움직이는 관을 타야 하는 것일까? 곧 해답을 얻었다. 1달러. 어깨에 힘이 들어간 미국 해군이나 쓰는 선글라스를 여봐란듯이 쓴 운전사가 말했다. 분명 요금을 받는 건 불법이고, 이는 오로지 세관원의 용돈으로 쓰일 뿐이었다.

누군가 영어를 할 줄 아는 군인들을 데려왔다. 장교들은 일단 내 일정을 보고 의심스러워하더니, 여권을 뒤적이며 내가 정말 터키에서 출발한 것인지 증거를 찾으려고 했다. 미제 안경을 쓴 남자는 잠시도 날 놓아주지 않고 1달러를 받으려고 기다렸기 때문에 주머니에 있던 이란 돈을 주었다. 그는 더 이상 조르지 않고 그걸로 만족했다. 안전을 위해서 내가 달러를 가지고 다닌다고 그들이 생각하지 못하게 해야 했다.

하지만 현지 화폐가 없었기 때문에 배낭에 들어 있는 달러를 꺼내야 했다. 국경을 지나 처음 만난 도시 마리(Mary)는 걸어서 열흘 정도 걸리는 거리에 있었다. 100달러를 환전하기 위해 은행으로 갔다. 직원이 자기 창구에서 일어나더니 사무실을 돌며 투르크메니스탄 화폐 마나트(manat)를 한 더미 모았다. 한 더미라고 말한 건 과장이 아니었다. 왜냐하면 소액권 지폐가 쌓여서 거의 50센티미터 높이가 되었기 때문이다……. 물론 내가 항의를 하자 직원은 다시 5천 마나트와 1만 마나트짜리 지폐를 찾으러 나섰는데, 그는 암시장 환율로 계산해 환전해주었기 때문에 은행의 이익이 아니라 자신의 이익을 위해 일하느라 고무돼 있었다.

지금은 저녁 일곱 시가 넘은 시각이고, 밤이 내려 어둑해지기 시작했다. 결국 무시무시한 이름을 날렸던 투르크족의 옛 영토에 첫발을 내딛었다. 10세기 동안 이들은 약탈과 납치를 일삼고 그들 수중에 들어온 사람들을 노예처럼 팔았다. 다른 부족과 전쟁을 벌일 수 없을 때는 자기들끼리 전쟁을 벌였다. 평원은 단조로웠다. 남쪽으로 보이는 유일한 언덕, 이곳에 흔한 흙 언덕 테페(tépé)가 옛 요새의 자리나 실크로드 이전 권력자들의 묘지를 보여주었다. 우수에 찬 말들이 들판을 자유롭게 다니며 얼마 없는 풀을 뜯었다. 동쪽의 기차역에는 투르크메니스탄에서 대량으로 생산되는 천연가스 수송용 기차가 수백 대나 정차해 있어 지평선을 가로막고 있었다. 수많은 파이프라인이 건설 중이었지만 아직까지는 기차를 이용해 이란을 거쳐 대양까지 액체 가스를 수송하고, 북쪽으로는 구소련 소속이었던 공화국들까지 실어나른다. 역으로 통하는 길은 없었다. 그래서 북쪽으로 팔뚝만 한 폭으로 길게 뻗은 홈이 팬 아스팔트 길로 걸어갔다. 사라흐스는 세관에서 아주 가까웠지만, 적어도 10킬로미터는 우회해야 했다.

집이 보이기 시작했다. 길가에는 투르크멘어로 투르크멘바시(투르크인의 지도자) 사파르무라트 니야조프 대통령의 심오한 사상을 담은 안내판이 꽂혀 있었다. 옛 소비에트 공산당의 중진이었던 그는 당의 이름을, 투르크메니스탄 공산당 CPT(Communist Party of Turkmenistan)의 약자를 한 글자만 바꾸어서 투르크메니스탄 민주당 DPT(Democratic Party of Turkmenistan)로 고쳤다. 이름을 바꾼 것말고는 하나도 달라진 게 없었다. 당은 엄청난 부를 가지고 있고, 당을 이끄는 인물 역시 그 자리를 그대로 차지하고 있다. 독립된 나라를 계승할 당시 99퍼센트에 가까운 지지로 당선된 니야조프 대통령은 전권으로 나라를 다스렸고, 헌법에 명시된 5년 후

선거에 재출마 제한 조항을 피하기 위해 선거 직후 임기를 5년 더 연장하는 법안을 국회에 회부해 통과시켰다. 종교적인 개인 숭배는 지금까지 보아왔던 여러 가지 사례를 훨씬 뛰어넘는 정도다. 이맘 호메이니, 스탈린, 마오쩌둥은 이 나라의 전역에 존재하는 이 인물과 비교하면 명함도 내밀지 못한다. 텔레비전, 신문, 지폐 등 그의 이미지는 어디에나 있다. 광장에는 어김없이 그의 동상이 있고, 어느 건물이나 다리에도 그의 초상화가 붙어 있다. 사진, 판화, 돋을새김, 메달, 거리 등 그의 초상화를 붙일 곳만 있으면 어디에든 있었다. 나를 집에 맞이한 투르크메니스탄인은 특별선물로 컬러로 된 투르크멘바시 카드를 주었다. 이 나라를 다스리는 임금 철칙(노동자의 평균임금은 그 가족의 생활유지에 필요한 최저비용과 일치해야 한다는 독일 사회주의자 F. 라살의 이론)을 반대하지 않도록 조심해야 한다. 아직도 생존해 있는 반대파는 적절한 때에 투르크메니스탄을 빠져나간 사람들이다.

세라흐스의 큰 마을에서 나란히 연결된 회색 집 중 한 집에서 긴 금발에 미니스커트를 입은 여자아이가 나오는 것을 보고 놀랐다. 세 달 동안 차도르만 보았던 터라 정말이지 놀라운 광경이었다. 자동차는 보기 힘들고, 몇몇 트럭이 화산처럼 숨이 막힐 듯한 매연 줄기를 토해냈다. 가이드북에 실린 유일한 호텔은 찾을 수가 없었다. 희미한 불빛 속에서 정차된 경찰차를 구분해냈다. 운전사가 차 문 옆에 서 있는 남자와 잡담을 하고 있고, 조수석에 앉은 남자는 담배를 피우고 있었는데, 불이 붙은 꽁초가 보였다. 그들은 내가 다가오는 것을 보지 못했다. 같이 잡담을 나누던 사람이 그들에게 유럽에서 온 외국인이 다가오고 있다고 알려주었다. 그들은 나를 보자 감전이라도 된 듯한 얼굴이었다. 운전사가 급하게 문을 열며 "여권! 여권!" 하고 외쳤고, 조수석 남자는 뒷자리에서 몹시 흥분해서 경관 모자를 찾느라 뒤적거리다 결국 찾아내고는 차에서 튀어나와 편안한 미소를 지으며 공모의 윙크를 짓더니 내 쪽으로 다가왔다. 첫 번째 남자는 금니 두 개가, 두 번째 남자는 세 개가 있었다. 그들의 달뜬 표정으로 미루어보건대, 내게서 쥐어짜낸 달러로 금니 하나를 더 박아넣을 수 있다고 계산한 모양이었다. 이 악당들을 기다리며 이들이 벌일 광대짓을 상대할 준비를 했다. 하지만 도보여행으로 60까지 박동수가 떨어졌던 심장은 미친듯이 뛰어 내 가슴에 부딪치는 듯했다. 광대들이 총을 꺼내면 위험할 수도 있다. 조심해야 했다.

대장으로 보이는 자가 내 여권을 꼼꼼하게 넘기며 살폈다. 키가 좀 더 큰 다른 사람은 그의 어깨 너머로 읽는 체했지만, 외국인이 걸려든 것에 기쁨을 감추지 못하고 있었다. 외국인은 그에게 기쁜 소식을 전하는 종달새의 지저귐과 같은 모양이었다. 대장이 한 페이지를 톡톡 두드리더니 거드름을 피우며 러시아어로 말했다.

"문제가 있어."

"아, 그럼요, 그럼요."

다른 남자가 맞장구를 쳤다.

나는 다가가서 부드럽게 여권의 페이지를 넘겨 투르크메니스탄 비자가 있는 곳을 펼쳤다.

"문제 없어요."

내가 손가락으로 유효 기간, 입국일자를 가리키며 말했고, 기한을 좀 더 강조해서 말하기 위해 조심스럽게 그의 손에서 여권을 빼앗아 내 손으로 옮긴 뒤 손톱으로 '한 달' 날짜를 가리키며 최대한 자연스럽게 여권을 덮고, 두 멍청이들에게 허심탄회한 미소를 지으며 주머니에 넣었다.

"하지만 조사를 해야 하니 경찰서로 갑시다."

뚱뚱한 친구가 우겼다. 하지만 키가 큰 친구는 이미 자신들의 계획이 제대로 되지 않을 것을 알아차렸다. 그의 두 금니는 이제 어둠 속에서 반짝거리지 않았다. 그가 미소를 거두었다.

나는 정면 돌파를 시도했다.

"얼마든지 조사할 테면 해요. 호텔로 오시오. 내일 아침까지 거기에 있을 거요."

나는 뒤도 돌아보지 않고 그 자리를 떠났다. 다리가 후들거리고 숨이 찼다. 이제 주사위는 던져졌다. 그들이 길을 막고 날 붙잡을까? 아무 일도 일어나지 않았다. 100미터쯤 가서야 뒤를 돌아보았다. 그들은 차 옆에 그대로 있었고 잠시 후 다른 대화 상대와 얘기를 나누었다. 이들이 호텔에 나타날까? 이란 운전사들은 투르크메니스탄을 지나면서 겪은 끔찍한 일들을 얘기해줬다. 도로에는 수없이 많은 단속지대가 있고, 대적 불가능한 경찰들은 갖가지 위반사항을 만들어냈다. 한 운전사 얘기로는 지난주만 해도 세 번이나 차를 세우고, 별별 구실을 다 대며 돈을 뜯어냈다고 한다. 매번 벌금은 100달러로 즉시 현금으로 지불해야 했다. 영수증도 없고, 돈은 곧장 경찰의 호주머니로 들어가 자기네들끼리 나눠갖는다. "될 수 있으면 절대 경찰 소굴로 들어가지 말아요. 사람들 눈을 피할 수 있으니 무슨 일이 일어날지 몰라요."

호텔 건물은 낮고 길고 더러웠다. 타일은 한 번도 청소를 하지 않은 상태였다. 벽을 타고 자라는 회색 풀로 덮인 막사 같은 몰골이었다. 최소한의 조명도 없고, 칠이 벗겨진 입구의 문은 두툼한 체인과 구리 자물쇠로 잠겨 있었다. 호텔이라고 알리는 표지판 하나 없었다. 지나가던 남자가 여기가 호텔이 맞기는 하지만 문을 닫았다고 말해주었다. "언제부터, 얼마 동안이죠?" 그는 모른다고 말하며 무슨 문제냐고 물었다.

"잠잘 데를 찾아요."

"같이 가요. 건너편에 살아요."

그의 이름은 므라트이고 방이라기보다 헛간에 가까운 곳에 살고 있었다. 창고가 된 방은 썩어가는 쓰레기가 놓인 현관과 경계를 이루었다. 므라트는 철제 침대를 꺼내 '집' 문 앞에 놓고 잠을 잤다. 그는 결혼했고 딸을 둔 아버지였다. 부인과 딸은 건너편 거리에 있는 서민 아파트에 살았다. 부인이 아프다고 해서 잠깐 그 아파트에 들렀다. 부인은 마약에 중독돼 있었고 마약이 필요한 얼굴이었다. 나는 배가 고파 죽을 지경이어서 므라트를 저녁식사에 초대했는데, 음산한 조명의 식당에서 흰 치즈를 곁들인 꼬치를 먹었다. 바에 있는 남자들은 보드카를 단숨에 들이키고 잔을 내려놓았다. 우리는 맥주 한 병을 마셨는데, 여기에서 2킬로미터 떨어진 곳이었다면 채찍형을 당할 짓이었다는 생각이 문득 들었다.

이튿날 잠이 깬 나는 배낭까지 한 줄로 행진하는 개미떼를 보았다. 좀 더 가까이 보니, 수천 마리의 개미가 내가 비상식품으로 가지고 다니는 빵 조각에 매달려 있었다. 얼마나 많았는지 빵이 안 보일 지경이었다. 므라트는 내 손에 있던 빵을 들고 아무렇지도 않게 벽에다 털더니 제일 큰 놈을 잡아 더러운 수건으로 닦고는 다시 주었다.

투르크메니스탄에 오기 전에, 이곳이 아주 불결한 나라일 거라고 상상했다. 역시 상상대로였다. 이 나라에 대한 첫인상은—여행을 하면서 확인되었다—전체적으로 더럽고, 위생 관념이 한참이나 뒤떨어진 나라라는 것이었다. 터키와 이 나라 중간에 있는 이란은 상대적으로 깨끗한 편이었다.

세라흐스를 떠나자마자 경찰이 친 바리케이드가 나왔다. 길가의 초라한 초소에서 건널목을 정비하는 것처럼 차도를 막았다. 나도 트럭 운전사와 마찬가지로 조사를 받았다. 여권을 제시해야 했다. 경찰 하나가 여권에 적힌 내 신분—세 개나 되는 내 이름은 적었지만, 성姓은 적지 않았다—과 비자 날짜를 적었다. 20킬로미터 떨어진 곳에 있는 두 번째 바리케이드에서는 좀 더 까다로웠다. 장교가 부하들에게 날 살피라고 하고는 상관에게 전화했지만, 상관은 곧 계속 여행할 수 있게 그냥 놓아주라고 지시했다.

투르크메니스탄에서 도보여행을 한 처음 며칠은 회색 풍경과 환한 햇살, 친밀한 것과 낯선 것 등 대조되는 것들이 한데 섞인 안개 속처럼 기억될 것이다. 거대한 저수지 근처의 카라쿰 운하에 있는 작은 도시 하우즈한(Khauz-Khan)으로 가기 위해 30킬로미터를 돌아가는 길을 선택했다. 곧장 가는 길이 있었지만, 그 길로 가면 100킬로미터 안에 마을이 없어서 숙식을 해결하기 힘들기 때문이다. 이제 조금 있으면 기어오르고 찔러대는 작은 동물이 우글거리는 가운데 밤을 보내게 될 끔찍한 카라쿰 사막에서 외롭게 여행을 하게 될 것이다.

나흘 동안, 태양열로 불타버린 두 줄의 에셀나무 사이에 묻힌 것 같은 좁은 길을 따라서 걸었다. 이따금 모래에 묻힌 스텝 중간에 마을이 웅크리고 있었다. 사각형의 구불거리는 함석지붕으로 덮인 회색 집들은 직선으로 지어져, 항상 구불구불하고 웅덩이가 팬 흙길과 대조를 이루었다. 마을은 기하학자가 설계해 곡예사가 건축한 것 같은 인상을 주었다. 끔찍한 더위였다. 물통에서 입을 못 떼고 계속 빨아댔지만 물은 메마른 내 몸에 잠시도 머무르는 것 같지 않았다. 아스팔트 길 위에는 신발 자국과 에브니의 바퀴 자국이 남았다. 열기로 녹아버린 아스팔트는 대형 트럭이 지나가면서 나란히 남긴 바퀴 자국으로 일그러졌다. 아스팔트 길이 칙칙한 진흙길처럼 보였다.

몇 달 동안 구불구불한 페르시아 문자에 익숙해 있었는데, 라틴 알파벳으로 된 간판을 보니 읽고 해석하기가 훨씬 쉬웠다. 간판은 키릴 문자와 러시아어로 씌어 있었다. 투르크멘어와 우즈베크어는 터키어의 사촌으로, 이 나라들은 독립을 공고히 하기 위해 2, 3세기 동안 사용한 러시아어에 맞서 라틴 알파벳을 채택했다. 하지만 독립국가마다 다른 글자와 기호를 선택함으로써 안 그래도 복잡한 상황이 더 복잡해졌다. 그 결과 버리고자 했던 러시아어가 투르크멘어, 우즈베크어, 타지크어, 키르기스어 등 중앙아시아 국가의 매개 언어가 됐다. 투르크메니스탄 공동체에 속하면서 우즈베키스탄 지역에 사는 사람들은 세 개의 언어를 사용한다.

물라가 휘두르는 끔찍한 횡포를 겪은 후 이곳에서는 신체의 자유를 되찾는 기쁨을 누렸다. 러시아 여자들은 베일을 두르지도 않았고, 몸의 곡선을 가리는 옷도 입지 않았다. 우즈베키스탄과 투르크메니스탄 사람들은 간단히 재단한 가벼운 옷을 입는다. 튜브 모양의 짧은 소매옷은 발목까지 내려온다. 색깔도 확연하게 차이가 나서, 야하고 요란한 색들이 많다. 러시아 여자들이 삼십 대부터 뚱뚱해지기 시작하는 반면, 투르크메니스탄 여자들은 날씬한 몸매를 유지하는데, 얌전하게 입은 옷은 날씬한 몸의 곡선을 살짝 드러낸다. 대부분 머리에 실크 스카프를 묶어 감은 뒤 긴 머리처럼 등까지 내려오게 한다.

투르크메니스탄에서 처음 며칠은 공교롭게도 극심한 더위가 닥친 기간이었다. 지금은 7월, 이 중앙아시아 나라에서는 연일 최고온도가 경신되고 있었다. 남쪽과 남동쪽은 섭씨 50도까지 올라갔다. 이틀 동안은 용감하게 더위와 맞섰지만, 사흘째는 끝날 줄 모르고 이어진 길을 걸으면서 말 그대로 절망감을 느꼈다. 여섯 시간째 걷고 있는데, 더 이상 나아가지 못할 것 같은 기분이 들었다. 잎이 거의 떨어진 에셀나무 덤불은 한 치의 그림자도 드리우지 않았다. 아침부터 12리터에 가까운 물을 마셔댔지만 내 몸에는 한 방울의 물도 남아 있지 않은 듯했고, 엄청나게 땀을 흘려서 한 번도 소변을 보지 않았다. 갑자기 기진맥진해져서 길가에 주저앉고 말았다. 살인적인 햇볕에 데지 않도록 커다란 에셀나무 위에 이불을 펼치고 그 그늘 아래에 앉았다. 지도와 GPS를 아무리 살펴보아도 소용이 없었다. 몇 킬로미터 전부터 보여야 할 카라쿰 운하가 보이지 않았다. 거칠고 탐욕스런 경찰, 살인적인 태양, 사람의 그림자도 보이지 않는 거대한 평원, 모든 게 너무 적대적이었다. 한 시간 전부터 겨우겨우 지탱해온 희망이 조금씩 사라지고 있었다. 무슨 영광을 보자고 싸우는 거지? 시련은 너무 고되고, 태양은 너무 뜨겁고, 사마르칸트는 너무 멀었다. 끝도 없는 이 길, 신기루처럼 날 농락하는 이 운하. 친구의 손이 내 어깨를 살포시 잡고, 꺼져가는 에너지를 미소로 다시 지펴주었으면 좋겠다. 하지만 난 혼자, 철저히 혼자였다. 이런 거대한 길과 대적하기에 나는 너무 작고 너무 깨지기 쉽고 너무 허약했다. 에셀나무의 앙상한 가지 위에서 불타는 피부처럼 매달린 담요의 그늘 밑에서 잠을 자고, 이 숭고한 잠이 영원히 계속되길 기다리는 편이 나을 것 같았다.

그런데 기적이 일어났다. 잠이 깼을 때 악마는 도망가고 없었고, 태양의 열기는 약간 누그러져 있었다. 한 시간 후 마침내 모습을 드러낸 냇물 사이를 연결하는 다리 위에서 어디에서 나타났는지 모를 농부에게 수박 하나를 샀다. 그늘진 교각 밑에서 갈대로 침대를 만들고 진흙탕 물에 물통을 넣고 두 쪽의 맛있는 수박을 먹은 뒤 다시 잠에 빠져들었다. 잠이 깼을 때는 러시아 군인들이 신는 커다란 가죽 장화를 신은 목동이 웃옷을 벗은 채 날 지켜보고 있었는데, 당황한 표정이 역력했다. 그의 양들은 몇 미터 떨어진 물가에서 먼저 물을 마시려고 다투고 있었다. 내가 미소를 보이자 목동도 미소로 화답했다. 주머니에서 여정을 기록한 작은 종이를 찾아 그에게 주었다. 하지만 그는 읽을 줄을 몰라서 바로 돌려주었다.

목동이 가고 나자 운하의 물속으로 뛰어들려고 했지만, 서쪽으로 이동하는 황토색 물결을 보자 꺼려졌다. 진흙탕의 미지근한 물에 어떤 균이 있을지 누가 알겠는가? 웬만한 강처럼 폭이 넓고 급류처럼 물살이 빠른 카라쿰 운하는 기술의 쾌거이면서 동시에 과학기술의 착오였다. 내 앞으로 흐르는 물은 파미르의 정상에서 내려오는, 중앙아시아의 두 대하 중 하나인 아무다리야(Amudarya) 강의 지류다. 운하는 면綿 생산량 증가를 목적으로 건설됐다. 러시아인들은 투르크메니스탄을 구소련 제국의 원자재 공급처로 격하하기 위해서 기상천외한 일을 했다. 현재 900킬로미터에 달하는 길이는 세계 운하 중 가장 긴 길이일 텐데, 투르크메니스탄 전국토의 3퍼센트만을 관개─역시 소련의 업적이다─할 수 있을 뿐이다. 그리고 아무다리야 강의 물을 뽑아낸 결과 아랄(Aral) 해는 물이 말라버렸다. 여기에는 삶이, 다른 쪽에는 죽음이 있다.

투르크메니스탄에서 보낸 처음 며칠은, 스쳐 지나가는 여행자인 내게 마치 오랜 친구를 대하듯 자신의 집과 식탁을 내어준 사람들에 대한 추억으로 남을 것이다. 콜호스에서 옛 트랙터 운전사로 일했던 키가 큰 투완은 자기가 정원에서 길러서 햇볕에 말린 살구─그는 그걸 내 배낭에 잔뜩 넣어주었다─처럼 주름이 자글거리고 말랐다. 그는 일흔두 살로, 평생을 경험한 공산주의 체제는 유감스럽게 생각하고, 최근 10년간 경험한 자본주의 체제는 이해가 되지 않는다고 했다. 내가 떠날 때 그가 적어준 주소는 '투르크메니스탄 소련 공화국'이었다. 수의사 아타마라트는 호주머니에서 빠져나가 길가에 떨어졌던 안경을 찾아준 사람이다. 안경이 없었다면 여행을 계속할 수 없었을 것이다. 그의 찢어진 눈과 보조개가 들어간 둥근 얼굴은 아리안족의 나라를 떠나 몽골족의 땅으로 가고 있다는 사실을 깨닫게 했다.

샤흐무라트도 잊을 수 없다. 도로변에 있는 간이식당에 도착했을 때는 해가 질 무렵이었다. 콜호스에서 일하는 사람들이 저녁에 술잔을 기울이러 이곳에 왔다. 쾌활한 얼굴의 뚱뚱한 남자가 나를 아들처럼 대했다.

"배낭은 여기에 둬. 배고파? 먹을 거 줄게. 목말라? 보드카 따라줄게. 씻고 싶어? 날 따라와."

그는 식당 뒤 키가 큰 갈대로 덮인 풀밭 안쪽까지 날 데리고 갔다. 거기에 작은 운하에서 나온 진흙물이 빠른 속도로 흐르고 있었다. 그는 내가 뒷걸음질하는 걸 보았다. 저 물로 씻으라고? 말도 안 된다. 그는 몸을 구부려 손바닥에 물을 담더니 그걸 마셨다. 그러고는 키 큰 갈대를 헤치며 다시 식당으로 돌아갔다. 한적한 곳이었다. 나는 옷을 벗어던진 뒤 물속에 뛰어들어 투르크메니스탄에 들어온 이후 몸에 달라붙은 때를 벗겨냈다. 풀숲 사이에서 웃고 있는 세 악동의 얼굴이 보였을 때에야 비로소 물에서 나왔다. 그들을 향해 다정한 손짓을 했더니, 아이들은 '걸음아, 나 살려라' 하며 갈대밭을 헤치고 사라졌다. 물이 얼마나 탁했는지 수건이 온통 붉은색으로 변했다.

밖에 있는 커다란 모기장 안에서 샤흐무라트가 준비한 저녁을 함께 먹었는데, 모기장은 우리를 향해 침을 세우고 달려드는 모기떼를 막아주었다. 눈 속의 토끼처럼 하얀 털을 가진 친구 무라드가 합석했다.

"보드카?"

"아뇨, 괜찮습니다. 물이 더 좋아요."

"추트 추트(조금만 조금만)."

"그럼 목만 축이게 조금만 마시죠."

그는 내 잔을 가득 채우고는 자기 잔을 들었다. 이슬람의 금기사항을 지키는 무라드는 과일 주스를 마셨다. 샤흐무라트는 단숨에 자기 잔을 비웠다. 나는 한 모금만 마셨는데도 목이 찢기고 위가 불타는 것 같았다. 집주인은 계속 잔을 비우라고 했지만, 못 마시겠다고 했다. 꼬치와 익히지 않은 채소요리로 저녁식사를 하는 동안 그는 계속해서 술을 권했다.

"추트 추트."

물통의 물로 목을 축이면서 스무 번을 '아니'라고 말했다. 저녁식사가 끝나자, 무라드가 우리를 자기 차에 태우고 샤흐무라트의 집으로 갔다. 그의 집은 옆 마을, 웅덩이로 팬 흙길의 끝에 있었다. 가는 길에 밭에서 돌아오는 남자들을 태웠다. 두 번째 저녁식사가 샤흐무라트를 기다리고 있었다. 그때까지도 한낮의 햇볕으로 몸이 달궈진 상태여서 배가 고프지 않았지만 집주인을 위해 열심히 파스타를 포크로 집어먹고, 빵도 조금씩 뜯어먹고, 포도도 먹었다. 그는 두 잔을 채우더니 하나를 내밀었다.

"보드카?"

"니에트, 스파시바, 와다(아뇨, 괜찮습니다. 물 주세요)."

우리는 바닥에 마주 앉았고, 그는 잔을 내 얼굴 높이로 들고 있었다.

"추트 추트."

"니에트, 스파시바."

십 분가량 버텼다. 샤흐무라트는 지치지도 않고 입가에 우정 어린 미소를 머금은 채 계속 잔을 내밀었다. 나는 물에 익숙해진 위에 고통을 주는 독주를 삼키고 싶지 않았다. 잔이 내 눈앞에서 춤을 췄고, 술이 불빛에 반짝거렸다. 하지만 계속 버티기로 일관했다. 집주인은 여전히 술을 권하고, '조금'이라는 뜻으로 왼쪽 손의 엄지와 검지를 오므리며 '추트 추트'를 연발했다. 그의 고집은 참기 어려운 지경에 달했다. 결국 내가 마시는 흉내라도 내야 한다는 사실을 깨닫게 됐다. 이곳 사람들은 손님이 마시지 않으면 주인도 마시지 않는 게 예의였고, 집주인은 그런 예의를 저버리고 싶지 않았던 것이다. 그가 술을 마실 수 있게 하려면 반드시 나도 술을 들어야 했다. 고집이 센 나였지만, 결국 굴복하고 말았다. 뭔지 모를 것에 건배를 한 뒤 내가 술에 입을 대자마자, 그는 힘껏 머리를 젖히면서 단숨에 잔을 비웠다. 그리고 자기 잔을 채우더니 다시 건배를 했다.

식사는 끝났고, 몇 잔을 비운 그는 조카의 결혼식 비디오를 보여주었다. 초대된 사람들이 풀밭에서 술병을 돌리며 양고기와 쌀요리를 정신없이 먹고 있었다. 친구들이 공중으로 돈 뭉치를 던지자, 아이들이 돈을 잡으려고 서둘러 모여들었다. 신혼부부는 문지방 위에서 행복과 번영의 표시로 뒤집혀 있는 접시를 발로 깨뜨렸다. 결혼 전에 접시를 깨는 건 사실 좋은 액막이다……. 베일 속의 신부는 남편의 형겊 허리띠에서 여러 매듭을 참을성 있게 풀었다. 신랑은 둘둘 감고 있던 허리띠로 파리를 쫓듯 마지막 사람이 신혼방을 나갈 때까지 초대 손님을 쫓는 시늉을 했다.

술병이 바닥나자, 샤흐무라트가 술이 가득 남은 채 남아 있던 내 잔을 비우고 밖으로 나가 별빛 아래에서 일자로 곧게 뻗은 채 잠이 들었다. 그의 부인과 네 아이—아주 예쁜 딸 셋과 다부지게 생긴 아들 하나—가 안마당에 있는 두 개의 타흐테(나무 침대)에 일렬로 누웠다. 나는 떼로 몰려드는 모기를 쫓기 위해 살충제를 뿌린 집 안에서 자고 싶었다. 오늘 밤 샤흐무라트를 물어뜯는 모기는 곤드레만드레 취하게 될 것이다.

투르크메니스탄의 밭에서 여자들을 볼 수 있는 때는

목화를 딸 때뿐이다. 러시아가 한 세기 동안 점령하고 70년 간 공산주의 체제가 유지됐지만, 이곳의 전통은 아직도 굳건히 남아 있다. 젊은이들은 지금도 나이순으로 결혼을 한다. 누군가는 다 지난 일이라고 하지만, 아직도 수혼제娤婚制〔형수와 결혼하는 제도〕가 남아 있어서 형이 죽으면 남동생이 형의 아내를 아내로 삼는다. 여자를 납치하는 일은 없어졌지만, 예비 신랑이 신부의 몸값으로 처가에 주는 선물은 이런 풍습에서 영향을 받은 것이다. 소련 통치 기간에 종교는 많은 박해를 받았지만, 거의 사라졌던 파란자(paranja, 이슬람 스카프)가 서서히 재등장하고 있다.

사흘 동안 따라걷던 아슈가바트(Ashkhabat)의 도로를 떠나 북쪽으로 방향을 꺾어 수많은 운하를 연결한 채 커다란 목화밭 사이에 구불구불하게 이어진 작은 길로 접어들었다. 불도저가 땅을 파헤치고 거대한 기계가 작은 언덕을 평평하게 고르고 모래를 빗질해 복잡한 자국을 그려놓았다. 이곳으로 운하의 물이 들어오면, 아직은 아무것도 없는 이 땅의 구석구석이 잠기게 될 것이다. 정부의 빈곤한 상상력에 놀랐다. 목화, 목화, 또 목화.

상의를 벗고 땀으로 번들거리는 젊은 농부들은 햇볕을 가리기 위해 머리에 해적처럼 스카프를 두르고 '대통령을 위해' 자발적으로 손에 도끼를 들고 땅을 개간하고 있었다. 그들은 노력의 결실을 얻게 될 날이 반드시 오리라 확신하며 열심히 일을 했다. 좀 더 먼 곳에 있는 운하에서는 십

대 아이들이 납작하게 생긴 생선이 잔뜩 들어 있는 그물을 건져올렸다. 물고기들은 물에서 나오자마자 말라서 죽었다. 햇볕에 그대로 두고 점심시간쯤이면 속까지 잘 익을 것이 분명했다. 물을 보니 목욕이 하고 싶었다. 어제 샤흐무라트의 개울에서 목욕을 하고도 살아남았으니 걱정은 덜 되었다. 갈대밭에 숨어 내 우윳빛 피부를 이글거리는 햇볕에 드러내고 황토색 물속으로 뛰어들어 한순간 시원함을 즐겼다. 석 달 동안 경험했던 물라의 복장 규율에서 날 해방시켜준 이 자연의 의식이 좋았다. 물에 진흙이 많아서 내 몸은 흙빛으로 물들었다.

점심때는 익힌 송어로 포식하고 보드카로 녹초가 된 세 명의 청년이 부끄러움을 벗어던지고 다가와 알렉상드르 뒤마, 나폴레옹 코냑 '루이 14세', 플라티니, 지단 등 여러 이름을 뒤죽박죽 대면서 프랑스와 프랑스 문화에 대한 애정을 보여주었다.

대운하 가장자리에 있는 작은 하우즈한 마을이 햇볕을 받으며 졸고 있었다. 폭은 파리의 센강만 하고, 물살은 훨씬 빠른 이 인공 강을 연결하는 다리 건너편에 있는 여인숙 주인 이아즈베르디는 포도 덩굴 그늘에 나를 쉬게 하고 토마토를 곁들인 유명한 송어구이를 만들어왔다. 주인은 예술가였다. 그는 자신의 술집 박공에 종려나무와 하와이 산호초, 호수 같은 이국의 풍경을 그려넣었다. 그는 먼 곳에서 걸어온 손님에게 합당하다고 판단한 온갖 예의를 갖추어 나를 맞이했고, 신속히 이층에 있는 방을 치워 쉴 수 있게 해주었다. 그리고 자기와 함께 운하로 장을 보러 가자고 말했다. 이아즈베르디는 천국 같은 곳에서 술을 팔고 있었다. 쾌활하고 의지가 강한 그는 이 술집 겸 여인숙을 밤낮으로 열었고, 매주 몇 시간은 마리에 살고 있는 아내와 두 아이를 만나러 갔다. 저녁이나 아침 식사로 똑같이 송어와 토마토를 제공한 그는 프랑스 파리의 얘기를 해달라고 하더니, 감격한 목소리로 주말에는 파리에 가고 싶다고 했다. 트집잡기 좋아하는 사람들은 그의 토마토가 덜 익었다고 할지 모르지만, 내겐 잘 익은 것 같았고, 파리의 생활을 얘기하며 그에게 꿈을 키워줄 수 있을 거라 믿고 싶었다.

사실 나는 사막으로 들어가게 될 앞으로의 여정을 짜느라 아주 바빴다. 마리까지는 70킬로미터가 남았다. 앞으로 지나게 될 길에 여관이나 선술집이 있는지 이아즈베르디에게 물었더니, 그는 대답으로 한 줌의 모래를 가져와 손가락 사이로 흘려보냈다. 사막의 모래밖에 없다는 뜻이었다. 손님 중의 한 농부가 자기도 신통치 않게 생각하는 자동차를 가지고 있었다. 그는 돈을 받고 내가 내일의 도보 일정을 끝내는 저녁시간에 날 찾으러 와서, 데리고 갔다가 이튿날 아침 태웠던 곳에 다시 내려주기로 했다. 그렇게 해서 나는 텐트 칠 필요 없이 마리에 갈 수 있게 됐다. 1886년, 좀 까다로운 성격의 한 프랑스인이 마리에서 며칠 동안 묵으며 모기에게 시달렸다고 투덜거렸다. 사람들은 이렇게 대답했다. "불평하지 말아요. 지난주에는 전갈의 공격을 받았어요." 최근 아란의 전갈을 피해온 나로서는, 여기에서도 길을 나서기 무섭게 인사하려고 달려드는 전갈은 물론이고 코브라와 타란툴라를 피하려는 것이 당연했다.

송어와 토마토를 대접받은 사례를 하겠다고 하자, 이아즈베르디는 한 푼도 받지 않겠다고 펄쩍 뛰었다. 대담한 문양의 벽 앞에서 그의 사진을 찍어주었는데, 그는 두 번째 사진을 찍어달라면서 날 옆에 세웠다. 송어가 아니더라도 아름다운 미소에 쾌활하고 유머가 넘치는 이 친구와 함께 하루를 더 보내고 싶었을 것이다.

도로만 바라보며 몽상에 젖어 있던 나는 2천 킬로미터대를 통과했다는 사실을 깨닫지 못했다. 계산을 해보았다. 산티아고 데 콤포스텔라 2,300킬로미터, 아나톨리아 고원 1,700킬로미터에, 지금 통과한 2천 킬로미터를 합하면 3년 동안 총 6천 킬로미터를 걸은 것이다. 나는 계산하지 않을 수가 없었다. 학문 중에서도 편집증적인 사람들의 학문인 산술은 내 편집증적인 도보여행과 잘 맞았다. 비슷한 두 편집증…….

운하 근처의 포도 덩굴 아래에 앉아 삼사〔samsa, 오븐에 구워 만드는 고기와 채소를 넣은 파테〕와 기운을 북돋워주는 추르파〔çourpa, 양고기 스튜〕를 먹고 계산하는 동안에도 옆으로 보이는 풍경은 이글거렸다.

레제프누르가 차로 아버지를 회식 자리에 모시러 왔다가 내게 뭔가 물어보려 멈추어섰다. 그는 잘나가는 기업가답게 어두운 색의 옷을 빈틈없이 입고 있었다. 마르고 뾰족한 얼굴에 턱은 엄청나게 튀어나왔는데, 두리번거리는 명석한 눈빛이 턱의 결점을 가렸다. 그는 갑상선종을 앓고 있어서 중국 사람들이 낚시를 위해 기르는 가마우지처럼 보였다. 그의 미소는 너무나 따뜻했는데, 아마도 윗니가 모두 금니였기 때문일 것이다. 그는 차를 주문하고 내 옆에 앉아서 여행 얘기를 해달라고 했다. 그러더니 단호하게 말했다. "마리에 있는 내 집에서 머물러요. 아파트가 크니까 지내기 편할 겁니다." 마리에 호텔이 두 개밖에 없다는 정보를 얻은 터라, 기꺼이 그의 제안에 응했다. 외국 손님만 받는 첫 번째 호텔은 별로 사귀고 싶지 않은 관광객들만 북적거릴 것이고, 역시 숙박비가 비싼 두 번째 호텔은 관광객에게 다양한 사양을 제공했다. 문이 닫히지 않는 방, 고장 난 샤워기, 깨진 창문 등.

그의 아파트는 러시아인이 모든 제국의 땅에 지어놓은 토끼장처럼 다닥다닥 붙은 콘크리트 건물 사이에 있었다. 모든 건물에 있는, 거대한 회색 봉 위에 붙인 베란다 유리는 아무도 닦을 생각을 하지 않았다. 계단은 틀이 벗겨진 채였다. 하지만 레제프누르의 집은 넓고 깨끗했다. 그는 아름다운 부인 아이나를 소개했다. 헐렁하게 묶은 적갈색 머리는 움직일 때마다 출렁거렸다. 큰아들 도울렛과 영악한 미소의 둘째 사린은 온 가족이 앞다퉈 쓰다듬는 막냇동생 앞에서 한없이 아기를 바라보았다. 이 집에는 체첸 내전을 피해 도망온 젊은 여자도 있었다. 레제프누르 부부는 좁은 방 두 개를 나누어 쓰겠다면서, 극구 사양하는 내게 커다란 부부용 침대와 곁방이 딸린 '스위트룸'을 내주었다. 나는 욕조에 몸을 담그고 이란에서 흘린 땀과 사막의 모래와 운하의 진흙을 씻어내기 위해 오래도록 씻었다. 공들여 문질러닦은 새 동전처럼 깨끗해져서 휴식을 취하는 동안 아이나가 가져간 내 옷은 세탁기 안에서 돌아가고 있었다.

집주인은 날 마을로 데리고 가서 부모와 형제들에게 소개했다. 그들은 커다란 자기 집 정원에서 따온 살구를 맛보라고 했고, 어르신은 보드카 대결을 하자고 요청했다. 어르신은 첫 라운드에서 쉽게 승리했다. 옛날식 예절을 따르는 분이라 다행히 복수전을 권하지는 않았다. 노부인은 상자에서 나무숟가락을 꺼내더니 잼 세 통과 함께 주겠다고 했다. 잼을 가져갈 수 없다는 걸 이해시키기 위해 오랫동안 이야기를 한 끝에 결국 숟가락만 가져가기로 했다. 숟가락만 주는 게 섭섭했는지 가족들이 몇 년 동안 짠 양탄자 하나를 주었는데, 잼 쉰 통의 무게는 될 듯싶었다…….

이튿날 레제프누르와 그의 가족은 날 데리고 메르프 (Merv)로 갔다. 내가 몇 주 전부터 꿈꿔왔던 곳이다. 이 도시는 과거 바그다드의 경쟁 도시로, 한때는 셀주크 왕조의 수도이기도 했다. 당시는 마르비샤자한(Marvishajahan, '세계의 여왕 메르프')이라고 불렸다. 역사학자들은, 세헤라자데의 『천일야화』에 영감을 주고 무대가 된 곳이 바로 이 도시의 성벽 안이라고 한다. 다른 사람들은 이 도시의 벽이 아리안족의 요람이라고 말한다. 분명한 것은, 이곳이 실크로드에서 가장 먼 구간이고 알렉산드로스 대왕이 그 풍요로움에 놀랐다는 사실이다. 도서관에는 25만 권의 책이 소장돼 있었다. 네이샤부르에서 방문했던 무덤의 주인인 시인 오마르하이얌은 이곳에서 살면서 일했다. 8세기와 10세기 사이에 파리의 인구는 대략 2만 명이었던 반면, 메르프의 인구는 50만 명에서 100만 명에 이르렀다. 약 20킬로미터 길이에 이르는 높은 벽은 그 권위를 드러냈고, 주위를 에워싼 거대한 오아시스는 수많은 제방 특히 겨울비를 저장하는 덕에 풍요로움을 약속할 수 있었을 것이다.

그다음은 칭기즈 칸 차례였다.

1218년, 칭기즈 칸은 사신을 보내 말에게 먹일 식량과 자신들의 밤을 즐겁게 할 수십 명의 처녀를 보내라고 요구했다. 시 당국은 사신의 목을 자르는 것으로 신속하게 응답했다. 칭기즈 칸은 복수심이 강한 사람이었다. 그는 3년 후 아들 툴루이를 선두로 군대를 보냈다. 일주일 동안 툴루이는 작전을 세우고 공격 준비를 마쳤다. 그가 도시를 몰살해 버릴 걸 알고 있던 시 당국 책임자들은 목숨을 살려주는 대가로 재산을 포기하겠다고 제안했다. 툴루이는 '그러마' 하고 약속을 한 뒤, 시민들을 밖으로 나오게 해서 벽 아래에 집결시켰다. 그리고 병사들에게 한 사람당 300에서 400명의 목을 치라고 명했다. 군대는 집들을 부수고 호밀을 뿌렸다. 그리고 목을 베어 자른 머리로 피라미드를 만들고 유유히 도시를 떠나갔다. 기적적으로 살아남은 몇 사람이 폐허를 살피러 돌아왔다. 툴루이가 기다리던 바였다. 몰래 돌아온 툴루이는 이들을 에워싸고 일을 마무리했다. 영국의 여행작가 조프리 무어하우스(Geoffrey Moorhouse)는 메르프에서 검과 칼에 죽은 사람이 나가사키와 히로시마에 원자폭탄 두 개를 투하했을 때보다 많다고 했다. 도시는 다시 일어설 수 없었다. 칭기즈 칸은 세계의 여왕을 죽였다. 19세기에 러시아군이—체포되어 노예로 전락한 기독교인을 석방시킨다는 명분하에—투르크메니스탄을 침공했을 때, 그들은 투르크메니스탄 사람들 수백 명만 살고 있는 도시를 포기하고 몇 킬로미터 떨어진 곳에 도시 마리를 건설했다. 이곳의 잔해는 도시 메르프가 발전하고 재건축된 지난 2500년 동안의 역사와 함께했던 건축물의 존재를 증명해준다. 무너져내린 성벽 한가운데에 7세기 말에 사망한 술탄 산자르(Sanjar)의 묘가 아직도 우뚝 서 있다. 중앙아시아에서 7세기에 만들어진 가장 아름다운 건축물로 손꼽히는 이 거대한 건축물은 툴루이나 지진도 무너뜨리지 못했다. 예전에 터키옥색 타일로 덮였던 묘는 아직 개축 중이었다.

투르크메니스탄에서 폐허는 특별한 것이다. 2300년 전

파르티아의 첫 번째 수도였던 니사(Nisa)에는 기적적으로 살아남은 건축물이 한두 개 있다. 현재 투르크메니스탄의 수도인 아슈가바트는 1948년 대지진으로 파괴됐다. 지진의 잔해에서 꺼낸 시신만도 10만 명에 달했다. 이 땅에 살던 호전적인 유목민들은 도시를 건설하지 않았기 때문에 20세기 초 이 땅에 침공해 권력을 잡은 러시아군은 주민들을 정착시키려 할 때 많은 어려움을 겪었다.

텐트나 오두막에서 갑자기 집으로 옮겨간 투르크메니스탄 사람들은 이란인이나 터키인처럼 주거지에 텐트의 흔적을 보존할 수도 있었을 듯싶은데 그렇지 않았다. 투르크메니스탄의 집은 러시아 양식으로 지어졌다. 밖에서 보면 특별할 것이 없다. 아파트나 빌라 할 것 없이 모든 건물이 회색으로 나란히 세워졌다. 안에는 식탁, 의자, 침대가 있고 대부분 길고 낮은 함이나 찬장 위에 텔레비전을 올려둔다. 양탄자는 벽에 걸기도 하고 걸지 않기도 하지만, 바닥에는 어김없이 깔았다. 마을마다 양탄자에 특별한 문양을 넣는데, 제일 흔한 문양은 빨간색 바탕에 '부하라(Bukhara)' 그림을 넣은 것으로, 주로 투르크메니스탄 사람들이 짜지만 우즈베키스탄의 도시에서 거래된다. 또 다른 유명 전통 문양은 '마우리(Mauri)'라고 하는데, 이는 메르프의 도시 이름 중 하나다. 대부분 예전에 망명을 떠난 이들이 살고 있는 아프가니스탄에서 만든다. 집의 벽은 늘 파스텔 톤으로 칠하는데, 그 위에 스텐실이나 롤러로 소박한 꽃이나 기하학 문양을 찍어넣는다. 레제프누르 집의 기둥은 고르지 않았다. 하지만 천장은 아주 공을 들인 것이었다. 아타(Ata)나 알람 (Alam) 지역에서는 격자무늬 천장 주변에 틀을 대고 색을 칠했다. 하우즈한이나 마리에서는 회반죽에 색을 칠하고 금박을 입히기도 했다. 물, 가스, 전기를 낭비하는 건 어디서나 똑같았다. 모두 공짜로 '니야조프가 제공하는' 것이기 때문이다. 공동주택에 가면 물이 새는 화장실에서 쉴 새 없이 졸졸거리는 소리가 났지만 고치는 법이 없었고, 가스도 거의 잠그지 않고 하루 종일 때고, 화장실이나 욕실처럼 창이 없는 공간은, 불을 끄지 않기 때문에 스위치를 쓸 일이 없어서 없애버린 곳이 많았다.

레제프누르는 시 외곽에 있는 일요 장터로 날 데리고 갔다. 넓은 장소에서 많은 사람들이 갖가지 물건을 사고파는 광경을 상상해보라. 나는 20유로라는 엄청나게 싼값에 빨간색의 예쁘고 작은 부하라 양탄자를 샀다. 바닥에서 잘 때 허리 아래에 깔면 푹신할 것이다. 배낭 아래에 양탄자를 실었지만, 에브니의 무게만 더할 뿐 가져가는 데 문제는 없었다. 레제프누르의 부모님을 찾아가 작별 인사를 하자, 영어 교수인 그의 형은 지금까지 40년 동안 외국 사람을 딱 두 사람 만났는데, 처음 사람은 너무나 가까운 나라에서 온 우즈베키스탄인이었다며 나와 작별하는 것을 아쉬워했다.

아침에 도울렛과 사린은 내가 제대로 방향을 잡을 수 있게 배웅해주었다. 레제프누르는 문 앞에서 아기를 안은 채 오래도록 작별 인사를 했다. 그의 가족과 외국인을 보러 온 친구들의 따뜻한 애정 속에서 이틀 동안 휴식을 취하고 나니 다시 힘이 생겼다. 새로운 사람을 만나서 그들에 대해 배우는 것은 싫증이 나는 일이 아니었다. 나 자신과 마주하며 홀로 걷는 이 여행으로 인생과 계획을 스스로에게 묻게 됐다. 그리고 이런 만남들이 내 마음을 사로잡았다. 알고자 하는 욕망은 걷는 즐거움 못지않게 나를 전진하게 했다. 대부분의 계획은 그렇게 생긴 것이다. 하지만 출발해야 한다. 겁이 많이 났지만 사막이 날 끌어당기고 있었다.

나를 영웅으로 생각할지 모르는 사람들의 오해를 확실히 풀어주기 위해서는 내가 두려움을 가지고 있다는 말을 해야 할 것 같다. 내 두려움은 과도하게 보일 수 있다. 인정하기 쉽지 않지만, 내 안에 두려움을 가지고 있다는 것이 부끄럽지는 않다. 두려움은 지금까지 모험정신을 견제하며 내가 살아남을 수 있게 해준 필수 불가결한 보완물과 같다. 두려움 때문에 위험을 감수하지 않으려는 것이 아니다. 두려움으로 인해 위험을 계산하게 된다. 난 아무것도 두려워하지 않는 사람은 아니다. 겁, 공포, 두려움, 근심, 걱정이 있고, 특히 기어오르고 찌르고 독을 뿜는 것들을 더욱 무서워한다. 하지만 병적인 공포 같은 건 없다. 타란툴라가 나를 겁나게 하지만, 노르망디의 내 집에서는 거미가 창문 구석에서 참을성 있게 먹잇감으로 파리를 노리며 살 수 있게 내버려둔다.

라그만〔laghman, 전분질로 이루어진 중앙아시아의 음식〕으로 배를 채우고, 이제 무시무시한 카라쿰 사막의 입구에 도착했다. 며칠 전부터 계속 악몽을 안겨준 대상이다. 텐트를 칠까? 치지 말까? 자연스럽게 찾아오는 염세주의는 이 가공할 사막을 죽음의 색으로 물들여놓았다. 지도에서 마리와 차르조우(Chardzhou) 사이의 250킬로미터에 가까운 거리가 직선으로 끝없이 이어지는 것을 보았을 때, 포기하고 싶은 생각을 지울 수가 없었다.

14. 카라쿰 사막

7월과 8월, 카라쿰 사막의 기온은 45도에서 50도에 육박했다. 나는 뒷걸음치면서도 모래사막으로 들어갔다. 여기에 오기 전에 메르프 근처의 바즈라말리(Bajramaly) 혹은 바이람알리(Bayram Ali) 라고 하는 작은 마을을 지났다. 러시아의 차르 알렉산드르 3세(1845~1894)는 여기에 황궁을 짓도록 했다. 허리에 좋다고 소문난 건조한 공기를 쐬고자 했기 때문이다. 혁명 이후 궁은 요양소로 변했다.

탁자에 모여 앉아 차를 마시던 트럭 운전사 세 명—터키인, 독일인, 러시아인—은 내가 염려하던 걸 확인해주었다. 마지막 오아시스와 차르조우—최근에 투르크멘식인 투르크메나바트(Turkmenabat)로 개칭됐다—사이의 170킬로미터 구간에 있는 것이라곤 레페테크 연구소뿐이었다. 연구소 말고는 오아시스 하나, 주유소 하나 없어서 잠자리를 찾기는 불가능할 것이다. "알라히스마를라디크(Allahismarladik)",

"아우프 비더젠(Auf Wiedersehen)", "다 스비다니아(Da svidan-ya)" 그렇다, 모두들 내게 행운을 빈다는 인사말을 건넸다. 이번에는 주사를 맞아야 할 것 같다. 영양제를 맞는 것 말고는 방법이 없었다.

투르크메니스탄 사람들조차 요즘 날씨를 보며 자르카(jarka, 덥다)라고 말한다. 매일 같은 시간이면 내 물통은 거의 끓을 지경이었다. 하지만 저녁이 되면서, 다시 한 번 카라쿰 운하를 건널 수 있는 행운을 얻었다. 강가에 소풍을 나온 가족들이 조심하라고 충고했지만 나는 물속으로 몸을 던졌다. 우즈베키스탄 국경지대에 있는 아무다리야 강에 이르기 전까지 이번이 아마 마지막으로 미역을 감을 수 있는 기회일 것이다. 예전엔 운하 위를 떠다녔던 배 두 척이 물 밖으로 나와 '호텔 겸 레스토랑'으로 변했다. 호텔 치고는 좀 특별한 것이, 방에 침대가 없고 마루 위에서 잠을 자야 했다. 저녁을 먹는 동안 엄청난 높이의 하이힐을 어색하게 신고 줄담배를 피우는 여자가 두 웨이터를 성가시게 하는 걸 봤는데, 무슨 뜻인지 알아차린 이들은 그 여자와 선실에 들어가 문을 잠갔다. 두 남자가 선사한 행복에 겨워 그 여자가 큰 소리를 질러댔기 때문에―너무 시끄러워서 잠을 잘 수가 없었다―밤은 활기가 넘쳤다.

저녁에 도착한 라브니나 식당의 주인 요소프는 내가 추르파를 먹고 나자 '놀랄 만한 걸' 보여주겠다고 했다. 어리둥절한 채 그의 사이드카에 올라타자 그는 근처 마을에 있는 자기 집으로 날 데려갔다. 정말로 놀랄 만한 것이 있었다. 지붕 위에 하루 종일 열을 받은 물탱크가 있었던 것이다. 관으로 연결해 달아놓은 샤워 꼭지 밑에서 나는 귀족처럼 샤워를 할 수 있었다.

내 존재가 알려졌는지, 이튿날 사인을 요청한…… 그것도 니야조프 대통령의 초상화 뒤에 사인을 해달라는 운전자들 때문에 두 번이나 걸음을 멈추었다. 내 명성이 어느 정도인지 짐작이 갈 것이다……. 걱정스러운 건 아스팔트에 하드 커버처럼 납작하게 엎드려 있는 뱀들이었다. 150센티미터나 되는 도마뱀도 있었다. 사람들은 뱀이 인도까지 올라오지는 않으니까 걱정할 것 없다고 날 안심시켰다. 하지만 마음을 놓을 수 없어서 며칠 전부터 고민하던 걸 다시 생각해봤다. '텐트를 칠까, 말까?' 텐트를 치려다가도 사막과 이곳에 사는 녀석들 때문에 겁이 났다. 이미 열 번이나 그랬던 것처럼 '차를 타고 갔다가 다시 되돌아오기'를 할 수도 있다. 그와 동시에 '적어도 하루쯤 사막에서 보내도 되지 않을까' 하는 생각이 맴돌았다. 늦은 아침에 결정을 내렸다. 야영을 하자. 하지만 점심식사를 하는 동안 계획을 말했더니, 한 남자가 느리지만 단호하게 손사래를 쳤다. "즈메이아, 즈메이아(뱀이 있어요, 뱀이)!"

피가 얼어붙는 것 같았다. 이렇게 겁을 내는 게 유감스러웠다. 하지만 한참 잠을 자고 나서 정신을 가다듬었다. 선택했어, 이번에는 꼭 야영을 해야지.

할아버지와 일하는 젊은 웨이터 카담이 내게 종이쪽지를 내밀었다. 필리프 발레리의 주소였다. 그가 걸어서 중국 여행을 한다는 얘기를 테헤란에서 들은 적이 있고, 어느 작은 마을의 사람들은 필리프라는 이름을 기억하고 있었다. 그의 주소를 적었다. 나와 같은 생각—걱정도 많았을 것이다—을 가진 사람을 만나는 것도 괜찮을 것 같았다. 카담의 말로는, 그가 지난 5월에 사막을 건넜을 거라고 했다. 분명 지금보다는 덜 무더웠을 테니 운이 좋은 사람이다.

사막에 들어가기 전 마지막 마을이 나오자 경찰이 주의를 주었다. "뱀이 많아서 위험해요." "하지만 결정을 내렸으니 난 갈 겁니다." 레페테크(Repetek)까지 75킬로미터가 남아 있었다. 밤에 걷는 게 어떨까 잠시 망설이다가, 뱀이 태양을 피해 숨어 있다가 달이 뜨면 나타난다는 생각이 떠올랐다. 갑자기 날이 어둑해졌다. 저녁 일곱 시 반, 45킬로미터를 걷고 났더니 힘이 다 빠졌다.

도로에서 30미터 떨어진 곳에 텐트를 치고 주위에 있는 에셀나무 가지를 모아서 커다랗게 불을 피웠다. 참치 캔 하나와 빵 조각으로 저녁을 먹은 뒤 텐트에 틀어박혔다. 하지만 잠들기 전에 한 손에 횃불을 들고 오래도록 텐트를 샅샅이 살피다가 지퍼 여닫이 사이에 작은 구멍이 있는 걸 발견했다. 타란툴라나 블랙위도가 충분히 들어올 수 있는 크기였기 때문에 티셔츠로 구멍을 막았다. 이 고요한 사막에서 아이처럼 겁이 났다. 기진맥진했지만 밤새도록 텐트 위로 바람 소리만 들려도 화들짝 놀라 잠이 깼다. 여명이 밝기도 전에, 달빛과 내가 피운 불로 환해진 가운데, 기운을 차리고 자리에서 일어나 텐트를 접었다. 어쨌든 허풍 떨 필요는 없었다. 난 살아 있고 떠날 준비도 되었다.

가벼운 이슬과 안개가 밤새도록 도로 위에 살포시 내려앉아 이처럼 건조한 세계에 느껴질 듯 말 듯 습기를 뿌렸고, 아스팔트 위에는 어쩌다 지나간 자동차의 타이어 자국이 반짝거렸다.

그다지 덥지 않아서 힘찬 발걸음으로 전진했다. 카라쿰, 이제 너와 나 둘뿐이다. 한 시간을 걷고 난 뒤 웅장한 해돋이를 볼 준비를 했다. 아무리 봐도 질리지 않는 광경이다. 아직도 어둠이 깔린 여명 위로 노르스름한 빛이 나타나다가 동쪽의 푸른 지평선과 맞닿는 부분이 오렌지색으로 변했다. 마침내 선혈처럼 붉은 태양이 점점 강렬한 빛을 내쏘았다. 모래언덕에서 자라는 에셀나무가 검정색에서 황토색으로 변하며 묵빛 그림자 속에서 나타났다. 아스팔트 위를 걷는 신발의 리듬에 맞추어 어느 사이 붉은빛으로 물들었다. 반짝이는 붉은 점이 작열하는 반구형으로 바뀌어 하얗게 달궈진 철 색깔로 변했다. 열 걸음을 떼는 동안 태양은 지평선으로 솟아올랐다. 세 걸음을 더 떼자 전체가 떠올랐다. 매일 뜨는 태양을 보며, 얼마나 빨리 매일매일이 흘러가는지 되돌아봐야 할 것이다.

태양은 세상에 전해진 선물처럼 사막 위에 놓인 채 흔들렸다. 사람들이 태양을 숭배했던 것도 이해할 만하다. 차가운 빛이 모래언덕 위에 신비로운 그림자를 그렸다. 오렌지빛이 커지다가 하얀 해가 떠오르자 그 안으로 빨려 들어갔다. 이 장관은 십 분밖에 지속되지 않았다. 이제 태양은 미친듯이 궤도를 그리며 솟아오를 것이다. 나는 태양이 지평선 위로 떠오를 때마다 그 속도에 놀랐다. 아침이 되면 태양이 모습을 드러내고 하늘에 오르고 싶은 듯 몇 초 만에 솟아올라 자기 대신 자리를 차지하고 있던 어둠을 물러나게 한다. 태양이 푸른 하늘 속으로 잠겨들면 움직이지 않는 것처럼 보인다. 한 시간 뒤면 차가운 빛이 더워지고, 두 시간 뒷면 모자를 쓰도록 만들고, 세 시간 뒤면 머리에 터번을 둘둘 감게 만든다. 고요하고 타는 듯한 드넓은 광야가 나를 옥죄는 가운데, 나는 자유로운 왕이 된 듯 느껴졌다. 나는 금빛 모래언덕과 함께 이 지평선에서 세상의 유일한 존재다. 사람들이 신의 목소리를 듣는 곳이 늘 사막—클로델 (Paul Claudel, 1868~1955, 프랑스의 시인이자 극작가이며 외교관. 그는 노트르담 성당에서 경험한 신비로운 충격으로 믿음과 일치된 시를 추구했다. "시인은 신의 모방자이며, 시는 창조의 모방이다"라는 말을 남길 정도로 독실한 가톨릭 신앙을 가진 작가였다) 은 예외이지만, 성당도 모래로 만들어진 것이 아니던가?— 이라고 한다. 놀랄 만한 일일까? 생명이 사라져버리고 사람이 압도되고 마는 이 광활한 곳에서 구세주인 신의 존재에 매달리는 것도 좋을 것이다.

열 시경, 철거 중인 유정탑 앞을 지나갔다. 요리사 바바와 기술자 이사는 내게 차를 대접하고는, 어떻게 가져왔는지 여기까지 옮겨와 거주공간으로 사용하는 기차칸 안에서 점심을 주었다. 바닥의 절반은 꺼져 있었다. 그들은 이곳에 살면서, 다른 반쪽의 바닥에 쌓여 있는 양파와 고구마더미 사이에서 잠을 잤다. 점심은 유약을 입힌 우묵한 대접에 담아서 먹었는데, 잠시 후 어떤 남자가 그 대접에 세수를 했다. 바바는 플로프(plov, 쌀과 양고기를 주재료로 하는 투르크메니스탄의 대표 음식)에 넣을 고기가 없다고 하면서 내게 양해를 구했다. 누군가 그에게 암양을 가져다 주면 저녁식사 전에 잡아서 손질할 것이다. 내가 머물겠다고 하기만 한다면 …….

시추 결과 아무것도 없었다. 며칠 후 마지막 볼트를 제거하면 다른 곳에서 유정을 찾을 것이라고 한다. 그들은 열흘간 계속 일을 했고, 가족과 함께 나흘 동안 휴가를 보내게된다. 이 사람들 말로는 수입이 많다면서, 월급으로 50달러를 받는다고 했다.

힘이 다 빠진 상태로 레페테크에 도착한 시간은 저녁 여섯 시였다. 철길은 마을을 두 개로 나누었다. 한쪽에는 모래 위에 세워진 농장과 말뚝에 묶인 채 지루해하며 날 무시하는 듯이 쳐다보는 낙타가 있었다. 다른 쪽에는 60년 전에 세워진 연구소가 있었는데, 숲 가운데에 서른 채 정도 집이 있었다. 이곳 사람들에게 생필품을 운반해오는 것은 기차였다. 기차는 식량뿐 아니라, 무엇보다 필요한 물을 일주일에 세 번 실어온다. 우물이 있긴 하지만 물에 소금기가 있고 나무에게 치명적이어서 일주일에 한 번은 담수를 뿌려줘야 한다.

러시아식으로 블라디미르라고 불리는 발로디아는 연구소의 과학부장이었다. 그는 영어를 할 줄 알았다. 창백한 피부에 흐릿한 금발의 그는 청록색 눈을 가진 신중하고 부끄러움을 타는 남자였다. 그는 22년 전부터 현재의 직책을 맡고 있다. 그의 아내와 아들은 이곳 생활을 견디지 못해서 모스크바에 살고 있는데, 구소련 체제에서는 여행비가 거의 공짜에 가까웠기 때문에 모스크바에 세 번 다녀왔다고 했다.

뚱뚱한 체격의 투르크메니스탄 사람인 연구소장은 지층을 연구하는 지리학자로 내게 5달러라는 싼값에 방을 빌려주겠다고 했다. 여기에서 하루 묵으며 불같이 뜨거운 태양 아래 이틀간 수백 킬로미터를 걸으며 쌓였던 피로를 풀 것이다. 기진맥진한 나는 사람들이 가져다 준 저녁을 먹은 뒤 그대로 잠이 들어버렸다.

커다란 나무가 그림자를 드리운 창 밖으로 코를 내밀었을 때는 이미 태양이 높이 솟아 있었다. 산책로에서 몇몇 직원이 휴식을 취하고 있었다. 공상에 잠겨 땅 밑을 바라보았는데, 갑자기 감전된 느낌이 들었다. 회색 뱀 한 마리가 모래 위에 나른하게 몸을 펼친 채 졸고 있었다. 무서운 마음을 어느 정도 억누르고 멀리서 뱀을 관찰했다. 살모사과인지 사각형 머리에 가늘고 유연한 몸을 하고 있었고, 길이는 족히 1미터는 될 듯했다. 소장 부인이 다가갔다. 나는 커다란 제스처로 그 위험한 녀석을 가리켰다. 그러나 소장 부인은 너무나 태연해보였고, 돌멩이를 하나 들더니 뱀을 향해 던졌다. 뱀은 잠에서 깬 듯 몸을 움직이기 시작해 창문 아래의 벽으로 기어오다가…… 눈 깜짝할 사이에 내 방 밑으로 들어왔다.

"위험해요?"

"네."

나는 벌써 뱀이 이 안식처에서 동족 녀석들과 만나는 상상을 했다. 서로 엉켜 있는 파충류, 코브라, 낮은 포복으로 움직이는 또 다른 뱀들이 날 물려는 가운데 내가 서 있는 모습을 보는 듯했다. 바보 같다고 생각하면서도 바닥을 꼼꼼히 살피고 양탄자를 걷고 아무리 작은 놈이라도 지나갈 만한 통로가 있는지 살폈다. 안도의 숨을 쉬고 밖으로 나가 그늘진 산책로를 돌았다. 그러는 와중에도 열심히 발을 딛는 곳마다 주위를 살폈다.

발로디아는 자기의 왕국을 구경시켜주겠다고 했다. 신발을 단단히 신고 연구소 위로 불쑥 나온 첫 번째 모래언덕을 올라가는 동안 그는 3억 6천만 제곱미터에 달하는 레페테크 사막 보호구역에서 130종의 동물과 1천 여 종의 식물을 연구했다고 말했다. 그중에는 펠리스 카라칼스(felis caracals)라고 불리는 아주 희귀한 치타 네 마리, 수많은 야생 고양이 그리고 마흔다섯 마리의 영양이 있다. 마흔네 마리로 정정해야겠다. 어제 농부들이 밀렵꾼들이 포획해 그 자리에서 토막을 낸 영양의 머리를 보여주었기 때문이다.

교육자의 자질을 충분히 가진 발로디아는 이곳에서 우글대는 특이한 생명체를 볼 수 있게 내 눈을 열어주었다. 색솔나무(saxaul)는 흰색과 검정색이 있다. 흰색은 덤불 형태이고, 검정색은 높이가 7미터에서 8미터까지 자라는 나무의 형태를 가진다. 하지만 둘 다 풀이다. 잎의 모양으로는 구분이 쉽지 않기 때문에 맛을 보아야 한다. 흰 색솔잎은 쓴맛이 나고 검은 색솔잎은 짠맛이 난다. 흰 것은 담수를 먹고 자라고, 검은 것은 3미터 깊이로 내려가 지하수층의 짠물을 끌어올려 수분을 섭취하기 때문이다. 실크로드의 대상이 이곳에 머물렀다고 하자. 사람과 동물은 어떻게 물을 구했을까? 지나가는 길에 발로디아가 수수께끼를 풀어주었다. 물론 사람들은 식수를 가지고 다녔고, 모래폭풍을 예견할 능력이 있는 낙타는 짠물로 만족했다.

발로디아는 사막의 표면 가까이에 길게 뻗은 실랭(silin)의 긴 뿌리를 보여주었다. 뿌리의 길이는 10미터 이상으로, 고무를 만드는 데 쓰인다. 모래와 한데 엉켜 마치 고둥처럼 생겼다. 이것이 단열재와 같은 역할을 해서 뜨거운 태양열을 막아준다. 하지만 자연은 현명해서 밤이 되면 이 제2의 피부에 물이 스며든다. 밤 사이 각 뿌리가 사막의 모래 위에 내려앉는 미세한 이슬을 빨아들이는 것이다. 발로디아는 이 기생식물 얘기를 해주었다. 이 꽃은 하루나 몇 시간 사이에 1미터 높이로 자란다고 한다. 그 밖에도 머리를 어지럽게 하는 향을 발산하는 붉은색 꽃 아크레마 파르툼 플락실룸(acrema partum flaxillum)이나 봄과 가을에 꽃을 피우는 에셀나무 얘기도 들려주었다. 토끼가 '마약으로 먹는' 에페드라 스토빌라셈(ephedra stovilacem)은 에페드린이라는 흥분제를 함유하고 있어서, 이걸 먹은 토끼들은 정신없이 뛰어다니고 술 취한 것처럼 몸을 비틀거린다. 3월과 5월 사이에는 사막에 꽃이 핀다. 수십억 개의 화관이 사막을 수놓았다가 사라진 뒤 다음 해 봄비가 생명을 일깨울 때 다시 피어난다.

공포의 대상이었던 사막은 발로디아의 설명과 묘사 속에서 아름답고 황홀한 모습으로 바뀌었다. 하지만 꿈은 지속되지 않았다. 이제 악몽 속을 지나게 되기 때문이다. 그렇다. 이 사막에는 걱정스러운 동물 녀석들이 있었다. 발로디아는 연구소의 작은 박물관에 전시돼 있는 표본을 보여주었다. 박물관 방문은 문화부의 공식 허가증이 있어야 가능하지만, 소장과 과학자들이 책임지고 허가증 발급을 면제해주었다. 유리병 속 포르말린 안에서 구릿빛 코브라가 자고 있었고, 조금 떨어진 곳에 또 다른 커다란 뱀이 둥글고 짤막

한 소시지 같은 모양으로 자고 있었다. 이 콜루베르(colluber)는…… 오늘 아침 내 창문 밑에 나타났던 녀석이다.

카라쿰 사막에는 200여 종의 새도 살고 있는데, 그중 이 지역에만 자라는 종은 열다섯 종에 이른다. 가장 놀랄 만한 것은 소이카(soika)다. 이 녀석은 흑백색에 비둘기만 한 크기로 날아다니는 대신 뛰어다니는 것이 특징이다. 박물관 출구에서 발로디아가 구석에 있는 거대한 우물 두 개를 보여주었는데, 거기에서 깨끗한 물이 솟아올랐다. 하지만 물이 너무 짜서 바닥의 시멘트를 갉아먹었다. 수 톤의 물이 저장되어 있었다.

박물관을 다 돌아보고 방으로 돌아가면서 발로디아는 이제부터 안에서 자겠다고 말했다. 하지만 내게는 밤이 되었는데도 집의 열기가 견디기 힘들 정도였다. 일 년 중 제일 더운 7월의 평균 기온은 섭씨 42도다. 사막의 모래 온도는 82도나 되었다! 8월 말이 되면 낮 기온은 거의 변동이 없지만, 밤 기온은 28에서 30도까지 떨어진다. 밖에서 자는 사람들은 추위에 떤다. 그래서 따뜻한 집 안으로 들어오거나 이불을 가지고 밖으로 나간다.

안전점검을 하러 온 경찰과 소방관을 위해 저녁에 잔치가 열렸다. 우리는 소장 집 앞에 있는 콘크리트 마당에 둥글게 앉아서 식사를 했다. 추르파와 그 유명한 플로프는 숟가락으로 먹는 음식이다. 샐러드라고 할 수 있는 사테(sateh)

와 구운 양고기 바란(baran) 같은 나머지 음식은 손으로 먹는다. 포도, 살구와 함께 빠지지 않고 등장하는 수박 아르부스(arbous) 같은 과일은 즙이 풍부했다. 당연히 보드카도 넘쳐흘렀다. 사람들은 기분에 따라 혹은 가까이에 있는 음식을 먹느라 짜거나 단 음식을 섞어 먹으며 보드카를 홀짝거렸다.

모두들 내게 술을 권했다. 여자들도 가만 있지 않고 잔을 들어올렸다. 누군가 내 술잔을 가득 채웠고, 입술만 살짝 대자 더 마시라고 안달이었다. 뚱뚱한 경찰관이 엄청난 힘으로 밀어붙이며 술을 강요했다. 그의 전략은 건배를 하는 것이었고, 그건 거절할 수가 없었다. 나는 반 잔씩 세 번을 마신 뒤 얼근히 취해버렸다. 이런 바보 같은 놀이에 계속 어울리고 싶지 않아서 사람들이 아우성을 치는데도 인사를 하고 자리를 떴다. 새벽 다섯 시 반, 에브니를 끌며 연구소를 떠날 무렵, 그들은 여기저기에서 이불을 둘둘 말고 코를 새근새근 골며 자고 있었다.

새벽에 보는 사막의 모습은 장관이었다. 황갈색의 둥근 형태가 연결되어 파도처럼 보이는 모래언덕의 중간지점을 걸었다. 모래는 고운 피부 같았다. 검은 타르 위에 움직이는 금가루를 뿌린 듯 여기저기에서 바람에 실려온 모래가 도로를 뒤덮고 있었다. 열 시 반, 막무가내로 술을 권하던 사람들이 낡은 버스를 타고 지나가다가 놀라서 차를 세웠다. 내가 벌써 25킬로미터째 걸어가고 있었기 때문이다.

그들은 사진을 찍겠다면서 버스에서 내렸지만, 카메라 건전지가 떨어져서 다시 차에 올라타고 떠났다.

정오에 주유소로 쓰던 건물을 발견했다. 금속 구조물 위로 커다란 콘크리트 판이 덮여 있었다. 지붕은 날아갔지만, 천을 기둥에 매단 뒤 그 아래 그늘에서 두 시간 동안 왕처럼 잠을 잤다. 그리고 다시 출발했다. 어디선가 유명한 흑백색 소이카가 뛰어와 모래사막의 꼭대기에 도착했다. 호기심이 많은 이 새는 잠시 날 따라오다가 다시 전속력으로 다른 조용한 곳을 향해 뛰어갔다.

텐트를 치고 있는데, 멀리 차르조우 입구에 있는 공장 굴뚝이 보였다. 이제 15킬로미터만 가면 된다. 더 이상 사막이 두렵지 않았다. 옷을 벗고 침낭에서 자기까지 했다. 이제 작은 동물들에게 느꼈던 공포를 극복한 것이다. 하지만 한밤중에 놀랍게도 한기가 느껴졌다! 나도 역시 추위를 타고 있는 것이다!

차르조우 입구에서 내 여권을 보던 경찰관이 주의를 주었다. 사마르칸트에서 타지키스탄인과 우즈베키스탄인 사이에 전투가 있었다는 것이다. 타지키스탄의 보수주의자들이 우즈베키스탄을 공격했다는 건 알고 있었지만, 사마르칸트에서라면 우려할 만했다. 어제 아침에 삶은 달걀 두 개, 사과 하나, 매일 먹는 빵 한 쪽 말고는 먹은 게 없는 데다 오늘 아침도 먹지 않아서 근사한 식사를 하기로 마음먹었다. 러시아인 웨이터는 투르크메니스탄이 나쁜 나라라고 말했다. 그는 그 증거로, 자동차 사고로 이 다섯 개를 잃었고, 다시 이를 해넣기 위해 100만 마나트라는 엄청난 돈을 구해야 했다고 말했다.

"금니?"

"금은 투르크메니스탄 사람한테나 좋지요. 우리 러시아 사람들은 세라믹으로 된 의치면 충분해요."

그가 자랑스럽게 말했다.

레페테크에서 만난 경찰 지단이 찾아와서 차르조우 근처 남쪽에 있는 작은 마을에 사는 친구 집으로 나를 데려갔다. 무거운 포도송이가 매달린 포도 덩굴 그늘 아래, 열매의 무게 때문에 가지가 휜 살구나무 옆에 노인 둘이 앉아서 즐겁게 이야기를 나누고 있었다. 커다란 쟁반이 돌았다. 여기에서만 나는 향긋한 수박 굴라베, 렌즈콩 수프 야르마도 있었고, 여자들이 지금 막 구운 마름모꼴 과자 보구르사크도 내왔다. 우물에서 길어온 시원한 물과 보온병에서 따른 따뜻한 차를 곁들이며 식사를 했다. 사람들의 얼굴을 보면 국적을 구분할 수도 있었지만, 특히 남자들의 모자가 중요한 지표가 되었다. 아프가니스탄 사람은 챙 달린 모자를 쓰고, 투르크메니스탄 사람은 검정색이나 회색의 암양 가죽으로 짠 모자 텔페크(telpek)를 썼다. 그들은 여름이나 겨울이나 모자를 쓰는데 잘 때도 벗지 않는 사람이 있다. 우즈베키스탄 사람 한 명과 여러 투르크메니스탄 사람이 경건한 이슬람교도임을 나타내는 흰색 자수를 놓은 네모난 검정색 모자를 쓰고 있었다. 사방에 물을 뿌려 시원했다. 사람들이 그늘에서 즐겁게 얘기를 나누고 있는 중에 아크사칼(Aksakal)이 도착했다. 그가 중요한 사람이라는 걸 깨달았다. 투르크메니스탄의 민간사회나 정치계에서 아크사칼은 중요한 인물로, 보통 부자이며 부족장이다. 사람들은 그에게 존경과 복종을 표한다. 하지만 그의 힘은 현 체제가 전통 깊은 아크사칼 시스템에서 이익을 취하는 데서 오기도 한다. 이들이 나라를 찬양하는 데 참여함으로써 그 여파가 아래로 이어지는 것이다. 그의 감시망을 벗어날 수 있는 곳은 없다. 그는 모두를 다스린다. 지금 막 도착한 사람은 일흔 살쯤 돼보였다. 사람들은 대화를 중단하고 애정을 표하며 그를 둘러쌌고 조금 전까지 활기찼던 사람들은 어른을 향해 주의를 집중했다.

차르조우는 하루는 고사하고 한 시간도 있을 이유가 없는 곳이었다. 아마 이곳은 내가 들른 도시 중 가장 추한 도시일 것이다. 수백 개의 니야조프 초상화, 메달, 동상으로 가득한 음울한 회색 도시. 이 도시가 제공한 볼거리라고는 레닌식으로 인민에게 약속한 빛나는 미래를 손가락으로 가리키는 정치인이나, 아직도 손에 검을 들고 말을 탄 전쟁영웅의 무수한 동상이었다. 특히 의자에 앉아 있는 독재자의 동상에 금박을 입힌 모습은 다른 데서는 볼 수 없는 것이었다. 이 동상은 웅대했고, 크기가 보통 동상의 두 배가량 되었다. 방울술이 달린 안락의자에 편안히 앉아 있는 투르크멘바시는 한 손은 의자 팔걸이에 올려놓고, 다른 손은 선언 문에 구두점을 찍고 있는 모습으로, 정성 들여 깎은 잔디광 장의 중앙에 우뚝 솟아 있었다. 정치적인 과대망상을 금박 으로 포장한 멋진 상징물. 국경과 가까운 곳이기 때문일까? 이곳에서 한 인물을 향한 숭배는 너무도 지나쳐서 우스꽝 스러울 정도였다. 택시 운전사까지 그의 우스꽝스런 얼굴을 눈에 잘 띄도록 차 앞유리창 위에 붙여 놓았다. 이러한 국가 주의가 더욱 이상하게 느껴지는 것은 국제주의 속에서 경 험을 쌓은 옛 공산주의자들이 권력을 잡고 있다는 사실 때 문이었다. 가장 괴이한 것은 소수의 중간 계층을 제외하면 지도자가 커다란 인기를 누리고 있다는 사실이다. 이곳을 지켜본 몇몇 사람의 말을 들어보면, 정적과 대면하는 선거 에서 그는 선출될 수 있는 모든 가능성을 가지고 있다고 한 다. 하지만 그래도 군중의 변덕을 알고 있는 그였기에 위험 을 감수하려 하지는 않는다……

그를 과대포장하는 건 니야조프 자신뿐만이 아니었다. 텔레비전이 운동경기 결과를 방송하는 것인지 아닌지 모를 정도로 경기를 치르는 선수들의 얼굴을 보여주는 장면 사 이사이에 대통령의 사진이 등장한다. 그는 텔레비전 뉴스에 도 여러 번 등장한다. 그가 공공연설을 하지 않는 날은 하루 도 없다. 그것도 과장된 방식으로. 집무실에서 보통 겉옷을 벗고 앉은 그의 모습 뒤로 그의 초상화가 보이게 화면이 잡 힌다. 화면 구석에는 금박을 입힌 옆얼굴이 보인다. 동시에

한 인물의 세 가지 모습을 보여주니 이보다 나은 방법이 있겠는가? 이처럼 끝없이 자신의 여러 가지 모습을 보이는 가운데, 사람들은 숭고한 경지에 오른 그를 보게 된다. 그가 신과 동격으로 느껴지게 된다. 그런데 어느 날 그의 머리가 갑자기 하얗게 됐다가 염색한 머리가 됐다. 하지만 이건 발설해서는 안 되는 사항이었다. 옛 공산주의자이자 무신론자에 투사인 니야조프는 자신의 머리를 다시 검정색으로 만든 건 신이었다고 발표했다. 검정색이 더 잘 어울린다는 이유였다. 누군가의 말로는, 절친한 친구 중 프랑스의 기업가가 은밀히 염색약을 건넸다고 한다. 투르크메니스탄에서 대통령의 머리 색깔은 국가적인 비밀이다.

이 도시에서 즐거울 일은 별로 없지만 휴식이 필요했기에 하루를 머물렀다. 하지만 이렇게 여유를 가지게 된 이유가 또 있었다. 예정보다 일주일이나 빨리 도착했기 때문이다. 나는 차량 부속품 가게가 몰려 있는 곳에서 산책을 했는데, 가게 주인들은 매일 밤 부속품을 실은 차량이 나가는 걸 염두에 두지 않은 듯 정비소가 어지럽게 자리 잡고 있었다. 콜호스 시장도 둘러보았다. 진열대 위에는 집 수리용 도구나 농기구 같은 조악한 중국제 물건들이 즐비하게 놓여 있었다. 상인들은 대부분 우즈베키스탄 사람이고, 일부는 아프가니스탄 사람이었다. 자부심이 대단한 러시아 투르키스탄 유목민은 독립을 잃고 구소련인에 의해 정착생활을 하게 된 뒤 절대로 상인이 되려 하지 않았다고 한다.

러시아 여성은 투르크메니스탄 여성보다 훨씬 멋을 부리고 애교도 많다. 옷도 짧게 입고, 희한하게 머리를 자르고 염색이나 탈색을 하고, 화장도 진하다. 하얀 피부를 유지하기 위해서 대부분의 여자들은 장을 보러 나갈 때 양산을 쓴다. 투르크메니스탄과 우즈베키스탄 여자는 긴 옷을 입고, 긴 머리를 스카프 속에 가리는 경우가 많다.

활기 없는 이 도시에서 하루를 지내자 몇 킬로미터 거리에 있는 신비의 강을 빨리 건너고 싶어졌다. 여행을 시작할 때부터 세 개의 이름이 날 들뜨게 했다. 아무다리야, 사마르칸트, 카스―그리고 물론 갈 수 있다면 시안 역시.

알렉산드로스 대왕이 아무다리야 강을 건널 때는 강의 이름이 옥수스(Oxus)였다. 강으로 이어지는 도로는 대형 트럭의 통행으로 엄청나게 패 있었다. 나는 강 근처에 숲 같은 녹지대가 있으리라 생각했지만, 눈에 보이는 건 모래가 섞인 땅의 그을린 갈색뿐이었다. 황무지 상태의 밭, 곰팡이 슨 집, 고인 물구덩이 속에서 썩는 오물. 가까이 다가가자 시적인 감흥을 주는 건 아무것도 없었다. 사막은 강가에서 끝이 났다.

드디어 강이 나왔다. 숨이 멎을 지경이었다. 이건 강이 아니라 바다였다. 나무가 없는 두 기슭 사이로 콸콸 흐르는 홍해. 나일강과 맞먹을 정도의 엄청난 유량인데, 주변의 땅을 비옥하게 만드는 데 전혀 이용되지 않았다는 사실에 다시 한 번 놀랐다. 러시아인만이 이 풍부한 물을 이용해야겠다는 생각을 했다. 도시 케르키(Kerki)의 동쪽에, 내가 들렀던 곳에서 200킬로미터 위에 있는 메말라가는 아랄해를 살리기 위해서였다. 이처럼 강물의 방향이 바뀐 데다, 지금 계절이 여름이기 때문에, 메마른 강을 보게 될 것이라고 생각했다. 유량의 3분의 1이 여름에 증발해버린다는 내용을 책에서 읽은 적이 있다. 나중에 사람들의 말을 들으니, 오히려 지금이 물이 제일 많이 불 때라고 했다. 여름의 태양이 1천 킬로미터 이상 떨어진 발원지 파미르의 눈을 녹이기 때문이다. 3월경 고원에서 모든 것이 얼어버리면 유량이 가장 적어진다고 한다. 이 강의 폭은 얼마나 될까? 1.5킬로미터? 2킬로미터? 이 붉은 물결의 규모에 익숙해지는 데 조금 시간이 걸렸다.

무사히 경찰 초소와 트럭의 행렬이 기다리는 톨게이트를 지나, 소용돌이치는 물가로 다가가 꿈을 꾸듯 역사의 속삭임에 귀를 기울였다. 2300년 전 알렉산드로스 대왕은 페르시아를 정복한 뒤 이 강을 건너면서 세계의 끝까지 가리라 결심했다. 옥수스라고 불렸던 아무다리야 강과 자카르테스(Jaxartes)라고 불렸던 시르다리야 강은 톈산天山 산맥에서 시작되어 우즈베키스탄과 투르크메니스탄 그리고 아프가니스탄의 경계를 이룬다. 비옥한 땅은 도시를 풍요롭게 만들었다. 알렉산드로스 대왕은 어떻게 6만 명의 군대—여자들과 아이들을 뺀 수—를 거느리고 아무다리야 강을 건넜을까? 나중에 몽골인들이 그랬던 것처럼 진흙투성이의 강

위에 쪽배를 띄워 다리처럼 연결하고, 기사들이 말의 갈기를 잡고 물속으로 끌어들이며 고함지르고 웃는 소리를 상상해보았다. 이 지역에서 정복자 알렉산드로스 대왕은 록사네[?~310, 박트리아 호족의 딸로 알렉산드로스 대왕의 첫 왕비]의 사랑을 얻는다. 하지만 연회에서 불 같은 화를 참지 못하고 친구 클레이토스를 죽인다. 그의 병사들이 세계의 끝까지 갈 수 있을까 의심하며 더 이상의 행군을 거부했을 때에야 비로소 자신이 실수했음을 깨달았다. 그는 또한 이곳에서 가장 아름다운 도시라고 생각하는 마라칸다(Maracanda)를 발견한다. 이 예쁜 이름의 도시는 수 세기 후에 더욱 아름다운 이름, 사마르칸트로 불리게 된다.

강을 건너는 일은 알렉산드로스 대왕 시대보다 편해졌지만, 위험한 건 별 차이가 없다. 소용돌이치는 강물 위에 다리를 건설하지 않고 쇠로 된 커다랗고 평평한 너벅선을 체인으로 연결해 강을 지나갈 수 있게 했는데, 계속 움직이고 요동쳤다. 한쪽에는 걸어가는 사람을 위해 쇠로 된 방벽을 세워 좁은 통로를 마련해놓았다. 버스나 트럭 바퀴가 너벅선 위에 오를 때면 수십 미터나 밑으로 내려갔고, 뒤에 있는 방벽은 너벅선을 지나가는 물체의 무게만큼 위로 올라갔다. 이건 다리가 아니라 수직 계단이다. 좁은 통행로로 에브니를 끌고 가느라 엄청나게 고생을 했다. 강 한가운데에 있는 세관원의 배 위에서 남자들이 소리쳐 나를 부르더니 차를 마시라고 했다. 우리의 발 아래로 강이 포효하며 너벅선에 세차게 부딪혔다. 하지만 이 장애물의 녹과 물이 머금고 있는 황갈색 흙의 색깔이 조화를 이루었다. 강을 건넌 뒤 붉은 물결이 카라쿰 사막을 향해 흘러가는 모습을 바라보며 한 시간가량을 머물렀다.

강의 다른 편에 있는 도시 파라프(Farap)에 가면 니크 칼리의 집에서 하루를 보내기로 이미 약속을 했다. 이 남자는 길에서 두 번씩이나 날 불러세우고는 종이 쪽지에 자기 이름과 전화번호를 적어주더니, 파라프에 오면 꼭 자기 집에 오겠다는 맹세를 하게 했다. 마을 우체국에서 직원에게 전화를 하겠다고 하자, 그는 내가 무례한 언동을 했다는 듯이 빤히 쳐다보았다. 그러더니 한 마디도 하지 않고 옆방으로 가서 선이 달린 고철덩어리를 가져와 내밀었다. 그건 한때 전화기였던 물건이었다. 직원은 내가 실망하는 걸 보더니 집무실 문을 닫고 자기 집으로 날 데려갔다. 하지만 전화기에선 "지금 전화 거신 번호는 없는 국번입니다."라고 말하는 낭랑한 목소리만 흘러나왔다. 그리고 똑같은 목소리가 이 지역에 니크 칼리라는 이름을 가진 사람이 없다고 말하며 애석해했다.

나는 내 자신을 위로하기 위해 마을 식당에서 삼사로 포식을 했다. 평원은 태양열로 푹푹 쪘다. 나무 밑으로 그림자가 생길 법했지만, 정오 무렵이라 나무들은 자기 몸 속에만 그림자를 간직할 뿐이었다. 작은 당나귀 수레에 탄 두 꼬마 체르메트와 단타탈이 나와 길동무가 되었다. 좀 더 수월하게 얘기를 나누기 위해서 에브니를 수레에 매달았고, 그렇게 우리들은 즐겁게 2킬로미터를 동행했다. 그 아이들에게 마지막 배지를 선물했다. 아이들은 내 곁을 떠나 막심고리키라는 이름을 가진 자기네 마을로 돌아갔다. 국경에 도착했다. 국경 초소가 닫혀 있어서 차르조우에서 부하라를 잇는 운하의 가장자리에 자리한 한 식당에서 저녁을 먹었다. 사람을 피하는 눈길의 음험한 웨이터는 내게 서비스를 제공하는 것을 제외하고 모든 걸 원하는 것처럼 보였다. 결국 나는 그에게 원래 식사비의 세 배를 물었다.

밤이 되자 잠을 자려고 운하와 식당 사이에 자리를 잡았다. 그런데 이상하게도 오늘은 평소 같지 않게 경계심이 생겼다. 에브니에서 짐을 꺼내 내 옆에 둔 뒤, 카메라와 GPS를 침낭 속으로 밀어넣었다. 주위에서 윙윙거리는 모기에 물리지 않기 위해 몸에 모기 쫓는 약을 바른 뒤 곤하게 잠이 들었다. 바스락거리는 소리에 잠이 깼다. 교활한 눈빛의 웨이터였다. 여기서 뭘 하는 거지? 지금이 몇 시지? 시계는 새벽 두 시를 가리키고 있었다. 밤은 깊었지만 식당에 켜진 전등이 빛을 내고 있었다. 멍한 상태로 일어나 이 비열한 인간이 내 배낭의 절반을 비우는 걸 확인했다. 나를 깨운 소리는 평소에 카메라를 넣는 주머니의 지퍼에서 난 것이었다.

"내 물건을 훔치는 중이었지?"

"아뇨. 국경 초소가 여섯 시에 문을 연다는 걸 알려드리려고 온 거예요."

뻔한 도둑질 앞에서 너무나 멍청한 변명을 늘어놓는 걸 듣고 있자니 아드레날린이 갑자기 치솟아 그에게 따귀를 날렸다.

"훔친 게 아니라니까요."

그는 가져갈 게 못 된다고 판단했는지 셔츠와 양말을 집어던지며 말했다.

나는 두 번째 따귀를 날린 뒤, 진짜 따귀를 갈기지 않으려고 꾹 참았다. 그는 당황해하며 자리를 떠났다. 아침에 길을 떠날 무렵, 그는 모기장을 거두며 내게 원한이 가득한 시선을 보냈다.

정말 국경 초소는 여섯 시에 문을 열었지만, 책임자는 아홉 시가 되어야 온다고 했다. 내가 가진 물건의 값이 달러로 얼마인지, 투르크메니스탄에서 산 물건이 있는지 묻는 용지에 기입하며 직원이 오기를 기다렸다. 대장은 내게 양탄자가 있다는 걸 알게 되자, 보자고 했다. 그 과정에서 다음과 같은 대화가 오갔다.

"허가증 받았소?"

"무슨 허가증 말입니까?"

"양탄자 수출 허가증. 문화부의 허가가 있어야 해요. 문화재 반출시 반드시 필요한 겁니다."

"뭐가 '문화재'라는 거죠?"

"손으로 만든 모든 것."

"어떻게 허가증을 받는데요?"

"아슈가바트에 있는 문화부에서."

"아슈가바트는 여기에서 700킬로미터나 돼요. 더 가까운 데는 없습니까?"

"없소. 628호 사무실에 가서 물어보시오."

기계로 만든 양탄자만 가지고 나갈 수 있다는 것을 알게 됐다. 그것도 만든 지 10년이 넘지 않은 것만. 그런데 만든 지 10년이 넘지 않았다는 걸 어떻게 증명할까? 그건 아무도 모른다. 투르크메니스탄 세관은 아무것도 가지고 나가지 못하게 한다. 내 가이드북에는 어떤 할머니가 짜준 양말 한 켤레를 돈을 내고도 가지고 나갈 수 없었던 남자의 이야기가 실려 있다. '문화재' 안에는 텔페크, 스카프를 비롯해 모든 전통 옷이 포함된다. 아침 아홉 시부터 정오까지 싸웠지만 헛수고였다. 결국 나는 양탄자를 선물로 줄 투르크메니스탄 사람을 찾고 있었다. 세관원에게 주는 건 생각도 하기 싫었다. 그때 천사가 나타났다. 카트린과 마르틴의 모습으로 나타난 천사. 두 젊은 프랑스 여성은 부하라에서 투르크메니스탄으로 들어오는 길이었는데, 편안한 여행을 위해 가이드 겸 통역사 겸 운전사를 구해 함께 왔다. 그들이 사온 양탄자가 다시 세관원들의 흥미를 끌었다. 문제였다. 하지만 내 경우보다 덜 심각했다. '문화재'는 우즈베키스탄에서 산 것이고, 우즈베키스탄 세관이 통과시켰으니 꼬투리 잡을 일이 없었기 때문이다. 하지만 할 일이 있었다. 세관원들이

마르틴의 가방 속 물건을 살피고, 무게를 달고, 크기를 재고 조사를 하는 동안 난 카트린과 얘기를 나누고 있었는데, 묘안이 떠올랐다.

"아슈가바트에 머문다고 했는데, 그럼 내 양탄자를 가지거나 그게 싫으면 문화부 628호에 들르지 그래요? 양탄자를 갖건 문화부 허가를 받건, 어쨌든 파리에서 저녁을 대접하죠."

인샬라.

나는 아직도 문제에서 벗어나지 못했다. 투르크메니스탄 세관원들은 날 통과시켜주었지만, 우즈베키스탄 세관원들이 길을 막았다.

"당신 비자로는 9월 1일이 지나야 입국할 수 있어요. 오늘은 8월 23일이니까 일주일 후에 다시 와요."

투르크메니스탄 세관원에게 당한 일에 입국 문제까지 겹쳐서 거칠게 항의했지만 아무 소용이 없었다. 한 오라기의 희망도 없이 내몰렸다. 환심을 사려고 했던 러시아 군인은 날 경멸하듯 위아래로 훑어보았는데, 눈빛이 도전적이었다. 나는 서구에서 온 부자일지 몰라도, 그는 오늘 권력을 가진 사람이었다. 도리가 없었다. 통과할 수 없을 것이다.

그래서 택시를 잡아타고 어제 차를 마셨던, 세 여자가 운영하는 차이하네로 돌아갔다. 여자들은 하루에 3달러를 받는 조건으로 이 기간 동안 식사를 준비해주기로 했다.

"잠자리는요?"

"여기 테라스 위에서 잘게요."

식당 주인인 라그만 다밀리예프는 그날 저녁 맛있는 샤실리크[chachlik, 꼬치에 꿴 일종의 바비큐 요리]를 만들어주었다. 그리고 다른 여자들이 걱정하는 걸 알고, 내게 갈라브노이(Galavnoï)라는 멀지 않은 곳에 있는 자기 집에서 편하게 지내라고 했다. 그의 집은 전통 가옥으로, 두 개의 방이 높은 흙벽으로 둘러싸인 작은 안뜰을 향해 있었다. 문 앞에는 호박색 포도송이가 주렁주렁 달린 포도 덩굴이 신선함을 더해주었고, 방 하나에는 에어컨까지 설치돼 있었다.

여기에서 환상적인 아침 햇살로 밝게 시작되는 닷새 동안을 보냈다. 강한 의무감에 늘 시간에 쫓기고 이성적이고 때로는 엄격한 내가, 이렇게 한가롭게 시간을 보내며 아무것도 하지 않고 쾌락주의자처럼 지내고 있는 것이다. 새벽에는 포도 덩굴 아래에 앉아서 마을을 내려다보는 벌거숭이의 높은 언덕 뒤로 태양이 떠오르는 것을 보았다. 그리고 '물 긷는 작업'을 하러 길을 나섰다. 물을 길으려면 우선 이웃 마을의 우물에서 대마 끈으로 연결된 양동이를 던져야 한다. 아무것도 아닌 것처럼 보이지만 기술이 필요하다. 처음에는 낚싯대를 물에 던지는 것처럼 철썩 양동이를 던진 후, 팔꿈치 아래쪽에 끈을 느슨하게 돌돌 말고 능란하게 줄을 풀어줘야 한다. 모든 것에는 기술이 필요하다. 처음에는 서툴러서 양동이만 둥둥 떠다닐 뿐 물을 길을 수가 없었다.

'집에' 돌아와서 엷은 살구색으로 거의 투명한, 씨 없는 포도 두 송이를 차가운 물속에 담갔다. 포도에 붙어 있는 먹성 좋은 수백 마리의 개미를 떨어뜨리기 위해서였다.

더할 나위 없는 행복을 맛보았다. 수도 없이 포도를 먹었다. 과일을 좋아하지만 이렇게 오묘한 맛을 가진 과일은 지금까지 먹어본 적이 없었다. 부드럽고 매끈하고 윤기 나는 둥근 알 속에 관능이 숨어 있었다. 이건 한 번도 맛보지 못한 묘약이요, 신의 음료였다. 오랜 시간 혀 위에 포도를 얹고 그 향을 맛보았다. 여행을 떠난 지 몇 달 만에 이 작은 마을에서 멋진 아침식사를 들며 보내는 시간이 투르크메니스탄에서 가장 강렬한 순간처럼 느껴졌다.

세계의 끝에서 찾고자 했던 것이 바로 이런 지혜로움이 아니었던가? 바로 이 포도 덩굴 아래에서 비로소 급한 마음, 시간의 압박, 도시인의 생활을 재촉하는 속박에서 벗어나게 되지 않았던가? 포도를 한 알씩 따먹으며, 포도나무 가지 사이로 태양이 정점에 도달하는 것을 지켜보면서, 내게 찾아온 진정 소박한 기쁨을 맛보았다. 까다로운 세관원이 의도한 것과 달리, 난 시간을 흘려보내고, 혀에 새로운 감각을 느낄 순간을 늦추고, 매일 아침 느긋하게 1킬로그램의 포도를 맛보며 여유를 가지려고 하면서도, 포도나무에 달린 모든 포도를 먹어치우고 싶어서 자신과 전투를 벌여야 했다.

오전 열한 시경, 맹렬하게 내리쬐는 태양 속에서 운하를 따라 식당으로 갔다. 아이들이 벌거벗은 채 소리를 꽥꽥 지르며 물속으로 뛰어들었다. 그리고 물가로 다시 올라와 도랑 가장자리에 앉아서 잠시 웃다가, 다시 물속으로 뛰어들었다. 내가 물속에 몸을 던지면, 아이들은 잉겔레스(영국 사람)와 논다는 게 즐거워서 더 크게 소리를 질렀다.

식당에 도착하기 전, 300미터밖에 걷지 않았는데도 검문을 받았다. 일주일간 여기에 머물면서 하루에 네 번씩 여권을 보여야 했다. 하루는 대장이 부하들을 야단치고 있었다. 오후에도 식당에서 샤실리크를 먹는 동안 번쩍거리는 지프를 타고 온 네 남자가 내게 여권을 보자고 하면서 왜 여기에 있는지, 여행 계획은 어떤 것인지 오래도록 물었다. 그들은 마지못해 인정했다. 모두 적법하다고.

처음 며칠 동안은 젊은 식당 여주인들이 준비해준 샤실리크가 맛있었지만, 금세 질려버렸다. 식단은 늘 똑같았다. 양고기와 비계 꼬치가 번갈아 나왔다. 여기에서 놀란 건 비계 가격이 살코기보다 비싸다는 것이었다……. 하루는 점심식사로 쌀과 고기를 넣고 익힌 피망요리가 나왔는데 맛이 기가 막혔다. 어느 날 저녁은 라그만이 친구들을 초대해 돼지고기구이를 준비하게 했다. 이슬람 땅에서 돼지고기를 먹은 건 그날이 처음이었다.

긴 낮잠을 자며 시간을 죽였고, 언덕 바로 뒤에서 시작되는 사막으로 한두 차례 산책을 나갔다. 위에서 내려다보면 부하라로 흐르는 운하가 보이고, 남쪽으로는 굽이치는 아무다리야 강과 직선 거리로 15킬로미터가량 되는 차르조우—투르크메나바트가 보였다. 본의 아니게 갖게 된 이 휴식시간 동안 바느질을 할 참이다. 새 바지를 살 수도 있지만, 지금 입고 있는 바지는 다른 바지와 대체 불가능한 옷이다. 주머니가 여덟 개나 달린 바지를 어디서 구할 것인가? 결국 꿰매 입는 수밖에 없었다. 남은 실이 얼마 없어서 흰색, 초록색, 빨간색의 순서로 꿰매다 보니 바지가 어느새 광대 바지처럼 알록달록해졌다.

식당 앞에 있는 거대한 밭에서 목화를 따는 일꾼은 열 살에서 열세 살가량의 어린아이들이었다. 따가운 햇살을 막기 위해 여자아이들은 스카프 두 개로 머리를 칭칭 감고 눈만 내놓은 채 일을 했기 때문에 신비로운 느낌을 주었다. 티셔츠를 입은 남자아이들은 더부룩한 머리를 방패삼아 해를 막았고, 드물게 챙 달린 보사를 쓴 아이도 있었다. 모두 허리에 천으로 된 커다란 자루를 두르고 있었다. 그때까지 나는 아이들이 꽃을 따는 걸로 생각했다. 아니었다. 아이들이 따는 것이 하얗고 커다란 꽃과 비슷하기 때문에 착각한 것이었다. 아이들은 꽃을 감싼 열매와 섬유를 모으고 있었다. 크기나 모양이 튤립과 유사한 오렌지색 꽃부리가 달린 꽃은 처음에는 작은 알밤 크기의 열매를 맺는데, 이것이 점점 커져서 탁구공만 해진다. 이 단단한 열매가 다섯 꼭지점을 가진 별 모양으로 터져서 열매를 품고 있던 면화가 부풀고 순백의 공 모양이 된다. 오래된 청동색 잎이 달린 가지에 매달려 일하는 아이들은 이 공처럼 생긴 것을 뜯어서 자루에 담는다. 수확을 하는 동안에도 계속 물을 대기 때문에 진흙탕 속에 맨발이 잠길 때가 많았다. 밭의 경계선에서는 두 명의 감독이 씹는 담배를 퉤퉤 뱉으며 아이들의 작업을 감시했다. 저녁이 되면 아이들이 거둔 수확물의 무게를 달고, 이것을 수첩에 기록한다. 매일 저녁, 밭주인이 와서 1킬로그램당 500마나트(25센트)를 지불한다. 식당에서 샤실리크를 먹으려면, 8킬로그램에서 12킬로그램을 수확해야 한다.

투르크메니스탄의 자연과 사람들이 생산하는 것은 원자재밖에 없는데, 이는 쉽게 상업화할 수는 없다. 면화는 몇 년 동안 구소련에 아주 싼 값에 팔렸다. 최근에야 러시아에 수출하는 공급량이 줄었는데, 러시아인이 면화를 헐값에 사서 엄청난 이익을 남기며 세계 시장에 되팔고 있다는 사실을 알았기 때문이다. 투르크메니스탄에서 가스는 매장량 7억 톤에 달하는 엄청나게 풍부한 자원으로, 생산량으로 보면 세계 3위나 4위를 차지한다. 가스를 공급받으려면 이란, 러시아, 우크라이나를 통해서 연결된 파이프 라인을 수천 킬로미터로 연결해야 할 것이다. 프랑스 기업은 가스를 공급받기 위한 계약을 체결 중에 있다.

닷새가 지나자, 내 새로운 지혜의 샘은 미치도록 움직이고 싶은 욕망으로 말라버렸다. 이틀을 더 기다려야 하지만 짐을 싼 뒤 식당의 여주인들과 라그만에게 인사를 하고 운명의 날짜보다 48시간 먼저 무사히 투르크메니스탄의 국경을 넘었다. 국경을 넘을 때 세관원이 복수를 하려고 트집을 잡을까 걱정한 나는 출국신고서를 달라고 해서 거기에 레제프누르의 어머니가 준 채색된 나무 숟가락을 적어 넣었다.

"이것만 있으면 적을 필요 없어요."

"하지만 이건 문화재잖아요."

"아니, 그렇지 않아요."

"그래도 이건 손으로 만든 거예요. 이 서류에 도장을 찍어줘요. 안 그러면 다른 편 국경에서 뺏길지도 몰라요."

지난주에 있던 사람과 다른 세관원은 날 정신병자 취급하며 동정 섞인 한숨을 내뱉었다.

"자, 받아요. 러시아 숟가락이오……."

나는 우즈베키스탄 세관원에게 아주 태평스런 모습을 보였다. 나를 맞이한 장교는 진지하게 자기 일을 했다. 그는 내 여권에 적힌 모든 것을 달달 외우고, 도장을 일일이 확인하고, 속이 비쳐보이는 페이지를 쳐다보았다. 그리고 내 주머니를 비우게 하고 배낭에 든 내용물을 탁자 위에 올려놓고, 물건 하나하나를 세밀하게 조사했다. 그런데도 GPS는 조사망을 피했다. 조사를 마친 그는 내 여권을 심문조서 담당 군인 셋에게 넘겼는데, 그들은 내 여정을 알고는 놀랐다. 내가 짐을 싸는 동안 조금 못돼 보이는 남자가 가짜 도장이 있는지 살피느라 못 보고 놓친 걸 발견했다.

"이틀간 호텔……."

"안 돼요!"

내가 갑작스레 소리를 지르자 놀란 표정들이다. 세관 건물에서 이틀간 머무르라는 언도가 떨어졌다. 이 사람들도 지루해 죽으려고 하는 이곳에 이틀 동안 화를 누르며 있을 순 없었다. 그들의 밝은 표정을 보니, 나를 자기들 막사생 활에 동참시킨 것에 만족해한다는 것을 알 수 있었다. 갈라 브노이의 포도 덩굴 밑으로 되돌아가는 건 생각할 수도 없 는 일이다. 투르크메니스탄 세관원들이 다시 돌아오려면 비 자가 있어야 한다고 경고했으니 말이다. 최악의 문제는 9월 1일이 우즈베키스탄 국경일이라서 관공서가 문을 닫을 수 있고, 그렇게 되면 3일째 날도 여기 숙소에 잡혀 있을 가능 성이 있었다. 시작이 좋지 않았다. 결정적인 이유를 즉시 제 시해야 했다. 갑자기 좋은 수가 떠올랐다. 나는 세 병사에게 그럴듯한 핑계를 댔다.

"부하라에서 여자친구랑 약속이 있어요. 여자친구가 9 월 3일에 유럽으로 돌아가야 해요. 내가 여기서 1일에 출발 하면 너무 늦는다구요."

효과가 있었다. 남자끼리의 연대감으로, 고향에 여자 친구가 있을 듯한 이 청년들이 내 게임 속으로 즉시 들어왔 다. 자기들끼리 의논을 하더니 내 여권을 가진 남자가 결과 를 알렸다.

"호텔에서 1박."

난 더 밀고 나갔다.

"불가능해요. 자, 내 지도를 봐요. 부하라까지 115킬로미터인데, 어떻게 사흘 만에 갈 수 있겠어요? 적어도 나흘은 필요해요. 1박으로 줄여줘서 고맙긴 하지만, 그래도 하루 묵고 떠나면 너무 늦어요."

또다시 밀담이 벌어졌는데, 이번에는 더 오래 걸렸다. 조금 후 같은 남자가 내게 손을 내밀며 손을 꼭 쥐었다.

"문제 없으니 가도 좋아요."

하지만 너무 성급했다. 꼬치꼬치 캐기 좋아하는 장교가 동의하지 않은 것이다. 두 번째 병사가 지원하러 왔고, 세 번째 병사가 동료들에게 힘을 보태러 가면서 내게 말했다.

"괜찮을 거예요. 2천 킬로미터 떨어진 약속장소로 가는 사람을 그냥 내버려둘 수는 없죠."

그들 사이에 동요가 있었다. 삼십 분 동안 의논을 계속하더니, 장교가 여권을 탁자 위에 올려놓은 뒤 말을 빙빙 돌리거나 짜증을 내지도 않고 뜻하지 않은 명령을 내렸다.

"OK, go, boy(좋아, 가라구, 친구)."

십 분 후 우즈베키스탄 땅에서 엄청난 돈을 내고 수프를 먹었지만 가격은 상관없었다. 몸도 머리도 강해진 느낌이었다.

사마르칸트, 이제 너와 나 둘뿐이다.

15. 전통의 땅 부하라

에셀나무가 올해 두 번째로 꽃을 피웠다. 자줏빛을 띤 꽃봉오리를 터뜨렸다. 자동차는 드물었고, 나는 신발에서 나는 삐거덕 소리에 맞추어 즐겁게 걸었다. 도로를 따라 흐르는 운하에서 세 번 멈춰서서 머리를 담그고 옷에 물을 적셔 더위를 식혔다. 세관에서 문제가 생겨 늦게 출발했기에 선택의 여지가 없었다. 알라트(Alat)가 40킬로미터 거리에 있었다.

드디어 도착했다. 오후 늦은 시간에 경찰서에서 졸고 있던 경찰이 내 출현에 놀라 갑자기 튀어나왔다. 그는 큰 덩치에 심술궂은 표정으로 아주 흥분해서 여권을 요구했고, 나는 미소를 지으며 건넸다. 그는 여권을 보지도 않고 위압적으로 경찰서로 따라오라고 명령했다.

"니에트(싫소)."

그는 어리둥절한 표정이었다. 사람들이 자기 명령에

시비를 거는 경우가 많지 않았던 게 분명하다. 경찰서에 있던 경관 셋이 소리를 지르고, 그에게 신호를 했다.

껙다리가 내 팔을 잡았지만 나는 재빨리 빠져나왔다. 이번에는 나도 장난이 아니었다.

"여권을 줬잖소. 여기서 확인해요. 불법으로 들어온 거 아니니까."

그를 속여보려고 했다. 내가 직접 여권 페이지를 넘겨서 보여준 다음 주머니에 넣는 것이다. 하지만 그는 여권을 주지 않고, 여권을 찾으려면 자기를 쫓아오라는 뜻인지 경찰서 쪽으로 갔다. 나는 움직이지 않았다. 경찰서로 가던 그가 되돌아왔는데, 나는 그 이유를 잘 알고 있었다. 그에게 관심 있는 것은 내 여권이 아니라 배낭과 지갑이었다. 하지만 거리에서 내 몸을 뒤질 수는 없었다. 그에게는 우선 사람들의 눈을 피할 장소가 필요했다. 에브니를 땅에 내려놓자 그가 몸을 숙여 그걸 들어올리려고 했지만, 나는 수레 위에 발을 얹고 아주 크게 소리를 질렀다.

"안 돼!"

그는 되돌아가 자기를 도우러 온 동료들에게 어쩔 수 없다는 제스처를 했다. 그 순간, 옆에 있는 식당에서 조용히 차를 마시던 두세 사람이 좀 더 가까이에서 구경하려고 나왔다. 바라던 바였다. 경찰 세 명 중 대장으로 보이는 사람이 셔츠의 단추를 떨어뜨릴 것처럼 부풀어오른 배를 내밀며 앞장서 왔다. 터지기 직전의 풍선 같았다. 부하가 그에게 내 여권을 내밀자 뚫어져라 들여다보았다. 사람들—모두 나들이옷을 입고 있었다—이 무슨 일인지 알아보려고 식당에서 나왔다. 완벽했다. 이제 내 앞에 군중이 형성됐다. 증인들이 잘 들을 수 있게 큰 소리로 내가 뭘 하고 있고, 어디에서 왔고, 어디로 가는지 대장에게 말했다. 그리고 비자에 아무 문제가 없음을 힘주어 말했다. 증거로, 오늘 아침 국경을 넘어왔으니 도장을 보면 될 것 아니냐고 했다. 그가 한 마디도 반박할 시간을 주지 않고 이제 한잔 마시러 차이하네로 가겠다는 말로 마무리했다. 만약 할 말이 있으면 거기로 오라고 했다. 그리고 손을 뻗어 내 여권을 빼앗았다. 긴장이 감도는 몇 초가 흐른 뒤—심장 박동이 180은 됐을 것이다—그가 드디어 내게 가도 좋다고 말했다.

안도의 숨을 돌리며 에브니를 잡고는 은인이 된 구경꾼의 호위 속에 식당으로 들어갔다. 아니, 중앙에 저수조가 있는 정자 밑이라고 하는 표현이 맞을 것이다. 누군가 급히 과일 주스를 가져다 주었다. 나는 느닷없는 질문을 했다.

"무슨 일이죠? 축제예요?"

구석에는 연주 준비를 마친 오케스트라가 있었다.

"결혼식이에요. 신랑 신부를 기다리고 있지요."

하얀 망사로 된 드레스에, 화려한 머리띠를 두른 신부는 아이 같았다. 신부는 자기와 비슷한 나이로 보이는 신랑 손을 잡았다. 신부는 세 걸음마다 자동인형처럼 기계적이고 건조한 인사말을 하며 몸을 숙였고, 그동안 신랑은 간단하게 절을 했다. 누군가 결혼식에 참석해준 손님들에게 감사의 인사를 하는 것이라고 설명해주었다. 신랑 신부는 음료가 담긴 병과 케이크가 가득한 탁자로 안내됐고, 음악이 시작되자 손님들이 춤을 추기 시작했다. 사람들이 같이 추자고 했기 때문에 나도 춤을 추면서 경찰과 대적하며 쌓였던 긴장을 풀 수 있어 기분이 좋았다. 사람들이 날 자기 집 안으로 끌고 온 것은 여유가 있었기 때문이다. 사람들의 표정에서 읽을 수 있었다. '질서의 수호자'들이 마음놓고 달러 사냥을 하려고 함정에 빠뜨린 외국 관광객이 굴복하지 않았다는 것이다. 달러 냄새가 이들을 미치게 만들었다. 중앙아시아에서 달러는 '외국 돈'을 의미했다. 사람들은 내게 수천 번이나 몇 달러를 버는지 물었다. 프랑화로 대답하면 어안이 벙벙한 표정을 지었다.

사람들은 내게 신랑 신부를 소개하며 덕담을 하라고 했다. 나는 서툰 러시아어로 얼버무리면서 도망가려고 했다. "상관없으니까 프랑스어로 해요." 사람들은 생각지도 않게 유럽에서 온 사람이 결혼식에 참석했다는 사실이 기쁜 모양이었다. 몇 마디 하자마자, 신부가 딱한 표정으로 고개를 숙였고 신랑은 가슴에 손을 얹었다. 두 사람은 도자기 인형처럼 말없이 그 자리에서 꼼짝도 하지 않았다. 신랑 신부만 빼고 다른 사람들 모두는 결혼식을 즐겼다. 보드카가 돌면서 남자 여자가 춤을 추고 손을 하늘로 올린 채 부산한 분위기에 빠져들었고, 신부는 이런 움직임에 계속 동요하는 듯 보였다. 신랑은 허리가 아픈지 머리를 살짝만 숙이며 가슴에 손을 얹고 인사를 했다.

시간이 많이 지나서 카라쿨(Karakul)까지 갈 생각을 접었다. 어쨌든 오늘 40킬로미터를 걸었고, 경찰과 있었던 일로 다리에 힘이 풀렸다. 사람들이 신랑 아버지를 소개했는데, 튼튼한 체격에 희끗희끗한 곱슬머리가 근사했다. 그는 내가 결혼식에 초대되었다고 말하며 십 분 후에 출발한다고 했다. 사양할 겨를이 없었다. 누군가의 건장한 손이 에브니를 트렁크에 넣었고, 나는 차 뒷좌석에 실렸다. 아름다운 두 아가씨 사이에 앉았는데 그중 하나가 신부의 동생이라고 했다.

전통적으로 결혼식은 신부 부모 집에서 시작해서 신랑부모 집에서 끝나는데, 우리가 아홉 시쯤 도착한 곳은 흰색의 커다란 농가였다. 집 앞에는 아주 긴 테이블이 여기저기에 일렬로 놓여 있었다. 남자는 오른쪽, 여자는 왼쪽. 통로 끝에는 오케스트라의 연단이 있었다. 반대쪽 끝에는 모든 사람의 눈에 잘 띄는 곳에 사탕 상자같이 생긴 폭 3미터, 깊이 2미터의 분홍색 상자가 있었다. 진열대나 개선문, 장터의 막사와 비슷하게 생겼다. 수십 개의 전구가 환하게 켜졌고, 우즈베크어로 '행복을 기원합니다'라는 문구가 켜졌다 꺼졌다 하다가 글씨가 하나씩 반대 방향에서 정방향으로 반짝거렸다. 마치 상가의 네온사인 같았다. 신랑 신부가 들러리가 이끄는 단으로 들어서더니 요란하게 장식된 자리에 앉았다. 이제부터 저녁 연회 내내 이들은 잘 정돈된 자동차 뒷유리 밑에서 머리를 끄덕거리는 강아지 인형처럼 고개만 끄덕거리며 꼼짝도 하지 못한다.

하객들은 서열별로 앉았는데, 정면 옆의 8인용 탁자는 '정치인'들의 자리였다. 그 뒤를 이어 공증인, 의사, 기사 등이 앉았다. 좌판 위에 놓인 판자는 긴 의자에 모여 앉은 사람들을 위한 탁자로 쓰였다. 대부분의 사람은 농부나 가내수공업을 하는 사람들이었다. 안뜰 입구에 서 있는 마을 사람들은 연회에 초대받지는 못했지만 500명의 하객을 위해 마련된 구경거리를 보려고 왔다. 호기심이 많은 나는 '음식'을 보러 갔다. 안뜰의 포도 덩굴 아래와 정원에 자리 잡은 한 무리의 요리사들이 가스 불 위에 올려진 거대한 냄비 주위에서 분주히 움직이고 있었는데, 감히 그 안에 무엇이 들어 있는지는 묻지 못했다. 웨이터들은 유약을 바른 대형 테이블용 받침에 놓인 귀빈용 그릇에 음식을 담아 날랐다.

나는 '정치인' 사이에 앉았고, 원래 내 자리의 주인이었던 제일 낮은 서열의 정치인은 두 의사 사이에 앉았다. 나는 일상적으로 반복되는 전투를 치러야 했다. 보드카가 넘쳐흐르는 가운데 당연히 사람들이 '추트 추트'라고 말하며 보드카를 권했기 때문이다. 룰라(loulah)—양고기, 감자, 마늘, 양파, 토마토, 포도 등의 과일로 만든 요리—라는 요리를 배불리 먹었다. 그런데 40가지 종류가 넘는 플로프 요리를 구분하는 걸 오래전에 포기했기 때문에 어쩌면 그 안에

룰라가 있었을지도 모른다. 사람들은 고기요리 사이에 멜론, 포도, 빌멘(bilmen)이라고 하는 작은 과자를 먹었다. 하객들은 '신혼부부의 사탕 상자' 밑에 선물을 놓았는데, 제일 부피가 큰 것은 양탄자나 가전제품이다. 그 사이 레크리에이션 진행자는 손에 마이크를 들고 귀빈과 가까운 친척을 불러서 눈만 깜박거린 채 꼼짝 않고 앉아 있는 신혼부부에게 덕담을 하라고 했다. 자세히 보니 남자 하객이 300명쯤 됐는데, 넥타이를 맨 남자는 신랑뿐이었다.

직업 여자무용수가 리드하자 남녀노소 구분 없이 무대로 나와 하늘로 손을 올린 채 춤을 추었다. 오케스트라—만돌린처럼 생긴 악기 토레(tore)와 북 같은 도이라(doira), 나팔 같은 도르보세(dorbosse)—가 연주를 그칠 줄 몰랐다. 40킬로미터를 걷고 춤을 춰서 기진맥진해진 내가 잠을 자러 도망친 것과는 달랐다. 잠시 후 내가 자던 방으로 다른 사람들도 하나둘 들어왔다. 나는 너무 더워서 팬티 바람으로 잠을 잤다. 하지만 깨어보니, 내 옆에 두었던 옷이 사라지고 없었다. 어둠 속에서 더듬거리며 찾았는데 결국 옷은……베개를 못 찾은 남자의 머리 밑에 있었다.

포도 덩굴 아래에서는 이제야 넥타이를 푼 신랑과 그의 아버지가 나무 침대 위에 앉아 과일로 아침을 먹고 있었다. 그들은 내게 같이 먹자고 했다. 과일은 들겠다고 했지만 벌써 시작된 보드카 돌리기는 거절했다. 안 돼요, '추트 추트'라고 해도…….

카라쿨에서 또 한 차례 조사가 있었다. 경찰이 배낭에 든 걸 보자고 했다. 난 농담을 하며 여권을 건넸다.

"어제 아침에 세관에서 조사하느라 뒤죽박죽이에요. 거기서 작은 폭탄 하나만 찾아냈죠. 사실 커다란 폭탄이었어요. 원자폭탄."

예상과 달리 경찰이 웃음을 터뜨렸고 나도 덩달아 웃었다. 그는 짐 검사 따위를 잊어버렸다.

저녁에 누레딘(Nourredine)에 있는 차이하네에서 걸음을 멈췄다. "당신 안경에 걸친 끈을 치워요. 러시아 경찰 같으니까. 그런 모습이면 당신과 산책도 못 할 거예요." 이렇게 말한 사람은 메흐리딘이다. 사람들이 프랑스어를 할 줄 아는 그를 데려왔고, 그가 이 말을 통역해주었다. 그는 근처의 콜호스에서 일했다. 맨발에 누더기를 걸치고 흙으로 벽돌 본을 뜨는 일을 하기 때문에 진흙투성이였다. 프랑스어는 초등학교에서 배웠다고 한다. 재능이 뛰어났던 그는 프랑스어로 시를 썼는데, 내게 낭독해준 그 시로 프랑스 루아르 강가를 따라 보름간 여행할 기회를 얻었다고 한다. 구소련이 번영을 누리고 교류가 많았던 시절, 프랑스 공산당이 주최한 청년 공산당 캠프에 연수를 왔던 것이다. 그는 내게 자기가 아는 유일한 프랑스 사람 조르주 마르셰(Georges Marchais, 1920~1997, 프랑스의 정치가. 프랑스 공산당 서기장을 지냈다. 유러코뮤니즘, 즉 1970년대 이후 서유럽 공산당이 소련식 마르크스 - 레닌주의를 비판하며 채택한 독자 공산주의 노선의 진영을 형성했다)의 소식을 물었다. 그의 프랑스인 교수는 죽었고, 그 때문에 메흐리딘의 영혼은 표류하게 됐다. 지금은 통역사이자 소박한 시민으로 살고 있다. 잔인하게도 술꾼들은 그에게 성기를 보이라고 요구했다. 아주 볼만하다는 것이다. 짓궂은 사람들 때문에 정신이 없었고, 그러는 사이에 이 착한 거인은 내게 프랑스에 돌아가면 에펠 탑 사진이 있는 엽서를 꼭 보내달라고 했다.

사야트(Sayat)에서는 몸이 아주 불편한 상태로 출발했다. 등이 아프고 국경에서 쉰 닷새가 몸을 쉽게 피곤하게 만들었는지 녹초가 된 기분이었다. 사실 나는 머리를 높이 들고 걸으며 딴생각을 하고 있었다. 목적지가 가까워오기 때문일 것이다. 거기에다 벌레한테 물려서 손이 두 배로 부풀어 있었다. 그럼에도 혹은 그것 때문에 나는 사야트와 부하라 사이의 50킬로미터를 하루 안에 걷기로 결심했다.

개학이었다. 교복—남학생은 검은 바지에 흰 셔츠, 여학생은 검정색이나 파란색 주름 스커트에 흰 블라우스, 레이스가 달린 앞치마와 머리에 얇은 망사를 써서 프랑스 퐁라베 지방 여자 같아 보였다—을 입은 아이들이 모두 물병을 들고 갔다. 수업 중에 탈진하는 일을 막기 위해서다.

식당에서 점심을 먹으며 알게 된 이스마트는 자기 아들의 할례식인 추나테(tsunaté) 잔치를 열 것이라며 나를 초대했다. 오늘 저녁 부하라에 가지 않기로 결정했다. 새 친구의 집에서 하룻밤을 묵을 것이다.

　부하라, 오후 한 시에 이곳에 도착했다. 엄청나게 더웠지만 관광버스는 계속해서 관광객들을 실어날라 반바지 차림에 어깨에 카메라를 멘 일본, 러시아, 유럽의 관광객들을 칼란(Kalan) 첨탑 앞에 내려놓았다.

　이곳은 세계에서 가장 오래된 도시 중 하나이며, 경이로움과 공포가 뒤섞인 곳이고, 동양에서 가장 종교적인 도시의 하나다. 부하라에는 360개의 이슬람 사원과 100여 개의 이슬람 신학교가 있는데 학생 수는 1만 명에 육박했다. 또한 실크로드의 주요 시장으로, 수십 개의 대상 숙소가 있었다. 바자르의 넓이는 수만 제곱미터에 이르렀다. 이곳에는 전문 상인, 화살이나 밀가루 장수, 환전상 등등이 모여들었다. 재건되어 남아 있는 세 개의 돔은 이제 양탄자나 관광 기념물을 파는 장사꾼들의 전유물이 됐다. 아시아에서 가장 방대한 도서관 중 하나인 이 도시의 도서관에 소장된 책은 4만 5천 권이다. 언어학자이자 음악가, 천문학자였던 이븐 시나(Ibn Sînâ)는 궁정에서 대재상의 직책을 맡았다. 하지만 그는 특히 『알 카눈 피 이티브(Al Qanun Fi al-Tibb)』, 즉 중국, 인도, 페르시아, 이집트, 그리스의 의학 지식을 집대성한 의학 백과사전의 저자로 유명해졌다. '의학의 정전'이라는 별칭을 가진 이 책은 10세기에서 19세기 사이 전 세계의 의사들에게 성경책이나 마찬가지였다. 이븐 시나의 라틴어 이름은 아비세나(Aviecenna)다.

먼저 이스마엘 사마니(Ismaël Samani) 사원. 중앙아시아를 통틀어 가장 오래되고 가장 아름다운 사원으로 꼽히는 이곳은 키로프(Kirov) 공원 중앙에 있는 사각형 건축물이다. 장식 문양을 일신하기 위해 단순한 벽돌을 사용한 상상력은 놀랍기만 하다. 칭기즈 칸이 13세기 초에 도시를 약탈하러 왔을 때, 이 사원은 모래 속에 파묻힌 채 보존작업이 제대로 이루어지지 않았기 때문에 화를 피할 수 있었다. 다른 이유로 살아남은 건축물도 있다. 바로 칼란 첨탑이다. 12세기에 30미터 높이로 세워진 이 탑은 당시 동양에서 가장 높은 건축물이었다. 도시를 파괴하라는 명령을 내렸던 칭기즈 칸도 이 탑에 큰 감명을 받아 파괴하지 말라고 명했다. 기반의 깊이가 15미터에 달해 지진을 견뎌냈고, 20세기 초 러시아의 폭격에도 귀퉁이만 날아갔을 뿐이다. 러시아는 이에 양심의 가책을 느꼈는지 직접 보수와 복구 작업에 나섰다. 이 탑은 '죽음의 탑'이라는 불길한 이름으로 불리기도 하는데, 그 이유는 부하라의 칸이 죄수를 자루에 담은 뒤 탑 꼭대기에서 내던져 처형했기 때문이다. 전설에 따르면, 어떤 여인은 차도르를 낙하선처럼 이용해 목숨을 건졌다.

부하라는 또한 모든 지방에서 약탈해온 기독교도와 페르시아의 노예를 파는 시장이기도 했다. 누구보다도 잔인한 군주들이 지배했던 곳이기도 하다. 아마 타의 추종을 불허한 군주는 나스룰라(Nasrullah) 칸일 것이다. 신하들은 그를 '백정'이라고 불렀다. 왕위에 오른 그는 자기 자리를 뺏기지 않을까 염려해 아버지와 아들을 처형했다. 그리고 확실한 이유는 모르지만, 형제 셋을 비롯해 가족 열여덟 명을 살해했다. 무역협정을 논의하기 위해 차르 편으로 방문했던 니콜라스 이그나티에프(Nicolas Ignatieff)의 증언에 따르면, 왕궁으로 이어지는 길 옆에는 땅에 박힌 창들로 즐비했는데, 그 아래 사람의 목이 썩고 있었다. 신하의 영혼을 구제하는 데 인색하면서도 많은 고심을 한 나스룰라 칸은 그들에게 자비를 베풀어 매주 죄수들을 바자르에 데려가 그들에게 다음 주 금요일까지 먹을 식량을 얻도록 동냥을 하게 했다. 무역협정을 맺기 위해 나스룰라를 찾아온 영국인 스토다드(Stoddard)는 왕궁으로 이어지는 길을 가며 말에서 내리지 않는 무례를 범했다. 군주는 그를 쥐와 거미가 들끓는 시아 샤트(Sia Chat)라는 우물에 가두었다. 유일한 통로는 우물을 덮은 뚜껑이었다. 자국민을 구하기 위해 온 또다른 영국인 코놀리(Conolly) 역시 같은 운명을 맞이했다. 두 사람은 이슬람 개종과 참수형 중 하나를 선택해야 했다. 결국 이들은 1742년 6월 17일 참수형을 당했다.

칸은 감히 영국에 도전장을 냈다. 그 이유는 먼저 영국 역시 좀 떨어져 있지만 칸의 땅이라고 생각했기 때문이고, 다음은 대영제국의 상황이 좋지 않았기 때문이다. 6개월 전, 1만 6천여 명의 영국 부대가 아프가니스탄 평정에 실패하고 카불(Kabul)을 떠났던 것이다. 10일 후 단 한 사람만

이 잘랄아바트(Jalal-Abad)에 도착했고, 나머지 모두는 죽음을 당하거나 노예로 전락했다. 보기 드물게 대담한 인물이었던 나스룰라는 서슴지 않고 이미 초토화된 나라를 다시 공격했다.

어떤 나라나 시대든, 사람은 정교하게 공포를 조성하고 형벌을 만들어낼 줄 아는 예술가다. 맹목적이고 과도한 애정을 가진 또 다른 칸은 임종을 맞이해 가장 아름다운 부인과 세 딸을 침대로 불렀다. 칸은 단지 누군가 자기가 사랑하는 여인들에게 손을 댄다는 생각을 하는 것조차 참을 수 없었기에, 그 자리에서 이들을 처형했다.

야외박물관이라고 할 만한 시내의 거리를 누비는 관광객들 틈에서 도시를 구경했다. 칼란 첨탑 아래에 서 있는 여자아이가 날 빤히 보며 다가와 영어에 이어 프랑스어로 물었다.

"기도할 때 쓰는 모자 살래요? 싫어요? 그럼 부하라에서 제일 예쁜 양탄자를 파는 우리 엄마한테 같이 가요. 싫어요? 관광을 하고 싶다면 아빠를 소개할게요. 아빠는 최고 가이드예요. 건축물이란 건축물은 다 알아요."

열한 살밖에 되지 않은 이 아이는 러시아어, 우즈베크어, 모국어인 타지크어까지 유창하게 구사했다. 영어는 완벽했고, 일본어를 개인 과외로 배우고 있다 한다. 프랑스어와 독일어는 장사를 하는 데 무리가 없을 정도였다.

나는 도망쳤다. 레기스탄 광장에는 관광객이 그다지 많지 않아서 여유 있게 울루그베크 사원을 감상할 수 있었다. 하지만 사원에 들어가자 양탄자 장사가 떼로 몰려 있었다. 여기에서도 도망가자. 너무 피곤해서 이런 침입에 대적할 수가 없었다. 고급 호텔을 찾아볼 생각이다. 한 번쯤 꼭 그래보고 싶었다.

호텔의 커다란 회전문 앞에 서자 문지기가 날 막았다. 에브니 때문에 내가 호텔에 묵을 만한 손님인지 의심이 드는 표정이었다. 관광객이라 함은 모름지기 이래야 한다. 두 대의 관광 버스가 쏟아내는 단체복—반바지, 선글라스, 카메라—을 착용한 지금 이 무리들. 그는 이들이 지나가도록 내버려두었다. 옳았다. 이들은 전형적인 고객의 모습이었다.

그래서 나는 옆에 있는 작은 공원으로 산책을 가서 젊은이들과 이야기를 나누었다. 내가 프랑스 사람이라고 하자, 서로 경쟁하듯 자기들이 아는 프랑스 사람들의 이름을 댔다. 지네딘 지단은 물론이고, 장 폴 벨몽도, 해군 소령 쿠스토(Jacques-Yves Cousteau, 1910~1997, 프랑스의 해양탐험가로 스쿠버 장비의 발명가), 알랭 들롱, 파트리시아카스, 자크 시라크, 마리나 블라디(Marina Vlady, 1938~, 프랑스 여배우)까지 다양했다. 하지만 그들은 가로디는 누구인지 몰랐다. 파즐리가 내게 잠자리를 제공하겠다고 했다.

그의 아내 라노는 그날 저녁 맛있는 삼사를 준비했고, 이튿날은 플로프를 요리했는데 기막힌 맛이었다. 부부는 세

아이를 두었다. 큰아들은 아주 어렸을 때 화상을 입어 얼굴에 흉터가 남아 있었다. 귀여운 아이였지만, 친해지는 데 시간이 걸렸다. 파즐리는 모스크바에 가서 피부이식수술을 해주려 하지만, 수술비를 마련하려면 10년치 월급을 쏟아부어야 한다.

부하라의 외곽에서 나흘간 편안한 시간을 보냈다. 부하라의 중심이 볼만하지 않았다는 것은 아니다. 하지만 도시를 야외박물관으로 만들기 위해서 모든 생활을 밀어낸 구역이 싫었다. 거기에는 시간에 쫓긴 관광객과 돈벌이에 혈안이 된 상인들만이 우글거렸다. 즉석 카메라 가격을 물었다. 31달러. 100미터를 더 가니 똑같은 물건이 3달러였다. 난 라비하우즈(Labi Hauz)에서 어슬렁거렸다. 4세기 이전 모습 그대로를 간직한 평화롭고 조용한 장소였다. 부하라의 모든 구역에서 발견할 수 있는 하우즈(hauz)는 피라미드를 거꾸로 뒤집어놓은 모양의 저수조다. 거대한 바위를 계단으로 연결해 만들기 때문에 수심이 얼마가 되든 물을 길으러 내려갈 수 있었다. 라비는 1662년에 만들어졌고, 300년 된 나무들이 주위를 에워쌌다. 나무만큼이나 나이가 든 우즈베키스탄의 노인들이 나무 의자에 앉아 도미노 게임을 즐겼다. 시내 가까이 있지만, 라비하우즈 남쪽으로 오는 관광객은 하나도 없었다. 하지만 북쪽은 외국인을 대상으로 하는 식당들이 즐비했다. 암묵적으로 통하는 신기한 규칙에 따라 각자 자기 영역을 존중했고 다른 이의 구역은 침범하지 않왔다. 나무 아래에 자리한 구두 수선공이 헌 신발을 고치고 있었다. 다른 나무 아래에는 나스레딘 호자(Nasreddin Hoja, 이슬람교도인 터키족 사이에서 널리 유포된 해학 이야기에 등장하는 주인공으로 실존한 존재한 인물인지는 확실하지 않다)의 우스꽝스런 동상이 있었다. 내가 이스탄불에서 중국까지 여정을 밟는 내내 존경을 표한 이 현명한 바보는, 우리에게 전진하는 가장 좋은 방법은 이른바 최고의 이성이 내리는 명령이 아니라는 것을 일깨워주었다. 나는 여행을 시작할 때부터 이 괴짜에게 계속 교훈을 얻었다.

넋을 잃고 구시가지를 바라보았다. 차르주스카야(Çarjouskaya) 거리에 있는 차이하네에서 장기와 주사위 놀이―여기 말로는 나르다(narda)―에 열중한 사람들 사이에서 한 시간을 보냈다. 몇 시간 동안 세상을 잊고 함께 모여 게임에 열중하는 사람들로 북적거리며 담배 연기가 자욱한 카페의 풍경은 프랑스에서 사라진 지 오래였다.

지각변동으로 절반이 땅에 묻힌 작은 대상 숙소의 안뜰 한가운데에서 노부부가 장작불에 샤실리크를 굽고 있었다. 그들은 저녁을 함께 들자고 하면서도 내가 사진을 찍겠다고 하자 거절했다. 칼란 첨탑 뒤에 있는 또 다른 대상 숙소 역시 폐허로 변했다. 이곳의 이름은 아야스잔(Ayas Jan)이다. 숙소의 한 방에 작은 가게를 차리고 양철로 된 물건을 고치는 사이드 노인은 내게 장 뤼크와 라시드에 대해 말했다. 두 프랑스 사람은 이곳에 옛 건축물을 복원하기 위해 왔다. 사람들은 이들을 좋아했다. 하지만 예산이 부족해지자 그들은 본국으로 돌아가고 말았다. 굵은 쇠사슬이 거대한 문을 막고 있었지만, 너무 헐겁게 감겨 있어서 벌어진 문틈으로 들락거릴 수 있었다. 사이드는 그 안에서 산책을 할 수 있다고 말했다. 하지만 공사가 중단된 건물은 공중화장실로 변해 있었다.

구舊도로는 좁았다. 나무 골조로 만든 집은 그 틈을 석고(이곳 말로는 간치gantch)로 연결한 벽돌로 메우고 있었는데, 모든 집에는 높은 벽으로 둘러싸인 작은 안뜰이 있었다. 담 너머로 가끔 보이는 포도나무와 석류나무에 매달린 열매는 아직 완전히 익지 않은 상태였다. 시내에서 좀 떨어진 곳에 가면, 이곳과 똑같은 형태로 된 구소련식 집단주거지가 있는데, 새 건물인데도 벌써 곰팡이가 슬었다. 파즐리 가족이 사는 고층 건물은 아주 최근에 지은 것인데, 폭격당한 밭 위에 세워진 것처럼 보였다. 사륜구동차의 추종자들이 연습장소로 써도 좋을 듯싶었다. 콘크리트 철 조각을 계단의 난간으로 사용했고, 십일층을 오가는 승강기는 하루에 한두 시간만 운행됐다. 수도에서는 뜨거운 물만 나오기 때문에 미지근한 물이나 차가운 물을 쓰려면 양동이에 받아두어야 했다.

나는 콜호스의 시장인 발초이 리노크(Balchoï Rynok)를 끝으로 부하라 구경을 끝냈다. 이 근처에 있는 아르크(Ark) 성채는 부하라의 옛 칸 거주지로, 20세기 초 러시아군에게 폭격당했다가 재건됐다. 무척이나 아름다워서 여기만큼 관광객의 발길을 끄는 곳도 없을 터였다. 타일이나 콘크리트 홀 아래에서는 팔 수 있는 건 모두 팔았다. 딱딱하고 알록달록한 색의 동그스름한 과일을 파는 곳에서는 농촌 여인들이 과일만큼이나 강렬한 색깔의 옷을 입고서 진열대 위에 양반다리를 하고 앉아 러시아어, 우즈베크어, 타지크어 외에 내가 분간하기 힘든 말로 과일이 얼마나 싱싱하고 맛있는지 노래를 불렀다. 정육점들이 있는 곳에서는 장사꾼들이 파리와 말벌이 웅웅대는 가운데 손님들을 불렀다. 사방에 샤실리크가 익으며 내뿜는 연기로 자욱했고, 장작불 위에 올려진 주전자에서 보글거리는 노랫소리가 들렸다. 한 가지 이상한 것은, 황토색 모자에 청색 셔츠를 입은 경찰들이 어디에나 있는 것이었다. 그들은 시장을 감시했다. 이렇게 많은 경찰이 배치되어 있는 시장은 본 적이 없었다. 파즐리에게 이유를 물었더니 아프가니스탄의 마약상을 잡기 위해서라고 했다. 다른 데서 들은 말로는, 박봉에 시달리는 우즈베키스탄 경찰이 시장을 수색해 이런저런 핑계로 벌금을 물리며 넉넉지 못한 호주머니를 채운다고 했다.

마지막 저녁으로 라노는 삼사를 요리해주었고, 요리법도 알려주었다. 라노는 쩜통에 익히는 고기만두 만티(manty)도 만들어주었다.

똑같은 풍경이 펼쳐졌다. 목화밭 또 목화밭 그리고 또

목화밭. 목화밭에는 거의 신경 쓰지 않고 걸었다. 이제 사마르칸트까지 일주일 남았다. 도보여행을 시작한 지도 120일이 다 돼가고, 고독감이 다시 찾아왔다. 내 엉터리 러시아어 실력 때문에 피상적인 대화를 나눌 수밖에 없는 것도 더 이상 견디기 힘들었다. 아이에게 말을 걸지 않고 키우면 아이는 죽는다고 한다. 나는 고독이라는 이 이상한 병에 전염될까봐 두려웠다. 넉 달은 너무 긴 시간이다. 거기에다 부하라는 날 실망시켰다. 박물관을 볼 마음이 들지 않아서 시내로 갔는데, 어둡고 탁하고 음산했다. 이제 여행을 끝내고 싶다. 이곳의 밭을 보자니 노르망디의 내 집이 포개져보이고, 깡총깡총 뛰어다니는 내 강아지가 보였다.

하지만 불평을 할 특별한 이유는 없었다. 며칠 전부터 더위가 좀 수그러들었다. 나보이(Navoï)를 지나 부하라와 사마르칸트를 잇고, 키질쿰(Kyzylkum) 사막 북쪽에 원형으로 녹색 띠를 이루며 끝없이 이어지는 오아시스를 건너왔다. 길을 걷는 내내 차이하네와 레스토랑이 즐비해서 원하기만 하면 어디에서든지 쉬어갈 수 있었지만, 이미 말했듯 이렇게 오랜 거리를 발보다는 머리로 걷다보니 머리가 지쳐버린 것이다. 머리는 벌써 프랑스에 가서 내가 좋아하는 사람들을 만나고 있었다. 갑자기 그들이 지독하게 보고 싶었다.

이런 기분 때문에 열 시경 걸음을 멈추고 뽕나무의 넓고 두꺼운 잎이 근사한 그림자를 드리우고 있는 곳에 탁자 몇 개를 둔 작은 식당에 들어갔다. 자리를 잡고 앉아서 여자 종업원에게 큰소리로 "차이!"를 외쳤지만, 여자는 날 모른 체했다. 하지만 잠시 후 찻주전자와 잔을 가져와 내 앞에 놓고는 어디에서 왔고, 어디에 가고, 누구인지 등을 물었다. 여자는 실크 원피스 위에 흰 블라우스를 입었고, 스카프로 머리를 묶었다. 별로 중요하게 생각지도 않으면서 이렇게 세세한 것까지 적고 있으니, 내 생각이 다른 데가 있는 게 분명하다. 여자는 내 얘기에 아주 관심이 많은 표정이었지만, 식당 주인이 주의를 주었다. 여자는 짜증스러워하며 어깨를 으쓱하더니 내 곁을 떠났다. 하지만 조금 있다가 다시 와서 스스럼없이 앉았다. 미소가 눈부셨다.

"얘기해줘요."

여자는 두 손으로 턱을 괴고 질문 공세를 폈다. 덕분에 여자를 잘 관찰할 수 있었다. 스무 살이 조금 넘었을 듯 아주 젊었고, 피부는 황금빛 벨벳처럼 부드러웠으며, 속눈썹은 웃음 띤 눈 위에 활처럼 둥글게 자리 잡고 있었다. 여자는 내 말을 빨아들였다. 차츰 여자가 질문을 멈췄고, 내가 말을 했다. 그리고 침묵이 흘렀다. 그때 그녀의 눈을 뚫어지게 바라보던 나는 이 여자에게 욕망이 끓어올랐다. 여자의 눈에서도 나와 같은 욕망을 느낄 수 있었다. 나의 어눌한 러시아어보다 우리의 침묵이 그걸 더 잘 표현하고 있었다. '당신을 원해요', 우리의 몸은 그렇게 말했다.

식당 주인은 소리를 하도 질러 목이 쉬어 있었다. 여자는 주인이 말하는 소리를 듣지 못했다. 식당 주인이 보낸 것 같은 다른 직원이 다가와 테이블에 앉아 우리를 관찰했다. 우리는 마치 자석에 끌린 것처럼 서로의 눈을 바라보았고, 여자의 동료 직원이 앉는 것도 의식하지 못했다. 동료 직원의 말은 통역이 필요 없었다. "어머머", 그녀는 일어나서 발을 쿵쿵거리며 되돌아갔다.

"내 이름은 피나프샤예요. 괜찮으면 오늘 밤은 우리 집에서 지내세요."

여자가 드디어 말했다.

거절할 이유가 없었고, 여자도 짐작했는지 미소를 짓고 일어나서 조용한 발걸음으로 고함을 지르는 주인 옆으로 가서 머뭇거렸다. 잠깐 여자가 자리를 뜬 사이에 나는 냉정을 되찾았다. 이 여자는 누구인가? 창녀? 아니, 그건 아니다. 그런 종류의 여자도 아니고, 행동도 그렇지 않다. 그런데? 여자가 되돌아오자, 내가 물었다.

"당신은 나에 대해 거의 아는데, 당신은, 누구죠?"

여자는 스물네 살, 2년 전 결혼했다. 일 년 전 아이를 낳았는데, 6개월 전 돌연히 죽었다. 여자는 오래도록 자기 손을 쳐다보았고, 감정에 북받쳐 있었다. 여자가 울 거라고 생각했지만 곧 평정을 되찾았다. 남편은 다른 콜호스에서 목화 추수 작업을 하고 있는데 주말마다 집에 돌아온다고 했다.

"오늘 밤 당신 집에 가면 사람들이 뭐라고 하지 않겠어요?"

"상관없어요."

주인이 다시 소리를 질렀다. 여자는 일어나며 자리를 뜨기 전에 조금 이따 보자고 말했다. 오전 일이 끝나면, 차로 날 데리고 자기 집에 가서 쉬게 해주겠다고 했다.

석 달 반 동안의 금욕생활로 유혹은 강렬했고, 여자는 예뻤다. 하지만 나는 충동을 잘 다스렸다. 이 여자는 아이를 잃고 나서 큰 혼란에 빠져 있다. 만약 여자가 내 품에 몸을 던진다면, 그건 멀리에서 온 내가 갇혀 산다고 생각하는 여자의 세계에 숨통을 트여주는 것처럼 보이기 때문이다. 여자의 고독과 나의 고독은 이처럼 우리를 가깝게 만들었다. 그런데 그 결과는 어떻게 될까? 내게는 아름다운 추억, 여자에게는 파탄. 그리고 난 예순 살이 넘었고, 여자는 아직 무척 젊다. 미친 짓이다. 여자가 돌아왔을 때 나는 결정을 내렸다.

"떠나야 해요. 갈 길이 남았어요."

내가 다시 에브니를 잡자 여자는 흠뻑 젖은 눈길로 나를 바라보았다. 내가 바보인 동시에 비열한 인간처럼 보였을 것이다. 게다가 제길, 파리에는 날 기다리는 사람이 있고, 난 한꺼번에 여러 토끼를 쫓는 사람이 아니다. 다만, 그날 풍경이 어땠는지 내게 묻지 않기를 바랄 뿐이다. 아무것도 보지 못했으니까.

16. 사마르칸트의 하늘

9월 9일, 키질테파, 2,532킬로미터

지친 표정의 헌병이 '이리 오라'고 손짓했다. 나는 도로를 건너 갔고 우리는 말할 필요조차 없었다. 여권을 꺼내 그에게 건넸다. 그는 여권을 돌려주기 전에 기계적으로 페이지를 넘겼다. 의미도 없고 관심도 없는 행동일 뿐이었다. 내가 다시 떠나려 할 때 대장이 왔다.

"여권."

"조금 전에 보여줬는데……."

"여권!"

공무원의 명령조 말투에 몸서리가 쳐졌다. 그저께 부하라를 나오면서 검문받은 게 네 번, 어제 세 번, 오늘 아침만 해도 벌써 두 번째다. 여행자와 카메라를 잔뜩 실은 관광버스가 속도도 늦추지 않은 채 지나갔다.

"저 사람들한테는 아무것도 요구하지 않습니까?"

가이드가 경찰이기 때문에 그들이 검문받지 않는다는

건 그도 나만큼이나 잘 알았다. 그가 여권을 돌려주었을 때 다른 대장이, 아마 대장의 대장인 듯 보였는데, 나무 아래에서 찻주전자를 앞에 두고 앉아서 우리를 불렀다. 내 옆에 서 있는 대장이 자기를 따라오라고 말했다.

"아니오. 검문을 두 번이나 받았으니 그 정도면 충분해요."

서 있는 대장은 날 포기하고 앉아 있는 대장에게 내 여권을 넘겼다. 앉아 있는 대장이 여권을 샅샅이 훑었다. 그가 시간을 끌수록 위상이 더욱 부각된다는 건 자명했다. 그는 턱으로 내게 가까이 오라는 신호를 보냈다. 난 머리를 흔들며 아니라고 대답했다. 서 있는 대장이 다시 왔다.

"왜 거절하는 거요?"

"방금 두 번이나 여권을 조사했잖아요. 나는 잘못한 것이 없소."

앉아 있는 대장과 나 사이에 힘겨루기가 시작되었다. 내가 계속 고집을 부리자 그는 마침내 뜨거운 공기를 쫓는 듯한 제스처와 샐쭉한 표정을 지었는데, 그건 우리 둘 다 쉽게 이해할 수 있는 것이었다. 난 시간 많다, 이 고집불통아. 누가 이기나 해보자.

나는 그에 대한 대답을 하듯 커다란 돌 위에 팔짱을 끼고 앉았다. 이것 또한 명백한 의미를 전달했다. 나도 시간 많다, 이 왕고집아.

침묵이 최고의 권력이라는 것을 알 수 있도록 이 인간

보다 더욱 짓궂게 굴어야 한다. 그는 한번 붙어보겠다는 욕망에 사로잡혔고, 자신의 권한을 내게 증명해보이고 싶어했기 때문에 침묵을 깬 건 바로 그였다.

"당신은 도로 왼쪽으로 걸었는데, 그건 금지 사항이고 ……."

나는 펄쩍 뛰었다. 이게 그들의 전술이군! 그들은 나를 얼간이로 보고 위반사항을 만들어서 등쳐먹을 준비를 하고 있었다.

"틀렸어요. 국제법상 혼자일 경우는 도로 왼쪽, 단체일 경우 오른쪽으로 걸어야 합니다."

나는 아무것도 몰랐지만, 그들이 위반사항을 만들어내는 이상 나도 멋대로 지어낼 수밖에 없었다. 그는 잠시 놀란 표정이었지만 패배를 인정하지 않았다.

"배낭에 든 걸 봐야겠소."

"내 배낭은 세관에서 조사했어요. 여권에 확인 도장이 있잖아요. 타슈켄트(Tashkent)의 국경 초소에서 또 검사를 할 겁니다. 당신들은 국경경비대가 아니라 교통경찰이잖아요."

이번에 그는 날 감옥에 넣으려 할 것이다. 그런데 아니었다. 그는 계속 내 여권을 외우기만 했다. 태연한 체하며 거드름을 피우려는 것이었다. 갑자기 그가 말했다.

"1938년 1월에 태어났군. 우리 대통령 각하처럼!"

그럴 수도 있겠지. 나는 그 새로운 사실을 들은 뒤 무시해버렸다. 하지만 그는 체면을 세울 방법을 찾아냈고, 그의 살진 얼굴에 생기가 돌았다.

"카리모프(Karimov) 대통령과 같은 나이야!"

놀랄 만한 소식이라는 게 바로 그거였다니! 그래서 내가 장난을 쳤다.

"그 사람도 도보여행을 해요?"

넙데데한 얼굴이 이번에는 행복한 표정으로 바뀌었다.

"아뇨, 큰 차로 다니십니다."

그리고 그는 내게 여권을 돌려주었다.

나는 다시 길을 떠나며 마음속으로 잘난 척을 했다. 100미터를 더 가자 다른 둑이 나왔다. 평상복을 입은 남자와 얘기하고 있던 경찰 하나가 급하게 초소에서 나왔다.

"여권!"

"조금 전에 당신 동료들한테 보여줬소! 이상 없어요."

그는 망설였다. 평상복을 입은 사람이 초소에서 나와 단호한 목소리를 내려 애쓰며 똑같이 말했다.

"여권!"

삼십 대, 짧은 머리, 깨끗한 흰색 셔츠, 선글라스. 분명이 사람은 자만심에 차 있었다. 그를 경멸하듯 위아래로 훑어보았다. 정말이지 지긋지긋했다.

"당신, 경찰이오? 제복도 안 입었잖소. 나는 제복 입은 사람한테만 여권을 보여줘요. 당신 신분증 있소?"

그는 셔츠 주머니에 손을 넣더니 생각을 바꾸었다. 아니면 직위를 사칭하거나 내게 심문하는 역을 주지 않으려는 듯했다. 날 처음 불러세운 경찰이 조심스럽게 뒤로 물러섰다. 제복을 입은 다른 대장이 나타나서 상냥하게 물었다.

"미국인? 독일인?"

"아뇨, 프랑스인이오."

나는 큰 소리로 다음과 같은 프랑스어를 덧붙였는데, 그건 끓어오르는 화를 조금이라도 털어버리기 위해서였다. "너한테 빌어먹을 내 여권을 보여주겠지만, 우즈베키스탄 경찰은 정말이지 지긋지긋하다." 지긋지긋하다는 말을 하면서 세계 만국어인 제스처를 곁들였다. 그리고 나서 에브니를 잡고 다음 100미터를 향해 떠나기 전 내뱉었다. "니에트, 니에트 패스포트(안 돼, 여권은 안 돼)."

십오 분 후 난 자신과 싸웠다. 힘을 겨뤄서 통과하는 건 괜찮지만 그걸 남용해서는 안 될 것이다. 정말 깐깐한 경찰한테 걸리면 후회할 일이 생길 수도 있다. 하지만 그와 타협하지 않고 해냈다는 데 자부심을 느꼈다.

도로 여기저기에 칙칙한 색의 마르멜로나무가 주렁주렁 달린 탐스러운 노란색 열매의 무게에 휘청거렸다. 길가에 경작된 밭과 과수원이 교대로 나타났다. 이 지방은 믿기 어려울 정도로 풍요로운 땅을 가지고 있었다. 이 땅을 두고 여러 칸, 그중 부하라와 히바(Khiva) 사이에 끊임없이 분쟁이 있었다니 그럴 만도 했다.

엄청나게 경찰이 많다는 사실을 제외하면 부하라와 사마르칸트 사이의 여정은 별 문제가 없었다. 식당 주인들은 내가 대단한 사람처럼 보였는지 세심하게 배려해주었고, 두 사람 중 한 명 꼴로 공짜 식사를 제공하며 명예롭게 생각했다.

이 건물은 새것이었고 일주일 후면 개장할 것이다. 모든 사람들이 준비에 여념이 없었다. 주인인 우트키트 타셴은 행복한 사람이었다. 그는 농부였는데 농작물을 생산하는 것보다 가공을 하면 이윤이 더 많이 생긴다는 것을 알게 되었다. 그래서 치즈 공장을 차렸고, 공장이 번창한 덕에 많은 이윤을 챙겼다. 그는 이 돈으로 다시 통조림공장을 차렸고 투자금의 두 배를 벌었다. 다시 한 번 모험을 걸고 특별한 형태의 이 호텔에 모든 돈을 투자했다. 그가 '호텔 – 캠핑'이라고 이름 지은 이 건물은 현대식 대상 숙소라고 할 만한데, 일반 호텔처럼 잠자리와 음식만 제공하는 것이 아니라 연료와 부속품을 팔고 수리를 하는 정비소와 식료품 가게도 두었다. 위치도 관광객의 발길이 잦은 부하라와 사마르칸트 사이에 있어서 좋았다. 호텔의 개념도 흥미롭다. 우리는 늦도록 얘기를 나누었는데, 우트키트가 말했다. "편한 방을 골라요. 난 자러 갈래요. 어제 아들 녀석을 결혼시켰는데, 오후에 손님 500명, 저녁에 800명을 치렀더니 뻗을 지경이에요."

아흐레 만에 부하라에서 사마르칸트 구간을 마치려고 계획했다. 그런데 끝을 내야 한다는 초조감 때문에 미친듯이 걸었다. 일정한 속도로 걷다가 목적지가 가까워지면 뛰었다. '아무도 기다리지 않으니까 여유 있게 가'라고 아무리 타일러도 발은 이미 뛰고 있었다.

가끔 보이는 커다란 표지판이 '오크 욜(Oq yol)', 즉 면화길임을 알려주었다. 이 길은 우즈베키스탄 농업의 모든 문제를 압축해서 보여준다. 이 나라에 흰색의 금이라고 할 만한 면화는 세계시장에 너무 의존하고 있어서 한순간에 무너져버릴 수도 있다. 게다가 농업지대를 가득 채운 목화밭 때문에 식량을 재배할 땅이 없어서 오히려 식량을 수입해야 한다. 아랄해가 건조되는 현상에서 볼 수 있듯이 환경 폐해도 심각하다. 실크로드는 면화길을 위해 잊혀졌다…….

나보다 앞서 이 길을 지나간 대상의 모습을 그려보았다. 초기의 대상들은 2500여 년 전에 모두 이곳을 지나갔다. 아케메네스(Achemenes) 왕조 시절에는 이 길의 이름이 골드 로드였다. 무역은 박트리아와 중국 사이의 짧은 거리에서 이루어졌다. 그러다가 길이 더 길어지면서 에메랄드와 이집트인들에게 인기가 많은 청금석, 중국에서 가져온 옥, 티베트에서 온 사향, 시베리아에서 들여온 모피, 아라비아 향수, 멀리 필리핀 원산의 향신료 등 다양한 종류의 상품이 거래되었다. 그러다 비단이 등장하면서 대상들은 이 값비싼 직물만 실어나르게 되었다. 대상들의 고객은 우선 기독교 신자들에게 강한 인상을 주려고 한 종교인이나 늘 사치스런 깃발을 노리는 군인이었다. 그리고 우아한 숙녀가 그 뒤를 잇는다. '왕의 길'이라고 부르는, 내가 지금 이용하는 부하라와 사마르칸트 사이의 길 또한 명상 여행을 하는 종교인들이 이용하면서 여러 종교사상이 이곳을 경유해갔다. 그렇게 실크로드는 불교의 길이 되는데, 기원전 399년 중국의 승려 법현法顯이 불교 경전을 연구하기 위해 걸어서 중국에서 인도까지 이 길을 이용하면서 시작되었다. 그의 나이 예순의 일이었다. 그는 12년 후 돌아와 자신의 모험을 이야기했다. 그 뒤를 이어 마니교, 네스토리우스교, 이슬람교가 차례차례 이 길을 따라 사원을 지었다.

누라바드(Nurabad)에서 친절한 식당 주인 부부가 날 따뜻하게 맞아주고 내가 사양하는데도 기어코 음식을 대접했다. 나는 밖에 있는 타흐테에서 하룻밤 지낼 준비를 했는데, 그들은 식당에 있는 자기들 방 옆 곁방 침대에서 자라고 했다. 연못에 모기가 우글댔기 때문에 그들의 제안을 받아들였다. 안주인은 아침 일곱 시에 아침식사로 금방 짠 신선한 우유를 가져오겠다고 약속하고는 2킬로미터 떨어진 그들의 집으로 돌아갔다. 자리를 잡고 누웠다. 문이 잠기지 않았지만 상관없었다. 습관처럼 배낭을 침대 옆에 두고, 칼과 손전등을 꺼내서 베개 밑에 넣고 잠을 청했다.

쉽게 잠이 오지 않았다. 목적지가 가까이 있다는 사실에 흥분했기 때문에 잠을 자기가 힘들었다. 창문 밑으로 스며드는 그림자가 보였고, 그 뒤를 두 번째 그림자가 따랐다. 가로등 불빛에 비친 두 번째 그림자를 알아보았다. 바로 조금 전에 여행 얘기를 들려달라고 졸라댔던 아이였다. 나는 일어났다. 천천히 조심스럽게 문을 여는 손이 보였다. 그림자 하나가 살며시 들어왔고, 두 번째 그림자가 그 뒤를 따랐다. 나는 삼 초 정도 기다렸다가 전등불을 켰다. 두 악동은 한 손에는 그들을 향해 전등을 들이대고, 다른 한 손에는 면도날을 들고서 벌거벗은 채 서 있는 남자를 보고 경악했다. 귀신이라도 본 것 같은 표정이었다. 아이들은 덫에 걸린 들쥐처럼 겁에 질려 가냘픈 소리를 지르며 토끼처럼 도망쳤다. 문구멍으로 보고 있는 동안 아이들은 저만치 달아나고 있었다.

아주 아침 일찍, 아침식사로 막 짜낸 우유를 마시러 길을 나섰다. 신발에 불이 붙은 것 같았다. 열 시경, 올해 여정의 끝에서 두 번째 여관이 될 곳에서 멈추었다. 이곳에서 여행 중 만났던 가장 친절한 부부 중 하나를 만났다. 멀리에서 나를 만나려고 온 막심은 키가 작고 눈이 많이 째지고 몽골인처럼 광대뼈가 툭 나온 얼굴이었다. 키는 160센티미터 정도였는데, 가슴 폭은 키와 비슷할 정도로 넓었다. 헤라클레스의 축소판이었다. 그는 하얀 장식천이 달린 검은색 빵모자를 썼고, 미소를 짓자 입꼬리가 양쪽 귀에 걸릴 정도였다. 그는 금방 아침을 준비할 테니 자리를 잡으라고 말했다. 난 일주일째 씻지도 않고 면도도 하지 않았다. 잠시 정착해 지내는 데 적응한 유목민의 독특한 생활방식에 조금씩 동화되고 있었다. 나는 안뜰에서 웃옷을 벗고 목욕을 했다. 이라가 나를 보더니 따뜻한 물이 담긴 대야를 들고 뛰어왔다. 남편의 거대한 체격과 대조적으로 부인은 호리호리했다. 분명 러시아의 후예로 보였다. 그녀는 벌어진 앞니—행복의 이—에 어린애 같은 미소를 가지고 있어서 빨리 자란 사춘기 소녀 같아 보였다. 내게 정성을 다하는 이 부부에게 금세 애정을 느꼈다. "걸으려면 먹어야 해요."라고 이라가 힘주어 말하면서 식탁 위에 음식들을 쌓아올렸다. 내가 모두 다 먹을 수 없다는 걸 그녀도 잘 알았지만, 그래도 가져다 줄 음식이 있는지 찾고 또 찾았다. 식사를 끝낼 무렵이라는 러시아 보드카가 더 좋은지 우즈베키스탄 보드카가 더 좋은지 물어보았다. 둘 다 싫다고 했으니 정말 이상한 사람이라고 생각하는 것 같았다. 다시 길을 떠나려 하자 막심은 날 껴안았고, 난 얼굴이 빨개진 이라에게 작별 키스를 했다. 성대한 아침식사 값을 지불하려 하자, 물론 두 사람은 절대로 받지 않겠다고 거절했다.

점심에 먹은 밥값도 낼 수 없었다. 그런데 친절한 주인은 덤으로 자기가 산 수박 하나를 주기까지 했다. 사마르칸트가 가까워질수록 멜론 장사들이 몇 킬로미터에 걸쳐 자리를 잡고 있었다. 멜론은 초록색, 노란색, 줄이 간 것, 둥근 것, 긴 것, 굵은 것 등 다양했다. 가끔 프랑스에서 볼 수 있는 것처럼 작은 것도 있었다. 밭에는 놀랍게도 풀이 있었다. 약간 다갈색을 띠었지만 그래도 풀이었다. 거의 2,500킬로미터를 걸어오는 동안 풀을 보지 못했기 때문에 손으로 만

져보고 싶은 마음이 간절했다. 풀 위에 잠시 몸을 뉘었지만 그대로 있지 못했다. 사마르칸트, 사마르칸트……. 나는 안절부절못했다.

9월 13일 오후 다섯 시 반, 아스팔트만 보며 종종걸음을 치다가 다시 머리를 들었다. 우즈베키스탄 국기의 거대한 장식 끈 위로 올라온, 저수탑 높이의 버섯처럼 생긴 콘크리트 건물이 대문자로 사마르칸트(SAMARQAND)를 알리며 도로변에 있는 나를 비웃고 있었다. 에브니를 손에서 놓고 다리를 접고 도로변 시멘트 바닥에 앉았다. 도우바야지트를 출발한 지 오늘로 넉 달, 정확히 120일이 된다. 2,745킬로미터…….

성공이다. 성공이다……. 기계적으로 이 말을 되풀이했지만 믿기가 힘들었다. 세상에 이럴 수가. 이렇게 쉽게 끝나다니. 여기까지 오는 동안 얼마나 많은 걸음을 내디뎠던 것일까? 머리가 획획 돌았다. 이 순간을 영원히 간직하고 싶어서 자전거를 끌고 지나가는 사람에게 기념으로 버섯 모양의 건물을 배경으로 사진을 찍어달라고 했다. 그 사람은 '경찰'을 부르며 자전거 위에 올라탔다. 건물 발치에 경찰서가 있었고 경찰이 차들을 세웠다. 다른 행인들에게도 부탁했지만 네 번째에 가서야 다른 사람보다 두려움이 덜한 건지 의식을 잘 못하는 건지, 젊은 청년 한 명이 내게 승리의 기념으로 남길 사진을 찍어주겠다고 했다. 그는 내가 왜 이 사진을 찍는지 모르겠다는 표정이었고, 내가 "성공이다, 성공이다!" 하고 외치며 브이를 그리자 미친 사람처럼 생각하며 가버렸다.

도시를 통과했을 때는 어둠이 내리고 있었다. 변장놀이를 하고 있던 아이들이 날 불렀다. 제일 큰 아이가 근처 호텔을 알고 있을까? 벅찬 감격 때문에 너무 지쳐서 한시라도 빨리 자고 싶었다. 다른 아이가 말했다. "부모님한테 아저씨를 데려다 줄 수 있는지 물어볼게요. 니에달리에코는 별로 안 멀어요." 아이들은 즐거운 표정으로 다가와 서로 에브니를 끌겠다고 다투었다. 여기까지 오는 동안 만난 아이들은 모두 에브니에 열광했다. 도량이 큰 나는 아이들에게 특별한 영광을 부여했다. 호텔 앞에서 아이들은 순서를 정해 에브니를 잡아보았고, 그동안 나는 내 수레 친구 안에 든 배낭을 꺼냈다.

"이거 어디다 둬요?"

"너희가 편한 대로. 가져라."

"네? 정말이에요?"

오늘 저녁, 중앙아시아를 통틀어 이 아이들만큼 행복한 아이들도 없을 것이다. 나는 배낭을 들어 어깨 위에 멨다. 도어맨이 문을 열어주었다.

드디어 도착했다.

우즈베키스탄 문회에 열정을 가진 사람들이 결성한 프랑스 협회 '티무리드(Timourides)'를 통해 무니하 바히도바의 주소를 얻었다. 유능하고 세심한 배려를 하는 무니하 덕분에 모든 문제를 해결했다. 추쿠로프 가족의 아름다운 전통 가옥에 묵었다. 아버지는 유명한 문학평론가였다고 한다. 그의 미망인은 이 대저택에서 아들 파루흐, 며느리, 손자와 함께 살고 있었다. 이제 쉬면서 최근 며칠 동안 날 사로잡았던 흥분을 가라앉혀야겠다. 출발할 때보다 12킬로그램이나 빠진 몸을 추스르기 위해 이보다 더 적합한 곳은 없을 것 같았다. 여주인과 며느리는 『천일야화』에 등장할 듯한 음식을 경쟁하듯 가져왔다. 나는 탐스런 포도송이가 주렁주렁 달린 포도 덩굴 그늘에 앉아 갖가지 음식을 맛보았다. 작은 정원에서는 마르멜로나무에서 이따금 잘 익은 묵직한 열매가 떨어져 둔탁한 소리를 냈다. 도시 구경을 당장 하지는 않을 것이다. 저녁에 물을 뿌려 시원한 테라스 위에서 기분 좋게 빈둥거렸다.

이틀 동안 잠만 잤다. 침대에서 식탁으로, 식탁에서 침대로만 다녔을 뿐이다. 그동안 누적된 피로 때문에 몸이 마비된 것 같았다. 매일 샤워를 하며 황홀한 느낌을 되찾았고, 길을 걸으며 쌓였던 온갖 때가 내 피부 위에 눌어붙기라도 한 듯이 열심히 몸을 문질러 닦았다. 이렇게 평화로운 이틀 동안 종합 평가를 내렸는데, 결과는 긍정적이었다. 우선 우려했던 것과 달리 나는 나 자신과 한 내기에서 이겼다. 에르주룸의 버스에서 내릴 때만 해도 여정을 끝낼 수 있을지 확신하지 못했다. 하지만 나는 이 여행을 끝마쳤다. 많이 마르

긴 했지만, 작년처럼 들것에 실려간 게 아니라 내 두 다리로 해낸 것이다. 물론 걱정스러운 일이 있긴 하다. 수백만 걸음을 걷느라 발톱이 검게 타버려 떨어지려고 했다. 그건 아무것도 아니다. 햇빛에 얼굴이 너무 타서 생살이 드러날 지경이었다. 이것도 별일 아니다. 노르망디의 부드러운 햇살이 해결해줄 것이다. 반대로 휴식을 취하는 사이 내 심장 박동은 분당 42로 떨어졌다. 좋은 성과다.

그 밖의 것을 생각해보면 나는 멋지고 놀라운 만남을 수확했지만 아직 그 경작을 끝내지 않은 상태였다. 그동안 만났던 여러 얼굴이 가득 들어 있는 내 기억 속에서 이름들이 하나하나 떠올랐는데, 그중 최근에 만난 이라와 막심 그리고 특히, 특히나 친구이자 형제 자매인 모니르와 메흐디가 떠올랐다. 그리고 무엇보다도 나는 사막에서 날 꼼짝 못하게 만들었던 그 고약한 두려움을 떨쳐냈다.

사마르칸트, 이미 말했듯이 책을 읽기 시작할 무렵부터 내 머리에서 떠돌았던 도시다. 내가 상상했던 것만큼 신비한 곳일까? 무니하—아직도 그녀가—가 영어 조교로 있는 학생을 만나게 해주었다. 스물네 살의 피루자(Firouzah는 터키어이고, 이란어로는 피루제Firouze다)가 시내를 안내하겠다며, 자기가 배운 영어를 연습할 기회로 삼으려 했다. 걷기도 하고 버스도 타며 사마르칸트를 돌아다니는 동안 피루자는 자기와 우즈베키스탄 젊은이에 대해서 얘기했다. 피루자는 네 형제 중 장녀이며 남동생 하나와 여동생 둘이 있다. 2년 전 어느 날 저녁, 부모님이 얘기할 것이 있다고 했다. "넌 스물두 살인데 아직 남자친구를 소개하지 않는구나. 이웃 사람들이 수군거린다. 너도 알겠지만, 네가 결혼을 안 하면 네 여동생들도 결혼할 수가 없어. 네게 청혼하는 청년을 찾았다. 착하고 성실하고 담배도 피우지 않아! 천생 배필이야. 다음 주 토요일에 결혼식을 올릴 거다. 남자가 요구하는 건 한 가지야. 네가 늘 입고 다니는 바지를 그만 입으라는 거다. 우리는 그렇게 하겠다고 약속했어."

"싫다고 하지 않았어요?"

"힘든 일이에요. 우리 나라 사람들은 나이 순서대로 결혼을 해요. 여동생이 시집을 못 가게 만들 순 없잖아요. 스물다섯 살이 되어도 결혼하지 않은 여자는 평생 노처녀로 살 거라고 여겨요. 아무도 여자한테 청혼하지 않으면, 사람들이 이상하게 생각해요. 그리고 그건 가족 전체의 문제가 되죠. 맏딸이 결혼하지 않으면 그건 가족의 흠이 돼요."

피루자는 계속 얘기를 이어갔다.

"남자나 여자가 다른 사람과 결혼하겠다고 하면?"

"결혼식은 없는 거죠. 이 나라에서 그건 재앙이에요. 결혼은 사회에서 공인받는다는 걸 뜻하거든요."

이틀째 저녁, 공교롭게도 추쿠로프 가족이 초대된 결혼식에 같이 가게 되었다. 700명의 손님이 자리한 결혼식은 예전에 내가 보았던 결혼식과 똑같이 진행되었다. 여기에서는 국적을 중요하게 생각한다. 우즈베키스탄 남자는 러시아 여자와 결혼할 수 있지만, 반대의 경우는 생각할 수도 없다. 대부분의 경우 타지크 남자는 타지크 여자와, 우즈베키스탄 남자는 우즈베키스탄 여자와 결혼한다. 사람들은 다른 종족과 결혼하는 걸 피하고, 거의 자기 나라 사람과 결혼한다. 반대로 결혼 상대자의 문화 수준을 따지는 경우는 별로 없다. 대학을 졸업한 피루자는 주유소에서 일하는 주유원을 남편으로 맞이해야 한다.

이 나라는 변화를 겪고 있다. 러시아 사람들이 이주하고 있다. 그들은 이곳에 개척자로 와서 그들의 언어—또한 그들의 알파벳—가 우월한 위치를 점할 당시, 자신들이 누렸던 특권을 잃어버렸다는 사실을 힘들게 인정해야만 했다. 러시아어가 여전히 여러 부족의 중요한 매개 언어로 남아 있지만, 이제부터 공식 언어는 우즈베크어다. 2005년부터 모든 기업체의 사장은 우즈베크어를 유창하게 말하지 못하는 직원을 해고할 수 있다. 귀족 작위 수여증도 다시 등장했지만 엄밀한 제재를 받는다. 아프가니스탄에서 훈련받은 탈레반이 이 나라에 난입해 작년 타슈켄트에서 폭탄 테러를 일으켰기 때문에 정부는 경계를 늦추지 않고 있다. 정기적으로 텔레비전에서는 타지키스탄과 맞닿은 국경에서 탈레반 유격대를 대상으로 군이 이끈 전투 장면을 보여주며 테러의 위협을 일깨우고 있다.

이런 문제들은 오래된 돌을 보는 것보다 더 관심을 끌었다. 하지만 나는 사마르칸트를 보러 왔고 사마르칸트를 보고 있다. 레기스탄 광장과 그 주변을 에워싼 세 개의 마드라사(Madrasa, 이슬람 신학교)와 울루그 베그 마드라사를 보았다. 600년 전에 지어진 울루그 베그 마드라사는 티무르의 손자 울루그 베그[1394~1449, 티무르 왕조의 왕으로 예술과 학문에 관심이 많았다]가 짓도록 한 것이다. 첫 번째 마드라사는 부하라에 있다. 두 번째 것은 내가 걸어왔던 길에 있었는데, 촉박한 일정 속에서도 기조반(Ghijovan)에 있는 마드라사를 보려고 우회로를 택했더랬다. 시인이자 수학자이며 천문학자였던 울루그 베그는 이곳에 거대한 천문대를 지어서 새로운 별을 발견하고, 일 년이라는 기간을 계산했는데 오차가 몇 초밖에 되지 않았다. 하지만 그의 이론은 당시에 너무나 혁신적인 것이어서 이슬람 교리를 문제 삼을까 두려워한 이슬람 사제들을 불안하게 만들었다. 초조해진 사제들은 그의 친아들을 교묘하게 사주해 그의 목을 잘라 암살했다. 나머지 두 개의 마드라사는 아름다운 복제품이다. 레기스탄 광장은 개축되어 웅장한 모습을 자랑하지만…… 비어 있다. 새로 만든 모자이크는 세 면을 멋지게 덮었고, 여행객은 연신 셔터를 눌러댔다. 안에 자리한 양탄자 상인들은 달러를 가진 관광객을 기다렸다. 조금 후엔 20세기 초에 만들어진 판화를 보았다. 그 안에는 노점이 빼곡하게 들어선 시끌벅적한 광장이 그려져 있었는데, 잡다한 군중과 군중을 헤치고 나가는 기사騎士들로 북적거렸다.

매력 있는 내 가이드가 다음에 안내한 곳은 티무르 일

가가 안치된 구르에아미르(Gur Amir) 묘였다. 티무르는 '절름발이 악마'라는 별칭을 가지고 있었다 한다. 전 아시아를 공포에 빠뜨렸던 전쟁의 우두머리는 유혈을 즐겼지만, 이제는 국가의 시조로 추앙되며 두 아들과 울루그 베그를 포함해 세 손자와 함께 이곳에 안치돼 있다. 푸른 돔 아래 금빛 잎으로 장식된 사원 중앙에 진한 초록색의 거대한 옥 덩어리로 된 티무르의 묘가 당당히 자리한다. 너무나 독특해서 1740년 페르시아의 정복자 나디르 샤가 옥을 강탈해갔다. 하지만 옥에 금이 갔고 그와 함께 나디르 샤에게 계속해서 불운이 따랐다. 가장 큰 불운은 아들이 병에 걸려 죽을 위기에 처한 것이었다. 신하들은 불운을 가져오는 옥을 되돌려놓으라고 간청했고, 나디르 샤는 신하들의 뜻을 따랐다. 기적적으로 아들이 병에서 나았다. 티무르가 독이라도 발라둔 것이었을까? 1941년 러시아의 인류학자 미하일 제라시모프는 묘비에 "내 묘를 여는 자는 나보다 더 무서운 적에게 희생될 것이다"라고 적혀 있는데도 감히 이 거대한 남자(170센티미터의 키는 당시로서는 엄청나게 큰 키였다)의 해골을 꺼냈다. 신성모독을 한 그 다음날, 히틀러가 러시아를 침공했다. 잔인한 몽골 왕의 순진한 후예들은 제라시모프에게 "그건 예정된 일이었다"고 말할 것이다.

다음으로 볼 것은—여러분도 알고 있듯 폐허로 변한 대상 숙소를 제외하고 건축물을 보는 건 그다지 구미에 당기지 않았다—사마르칸트의 놀라운 건축물 가운데 세 번째인 비비 하님(Bibi-Khanym) 모스크다. 비비 하님은 티무르의 아내다. 티무르가 인도를 정복하기 위해 군대를 이끌고 떠났을 때 그가 가장 사랑하는 아내 비비 하님은 그에게 깜짝 선물을 안겨주려고 전대미문의 거대한 이슬람 사원을 짓도록 명령했다. 이 사원은 도시 중의 도시에서, 건축물 중의 건축물이 될 것이었다. 야심찬 계획은 완성되어 이 사원은 규모로나 건축의 대담성에서나 지금까지 만들어진 모든 건축물을 능가했다. 하지만 희생을 치러야 했다. 너무 대담하게 돔을 지었기 때문에 후에 지진이 발생하자 견디지 못하고 무너져버렸다. 건축가는 후에 자기 자신의 대담함에 대한 큰 대가를 치러야 했기에 이를 알아차릴 여유가 없었을 것이다. 그는 사원을 건축하면서 비비 하님을 미치도록 사랑했기 때문에 자기와 하룻밤을 지내지 않으면 작업을 끝내지 않겠다고 으름장을 놓았다. 돌아온 티무르 왕은 조용히 그의 목을 자르고, 그때부터 여자들이 약한 남자들을 유혹하지 못하게 스카프를 착용해 아름다운 미모를 감추도록 했다. 6세기 후 지진으로 건물이 무너져버렸는데도 여자들은 계속 스카프를 착용하고 있다.

유네스코의 막대한 후원 아래 진행되는 사원의 재건축 작업은 거의 막바지에 이르렀다. 우리가 방문했을 때는 거의 공사가 끝나가는 정문 안으로 홍예 틀이 보였는데, 벽돌 대신 지진을 견딜 수 있도록 철근을 넣은 콘크리트로 만들고 있었다. 재빨리 사원을 한 바퀴 돌았다. 벽 아래에서 그렇게나 꿈꾸었던 곳, 바로 사마르칸트의 바자르를 발견했기 때문이다.

타슈켄트를 거쳐 파리로 돌아가기 전에 남은 시간은 모두 여기에서 보낼 것이다. 비비 하님의 푸른 모자이크 그늘에는 천년고도古都 사마르칸트의 심장이 뛰고 있기 때문이다. 70년 간의 공산주의도 질식시키지 못했던 심장. 그렇다. 나는 지칠 줄 모르고 볼거리를 즐기며 사방으로 시내를 누비고 다녔다. 사흘 동안 갖가지 색깔과 향기와 웅성거리는 소리를 잡으려면 눈과 코와 귀를 다 동원해도 모자랄 것이다.

동양의 모든 바자르가 그렇듯 이곳의 바자르에도 전문 상인이 모여들었다. 향신료, 곡물, 채소, 신선한 과일, 설닝류, 말린 과일, 농기구, 설비재, 양탄자, 성물, 옷 등. 바자르는 하나만 있는 것이 아니라 열 개, 백 개가 있었다. 여기에는 전통 옷이나 피륙뿐 아니라 방금 오븐에서 구워낸 삼사를 파는 상인들도 있었다. 배가 지나가면서 갈라졌다 다시 만나는 파도처럼 점원들이 헌옷과 고철 혹은 음식을 실은 수레를 끌며 인파 사이를 헤치며 나아갔다.

어디에나 넘쳐흐르는 사원의 모자이크처럼 강렬한 색깔들은 아케이드 아래 검은 그림자를 내던지는 태양 빛으로 더욱 선명하게 보였다. 피망, 토마토, 가지는 그것들을 파는 아낙네들이 걸친 알록달록한 스카프와 우아한 옷에 색깔을 빌려준 것처럼 보였다. 말린 채소가 가득 담긴 거대한 황마 자루 뒤로, 허리에 무지갯빛 리본으로 졸라맨 줄무늬 야크타이(yaktai)를 입은 식료품상의 붉은 얼굴들이 줄지어 있었다. 과도하게 흘러넘치는 것이 규율인 것 같은 이 시장에서 판매대 위에 작은 피라미드처럼 정교하게 쌓여 있는 향신료는 강한 향으로 작은 부피를 만회하고 있었다. 불의 붉은 혀가 오븐 밖으로 넘실거렸고, 빵장수는 계속해서 쟁반 가득 삼사를 구워내고 있었다. 이 지옥의 붉은 입 위로 몸을 숙인 젊은 조수들은 햇볕에 그을린 단골들의 얼굴과 같은 구릿빛 피부를 하고 있었다. 손님의 얼굴은 다양한 색깔의 터번 아래, 길게 기른 하얀 수염으로 환하게 빛났다. 여자들이 지키고 있는 진열대에서는 금빛 치아에서 웃음이 흘러나왔다. 흰색은 타오르는 햇빛 아래에서 색을 발했다. 햇볕으로부터 진열대와 소중한 물건을 가리기 위해 펼친 커다란 천, 머리를 감싸고 어깨 위까지 흘러내린 이슬람 여성들의 스카프, 울긋불긋한 옷 등등. 나는 움직이는 인파 속에서 그 움직임에 몸을 맡기며 천 가지 색과 살아 있는 팔레트의 끝없는 물결을 보느라 눈을 혹사하며, 땅 위에 쌓여 있는 꽃과 야채의 다양한 색이 분출되는 사이를 헤엄쳐나갔다.

취기를 느낀 나는 색의 바다에서 솟아오르는 소리를 분석하려 했지만 소용없었다. 중앙아시아에서 사용하는 서른 개의 언어가 지금 이곳에서 사용되고 있었다. 타지크, 우즈베키스탄, 러시아, 이란, 터키, 아프가니스탄, 키르기스스탄 사람들이 인사를 나누거나 다투거나 손님을 끌어들이기 위해 소리 지르고 서로에게 말을 걸었다. 지진처럼 지하에서 스멀스멀 올라오는 소리 사이로 배달부가 수레를 끌고 인파를 헤치며 내지르는 날카로운 소리가 들려왔다. 손에 물건을 든 행상은 홍정 가격을 단조롭게 읊어댔다. 당나귀가 오래도록 어디에선가 힘겨운 소리를 내질렀다. 조심스럽게 지폐를 센 뒤 손에서 손으로 옮겨지는 중에 바스락거리는 소리가 났다. 한 여자가 무슨 죄를 지었는지 조서를 써야 한다며 자기를 경찰서로 밀어넣는 경찰에게 고래고래 소리를 질렀다. 거지가 손을 뻗어 구걸을 하는 상가 입구에서 남자들은 음식물이 잔뜩 쌓이고 유리잔이 부딪치는 탁자 앞에 모여 장사 얘기를 했다. 이 모든 것이 계속 흘러넘치는 감미로운 차 향기 속에서 이루어졌다. 사방에서 홍정을 하고 웃고 소리지르고 욕설을 퍼부었다. 한 농촌 아낙네는 겁도 없이 곡식을 쪼아 먹으려고 날아온 비둘기를 쫓아내는 날카로운 소리를 질렀고, 여자의 욕설은 살 속에 박힌 화살처럼 웅성거리는 소리를 꿰뚫고 울렸다.

하지만 이런 것은 수만 제곱미터에 이르는 이 인간의 바나 위를 떠돌며 사람들을 취하게 만드는 냄새, 향기, 악취를 빼고는 존재할 수 없을 것이다. 가장 강한 향은 물론 향신료 시장에서 났고, 가장 구수한 향이 나는 곳은 두툼한 석탄 위에서 수천 개의 샤실리크를 구우며 고기 익는 냄새를 풍기는 골목길이었다. 가장 섬세한 향은 과일시장 골목, 가장 묵직한 향은 꽃시장, 가장 달콤한 향이 나는 곳은 대리석 탁자 위에서 망치로 정제 설탕 덩어리를 깨는 판매대 주변이었다. 치즈 시장에서는 파리채로 무장한 뚱뚱한 아줌마들이 치즈를 보호하는데, 유장乳漿에 잠겨 있는 차카나 브루이자 흰 치즈의 시큼한 향이 짙게 나는 가운데 염소 치즈, 흰 치즈, 공처럼 딱딱하고 둥근 치즈 덩어리들이 은은한 향을 발산했다.

소리와 색깔과 향으로 가득한 이 세계에 취한 채 미지의 신비한 물건을 실컷 구경했다. 사마르칸트 여행은 겨울에 볼 수 있는 과일 맛 한 가지만으로도 가볼 만한 가치가 충분하다. 무화과, 멜론, 포도 과육은 어느 것과도 비교할 수 없을 정도다. 하지만 과일가게 앞은 그냥 지나쳤는데, 그 이유는 내가 엄청난 식욕을 가졌다는 걸 금방 눈치챈 추쿠로프 가족의 식탁 위에 과일이 오르게 될 걸 이미 알고 있기 때문이었다. 주머니에 가득 든, 흰 가루로 덮인 푸른색 건포도와 도나크〔donak, 벌어진 살구씨에 소금을 솔솔 뿌린 것〕를 깨작거리며 시장 골목을 어슬렁거렸다. 내키는 대로 맘껏 돌아다니느라 지쳐버린 나는 어느 때보다도 강렬한 허기를 느끼고, 삼사를 굽는 오븐에 다가가거나 토마토와 신선한 양파를 곁들여 내는 샤실리크가 익어가는 카눈〔kanoun〕의 연기를 맡으러 갔다.

숙소로 돌아왔을 때는 도보여행을 한 날보다 더 피곤했다. 갖가지 향기가 배어든 몸, 천 가지 이미지에 강렬한 인상을 받은 눈, 행복한 영혼을 가진 채 내 목적지가 이처럼 흥분되고 호기심을 유발하는 곳일지는 미처 꿈꾸지 못했다. 사마르칸트, 넌 네가 아직 그리스인의 마라칸다(Marakanda)였을 태곳적부터 변하지 않고 남아 있구나. 모든 변천을 거쳐 난폭한 군인의 군화 아래서도 종교의 지배나 러시아의 침공—이후 소비에트—을 겪으면서도, 네 상인정신과 무역에 대한 갈증을 간직했구나. 너를 실크로드에서 가장 번성한 곳 중 하나로 만들었던 천재적인 상술을 여전히 간직하고 있구나. 옷, 언어, 상품들 중 아무것도, 아무것도 20세기전과 바뀌지 않은 채 있구나.

이런 이미지들이 내 곁을 떠나려 하지 않았다. 이는 열 달쯤 후 바로 이 바자르에서 다시 다음 목표를 향해 출발할 때까지 내 꿈을 무럭무럭 자라게 할 것이다. 2001년, 새로운 밀레니엄 첫해에 불운의 장소와도 같았던 사마르칸트, 긴 여정의 중간지점인 바로 이곳에서 나는 2,600킬로미터 떨어진 다른 신비한 구간인 중국 신장新疆에 있는 투루판吐魯番의 오아시스까지 가는 여행을 시작할 것이다.

이 구간은 분명 올해의 여정보다는 확실히 인상이 덜할 것이다. 분명 사막이 더 남아 있다. 특히 저 유명한 타클라마칸(Taklamakan) 사막은 위구르어로 '이곳을 뚫고 지나가는 자, 다시 돌아오지 못하리라'라는 뜻을 가지고 있다. 그런데 시작부터 게릴라와 밀착된 신新공산정권과 내전을 계속하고 있는 타지키스탄을 지나가야 한다. 소비에트의 투르키스탄이 말도 안 되게 여러 국가로 분열되어 있어서, 우즈베키스탄에서…… 우즈베키스탄으로 가려면 타지키스탄에서 300킬로미터를 걸어야 한다. 그다음은 신비롭고 풍요로운 페르가나(Fergana) 계곡으로 들어가는데, 이곳의 말들이 너무나 아름다워서 약삭빠른 중국의 황제는 이곳을 점령하기 위해 군대를 급파했다고 한다. 그다음은 파미르의 오르막길을 넘어 해발 4천 미터 고지에서 중국 국경을 넘어야 한다. 여기부터 카스의 내리막길이 시작되는데, 그 이름만으로도 모험가들의 피를 끓어오르게 한다.

이런 생각을 떠올리니 벌써 다시 떠나고 싶은 욕망이 일어난다. 돌아가자마자 다음 여행을 준비해야 할 것이다. 나는 '모험'을 좋아한다. 내게 여행은 책이나 여행 가이드—떠나기 전에 읽은 모든 가이드북—에 없는 걸 발견하는 것이다. 대체 뭘 발견하려는 거냐고 물을지도 모르겠다. 그건 나도 모른다. 내게 여행은 기대하지 않았던 순간에 믿기 힘든 존재를 만나고, 예상하지 못한 시골 구석의 소박한 조화로움에 충격을 받거나, 그때까지 할 수 있을 것이라고 절대 생각하지 못했거나 그런 생각 자체를 하지 않았던 것을, 내 자신이 하거나 생각한다는 사실에 깜짝 놀라는 것을 말한다.

사람들이 말하는 것처럼 여행은 사람을 형성시킨다. 그런데 자신을 형성시키는 것에 만족하지 않고, 변형시킨다면?

이번 길은 더 많은 것을 가르쳐줄까? 그건 확신할 수

없디. 나는 고집이 센 사람이나. 6천 킬로미터를 여행했는데도 왜 이런 모험을 하고 이런 미친 짓을 하는지 모르겠다. 아니 어쩌면 고향 노르망디를 떠나 현대의 거대한 도시를 지나 아시아의 사막까지 여행에 여행을 거듭하며 내가 세계의 시민이 되었다는 것을 확인하고 싶었던 것일지도 모른다. 수평선 너머로 멀리 길게 이어진 길은 날 비웃는 것처럼 보였다. 저 길은 나를 마음대로 부릴 것인가? 그럴 수도 있다. 그래도 별로 상관없다. 우리는 오래전부터 잘 알고 있었고, 이제 길과 나 둘뿐이다. 헤어질 이유가 없다. 우리는 여정의 중간에 왔을 뿐이다! 내 친구들은 여전히 날 악의 없이 비웃을 것이다. 이 친구는 걷고 또 걷는데, 왜 걷는지 아직도 모른데! 우직한 나는 점점 더 빈번하게 머릿속에 떠오르는 생각을 친구들에게 말하는 대신 혼자 간직할 것이다. 그들은 살고 또 사는데, 많이 앞서가지 못했다는 생각. 내 따뜻한 애인, 오래된 애인인 길이 날 속이게 될까? 그건 별로 상관없다. 길은 여행을 하는 동안 내게 전 재산과 맞먹을 선물을 안겨주었다. 길은 계속 앞으로 가고자 하는 욕망을 주었다. 지쳤지만 노력으로 자신을 초월한 몸이 마침내 자유로운 사고를 할 때의 신성한 순간을 다시 갖고 싶은 욕망. 다시 넉 달간 2,600킬로미터를 걷는 동안 숨을 쉬듯 꿈을 꾸고 싶다……. 더 멀리 가는 것, 나를 더욱 버리는 것, 내 단출한 보따리를 가볍게 하는 것. 준비하며 지혜롭게 죽음이 다가오는 것을 기다리면서.

떠나든 머물든 삶은 계속된다

이 책의 저자 베르나르 올리비에는, 30여 년 동안 프랑스의
유력 신문과 잡지사에서 정치와 경제 그리고 사회부를 섭렵
한 퇴직 기자다. 가난과 건강 때문에 학업을 중단해야 했던
그는 여러 직업을 전전하면서 세상과 사람들에 대한 이해의
폭을 넓혀갔으며, '몸'과 '정신'이 함께하는 여행을 이미 시
작하고 있었다. 은퇴할 나이가 되어 기자 생활을 청산한 올
리비에는, 다른 동료들처럼 'TV와 소파'가 있는 안락한 여가
를 누리는 대신 그가 오래전부터 꿈꾸어온 원대하고 황당하
기까지 한 계획을 실행에 옮기기 시작한다. 그것은 놀랍게
도 터키의 이스탄불에서 중국의 시안까지 1만 2천 킬로미터
에 이르는 실크로드를 걸어서 여행하는 일이었다.

걷는 일 자체가 그에게 생소했던 것은 아니었다. 크고
작은 수차례의 도보여행도 있었고, 기자로서 세계 여러 나라
를 발로 뛰어다니기도 했었기 때문이다. 또한 '쇠이유(Seuil,
문턱)'라는 단체를 설립하여, 비행청소년들을 대상으로 '걷
기'를 통해 사회복귀를 유도하는 프로그램을 운영하고 있기
도 했다. 그러나 실크로드를 걷는 일은, 그에게도 커다란 도
전이 아닐 수 없었다. 낯선 언어와 문화 그리고 미지의 사람

들, 무엇보다 육체적인 고통과 정신적인 외로움⋯⋯. 올리비에가 다른 길보다도 실크로드에 매혹된 이유는, 그 길이 지닌 전설적인 역사와 의미 때문이었다. 700여 년 전 마르코 폴로가 서양에 동양의 존재를 알린 이후, 두 세계 간에 무역과 문화의 통로가 되었던 그 길, 대상들이 낙타를 끌고 행군했던 그 신비로운 미지의 길이 '도보 순례자' 올리비에를 사로잡은 건 필연적인 일이었을지도 모른다. 그러나 그는 애초부터 자신의 여행에 어떤 거창한 의미를 부여하지 않았다. 삶 자체를 부단한 '떠남'과 행군의 연속으로 인식하는 그에게, 걷는 일은 곧 자기 자신과 직면하고 스스로를 발견하는 탐색의 과정이었기 때문이다.

사람들이 그에게 수도 없이 질문했던, 그리고 그 자신도 걷는 동안 늘 자문했던 질문, "왜 걷는가?"에 대한 대답은, 사실 이 책 어디에나 있고 또한 아무 곳에도 없다. 작가들이 흔히 존재에 대한 비유로 사용하는 '길 찾기'라는 표현을, 그는 몸으로 실천하고 있는 셈이다. 주위의 만류를 뒤로하고 여행을 떠나기에 앞서, 그의 원칙은 단호했다. 어떤 일이 있어도 '걸어서' 갈 것, 서두르지 말고 '느리게' 갈 것. 또한 이 책의 성격에 대한 원칙도 세워놓고 있었다. 낯선 곳의 사람들과 경치와 풍습들을 요란스럽고 화려하게 소개하는 일반적인 기행문이 아닌, 오직 자신의 여정과 느낌들만을 사진 한 장 없이 꼼꼼하게 담아낼 것. 그의 여행이 달팽이의 지루한 움직임을 연상시키는 것은 바로 그러한 이유들 때문이다.

그러나 그 달팽이는 힘들게 이동하는 동안 넓은 세상을 발견하고, 많은 생각과 고민과 깨달음을 거친다. 그리고 그 결과물이 총 4년 동안의 여행을 기록한 세 권의 책이다. 1권은 터키를 횡단해서 이란 국경에 이르기까지의 여정을, 2권은 이란에서 우즈베키스탄의 사마르칸트까지를, 그리고 3권은 마침내 중국의 시안에 도착하기까지의 장도長途를 담고 있다.

그에게 있어서 실크로드는 마르코 폴로의 시대에 그랬던 것처럼 더 이상 미지의 길이 아니었지만, 직접적인 체험을 통한 느낌과 발견은 언제나 새로울 수밖에 없다. 이렇듯 '느림'과 고행을 고집스럽게 감수하는 올리비에의 '발로 쓰는 실크로드 기행'은, 모든 게 초고속으로 편하게 이루어지는 시대에 신선한 충격임과 동시에 일상으로부터 벗어나 '새로운 길'을 꿈꾸도록 이끄는 조용한 초대라고 할 수 있을 것이다.

번역하면서 가장 어려웠던 부분은 중앙아시아의 작은 도시와 마을들에 대한 정확한 지명을 찾아서 옮기는 일이었다. 혹 있을지도 모르는 표기상의 오류들에 대해, 독자들의 너그러운 이해를 구한다. 저자의 발걸음만큼이나 더디기만 했던 번역 작업을 기다려주고 또 다듬어준 효형출판의 송영만 사장님과 편집부 여러분들께 진심으로 감사한다. 무엇보다, 흔쾌히 한국어판 서문을 써주고 역자의 이런저런 질문에 친절하게 응해준 저사 베르나르 올리비에 씨에게, 이 책이 작은 보답이 될 수 있기를 바란다. 아울러 언젠가 그가 한반도를 '걸어서' 여행할 계획을 세운다면, 동행을 허락해줄 것도…….

임수현, 고정아

실크로드 정보

이란이슬람공화국
투르크메니스탄공화국
우즈베키스탄공화국

이란이슬람공화국

영어식 Islamic Republic of Iran, 이란식 Jomhuri-ye Eslāmi-ye Irān

지리 개요

서남아시아에 위치한 국가. 북쪽으로 아르메니아, 아제르바이잔, 카스피해, 투르크메니스탄과 접해 있다. 동쪽은 파키스탄과 아프가니스탄, 남쪽은 페르시아 만과 오만 만 그리고 서쪽은 터키 및 이라크와 이웃하고 있다. 북서쪽에서 남동쪽까지의 최장거리는 약 3,540킬로미터, 북동쪽에서 남서쪽까지는 약 1,900킬로미터에 이른다.

수도는 테헤란이고, 국토 면적은 약 164만 8,000제곱킬로미터에 달하며, 인구는 8,602만 2,843명이다(2021년).

자연환경

이란은 해발 460미터 이상인 고원지대에 평균 고도 2,000미터가 넘는 산들로 둘러싸여 있다. 저지대는 이라크와의 국경 주변에 있는 카룬 강 유역과 페르시아·오만 만 주변의 좁은 연안지대, 카스피해 주변의 연안 늪지대뿐이다.

북쪽 엘부르즈 산맥에는 이란에서 가장 높은 다마반드 산(5,604m)을 비롯하여 여러 개의 화산이 솟아 있다. 엘부르즈 산맥은 카스피해 연안을 따라 뻗어나가다가 동쪽 국경을 이루는 호라산(후라산) 산맥과 만난다. 호라산 산맥은 남쪽의 발루치스탄 산맥과 함께 동쪽 내륙 고원지대의 경계를 이룬다. 대부분 불모지인 고원은 광활한 염분鹽分사막이 특징이다. 이란에서 가장 큰 산맥은 자그로스 산맥으로, 북서쪽 아르메니아 국경지대에서 뻗어나와 남동쪽 마크란 산맥까지 이어져 있다.

민족과 언어

여러 언어를 쓰는 다양한 민족으로 구성되어 있다. 총인구의 60퍼센트를 차지하는 이란인(페르시아인)이 가장 많고 널리 분포되어 있다(2016년). 서부 산악지대에는 정부의 동화 노력에 저항해온 유목민족인 쿠르드족과 페르시아 원주민으로 보이는 반半유목민족인 루르족이 살고 있으며, 이스파한 서쪽 자그로스 산맥에는 루르족과 밀접한 관련이 있는 바흐티아리족이 거주하고 있다.

인구 가운데 투르크계의 비율은 적은 편이지만 이란인의 20퍼센트 가까이가 튀르크어에 속하는 언어를 사용한다. 3개의 주요 투르크계 민족집단은 이란 서북부의 아제르바이잔인과 페르시아 만 동쪽 지역의 카슈카이인, 동북부 호라산 지역의 투르크멘족 등이다. 소수의 셈족(유대인·아시리아인·아랍인)도 거주한다. 이란인들의 대다수는 공식 국교인 시아파 이슬람교를 신봉한다. 쿠르드족과 투르크멘족은 수니파 이슬람교도이며, 이 밖에 소수 종교인 그리스도교·유대교·바하이교·조로아스터교 등이 있다.

문화

네자미, 페르도우시, 사디, 오마르 하이얌과 같은 세계적으로 유명한 시인들을 배출해왔으며, 모스크를 비롯한 건축으로도 유명하다. 페르시아 양탄자는 오늘날까지 그 예술성과 장인정신으로 감탄의 대상이 되고 있다.

여행 당시의 정세

1999년 모하마드 하타미 대통령 정부는 보수 강경 이슬람 근본주의자들이 대통령의 개혁을 불신하고 대통령을 지지하는 언론인들을 축출하는 바람에 힘든 한 해를 보냈다. 1월, 정보장관은 1998년 하타미 지지자들을 살해한 사건에 정보기관이 개입했다는 사실을 시인했다. 2월, 온건한 개혁을 지지하는 성직자 모센 카디바르가 신문에 글을 발표한 후 체포되었다. 보수주의자들은 그의 글을 위협적인 것으로 보았고, 이후 개혁을 지지하는 언론에 대한 탄압은 더욱 강화되었다.

1999년 7월초 개혁 성향의 신문인 《살람(Salam)》의 폐간을 계기로 언론매체의 권리를 제한하는 법령에 반대하는 투쟁이 다시 불붙어 테헤란에서 시위가 발생했다. 폭력적인 헤즈볼라의 도움을 받는 보안당국은 7월 8일 테헤란대학교 부근에서 가두시위를 벌이는 학생들을 공격했다. 이란 당국은 학생들의 시위에 매우 당황했다. 하타미 대통령은 사태 수습을 위한 미봉책으로 학생들의 소요를 비난하는 한편 보안당국이 사태를 처리하면서 섣불리 폭력을 사용하고 학생들의 기숙사를 무장 공격한 것을 탓했다. 7월 사태의 발생에 대한 책임을 지고 테헤란 경찰 책임자가 해임되었고 경찰청장의 사퇴를 요구하는 목소리도 나왔다.

투르크메니스탄공화국

영어식 Republic of Turkmenistan, 투르크멘식 Türkmenistan Jumhuriyäti

지리 개요

북쪽의 카자흐스탄, 동쪽의 우즈베키스탄, 남쪽의 이란과 아프가
니스탄 등 여러 국가와 국경을 접한 중앙아시아 국가. 서쪽으로는
카스피 해와 접해 있다.

수도는 아슈하바트이며, 면적은 48만 8,100제곱킬로미터다. 인구
는 620만 1,947명(2021년)이다.

자연환경

투르크메니스탄은 두 개의 넓은 지역, 오아시스와 사막지역으로
나뉜다. 주요 오아시스로는 코페트 산맥, 테젠, 무르가브, 중中아무
다리야, 하下아무다리야가 있다.

토양은 다양하나 사막 지역에는 일정한 토양층이 없다. 오아시스
에는 관개농업에 적합한 토양층이 형성되어 있다. 오아시스, 산지
의 계곡, 고원지대를 제외한 곳의 식물은 뚜렷한 사막식물의 특성

을 지니고 있다.

민족과 언어

투르크메니스탄은 다민족 공화국으로 투르크멘족이 인구의 대다수를 차지하고 있으며 우즈베크인, 러시아인, 카자흐인이 그 뒤를 따른다. 그 외 타타르족, 우크라이나족, 아르메니아족, 아제르바이잔족, 카라칼파크족이 소수 존재한다. 전통적으로 19세기까지 씨족을 바탕으로 나누어져 있던 투르크멘족은 러시아 제국에 정복될 무렵 유목민으로서 용병인 경우가 많았고, 구소련 정권이 들어서면서 유목생활을 그만두고 민족의식을 키워가기 시작했다. 1991년 독립하였으나 아직까지 부족 의식이 존재하고, 강인한 기질을 갖고 있다.

투르크멘어는 9개의 모음과 21개의 자음으로 구성되어 있으며, 명사의 성별이 구분되지 않고 불규칙 동사가 없다.

문화

고대 페르시아 제국과 유목민족, 카스피해 부근 원주민의 영향으로 투르크메니스탄만의 독특한 문화와 관습이 형성되었다. 투르크멘족은 대부분 수니파 이슬람교도지만, 이슬람이 전파되기 이전에 존재했던 토착 신앙과 결합한 결과로 대부분의 중앙아시아 지역과 마찬가지로 이슬람 교리가 느슨하게 지켜진다.

1999년 투르크메니스탄의 유일한 정책 결정권자인 사파르무라트 니야조프 대통령은 국가개발계획을 공표했다. 이 계획은 경제 분야 위주이며, 2010년까지 민주사회 건설의 초석을 놓는다는 구상을 담고 있었다. 니야조프 대통령은 국민들이 각양각색의 이념이나 정강 정책에 대처하기에는 아직 미숙하기 때문에 그때까지는 다당제와 독립적인 언론이 필요하지 않다고 보았다. 12월에 의회는 니야조프를 종신 대통령으로 만들기 위해 투표를 실시했다.

투르크계의 도덕적 지침서 역할을 할 『루크나메』라는 책자가 준비중이라는 사실이 대대적으로 홍보되었다. 이것은 종교 교리서에 해당하는 것으로 인식되었다. 투르크메니스탄에 거주하는 비非투르크계는 자신들이 2류 시민으로 전락하지 않을까 두려워했다. 이들의 두려움은 특히, 1999년 중반 각 도시들과 소도시, 다른 지형지물의 명칭을 '투르크멘어'로 바꾸려는 계획이 강화되면서 한층 커졌다. 투르크메니스탄 제2의 도시 차르조우(파르시어로 '네 개의 도로'라는 뜻)의 개명은 이 도시에서 다수를 차지하는 우즈베크인들의 우려를 불러일으켰다. 차르조우는 투르크멘어 이름인 투르크메나바트로 바뀌었다. 차르조우에서 일어난 소요 사태는 도시명을 바꾼 것에 대한 반발이었다.

우즈베키스탄공화국

영어식 Republic of Uzbekistan, 투르크멘식 O'zbekiston Respublikasi

지리 개요

북쪽과 서쪽으로 카자흐스탄, 동쪽과 남동쪽으로는 키르기스스탄과 타지키스탄, 남서쪽으로는 투르크메니스탄과 접해 있고, 남쪽으로는 아프가니스탄과도 짧게 국경선을 맞대고 있다.

수도는 타슈켄트이고, 면적은 44만 8,924제곱킬로미터다. 인구는 3,438만 2,077명이다(2021년).

자연환경

우즈베키스탄은 중앙아시아의 중심부, 남서쪽의 아무다리야 강과 북동쪽의 시르다리야 강(고대 이름은 자카르테스 강) 사이에 위치한다. 국경 내에 카라칼파크스탄 자치공화국을 포함하고 있다. 남쪽과 동쪽에 기름진 오아시스와 높은 산맥이 있지만 국토의 80퍼센트 가까이가 햇볕에 말라붙은 평평한 저지대다. 저지대는 중부와 서부에 있으며 남쪽으로 갈수록 키질쿰(사막)으로 바뀌고 서쪽으로 향하면 우스튜르트 고원과 이어진다.

민족과 언어

중앙아시아 아무다리야 강과 시르다리야 강 사이 지역에서 기원한 우즈베크인이 전 인구의 80퍼센트 이상을 차지하고 있다. 그외 타지크인, 러시아인, 카자크인, 타타르인, 카라칼파크스인들이 소수 민족을 이룬다. 인구가 가장 많이 밀집된 지역은 동쪽 끝에 있는 페르가나 계곡과 이에 연결된 계곡들, 그리고 남중부 지역의 제라프샨 강 계곡이다. 공식 언어는 우즈베키스탄어이고, 러시아어도 흔히 사용된다.

문화

여러 세기 동안 우즈베키스탄은 이슬람 문화의 중심으로 주목받아왔다. 이 지역 출신의 뛰어난 학자로는 9세기의 수학자 무사 화레즈미, 10세기의 박학다식한 철학자 아부 레이한 알 비루니, 사마르칸트에 천문대를 세운 15세기 천문학자 울루그 베그, 15세기 말의 시인 알리시르 나바이가 있다. 구소련 통치 기간 중에 이슬람교도들은 자신들의 문화 유산을 보호하기 위해 노력했다.

여행 당시의 정세

우즈베키스탄에서는 1999년 2월 16일 폭탄을 실은 자동차 여섯 대가 타슈켄트에서 폭발한 사건이 발생해 민주화의 큰 위기를 맞았다. 정부 청사, 특히 내각 건물이 큰 피해를 입어 최소 16명이 사망했고 부상자도 수십 명에 이르렀다. 이슬람 카리모프 대통령이 내각 건물을 방문하기로 예정된 때와 폭발 시간이 일치해, 카리모프 대통령은 자신이 주요 공격 목표였다고 주장했다. 사건 발생 후 카리모프 대통령의 정적들과 이슬람 활동가들이 대규모 체포되었다.

카리모프 대통령의 반대세력은 우즈베키스탄 정부가 12월 총선을 앞두고 자신들에게 침묵을 강요하기 위해 이 폭탄테러 사건을 이용했다고 주장했다. 불법화된 야당인 자유민주당(Erk〔Freedom〕 Democratic Party)의 창시자인 무하마드 솔리흐는 테러리스트들을 모집해 훈련시키고 자금을 지원한 혐의로 기소되었다. 그와 망명 중인 다른 반정부 지도자들은 카리모프 대통령이 정치적·종교적 관점이 다른 인사들을 탄압함으로써 우즈베키스탄 정국을 긴장시켰다고 항변했다. 토히르 율도슈가 테헤란 방송에 출연하면서 상황은 걷잡을 수 없이 악화되었다. 당시만 해도 잘 알려지지 않은 우즈베키스탄 이슬람운동(Islamic Movement of Uzbekistan) 지도자였던 그는 우즈베키스탄의 비종교적인 체제를 전복하고 이슬람 국가를 세워야 한다고 주장했다. 폭탄 테러와 관련해 6월말까지 여섯 명이 사형선고를 받았다.

옮긴이 **고정아**

1969년에 서울에서 태어났다. 서강대학교와 동 대학원에서 불어불문학을, 한국외국어
대학교 통번역대학원에서 한국어 – 프랑스어 통역을 공부했다.
옮긴 책으로『나는 걷는다 2, 3』『베르나르 올리비에의 실크로드 여행 스케치』『에코
토이, 지구를 인터뷰하다』『네페르티티』『붓다』『80일간의 세계 일주』등이 있다.

나는 걷는다
이스탄불에서 시안까지 느림, 비움, 침묵의 1099일
02 머나먼 사마르칸트

1판 1쇄 발행 | 2003년 12월 20일
2판 1쇄 발행 | 2022년 4월 30일

지은이 베르나르 올리비에
옮긴이 고정아

펴낸이 송영만
디자인 자문 최웅림

펴낸곳 효형출판
출판등록 1994년 9월 16일 제406-2003-031호
주소 10881 경기도 파주시 회동길 125-11(파주출판도시)
전자우편 editor@hyohyung.co.kr
홈페이지 www.hyohyung.co.kr
전화 031 955 7600

ⓒ베르나르 올리비에 2003, 2022
ISBN 978-89-5872-192-5 04860
    978-89-5872-194-9 04860 (세트)

이 책에 실린 글과 사진은 효형출판의 허락 없이 옮겨 쓸 수 없습니다.

값 16,000원